ハヤカワ文庫 SF
〈SF2038〉

オール・クリア

〔上〕

コニー・ウィリス
大森 望訳

早川書房

7669

ALL CLEAR
by
Connie Willis

Translated by
Nozomi Ohmori
Published 2015 in Japan by
HAYAKAWA PUBLISHING, INC.
This book is published in Japan by
arrangement with
THE LOTTS AGENCY, LTD.
through JAPAN UNI AGENCY, INC., TOKYO.

戦争に勝った、すべての

救急車運転手
火災監視員
防空監視員
看護婦
食糧配給所スタッフ
航空機観察員
救出作業員
数学者
牧師
聖堂番
女店員
コーラス・ガール
司書
新米女優

オールドミス
漁師
元船乗り
召使い
疎開者
シェイクスピア劇の俳優
ミステリ作家たちに

本書を捧げる。

人間はいろんなまちがいをしでかすものだが、あなたが寛大で正直で熱心であれば、そのまちがいで世界を傷つけることも、ひどく苦しめることもありえない。

——ウィンストン・チャーチル

目次

謝　辞

『ブラックアウト』と『オール・クリア』が一巻本から二巻本に変身し、そのストレスでわたしがじわじわおかしくなってゆくあいだも、ずっと力を貸し、支えてくれた人たちみんなに感謝します。信じられないほど忍耐強い担当編集者のアン・グローエル。辛抱強いエージェントのラルフ・ヴィチナンザ。さらに辛抱強い秘書、ローラ・ルイス。娘であり一番の相談相手であるコーディーリア。家族と友人たち。うちから半径百マイル以内にある図書館の司書全員。毎日のように、お茶と――チャイだけど――気づかいを与えてくれた、マージーズとスターバックスとノースカロライナ大学学生会館のバリスタたち。わたしのわがままにつきあい、わたしの味方になり、わたしとこの本を見捨てずにいてくれたすべての人々にお礼をいいます。ありがとうございました。

中でも、とりわけ大きな感謝を捧げたいのは、わたしが取材で訪れた日に帝国戦争博物館に居合わせた、すばらしいご婦人たちの一団です。グループの全員が、ロンドン大空襲のあいだ、救出作業員や救急車運転手や防空監視員の仕事をしていたことが判明し、彼女たちが次から次へと披露してくれた逸話は、ヒトラーに立ち向かった英国の人々の勇気と決意とユーモアを理解するうえで、わたしと本書にとって計り知れないほど貴重な財産になりました。彼女たちを見つけ出し、席に着かせ、お茶とケーキをふるまってから、ぜひこの人たちに取材しなさいとわたしを呼びにきてくれた、すばらしい夫にも感謝します。史上最高の旦那さま！

『ブラックアウト』あらすじ

時は二〇六〇年。ダンワージー教授の監督下にあるオックスフォード大学史学部の航時ラボはてんやわんやの大騒ぎだった。タイムトラベル技術を利用して史学生《ヒストリアン》たちを過去に送り、現地調査をさせるのがラボの目的だが、教授のとつぜんの命令で、多くの史学生たちの渡航スケジュールが直前になって大幅に変更されたのである。その大混乱のなか、準備も不充分なままに、ポリー、メロピー、マイクの三人の史学生は、それぞれ第二次大戦下のイギリスの、別々の時空位置へと旅立つ。

マイクはアメリカ人記者としてドーヴァーに赴き、史上最大の救出作戦とも言われるダンケルク撤退を英国側で観察するはずだったが、なぜかコマンダー・ハロルドのぼろ船に乗って英仏海峡を渡り、みずから撤退作戦に関わる羽目になり、ついには片脚を負傷して入院する。退院してからも、マイクは自分が兵士たちの命を救ったことで、歴史に影響を与えたのではないかと不安に思っていた。

メロピーはアイリーンと名乗り、ウォリックシャー州バックベリーにあるデネウェル荘園の領主館でメイドとして働きながら疎開児童たちの生活を観察するが、悪ガキのビニーとアルフ姉弟に悩まされたうえ、帰還予定日の直前、はしかの流行で屋敷ごと隔離されてしまう。

ポリーは大空襲下の市民生活を体験しようと、ロンドンの中心街にあるデパートで売り子として働きはじめる。ポリーに思いを寄せる高校生コリンが調べてくれた、ロンドン大空襲《ブリッツ》の詳細なデータ（爆撃の場所と日時など）を識閾下学習《インプラント》しているため、危険は避けられるはずだった。ポリーは、小さな教会の地下にある防空壕で知り合った地元の人たちと、シェイクスピア俳優のサー・ゴドフリーを中心に一座を結成し、地下鉄駅で芝居を上演することになり、その稽古に追われる。

そうした戦時下の日々を過ごしながら、三人はそれぞれ、自分の降下点（タイムトラベルのためのゲート）が使えなくなっていることに気づく。このままでは未来にもどれない。現地でトラブルが生じたときは回収チームが迎えにくるはずだが、いつまで待ってもあらわれない。未来に向けてさまざまなメッセージを残し、なんとか回収チームと連絡をとろうとする史学生たち。

たがいの降下点を使おうと考えた三人は、空襲下のロンドンで再会し、対策を話し合う。三人の降下点がどれも使えないなら、この時代の英国に来ているはずのもうひとりの史学生、ジェラルドを捜し出すしかない。メロピーは彼の滞在先を聞いているが、どうしても地名が思い出せない。

タイムトラベルの法則により、過去のどの時点についても、おなじ人間は一度にひとりしか存在できない（もうひとりの自分と鉢合わせすることはありえない）ため、過去の現地調査でこの時代に来たことがあるポリーは焦燥にかられていた。早く未来にもどらないと、文字どおりのデッドラインが来てしまう。そのことをほかのふたりに話せず、ひとり悩むポリー。

いったいなぜ降下点は作動しないのか？　回収チームはどうしてあらわれないのか？　自分たちの行動が歴史の流れを変えてしまったせいなのか、それともラボでなにか異変が起きているのか。ダンワージー教授は、そして、万一のときは助けにいくとポリーに約束したコリンは、はたして救出にやってくるのだろうか。大空襲のつづくロンドンで島流しになった三人の若者たちの運命は？

オール・クリア〔上〕

おもな登場人物

〔2060年〕

ポリー・チャーチル（ポリー・セバスチャン）
メロピー・ウォード（アイリーン・オライリー）
マイクル・デイヴィーズ（マイク・デイヴィス）
……オックスフォード大学の史学生

コリン・テンプラー……高校生

ジェイムズ・ダンワージー……オックスフォード大学史学部教授

バードリ・チャウドゥーリー
リナ
……ネット技術者

〔1940年〕

ビニー・ホドビン……疎開児童。アルフの姉

アルフ・ホドビン……疎開児童。ビニーの弟

シオドア・ウィレット……疎開児童

グッド……教区牧師

サー・ゴドフリー・キングズマン……舞台俳優

ミス・ラバーナム
ミセス・ワイヴァーン
ミスター・ドーミング
ミス・ヒバード
……ポリーの芝居仲間

ミセス・リケット……下宿の主人

ミス・スネルグローヴ……タウンゼンド・ブラザーズのフロア主任

マージョリー・ヘイズ……同店員

ダフニ……ソルトラム・オン・シーのパブのウェイトレス

「いや、まだ来てませんね。今夜は少々遅れているようで」

——ロンドンのポーターが、従軍記者アーニー・パイルの荷物を運びながら、ドイツ軍の爆撃機に触れて

1　ロンドン

一九四〇年十月二十六日

正午になっても、マイクルとメロピーはステップニーからもどらず、ポリーはいよいよ心配になってきた。ステップニーまでは地下鉄で一時間もかからない。メロピーとマイクルが——訂正、アイリーンとマイクだ、時代名で呼ぶのを忘れないようにしないと——ミセス・ウィレットの家に行き、アイリーンの荷物をまとめて、オックスフォード・ストリートまでもどってくるのに六時間もかかるなんてことはありえない。空襲があって、ふたりの身になにかが起きたとか？　イースト・エンドはロンドンでいちばん危険な地域だ。

二十六日に、昼間の空襲はなかったはずだ。でも、それをいうなら、パジェット百貨店の空襲による死者も五人ではなかった。マイクのいうとおり、彼がダンケルクでハーディ二等兵の命を救ったせいで歴史が変わってしまったのだとしたら、どんなことだってありうる。時空連続体はカオス系だ。どんなささいな行動でも、大きな変化をもたらす可能性がある。

しかし、いくらカオス系だろうと、爆撃の犠牲者が――それも民間人の死者が――ふたり増えたからといって、それが戦争の流れを変えてしまうことなどまずありえない。ロンドン大空襲による民間人の死者は三万人。V1、V2攻撃による死者は九千人。第二次大戦の死者は五千万人におよぶ。

それに、マイクのせいで戦争に負けたりしなかったことはわかってる。史学生《ヒストリアン》は、四十年以上にわたって過去へ旅してきた。もし歴史を変えることが可能なのだとしたら、とっくの昔にそうなっていたはずだ。ダンワージー先生は、ロンドン大空襲《ブリッツ》にも、フランス革命にも、果ては黒死病の時代にさえ赴いている。先生の教え子たちは、歴史上のさまざまな戦争や戴冠式や政変を観察してきたが、記録にあるかぎり、そのうちのだれひとりとして、歴史の流れを変えることはもちろん、齟齬《そご》を引き起こしたことさえ一度もない。つまり、パジェット百貨店の死者が五人だったというのも、齟齬じゃないということ。きっとマージョリーが看護婦の言葉をとり違えたんだろう。会話を小耳にはさんだといっていたから、べつの爆撃で死んだ人のことだったのかもしれない。防空監視員の話だと、ゆうべはメリルボンも爆撃されている。それに、ウィグモア・ストリートも。一台の救急車が複数の爆撃現場をまわって被害者を乗せ、まとめて病院に搬送する場合があることは、経験から知っていた。それに、死んでいると思われた犠牲者がじつは生きていたと判明する場合があることも。

でも、芝居の一座が死んだとばかり思っていたことを打ち明けたら、マイクはきっと、セント・ジョージ教会が爆撃されることをなぜ知らなかったのかと問いただし、それも齟齬だと結論するだろう。ということは、パジェット百貨店の五人の死者の件は、ほんとうにその数字が正しいかどうか確認できるまで、マイクには隠しておく必要がある。マージョリーが来たとき、ここにマイクがいなくてよかった。ふたりのもどりが遅いことに感謝しなきゃ。

それに、上司のミス・スネルグローヴがマージョリーを病院に連れもどしてくれたことにも。もっともそれは、看護婦が正確にどんな言葉を口にしたのかたずねるチャンスを失ったことを意味している。死者の数について病院スタッフに確認したくて、ポリーはマージョリーを送っていく役を買って出たが、フロア主任のミス・スネルグローヴはあくまでも自分が行くと言い張った。「そうすれば、わたしから看護婦に、しっかりするようにと注意できますからね。いったいどういうつもりだったのかしら。あなたもあなたよ」とマージョリーを叱りつけ、「安静にしているべき患者が病院を抜け出してくるなんて」

「すみません」マージョリーはしおらしくいった。「パジェットが爆撃されたと聞いてパニックを起こして、たいへんなことになったと思い込んでしまったんです」

パジェットの前に散乱するマネキンを見たときのマイクみたいに。バックベリーにあるアイリーンの降下点が開かないと知ったときのあたしみたいに。いまのあたしもそれとおなじ。死者が三人ではなく五人だとマージョリーが耳にしたことには、なにか理由があるはずだ。だれもあたしたちを迎えにこないことにも、きっと理由がある。オックスフォードが壊滅したとはかぎらない。調査部が隔離の終わる日付をまちがえていて、回収チームがバックベリーの領主館に着いたときには、アイリーンがあたしを捜しにロンドンへ出発したあとだったのかもしれない。それに、マイクとアイリーンがステップニーからまだもどってこないのは、ふたりの身になにかあった証拠だとはかぎらない。シオドアの母親が飛行機工場の勤務を終えて帰宅するまで待たなければいけなかった、それだけのことかもしれない。それとも、ついでにフリート・ストリートまでマイクの荷物をとりにいくことにしたのかもしれない。

ふたりはいまにももどってくる。ポリーは自分にそういい聞かせた。自分の力ではどうしようもないことをくよくよ考えるのはやめて、なにか役に立つことをしなさい。

ポリーは、マイクとメロピー――訂正、アイリーン――のために、今後の空襲の時間と場所を書き出したリストをつくってから、ジェラルド・フィップス以外にこっちに来ているかもしれない史学生を思い出そうとした。マイクの話では、十月から十二月十八日まで、この時代に滞在する予定の史学生がいるという。その期間に、史学生の観察対象になるような歴史上の出来事があっただろうか？　戦争の大部分はヨーロッパ大陸で起きている――イタリアはギリシャに侵攻し、イギリス空軍はイタリア艦隊を爆撃した。英国ではなにが？

コヴェントリー空襲。でも、そんなはずはない。最初の爆撃は十一月十四日だし、そこまでまる一ヵ月も余裕を見る必要はないだろう。

北大西洋の戦争？　その期間内に、いくつか重要な船団が沈められたが、駆逐艦に乗艦するとなれば、危険度10にランクされる。ダンワージー先生が危険すぎる現地調査をキャンセルしているのなら……。

でも、一九四〇年の秋は、どこにいようと危険だし、先生がなんらかの現地調査に許可を与えたのはまちがいない。諜報戦？　いや、諜報戦が本格的に始動するのはもっとあと――フォーティテュード作戦とV1、V2の偽情報作戦がはじまってからだ。ウルトラはもっと前にスタートしているが、そっちは危険度10のみならず、分岐点になっている。エニグマ暗号が破られていることをドイツ軍が察知したら、戦争の行方にまちがいなく影響を与える。

ポリーはエレベーターのほうに目をやった。真ん中のエレベーターが四階にとまっている。やっと来た――と思ったが、あらわれたのはミス・スネルグローヴだった。マージョリーの担当看護婦の怠慢にやれやれと首を振りながら、「職業意識の欠如にもほどがあります！　あんなにしじゅう病院を抜け出したりして、また具合が悪くなっても驚きませんね」と憤懣《ふんまん》やるかたない口調でいう。「あなたはなにをしてるの、ミス・セバスチャン？　どうして昼休みをとらないの？」

バックベリーに行っているあいだにアイリーンと入れ違いになったみたいに、マイクとアイリーンのふたりと入れ違いになるんじゃないかと心配で。ポリーは心の中でそう答えたが、口に出すわけにはいかない。「急に忙しくなったときに備えて、おもどりになるまで待っていたんです」

「そう。じゃあ、もうお行きなさい」

ポリーはうなずき、ミス・スネルグローヴがコートと帽子を商品保管室へ置きにいっているあいだに、ドリーンのところへ行って、もしだれかがわたしをたずねてきたらすぐに教えてほしいと頼んだ。

「ゆうべ会った空軍の兵隊？」

だれのこと？　と思ったが、航空基地の名前を知りたい理由にでっちあげたのを思い出した。「ええ」とうなずき、「それとも、ロンドンに来る予定の従妹とか、とにかくだれでも」

「だれか来たら、すぐエレベーター・ボーイを使いに出すわ。さあ、もう行って」

ポリーは階段を一階まで駆け下りて、マイクとアイリーンが来ていないかオックスフォード・ストリートの左右に目を凝らし、それから上のランチルームに上がって、同僚の売り子たちに航空基地のことをたずねた。休憩時間が終わるころには、可能性がある頭文字のものと、二語から成るものとを合わせて、航空基地の名前を半ダース入手していた。

ポリーは四階に駆けもどり、無益な質問だと知りつつ、「だれかあたしをたずねてこなかった？」とドリーンに訊いた。

「来たわよ」とドリーンがいった。「あんたが昼食に行って五分もしないうちに」

「でも、そのときは呼んでっていったじゃない！」

「無理だったのよ。ミス・スネルグローヴがずっと見張ってたから」

やっぱり離れちゃいけなかった。バックベリーのときといっしょだ。

「心配ないって。彼女、まだいるから」とドリーン。「昼食休憩だっていったら、買うものがあるから、ほかの売り場を──」

「彼女？　女の子ひとりだけだったの？　男の子といっしょじゃなくて？」

「ひとりだけ。それに、ぜんぜん女の子じゃないわよ。どんなに若くても四十歳。おだんごにした髪はしらがが混じってるし、痩せこけた感じで——」

ミス・ラバーナムだ。「なにを買うかいってた？」

「ええ。ビーチ・サンダルだって」

もちろん。

「靴売り場を教えたわ。もうとっくにシーズンが終わってるから、置いてない可能性が高いといったんだけど、それでも見てくるって。捜しにいくなら、カウンターを見ててあげる——あ、もどってきた」と、ドリーンはドアが開いたエレベーターのほうを見ていった。

ミス・ラバーナムが、巨大な布製旅行かばん《カーペットバッグ》を手に、エレベーターを降りてきた。「ミセス・ワイヴァーンに会いにいって、コートを調達してきたの」といって、ポリーのカウンターにカーペットバッグを置いた。「ついでだから、あなたに届けようと思って」

「まあ、わざわざそんな手間を——」

「なんでもないわ。ミセス・リケットに話をしたら、お従妹さんといっしょに住んでもいいって。ミス・ハーディングのところにも行って、ダンケルクのお友だちが借りられる部屋があるかどうか訊いてみた。あいにく、空いていた部屋は、もう老紳士に貸してしまったそうよ。そのかた、チェルシーのお宅が爆撃されたんですって。おそろしいこと。奥さんとお嬢さん、ふたりとも亡くされたとか」ミス・ラバーナムは同情するようにいった。「でも、ミセス・リアリーの下宿に空いている部屋があったの。二階の裏手。賄《まかな》いつきで週十シリング」

「やっぱりボックス・レーンですか?」ミス・ラバーナムにこんなに手間をとらせて、もし問題の下宿の住所がダンワージー先生の禁止リストに載っていたら、なんといって断ればいいんだろう。

「いいえ。すぐ近所よ。ベレズフォード・コート」

助かった。ベレズフォード・コートも禁止リストには入ってない。

「九号室」とミス・ラバーナム。「そのお友だちが部屋を見るまで、だれにも貸さないって約束してくれた。きっといい下宿よ――ミセス・リアリーは料理上手だから」といってため息をつき、カーペットバッグを開けた。

鮮やかな緑色がちらっと覗いた。うわ、やめて。ミス・ラバーナムにコートの調達を頼んだときは、まさかこんな――

「男性のお友だち用にウールのコートを手に入れようと思ったんだけれど」といいながら、ミス・ラバーナムはベージュのレインコートをバッグからとりだした。「でも、このゴムびき外套《マッキントッシュ》しかなくて。婦人用のコートも、ほとんど在庫がなかったの。ミセス・ワイヴァーンの話だと、最近は去年のコートで済ませる人がどんどん増えてるんですって。この先、事情はますます悪くなるんじゃないかしら。政府のほうでは、衣料品も配給制にすることを検討してるようだし――」ミス・ラバーナムはポリーの表情を見て口をつぐんだ。「これじゃ、あんまりあたたかくないのはわかってるけど――」

「いえ、これこそ彼に必要なコートです。この秋はすごく雨が多いし」といったものの、ポリーの目はカーペットバッグに釘づけになっていた。ミス・ラバーナムがまた中に手を入れるのを見ながら、次に出てくるものに対して身構えた。

「だから、お従妹さんにはこれを手に入れたの」といってミス・ラバーナムがとりだしたのは、目の覚めるような緑色の傘だった。「たしかにものすごい色だし、彼女のために調達した黒のコートとは合わないけれど、でも骨が一本も折れてない傘はこれだけだったから。それに、いくらなんでも派手すぎるっていうことなら、『あっぱれクライトン』の小道具に使えるかもしれないと思って。緑は舞台の上で目立つでしょ」

それに、人混みの中でも。

「素敵。つまり、従妹はきっと、派手すぎるなんて思わないし、お芝居に使うなら、そのあいだ喜んで貸してくれると思います」安堵のあまり、ついぺらぺらまくしたてる。

ミス・ラバーナムは傘をカウンターに置いて、カーペットバッグから黒のコートと、黒のフェルト帽をとりだした。「黒の手袋はなかったから、わたしのを持ってきたの。指のうち二本は繕ってあるけれど、まだ使えそうだから」ポリーにそれを手渡し、「ミセス・ワイヴァーンからの伝言で、もしおなじようにコートをなくして困っているパジェットの従業員がいたら、いってくれたら探してみるって」ミス・ラバーナムはカーペットバッグの口金《プリムソル》をぱちんと閉めた。「さて。タウンゼンド・ブラザーズにズックは置いてるかしら。どの売り場にありそうかわかる？」

「プリムソル？」とポリー。「布地のテニス・シューズですか？」

「ええ。ビーチ・サンダルのかわりになるかもしれないと思って。船員が船の上でそういうのを履いてたかもしれないでしょ。ほら、難破したときに。靴売り場でたずねてみたけど、置いてないって。サー・ゴドフリーは、駅の床がどんなに不潔か、まるでわかってないのよ——食べものの包み紙に煙草の吸い殻にその他いろいろ。おとといの夜なんか、男の人が——」カウンターに身を乗り出し、囁《ささや》き声で、「唾を吐いてたんだから。サー・ゴドフリーがもっと差し迫った問題で頭をいっぱいにしているのはわかるけれど、でも——」

「スポーツ用品売り場にあるかも」とポリーは途中で口をはさんだ。「六階です。もしプリムソルが切れていても」戦争協力にゴムが必要とされているいま、ゴム底靴が切れているのはほぼ確実だ。「きっとだいじょうぶ。なにかほかの手を考えましょう」

「もちろんね」ミス・ラバーナムがポリーの腕に手を触れて、「あなたはほんとに頭がいいから」

ポリーは彼女をエスコートして、エレベーターに乗せた。「六階までおねがい」とエレベーター・ボーイにいってから、ミス・ラバーナムに向かって、「ほんとにありがとうございました。こんなに親切にいろいろしてくださって」

「莫迦《ばか》なことを」ミス・ラバーナムは歯切れのいい口調でいった。「こういうたいへんな時代には、せいいっぱい助け合うようにしないと。今夜の稽古には出るの？」エレベーター・ボーイが扉を閉めたとき、ミス・ラバーナムはたずねた。

「はい」とポリー。「従妹が部屋におちついたらすぐに」

もし彼女とマイクがそのときにもどっていたら。心の中でそうつけ加えながらカウンターにもどったが、いまはもう、ふたりがきっともどってくるという確信があった。

ただの取り越し苦労よ。そう思いながら、傘を手にとり、悲しい目で見つめる。マイクとアイリーンのことも、これとおなじ。ふたりの身にはなにも起きていない。きょうは日中の空襲はない。けさ、あたしの乗った電車が遅れたみたいに、ふたりの電車が遅れているだけ。ふたりがもどってきたら、収集した航空基地の名前をアイリーンに教えよう。そしたら、「これよ」とアイリーンがいって、首尾よくジェラルドを見つけ出し、降下点の場所を教えてもらってオックスフォードにもどり、マイクは真珠湾《パール・ハーバー》へ、アイリーンは欧州戦勝記念日《VEデイ》（一九四五年五月八日）へ出発し、あたしは「ロンドン大空襲下の生活」という現地調査レポートを書いて、十七歳の男の子のアプローチをかわす日々にもどる。

そのためにも、今夜残業しなくて済むよう、仕事をきちんとかたづけておこう。ポリーは、傘とマッキントッシュとアイリーンのコートをまとめて商品保管室へ持っていくと、最後の客が見ていたストッキングを箱の中にもどし、その箱を棚に置こうときびすを返した。

そのとき、音程の上下する特徴的なむせび泣きが聞こえてきた。まぎれもない、空襲警報のサイレンだった。

われわれの歴史がはじまって以来、これほど偉大な日はなかった。男も女も、すべての人間がベストを尽くした。

——ウィンストン・チャーチル、
一九四五年五月八日、VEデイ

2 ロンドン 一九四五年五月七日

「ダグラス、ドアが閉まっちゃう!」ホームからペイジが叫んだ。

「早く早く!」リアドンが急《せ》きたてる。「電車が動き出しちゃう」

「わかってる」ダグラスは、国土防衛軍の男ふたりを押し分けながら答えた。ふたりはなおも「ティペレアリーの歌」を歌いつづけ、突破不能の壁となっている。ふたりを迂回しようとしたが、乗り込んでくる数十人の人々が彼女を押しもどし、ドアから遠ざける。ダグラスはそれに逆らってしゃにむに突き進んだ。

ドアが閉まりはじめた。いま降りないと、ふたりとはぐれてしまう。浮かれ騒ぐこの集団の中では、二度と巡り会えない。

「おねがい、通してください! この駅で降りるんです!」千鳥足の水兵ふたりのあいだをかろうじてすり抜け、両ひじをつっぱってドアが閉まるのを防いだ。

「足もとに気をつけて、ダグラス！」ペイジが叫び、片手をさしのべた。

ダグラスはその手をつかみ、半分ジャンプするようにして降りた。足がまだホームにつかないうちに電車が動き出し、トンネルの中に消えていった。

「やれやれ」とペイジ。「もう二度と会えないかと思った」

ほんとにそうなるところだったのよ。

「こっちよ！」リアドンが元気よく叫び、出口に向かってホームを歩き出したが、ホームの上も電車の中とおなじぐらい混雑していた。ホームを離れ、地下通路を抜けてエスカレーターまでたどりつくのに十五分かかった。エスカレーターでも状況はまるで改善していない。人々はホイッスルを吹き鳴らし、歓声をあげ、エスカレーターの上から身を乗り出して、こちらの頭上に紙吹雪を撒《ま》き散らしている。どこかでだれかが大太鼓を叩く音。

昇りエスカレーターの五段上にいるリアドンがこちらをふりかえって叫んだ。「外に出る前に、落ち合う場所を決めとこう！　はぐれたときのために！」

「トラファルガー広場に行くんじゃないの？」とペイジが叫ぶ。

「そうよ」とリアドン。「でも、トラファルガー広場のどこ？」

「ライオン像？」とペイジが提案する。「どこがいいと思う、ダグラス？」

ライオン像はだめ。四体あるし、広場の真ん中だ。まわりは数千人の群衆でぎゅうぎゅう詰め。目的のライオンが見つからないだけじゃなく、そこからではなにも見えない。

ほかのふたりをすぐに見つけられるように、まわりより高い、見晴らしのきく場所が必要だ。「ナショナル・ギャラリーの階段！」とダグラスはふたりに叫んだ。

リアドンがうなずき、「ナショナル・ギャラリーの階段」

「何時？」とペイジ。

「真夜中」とリアドン。

だめ。もし今夜発つことにしたら、真夜中までに降下点へ行く必要がある。着くまでに小一時間かかるだろう。「真夜中はだめ！」と叫んだが、ひとつ上の段で小学生の男の子がおもちゃのラッパを熱狂的に吹き鳴らす音にかき消されてしまう。

「真夜中に、ナショナル・ギャラリーの階段ね」とペイジがくりかえした。「それを過ぎると、かぼちゃにもどっちゃう」

「だめよ、ペイジ。もっと早い時間にしないと――」

しかし、ありがたいことに、リアドンがすでに反対の声をあげていた。「それじゃだめよ。今夜、地下鉄は十一時半までしか動かない。今夜じゅうに帰れなかったら、少佐に絞め殺されちゃう」

十一時半。ということは、もっと早く降下点へ出発しなければ。

「でも、まだ来たばっかりじゃない」とペイジ。「戦争は終わったんだし――」

「まだ正式に除隊したわけじゃないのよ」とリアドン。

「でしょうね」とペイジ。「じゃあ、ナショナル・ギャラリーの階段で十一時十五分に集合。

それでいい、ダグラス?」

いいえ。それより前に出発しなきゃいけないかもしれない。あたしがあらわれるのを待って、終電を逃すようなことにはなってほしくない。

もしあたしが姿をあらわさなかったら、待たずに帰ってくれといっておかないと。「いいえ、待って!」と叫んだが、リアドンはすでにエスカレーターのてっぺんにたどりつき、さらに大きな群衆の中に呑み込まれようとしていた。こちらをふりかえって、「ついておいで、娘たち」といって、雑踏に姿を消した。

「待って! リアドン! ペイジ!」ダグラスはエスカレーターに立つ人々を押し分け、必死にペイジに追いつこうとしたが、ラッパの男の子に行く手をふさがれた。エスカレーターのてっぺんにたどりついたときには、リアドンの姿はどこにもなく、ペイジはもう改札口に近づいている。「ペイジ!」ともういちど呼びかけ、あとを追った。

ペイジがふりかえった。

「待って!」ダグラスが叫び、ペイジはうなずいて、わきに移動しようとしたが、人の波に押し流されてしまう。

「ダグラス!」ペイジが怒鳴り、おもてに出る階段を指さした。

ダグラスはうなずいてそちらへ向かったが、階段の下に着いたときには、ペイジは階段の中ほどで金属製の手すりに必死にしがみついていた。

「ダグラス、リアドンの姿が見える?」とペイジが下のダグラスに向かって叫ぶ。

「ううん!」けたたましく笑いながら階段を上がってくる群衆が、ふたりを否応なく上へと押し流そうとする。ダグラスはその力にあらがいながら、「ねえ、もし帰る時間になって、待ち合わせに来ない人がいても、待っちゃだめ!」

「なに?」ペイジが、ますます大きくなる喧騒の中で声を張り上げた。ふたりのすぐ上にいる山高帽の男が、「チャーチルに万歳三唱!」と叫び、群衆は従順に、「ばんざーい! ばんざーい! ばんざーい!」と唱和した。

「あたしを待たないでっていったの!」

「聞こえない!」

「モントゴメリー《モンティ》将軍に万歳三唱!」と山高帽の男が叫ぶ。「ばんざーい!」

歓声をあげる群衆の力で、瓶からコルク栓が抜けるように階段から押し出されて、混雑した通りへと吐き出された。外の喧騒はさらにすさまじい。けたたましい車の警笛と鳴り響く教会の鐘の音。前の人の肩に両手をのせ一列になって練り歩くジグザグ行進《コンガ・ライン》の集団が「ダン・ダ・ダン・ダ・ダン・アン!」と歌いながらくねくね進んでいく。ダグラスはどうにかペイジに追いつき、腕をつかんだ。「だから、あたしを——」

「ひとことも聞こえない、ダグ——」といいかけてペイジが口をつぐみ、「まあ、すごい」

群衆の流れがふたりにぶつかり、左右に分かれ、小さな渦を残して通り過ぎてゆく。だが、ペイジはそれにも気づかないようすで、胸の前に手を組み、畏敬の表情を浮かべて立ちつくしていた。「うわあ。見て。光!」

店のショー・ウィンドウや映画館のひさしやセント・マーティン・イン・ザ・フィールズ教会のステンドグラス窓から、電灯が煌々《こうこう》と光を放っていた。ネルソン記念碑の台座やライオン像や噴水もライトアップされている。

「いままで見たなかでいちばん美しい光景じゃない？」とペイジが吐息をついた。たしかに美しい。でも、灯火管制の五年間を過ごしてきた時代人の目には、はるかにすばらしく映るだろう。

「ええ」と答えて、トラファルガー広場に目を向けた。

柱のあいだに万国旗を張りめぐらしたセント・マーティン教会では、小さな女の子がひとりポーチに立って、きらきら光る白い花火を振っている。サーチライトが夜空を縦横に切り裂き、広場の反対側では巨大なかがり火が燃えている。二カ月前なら――二週間前なら――いまここにいるおなじロンドン市民にとって、赤々と燃える炎は、恐怖と死と破壊を意味していた。しかしいまはもう、そこに恐怖はない。ロンドン市民は火のまわりで踊り、とつぜん上空から響いてきた飛行機の爆音は、群衆から歓声と勝利のVサインを引き出した。

「素敵じゃない？」とペイジがたずねた。

「ええ！」ダグラスはペイジの耳もとで怒鳴った。「でも聞いて、もし十一時十五分になって、待ち合わせ場所にあたしが来なくても、待たないで」

しかし、ペイジはまるで聞いていなかった。「あの歌そのままね」うっとりしたようにそういうと、歌いはじめた。「『世界にふたたび光が灯るとき……』」

近くにいた人々がペイジに声を合わせて歌い出し、それが山高帽の男の「英国空軍《RAF》に万歳三唱！」の大声にかき消され、その万歳の声は、ブラスバンドが演奏する「統べ《ルール》よ、ブリタニア」に呑み込まれた。

浮かれ騒ぐ群衆がダグラスとペイジを引き離した。「ペイジ、待って！」と叫んで手を伸ばしたが、彼女の服の袖をつかむより早く、ダグラス自身が兵士のひとりにとつぜんひっつかまれて、体を半分倒されて唇にキスされた。兵士はまたもとどおり彼女を立たせると、またべつの女の子の手をつかんだ。

ほんの二、三十秒の出来事だったが、ペイジの姿はどこにも見えなくなっていた。ペイジを捜して、さっき見たとき彼女が向かっていた方角へしばらく歩いてみたが、けっきょくあきらめて、広場をナショナル・ギャラリーのほうへ歩き出した。

トラファルガー広場は、信じがたいことに、さっきの駅や通り以上に混雑していた。膨大な数の人間が、ネルソン記念碑の台座や、ライオン像の上や、噴水のまわりにすわっている。アメリカ人の水兵を満載した一台のジープが、たえず警笛を鳴らしながら、無謀にも広場の真ん中を突っ切ろうとしている。その脇を通り過ぎようとしたとき、水兵のひとりが手を伸ばしてダグラスの腕をつかんだ。「乗ってかないかい、かわいこちゃん？」といってジープにひっぱりあげる。運転手に向かって、おおげさな英国アクセントで、「バッキンガム宮殿までやってくれ、大急ぎで頼む！　それでよろしゅうございますか、お嬢さま？」

「いいえ」とダグラス。「ナショナル・ギャラリーに行かなきゃいけないの」

「よしきた、ジーヴズ。ナショナル・ギャラリーへ行け！」と水兵は命令したが、ジープはまるで動かない。まわりを完璧に囲まれている。ダグラスはジープのボンネットによじのぼり、ペイジの姿を探した。「よう、べっぴんさん。どこへ行くんだい？」と水兵がダグラスの足をつかむ。

ダグラスはその手をひっぱたくと、チャリング・クロスのほうに目をやったが、ペイジもリアドンも見つからない。向きを変え、のろのろと動き出したジープの風防をつかんで体を支え、ナショナル・ギャラリーの階段のほうに目を凝らした。

「すわってくれ、ハニー」運転手の水兵が叫んだ。「前が見えない」

ジープはのろのろ一メートルほど前進してまた停止した。さらにおおぜいの人々がボンネットのまわりに押し寄せてくる。運転手が警笛を鳴らしっぱなしにすると、群衆がわずかに分かれ、ジープはまたじりじりと数十センチ進んだ。

ナショナル・ギャラリーから遠ざかる方向に。降りなきゃ。コンガ・ラインにさえぎられてジープがまた停止したチャンスに、ダグラスは車から滑り降りた。人の波を泳ぐようにして進みながら、ペイジかリアドンの姿はないかと階段に目を走らせる。時計の鐘が鳴り、ダグラスはセント・マーティン・イン・ザ・フィールズ教会のほうをふりかえった。十時十五分。もう？　もし今夜オックスフォードに帰るつもりなら、十一時までにチャリング・クロス駅にもどらないと、降下点にたどりつけない。でも、この調子だと、ナショナル・ギャラリーの階段に行くだけでも十一時を過ぎてしまいそうだ。いますぐ駅に向から必要がある。

でも、ペイジにさよならをいわずに行ってしまいたくなかった。といっても、ほんとうに別れを告げるわけにはいかない。母親が病気になって、実家から電話で呼びもどされたという口実を使うことになっている。規則上は、許可なく離隊することはできない。しかし、戦争が終わった以上、どのみちあと数日で除隊になるだろう。

今夜帰ることにしたのは、支部の全員がロンドンにいるいまなら、こっそり脱け出すのがふだんより楽だろうと思ったからだ。でも、あした帰ることにすれば――たとえ脱出がより困難になるとしても――最後にもう一度、みんなと会うチャンスができる。それに、来ないあたしを待って、ペイジが終電に乗り遅れて帰れなくなるようなことは避けたい。

でも、ペイジは当然、この群衆のせいで待ち合わせ場所にたどりつけないんだと判断して、あたし抜きで帰途に就くだろう。戦争が終わったいま、だれかが姿を見せないからといって、V2に吹き飛ばされたんじゃないかと心配されることもない。それに、残ることを選んだとしても、この狂乱状態の中でペイジを見つけられる保証はない。

ナショナル・ギャラリーの階段は人間が密集している。これではとても見つけることなんか……いや、あれはペイジだ。石造りの手すりから身を乗り出して、群衆に目を凝らしている。

ダグラスはペイジに向かって手を振り――数百人がユニオンジャックを振っているなかでは、まるで意味のないしぐさだ――群衆を押し分け、階段に向かって決然と進みはじめたが、右手のほうからコンガ・ラインの「ダン・ダ・ダン」の音が聞こえてきたので、左のほうにそれた。

階段は人間でぎっしり埋めつくされていた。端のほうならまだしも人口密度が低いかもしれないと、そちらをめざした。

わずかにましだった。ダグラスは、人間のあいだを縫い、あるいはまたぎ越して階段を上がりはじめた。「すみません……失礼……すみません」

とつぜん、心臓が止まるような、かん高いサイレンの音が響き渡り、広場全体が静まり返ってその音に耳を傾け、それから——空襲警報解除《オール・クリア》のサイレンだと気がついて——どっと歓声が爆発した。

ダグラスの真ん前で、階段にすわりこんだ工員風のたくましい男が、両手に顔を埋め、身も世もなく泣きじゃくっていた。心配になって、「だいじょうぶですか」と声をかけ、肩に手を置いた。男は涙に濡れた赤い顔を上げて、「元気そのものだよ、お嬢さん」と答えた。「オール・クリアのせいだ」頬を拭いながら、ダグラスを通すために立ち上がり、「いままでに聞いた、いちばん美しい音だ」

男はダグラスに手を貸して、ひとつ上の段に上がらせてくれた。「さあどうぞ、お嬢さん。みんな、この人を通してやってくんな」と、上の人々に声をかける。

「ありがとうございます」と心から礼をいった。

「ダグラス!」上のほうから呼ぶ声がして、目を上げると、ペイジが大きく手を振っていた。ふたりは群衆をかき分けてたがいに歩み寄った。「どこに行ってたの?」とペイジ。「ふりかえったら、もういなくなってるんだから！　リアドン見た？」

「ううん」

「ここからならリアドンか、ほかのだれかを見つけられるだろうと思ったけど、ぜんぜんだめ」

それも当然。VEデイ当日のトラファルガー広場には一万人が集まったはずだが、今夜すでにそれだけの人数が集合しているように見える。てんでに笑い、叫び、宙に帽子を放り投げている。向こう側の隅のほうでは、コンガ・ラインが国立肖像画美術館のほうへとくねくね進んでいき、それにかわって、アイリッシュ・ジグを踊る中年女性たちの隊列があらわれた。

ダグラスはこのすべてを吸収し、いま目撃しているこのすばらしい歴史的出来事のあらゆる細部を記憶に刻みつけようとしていた。ノーフォーク連隊の将校三人といっしょに噴水に入って水をかけあっている若い女性。べつの太った女性がタフそうな外見の兵士ふたりにケシの花を手渡し、兵士たちはそれぞれ彼女の頬にキスをする。ネルソン記念碑の上によじのぼった少女は、なんとかひきずりおろそうとする警官に向かって身を乗り出し、その顔にパーティ用の巻紙飾りを吹きつけ、警官のほうもげらげら笑い出す。戦争に勝利した人々というより、刑務所から釈放されたばかりの人々のように見えた。じっさいそのとおりなんだ、とダグラスは思った。

「見て！」ペイジが叫んだ。「リアドンがいた」

「どこ？」

「ライオンの横」

「どのライオン？」

「あのライオンだってば」ペイジが指さした。

「鼻がちょっと欠けてるやつ」

そのライオン像のまわりや上には数十人の人々が群がっていた。寝そべる背中の上、頭の上、前足の上。前足の片方は、大空襲のあいだに欠け落ちていた。水兵がひとり、ライオンの背中にまたがり、自分の水兵帽をライオンの頭にかぶせている。

「ライオンの正面、左側に立ってる」とペイジが教えた。「見えない？」

「見えない」

「街灯のそば」

「男の子がよじのぼってるやつ？」

「そう。その左側を見て」

いわれたとおりに視線を移し、そこに立っている人々を見渡す。宙に帽子を打ち振る水兵、黒いコートを着て、赤白青のリボンの薔薇飾りを襟につけたふたりの老婦人、白いワンピースを着たブロンドの十代の少女、緑のコートを着たきれいな赤毛――

びっくり。あれ、メロピー・ウォードにそっくりじゃないの。それに、あのありえないほど鮮やかな緑色のコートは、いかにも、脳みその足りない衣裳部のスタッフが、VEデイのお祝いに時代人が着ていた服はこれですといって渡してよこしそうな代物だ。

それに、その若い女性は、歓声も笑い声もあげていない。すべてのディテールを記憶に刻みつけようとするみたいに、ナショナル・ギャラリーの階段を一心に見つめている。

まちがいなく、メロピーだ。

ダグラスは彼女に向かって手を振った。

もしこの戦争に負けたら、次はない。

――従軍記者エドワード・R・マロウ、
一九四〇年六月十七日

3 ロンドン 一九四〇年十月二十六日

サイレンのむせび泣きがはじまってからしばらく、ポリーはストッキングの箱を片手に持ったまま、どきどきしながらじっと立っていた。それからドリーンが口を開き、

「うわ、空襲だけはかんべんして。きょうは空襲なしで過ごせると思ってたのに」

そのはずよ。きっとなにかのまちがいだ。

「それに、やっとお客が来たところなのに」とうんざりしたようにいって、ドリーンはドアが開きはじめたエレベーターのほうを指さした。

やれやれ、こんなタイミングでやっとマイクとアイリーンがもどってくるなんて。ポリーは途中でつかまえようと急ぎ足でそちらに向かったが、エレベーターから出てきたのは、おしゃれな服を着たふたりの若い女性だった。

「あいにく、空襲のようですが」とふたりを出迎えに歩み寄ったミス・スネルグローヴが声

をかける。「当店には、快適で安全なシェルターがございます。ミス・セバスチャンがご案内しますので」

「こちらです」といって、ポリーはふたりを導いて階段室の扉をくぐり、階段を降りはじめた。

「あらあら」と女性の片方がいった。「それも、ゆうべのパジェットのあとじゃ――」

「そうよねえ」ともうひとりが答える。「聞いた？ 死者五人だって」

マイクとアイリーンがここにいなくてよかった。でも、サイレンが鳴ったとき、ここに来る途中だということもじゅうぶんありうる。タウンゼンド・ブラザーズに着いたら、地下シェルターに案内されるだろうし、パジェットの死者の話題は避けるべくもない。そうなったら、死者数が増えたことは齟齬の証拠なんかじゃないとマイクを納得させるのは不可能だ。

「パジェットで死んだ人って、シェルターにいたの？」と最初の女性が心配そうにたずねた。サイレンに負けじと、声が大きくなっている。パジェットの階段室ではサイレンの音がくぐもって聞こえたが、こちらでは音が反響して増幅され、売り場にいるときよりも大きく聞こえる。

「知らない」と連れの女性も声を張り上げた。「このごろは安全な場所なんてどこにもないでしょ」といって、きのう爆撃されたタクシーの話をはじめた。もうすぐ地下に着く。ポリーは若い女性たちの会話をうわのそらで聞きながら、マイクとアイリーンがそこにいませんようにと祈っていた。おねがい……。

「彼女のと包みをとりちがえなかったら」と若い女性が話している。「ふたりとも死んでるところだったのよ――」

サイレンが唐突にやんだ。静寂の中にしばし音がこだまし、それからオール・クリアのサイレンが鳴りはじめた。

「誤警報か」ともうひとりの若い女性が明るい声でいった。ふたりは裏の階段を上がりはじめた。「きっと、こっちの飛行機をドイツの爆撃機とまちがえたんだわ」たしかにありそうな話だが、マイクがそれで納得するとはかぎらない。彼とアイリーンがさっきの空襲警報の聞こえる場所にいなかったことを祈った。でも、この女性たちが五人の死者のことを知っていたのは、きっと新聞で読んだからだろう。だとしたら、チョークで黒板にでかでかと見出しを書いて、新聞売りがそうがなりたてているだろう。マイクの耳に入れないようにするのは不可能だ。それに、売り子がお客に向かって、「パジェットの死者のことをどこで知りました?」とたずねるわけにもいかない。

若い女性たちがまたその話題を持ち出してくれないかと思ったが、いまはどの長手袋を買うかという話に夢中になっている。小一時間かけてやっとお買い上げの商品が決まり、ふたりが帰ったあとも、マイクとアイリーンはまだあらわれない。よかった。ということは、空襲警報を聞いていない可能性が高い。でも、時刻はもう午後二時過ぎ。どこにいるんだろう? きっと、新聞の売り子が「パジェットで死者五人」と見出しを叫ぶのを聞いて、マイクは死体保管所《モルグ》へ遺体を確認しにいったんだ。ポリーは不安な気持ちでそう思ったが、三十分後にようやくあらわれたマイクとアイリーンは、爆撃の死者のこともパジェット百貨店のことも口にしなかった。ふたりが遅くなったのは、シオドアの家で時間をとられたせいだった。

「行かないでって、シオドアに泣きつかれて」アイリーンが説明した。「あんまりひどい癇《かん》癪《しゃく》を起こすもんだから、行かないと約束するしかなくて、お話を読んであげたの」

「そのあと帰り道に、地図を探そうと思って、アイリーンが知ってるトラベルショップに寄ってみたんだけど」とマイク。「ゆうべの空襲で爆撃されてて」

「焼け跡に店主がいて、チャリング・クロス・ロードにもう一軒、べつの店があるって教えてくれたんだけど――」

ドリーンのカウンターから、ミス・スネルグローヴがとがめるような視線をこちらに投げている。

「その話は家に帰ってからにして」そういって、ポリーはふたりに、ミス・ラバーナムが持ってきてくれたコートと、下宿の玄関の鍵を渡し、ミセス・リアリーの住所を教えてから、

「あたしは帰りが遅くなるかも」とつけ加えた。

「帰ってくる前に空襲がはじまったら、駅に行ったほうがいい？」アイリーンが神経質にたずねた。

「いいえ。ミセス・リケットの下宿は完璧に安全よ」とポリーは声を潜めて囁いた。「さあ、もう行って。くびになりたくないから。あたしたち三人には、もうこの仕事しかないのよ」

ポリーはそのうしろ姿を見送りながら、ふたりが新しい住まいにおちつくのに忙しくて、パジェットのことや昼間の空襲のことをだれとも話す間がないことを祈った。ほんとうに五人の死者が出たのかどうかたしかめるために、あした病院へ行ってみるつもりだったが、もし新聞に死者の数が載っているのだとしたら、あしたまで待てない。今夜行かなければ。そうなると、かわいそうなアイリーンは、初日だというのに、ミセス・リケットの夕食にひとりで立ち向かう羽目になる。

しかし、まっすぐ帰宅してもおなじことだった。病院の受付にいた厳格な看護婦に阻まれて、マージョリーに会うことも情報を入手することもできず、すごすご下宿に帰り着いてみると、アイリーンがバッグを抱えて談話室にすわっていた。でも、食堂からはほかの下宿人たちの声が聞こえてくる。

「どうして食堂で食べてないの？」とポリーはたずねた。

「配給手帳を渡さないと食事はさせられないってミセス・リケットにいわれて。パジェットの空襲のことを話したら、新しい配給手帳が交付されるまで賄いはつけられないって。マイクもいないし――」

「どこなの？ミセス・リアリーの下宿？」

「ううん。部屋の手配を済ませてから、リージェント・ストリートの旅行代理店をチェックして、前の部屋から服をとってくるって。でも、遅くなるから待たなくていいっていわれた。ノッティング・ヒル・ゲート駅で合流するから、行っててくれって。今夜の空襲は何時にはじまるの？」と心配そうにたずねる。

「しーっ」とポリーは小声でいった。「ここでそんな話はだめ。部屋に上がってから」

「だめなの。下宿代を払うまで入居させられないって」

「下宿代？　あたしの部屋に越してくるんだっていわなかったの？」

「いったわよ。でも、十シリング六ペンス払うまではだめだって」

「あたしから話してみる」ポリーはむっつりそういうと、アイリーンのバッグを持った。荷物とアイリーンを部屋に残して、キッチンへミセス・リケットと対決に向かった。

「越してきたとき、ダブルの部屋だから二人分の料金を払えといったじゃないですか」ポリーは抗議した。「追加の下宿代を払う必要は――」

「それが気に入らないんなら、部屋を探している人はほかにいくらでもいるんだよ」とミセス・リケット。「きょうは、部屋を貸してくれっていう陸軍の看護婦が三人も来たんだから」

で、ダブルの部屋の下宿料を三倍ふっかけようっていう魂胆ね。思わずそう切り返しそうになったが、アイリーンともども追い出される危険はおかせない。アイリーンはすでにシオドアの母親にここの住所を伝えているだろうし、ミセス・リケットは、もし回収チームがやってきても、追い出した下宿人の引っ越し先を教えるような人間ではない。ポリーは追加の十シリング六ペンスを支払い、階上にもどった。

ちょうど、ミス・ラバーナムが部屋から出てくるところだった。貝殻でいっぱいのバッグとガラスの空き瓶を手に持っている。「アーネストが瓶に入れて流す手紙用の小道具」とミス・ラバーナムが説明した。「サー・ゴドフリーはウイスキーの瓶をといったけれど、ミセス・ブライトフォードの小さな娘さんたちがいるから、オレンジ・スカッシュの瓶のほうがいいんじゃないかと思って――」

ポリーは途中で口をはさみ、「今夜の稽古には行けないかもしれないとサー・ゴドフリーに伝えていただけますか。従妹が部屋におちつくまでいっしょにいてやらないと」

「ええ、もちろんね、かわいそうに」とミス・ラバーナム。「死んだ五人の中には知り合いがいたのかしら」

うわ、ミス・ラバーナムも死者のことを知っている。マイクとアイリーンを一座からも遠ざけておかなきゃ。

「死んだ人も売り子だったの？」とミス・ラバーナム。

「いいえ。でも、爆撃でひどいショックを受けていて。だから、彼女の前ではパジェットのことに触れないでいただけますか」

「ええ、もちろんよ」とミス・ラバーナムが請け合った。「動揺させるようなことはしませんとも」

ミス・ラバーナムはもちろん本気だろうが、下宿屋のだれかがぽろっと漏らすことは避けられない。あした、なんとか方法を見つけて、病院のマージョリーに面会しないと。

「ほんとうにおそろしいわ」とミス・ラバーナム。「おおぜい亡くなって。それに、いつ終わるとも知れない」

「ええ」とポリーは答え、鳴り出したサイレンにほっとした。「行けないとサー・ゴドフリーに伝えてくださると助かります」

「ええ、でも空襲のあいだもここにいようなんて考えちゃだめよ。ねえ、ミス・ヒバード」ミス・ラバーナムは、黒の傘と編みものを持ってあわただしく自室から出てきた下宿仲間に声をかけた。

「もちろんよ」とミス・ヒバードがうなずいた。「危険すぎるもの。ドーミングさん、ミス・セバスチャンにいってあげてくださいな。従妹さんとふたり、わたしたちといっしょに来なきゃいけないって」

いまにもアイリーンが、どうなってるんだろうとドアを開けて顔を出しそうだ。「下宿の中のことを教えたらすぐ、ふたりで行きますから」ポリーは追及を逃れるためにそう約束し、三人を下まで送っていった。

「あんまり遅くならないでね」とミス・ラバーナムが玄関の前でいった。「サー・ゴドフリーは、クライトンとレイディ・メアリの場面を稽古したいといっていたから」

「従妹がいるので、稽古には参加できないかも——」

「連れてくればいいのよ」とミス・ラバーナム。

ポリーは首を振った。「従妹には休息と静けさが必要なんです」それと、五人の死者が出たのを知っている人々に近づかせないことが。「あしたの夜はかならず行きますからとサー

・ゴドフリーに伝えてください」といって、階段を駆け上がった。

ミセス・リケットが下宿人たちといっしょに出かけたのをたしかめてから、また階段を駆け下りてキッチンに行き、やかんを火にかけると、パン、マーガリン、チーズ、ナイフをトレイに載せ、お茶を入れて、アイリーンのところへ持っていった。

「部屋でものを食べちゃいけないっていわれた」とアイリーン。

「だったら、ただちに賄いをはじめるべきね」ポリーはベッドにトレイを置いた。「でも、ほんとのことというと、食堂で食べられなくてラッキーよ。下宿で出る夕食より、こっちのほうがずっとましだから」

「でも、サイレンが」アイリーンが心配そうにいった。「ここにいて――」

「空襲がはじまるのは八時四十六分」ポリーはパンにマーガリンを塗ってアイリーンに渡した。「それに、いったでしょ、ここなら安全だって。ダンワージー先生その人がこの住所を承認したんだから」

アイリーンのカップに紅茶を注いで、「きょう、航空基地の名前を新しくいくつか調べてきたんだけど」といって、メモを読み上げたが、アイリーンはそのすべてに首を振った。

「ヘンドンってことはない?」

「ないわ。ごめんなさい。見ればわかるんだけど。地図さえあれば」

「チャリング・クロス・ロードのトラベルショップには行ったの?」

「ええ。でも、どうして地図がほしいのかって、根掘り葉掘り質問されて。マイクなんか、その言葉はどこの訛りかって、そんなことまで訊かれたのよ。わたしたちのことを警察に通報する気だったんだと思う。ドイツのスパイじゃないかと疑われたんだっていうのがマイクの説」

「かもね。その可能性は考えておくべきだった。疑わしい行動をとる人間に気をつけろっていうポスターがあちこちに貼ってあるから。工場の写真を撮るとか、防衛態勢についてあれこれ質問するとか——地図を買いたがるっていうのも、疑わしい行動の中に入りそう」

「でも、だったらどうやって地図を手に入れる？」

「さあね。タウンゼンド・ブラザーズの書籍売り場に行って、地図帳かなにか置いてないか見てくる」

「時刻表《ABC》は置いてる？」

「ええ。バックベリー行きの列車をABCで調べたから」そうだ、どうして鉄道時刻表を使うことを思いつかなかったんだろう。あれなら、駅名がアルファベット順で一覧になっている。DかTかPのところを見れば、ジェラルドのいる航空基地の地名がきっと見つかる。

「ロンドンに子供たちを連れてくるとき、ABCを使ったの？」

「ううん。でも、アガサ・クリスティーの長篇に、謎を解くためにABCを使う場面があったから。わたしたちの謎もそれで解けるかも」

そんなに単純だったらいいんだけど。

アイリーンは天井を見上げた。「あれ、爆撃機の音？」

「ううん。雨。でも、ラッキーなことに」ポリーは明るくいった。「あたしたちには傘がある」

ポリーはトレイを階下のキッチンに運んでから、マイクに持っていくサンドイッチをつくり、アイリーンといっしょにノッティング・ヒル・ゲート駅に出発した。雨脚が強くなっている。氷のように冷たい土砂降りの雨に降られて、ミス・ラバーナムが緑の傘とアイリーンのコートを調達してくれたことに感謝しつつ、アイリーンを先導して、雨に濡れた暗い通りを歩いた。ポリーは足首まである水たまりに二度も踏みこんだ。

「ここって最低」とアイリーンはいった。「シオドアじゃないけど、うちに帰りたい」

「回収チームに見つけてもらえるように、シオドアの母親に新しい住所を伝えてきた？」

「ええ。それに、おとなりのミセス・オーウェンスにも。あと、ステップニーからもどる電車の中で、教区牧師に手紙を書いた。そのことでひとつ訊きたいんだけど、アルフとビニーにも新しい住所を教えたほうがいいと思う？」

「それって、例の子供たち？　干し草の山に火をつける？」

「そう。あの子たちに居場所を伝えたりしたら、招待されたと思う可能性が高いわ。あのふたりは――」

「おそろしいモンスター」とポリーがひきとった。

「ええ。それに、回収チームがふたりの居場所を知るとしたら、教区牧師にたずねるしかない。教区牧師にはもう新しい住所を伝えたわけだから、なにもあの子たちに――」

「連絡する必要はないと」ポリーはアイリーンの先に立って、一座のだれかに出くわさないことを祈りながら、地下鉄駅につづく階段を降りていった。「マイクはどこで落ち合うって？　エスカレーターの下？」

「ううん、非常階段。オックスフォード・サーカスのとおなじようなのがここにもあるの」

よかった。アイリーンのあとについて地下通路を歩きながら、ポリーは思った。そこなら一座の人間と顔を合わせずに済む。それに、マイクが非常階段で待っているなら、パジェット爆撃のうわさ話を耳にする心配もない。

　でも、マイクはそこにいなかった。アイリーンとポリーはマイクの名前を呼びながら、非常階段を一階半ぶん上まで上がり、そのあとは一階半ぶん下まで降りてみたが、返事はなかった。「オックスフォード・サーカスに行ったほうがいいかな。はぐれたらそこで落ち合うことにしようっていってたけど」

「ううん。どうせすぐに来るわよ」ポリーは階段に腰を下ろした。

「今夜の空襲は、リージェント・ストリートじゃないよね」アイリーンが心配そうにたずねた。

「ええ。市《ザ・シティ》と――」

「ロンドン《ザ・シティ》？」アイリーンが神経質に天井を見上げて、「ロンドンのどのへん？」

「ロンドン市のことじゃないの。大文字のCではじまるシティ。セント・ポール大聖堂のまわりの一画よ」それにフリート・ストリートもね、とポリーは心の中でつけ加えた。「ここからはぜんぜん遠いし、そのあとの空襲はホワイトチャペル」

「ホワイトチャペル？」

「ええ。どうして？　マイクはホワイトチャペルに行く予定なんかないでしょ？」

「ええ。でも、アルフとビニーが住んでるの」

いやはや。ホワイトチャペルはステップニー以上に空襲の被害が大きい。ほとんど壊滅状態だった。

「ひどくやられたの？」アイリーンが心配そうにいう。「あーあ、やっぱりあの手紙を捨てなきゃよかったかも」

「あの手紙って？」

「アルフとビニーをカナダに疎開させる手配をしたっていう、教区牧師からの手紙。シティ・オブ・ベナレス号に乗船することになるかもしれないと思って、ミセス・ホドビンに渡さなかったの」

マイクがこの場にいなくてよかった。パジェットの五人の死者が齟齬じゃないと納得させるだけでもたいへんなのに、このうえ、問題の手紙を渡さなかったことでアイリーンがホドビン姉弟の命を救ったんだと思い込むことになったら……。もちろん、姉弟が乗ったかもしれないアメリカ大陸行きの船はたくさんある。あるいは、疎開委員会は姉弟をカナダじゃなくてオーストラリアかスコットランドに送ることにした可能性もある。それに、たとえシティ・オブ・ベナレス号に割り当てられたとしても、じっさいに乗船したとはかぎらない。列車が遅れて出航に間に合わなかったかもしれないし――ふたりがアイリーンの言葉どおり、おそろしいモンスターなら――デッキ・チェアをペンキで黒塗りするとか燃やすとかして、船から放り出されたかもしれない。

でも、マイクがこの主張で納得するかどうかは疑わしい。とくに、パジェットの死者の件を知ったあとでは。自分のせいで戦争に負けたんだと信じこんで意気消沈するだろう。そうなったら、VEデイの件を打ち明ける以外、そうじゃないと説得するすべはない。しかし、それを打ち明けることは、あたしにデッドラインがあると知られることを意味している。そうなれば、アイリーンとマイクにとっては、心配の種がさらに増えることになる。そして今度は、この齟齬が……。

マイクに知られる前に、パジェット百貨店の死者の数をたしかめなければ。

「アルフとビニーの件は、マイクには黙ってて」とポリーはアイリーンにいった。「手紙のことは教えなくていい。それに、ふたりに手紙を出して新しい住所を教えていないことも、いわなくていいから」

「でも、やっぱりふたりに手紙を書いたほうがいいかも。ホワイトチャペルは危険だって教えるために」

そんなことはもうとっくに知ってるだろうと思うけど。「ふたりに居場所を知られたくないんじゃなかったの」

「でも、カナダじゃなくてホワイトチャペルにいるのはわたしの責任だから。それにビニーはまだはしかから完全に恢復したわけじゃないのよ。一度は死にかけて――」

「そんな話、初耳だけど」

「そうなのよ。すごい熱が出て、どうしていいかわからなくて。アスピリンを服《の》ませて――」

これもまた、マイクに聞かれなくてよかった。

「アルフとビニーが危険な状態だとしたら、わたしのせい」とアイリーン。「わたしが――」

「しいっ」とポリー。「だれか来る」

ふたりは耳をすました。ずっと下のほうからドアが閉まる音が響き、鉄の階段を昇ってくる足音がそれにつづく。

「アイリーン？　ポリー？　上かい？」

「マイクだ」アイリーンが階段を駆け下りた。「どこにいたの？」

「モルグに行ってたんだ」とマイクはいった。

ああ、もう手遅れだ。マイクは五人の死者の件を知ってしまった。

しかし、階段を上がってきたマイクは快活にいった。「航空基地の名前をたくさん仕入れたし、仕事も手に入れた。もうポリーの給料だけをあてにしなくてもいい」

「仕事？」とアイリーン。「でも、働き出したら、ジェラルド捜しはどうするの？」

「デイリー・イクスプレス紙の特約記者として雇われたんだ。つまり、あちこち取材に出かけて――航空基地を含めてだよ――書いた記事に応じて原稿料を受けとる。地図が見つからなくて、それでイクスプレス本社のモルグへ行って、航空基地が出てくる記事をかたっぱしから探して――」

新聞社の資料室《モルグ》。本物の死体保管所《モルグ》じゃなかった。

「自分は新聞記者で、ダンケルクにいたんだって自己紹介したら、その場で採用された。いちばんいいのは、記者証をもらえたことだよ。これで航空基地に入れる。だから、あとはどの基地なのかをつきとめるだけ」マイクはポケットからリストをとりだした。「ディグビーは？　それともダンクスウェル？」

「ううん、二語だった……と思う」とアイリーン。

「グレート・ダンモウ？」

「いいえ。ずっと考えてるんだけど。もしかしたら、DじゃなくてBではじまる名前かも」

ということは、頭文字がなんなのかぜんぜんわからないってことね。そう思いながら、ポリーはいった。「ボクステッド」

「いいえ」とアイリーン。

「Bか」とマイクがつぶやき、リストに目を落とす。「ベントリー・プライアリー？」

アイリーンは眉根にしわを寄せた。「近い感じだけど、でも――」

「ベリー・セント・エドマンズ？」

「ううん。でももしかしたら……ああ、もう、わかんない！」アイリーンは降参というように両手を上げた。「ごめんなさい」

「気にするなよ、きっとつきとめられるさ」マイクはリストの紙をまるめて、「航空基地はまだいっぱいある」

「ジェラルドが行き先について話してたこと、ほかになにか覚えてる?」とポリーはたずねた。

「ううん」アイリーンは必死に思い出そうとする表情になった。「バックベリーにいつまでいるのかって訊かれて、五月の初めまでだって答えたら、それは残念、もっとあとまでいるなら、週末にでも訪ねていって、『晴れやかな気分』にしてあげられるのに、って」

「どうやって訪ねるのかいってた?」

「どうやって? 自動車か鉄道かってこと?」アイリーンが訊き返した。「よく覚えてないけど、バックベリーぐらい辺鄙《へんぴ》な土地だと鉄道も通ってないいんじゃないかとかいってたような気がする」

「それに、ぼくが会ったときは」とマイクが口をはさんだ。「鉄道の時刻表をチェックしなきゃいけないとかいってたな」

「よかった」とポリー。「ということは、駅の近くにある航空基地ね。彼、オックスフォードへ抜けたんだっけ?」とマイクにたずねた。

「ああ。でもそれは準備作業のためで、調査先じゃないよ。オックスフォードから列車に乗ってどこへ行ったのかは……」

ポリーは首を振った。「戦時中の旅は不確定要素が多すぎる。ダンワージー先生は、ネットを抜けて、目的の近くに出るようにと指示したはず。兵員輸送列車のせいで鉄道はしじゅう遅れが出てるから」

「そのとおり」とアイリーン。「バックベリーに行く列車がぜんぜん運行しない日もあったんだから」

「ということは、オックスフォードの近くの航空基地を探せばいいわけか」

「それとも、バックベリーの近く」とポリー。

「それとも、バックベリーの近く。鉄道駅のそばで、名前が二語で、DかPかBではじまる。これでかなり絞り込める。あとは地図が見つかれば……」

「まだ探してるところ」とポリー。「それと、あたしのほうは、空襲をぜんぶ書き出した」といって、アイリーンとマイクそれぞれに、来週の空襲一覧を手渡した。

「来週は毎晩空襲があるのね」とアイリーン。

「残念ながら。十一月は、ドイツ空軍《ルフトヴァッフェ》がほかの都市の爆撃をはじめるから、そのころ、ちょっと間隔が空く。そのあと空襲が減るのは、本格的に冬型の気圧配置になったとき」

「そのあと？」アイリーンはげんなりした口調で、「ロンドン大空襲《ブリッツ》はいつまでつづくの？」

「来年の五月まで」

「五月？　でも、空襲の頻度はだんだん落ちていくんでしょ？」

「残念ながら、そうじゃないの。ロンドン大空襲全体を通して最大規模の空襲があったのは、一九四一年の五月十日と十一日」

「それが最悪の空襲？」とマイクがたずねた。「五月半ば？」

「ええ。どうして？」

「なんでもない。いいんだ。どうせぼくらはそのずっと前にいなくなってるんだから」アイリーンに励ますような笑みを向け、「必要なのは、ジェラルドの居場所をつきとめることだけ。ほかになにか、彼が口にしたことで、手がかりになりそうなことを覚えてない？　彼と話をした場所はどこだった？」

「話をしたのは二回——一回はラボで、もう一回はオーリエルに運転許可証をもらいにいったとき。ああ、ひとつ思い出した。自分の現地調査がどんなに重要でどんなに危険かって話をしてる最中に雨が降り出したの。そしたら彼、空を見上げて、ほんとうに雨かどうかたしかめるみたいに片手をさしだし、それからわたしの許可証を指さした。ほら、運転教習を受けるときに記入させられるやつ。あなたも持ってたでしょ、ポリー」

ポリーはうなずいた。「赤とブルーで印刷した書式？」

「そうそう。ジェラルドはそれを指さしてこういったの。『そいつはちゃんとしまっといたほうがいい。でないと教習を受けられなくなるぞ。ともかく、ぼくがこれから行く場所ではね』って。それから、すごく気の利いたジョークをいったみたいに大笑いした。彼、いつもそうなのよ——自分にユーモアのセンスがあると思ってるから。ほんとは、彼のジョーク、ぜんぜん笑えないんだけど。そのときのジョークも、まるきり理解できなかった。意味わかる？」

「ううん」とポリーはいった。書類が航空基地とどう関係するのかも、まったく見当がつかない。「ジェラルドの言葉で、ほかになにか思い出せる？」

「話の中身じゃなくても、彼と話をしたときのことならなんでもいい」とマイク。「どんな状況だった？」

「リナがだれかと電話してたけど、それはジェラルドの現地調査とは関係なかった」

「でも、もしかしたらそれが航空基地の名前を思い出すヒントになるかもしれない。どんなに関係なさそうなことでもいいから、できるだけくわしく思い出してみて」

「犬のボールみたいに」とアイリーンが勢い込んでいった。

「ジェラルドが犬のボールを持ってたのかい？」とマイク。

「ううん。アガサ・クリスティーの長篇に、犬のボールが出てくるやつがあるの」

まあ、それはたしかに関係ないわね。

「『もの言えぬ証人』」とアイリーン。「最初、犬のボール事件は殺人とまったく無関係に見えたんだけど、すべての謎を解く鍵だと判明するの」

「まさにそれだ」とマイク。「ぜんぶ書き出して、なにか思い出すきっかけにならないか、ためしてみてくれ。それと、月曜日にデパートをかたっぱしからまわって、それぞれの店で求職申込書を書いてきてほしい」

「タウンゼンド・ブラザーズで求人がないか、ミス・スネルグローヴに訊いてみようか」とポリー。

「職探しのためじゃないんだ」とマイク。「すべてのデパートにアイリーンの名前と住所を残しておくのが目的だよ。回収チームがぼくらを捜しにきたときのために」

ということは、けさパジェットであたしが力説した結果、マイクは自分が歴史を変えたわけじゃないんだと納得してくれたにちがいない。しかし、踊り場に横たわって、それぞれがコートをかぶって体をまるめ、眠りについたと思ったら、マイクにそっと揺り起こされた。マイクは、ついてこいと手招きすると、寝息をたてているアイリーンの横を忍び足で通り過ぎた。

「パジェットのこと、ほかになにかわかった？」とマイクが囁き声でたずねる。

「いいえ」ポリーは嘘をついた。「あなたは？」

マイクは首を振った。

助かった。空襲警報解除《オール・クリア》のサイレンが鳴ったら、マイクを連れて降下点へ直行しよう。そうすれば、マイクはだれとも話ができない。あたしが病院からもどるまで、マイクには降下点で待機していてもらえばいい。もしマイクをここから連れ出す前に、ミス・ラバーナムに出くわして、死者が五人も出るなんてほんとにおそろしいとかなんとか彼女が口走ることさえなかったら――

「死者は三人だっていったよね？」とマイク。

「ええ。でも、インプラントされた情報がまちがってる可能性もある。あれは——」

「で、パジェットの人事部長は——なんて名前だっけ？　フェザーズ？」

「フェッターズ」

「彼は、パジェットの従業員は全員、無事が確認されたっていってた」

「ええ。でも——」

「考えたんだけど。もし三人の死者が回収チームだったら？」

金属は銃になる！ 口紅ホルダーは捨てずに、詰め替え用を買おう！

——雑誌広告、一九四四年

4 ベスナル・グリーン 一九四四年六月

メアリはタルボットの体に半分おおいかぶさるようにして側溝に身を伏せ、エンジンのパタパタパタという音が止まったあとの突然の静寂に耳を澄ました。

「いったいなんのつもり、ケント？」体の下でタルボットがもがき、自由になろうとする。

メアリは彼女を側溝に押しもどして、「頭を上げちゃだめ！」

V１が爆発するまで十二秒。十一……十……九……おねがい、おねがい、おねがい。できるだけ遠くで爆発してくれますように。七……六……

「頭を——？」タルボットがなおももがく。「気でも狂ったの？」

メアリはぎゅっと押さえつけ、「目をつぶって！」と命令し、爆風とともに襲ってくる、目の眩《くら》む光に備えて目を閉じた。

両手で耳を押さえたほうがいい。そう思ったが、タルボットを押さえておくのに両手がふさがっている。信じられないことに、タルボットはこの期《ご》に及んでまだ起き上がろうとしている。

「伏せて！　飛行爆弾よ！」メアリは片手でタルボットの後頭部を押さえて、側溝の底に無理やり押しつけた。二……一……〇……

アドレナリンで加速した頭が、秒数を速くカウントしすぎていたようだ。両腕をタルボットの体にぎゅっとまわしたまま、閃光と衝撃を待ち受けた。タルボットがさらに強くもがきながら、「飛行爆弾？」と訊き返し、メアリの腕を逃れると、両手とひじをついて体を起こした。「どんな飛行爆弾？」

「さっき聞こえたやつ。だめだって……」なんとかしてタルボットを押さえつけようとむなしい努力をしながら、「いまにも爆発する。爆弾は……」

咳き込むようなダダダッという音につづいて、またパタパタパタという音が聞こえてきた。でも、そんなことありえない。メアリは当惑した。V1は再起動したりしない……。

「聞こえたのって、あれ？」とタルボット。「莫迦《ばか》、飛行爆弾じゃないよ。バイクだって」

タルボットがそう話しているあいだにも、おんぼろのデハヴィランドにまたがった米兵が角を曲がって姿をあらわし、こちらに向かって走ってくると、バイクを傾けて停止した。

「どうした？」といいながらバイクを飛び下り、「ふたりとも、だいじょうぶかい？」

「だいじょうぶじゃない」タルボットがげっそりした口調でいう。体を起こし、地面にすわりこむと、制服の前をはたいて土を落としはじめた。

「血が出てる」と米兵がいった。

メアリはぞっとしてタルボットを見つめた。ブラウスに血がつき、口からあごにかけて血のすじが流れている。「まあ、たいへん、タルボット！」と叫び、メアリも米兵もあわててハンカチを出そうとした。

「なんの話？」とタルボットがいった。「血なんか出てないよ」

「口が」と米兵に指さされて、タルボットは用心深い手つきで口もとに触れ、それから指先を見つめた。

「血じゃない。口紅よ——わっ、どうしよう、あたしの口紅が！」

タルボットはあたりを見まわし、必死に口紅を探しながら、「手に入れたばっかりなのに。クリムゾン・カレスなのよ」といって、立ち上がろうとしはじめた。「手に持ってたのを吹っ飛ばされた、ケントが——うう！　痛たたた！」タルボットは縁石の上にすわりこんだ。

「怪我してる！」米兵が駆け寄った。

「まあ、タルボット、ほんとにごめんなさい」とメアリ。「V1だと思ったの。新聞に、バイクみたいな音がするって書いてあったから。怪我したのはひざ？」

「うん。でも、なんでもないって」タルボットは米兵の首に片腕をまわした。「倒れたときにひねったみたい。すぐよくなる——うう！　うう！　うう！」

「なんでもなくないよ」と米兵。メアリのほうを向いて、「歩けるとは思えないな。バイクのうしろに乗るのも無理そうだ。車はある？」

「いいえ。ダリッジからバスで来たの」

「だいじょうぶだって」とタルボット。「ケントに肩を借りるから」

しかし、両脇からふたりに支えられても、タルボットは片方のひざにはまったく体重をかけることができなかった。

「きっと、靭帯を切ったんだ」と米兵がいって、タルボットをまた縁石にすわらせた。「救急車を呼ぶしかないね」

「莫迦みたい！」とタルボットが抗議した。「あたしたち、救急車クルーなのに！」

しかし、米兵はもう、公衆電話を探しにいくためバイクにまたがっていた。メアリは彼に小銭とベスナル・グリーン支部の電話番号を渡した。

「だめ、ベスナル・グリーンはやめて」とタルボットが抗議した。「ほかの隊に知れたら、いい笑いものよ。ダリッジに電話するようにいって、ケント」

メアリはいわれたとおりにしたが、数分後にやってきたのはブリクストン支部の救急車だった。「おたくの支部は救急車が二台とも事象《インシデント》現場へ行ってて」と運転手がいった。「きょうはドイツ軍の攻撃が激しいから」

わたしたちのところには来なかったけど、とメアリはみじめな気持ちで思った。

ブリクストンのクルーはバイクのエンジン音をV1ととりちがえたという話をふつうに受けとめてくれたが、タルボットといっしょにダリッジに帰還すると、盛大に囃《はや》したてられた。

「新聞に、バイクみたいな音がするって書いてあったのよ」とメアリは弁解がましくいった。

「うん、そう。新聞には、洗濯機みたいな音がするとも書いてあった」とメイトランド。

「洗濯機をまわすときは用心したほうがよさそうだね、みんな」

パリッシュがうなずいた。「パンティを干してるときにいきなり押し倒されたくないもの」

「すごくおんぼろのデハヴィランドだったのよ。エンジンがパタパタ鳴ってて急に止まるのが、ほんとに飛行爆弾みたいだったんだってば」とタルボットがかばってくれたが、これは逆効果だった。クルーたちはメアリのことをデハヴィランドだのトライアンフだの、そのとき思いついたバイクの名前で呼びはじめ、ドアがバタンと鳴ったり、鍋が沸騰したりするたびに、だれかが、「うわ、飛行爆弾だ！」と叫んでメアリにうしろからタックルをしかけてくる。

ジョークに悪気はなかったし、タルボットも根に持ってはいないようだった。彼女は現場をはずされてデスクワークにまわり、松葉杖をついて歩く羽目になったが、ひざの靭帯を切ったことより、口紅をなくしたこととダンスに行き損ねたことをはるかに悔やんでいるようだった。

翌朝、事象現場からの帰り道、メアリはフェアチャイルドといっしょに探してみたが、排水溝に転がり落ちたか、通りに落ちているのを見つけただれかに拾われたか、いずれにしても口紅は見当たらなかった。タルボットの帽子は見つかったが、自動車のタイヤに轢かれて、修繕のしようもない状態になっていた。ダリッジにもどる途中、メアリがダンスに行くことにした最大の理由だった鉄道橋を——というかその残骸を——通りかかった。

「飛んできた第一陣の飛行爆弾でやられたのよ」とフェアチャイルドがあっさりいった。

それをもっと早く教えてくれていたら、インプラントのデータが正確だとわかって、タルボットを怪我させたりせずに済んだのに。

せめてもの償いにメアリは自分の口紅をあげると申し出たが、タルボットは、「ううん、その色はピンクすぎるから」といって、救急箱のパラフィンとメルチオレートを熱して代用品をこしらえようと実験に着手した。結果はオレンジが強すぎたが、それからの数日、支部の全員が、事象現場――中にはぞっとするような悲惨な現場もあった――との往復の合間に、クリムゾン・カレスの色を再現するものを探すことに熱中した。

スグリの実は色が濃すぎ、ビートの汁は紫すぎ、イチゴはどこにも見つからない。メアリは、吹き飛ばされた手すりに胸を貫かれて死んだ女性を運ぶのを手伝っていたとき、彼女の血がクリムゾン・カレスの色合いにぴったりだと考えている自分に気づいて、ぞっとすると同時に恥ずかしくなった。それからは、事象処理が終わるまでずっと、他の応急看護部隊《FANY》隊員も血の色に気がつくんじゃないかと心配しどおしだったから、帰路の車中、次はだれが黄禍《イエロー・ペリル》を着る番かに議論が集中したのにほっとしたくらいだった。

もっとも、隊のだれかに外出の機会があるかどうかはまたべつの話だった。タルボットが負傷したいま、人手は足りないし、すでに二交替勤務になっている。ヒトラーが送り出すV1の数は毎日増えていた。新聞記事によれば、ドーヴァーの海岸に沿ってずらりと高射砲が据えつけられ、防空気球はロンドンから海岸線に移設されたが、明らかにどちらの防衛策も機能していない。

「わたしが知りたいのは」この二十四時間で四度めの事象処理を終えたあと、キャンバリーが憤懣やるかたない口調でいった。「こっちの軍隊はどこにいるのかってことよ」

すくなくともメアリは、V1がどこに落ちるかを知っている。これまでのところ、飛行爆弾はすべて、落ちるべき時間と場所に落ちていた。六月十八日にはガーズ・チャペルに落ちた。二十日にはバッキンガム宮殿にニアミス。フリート・ストリート、オールドウィッチ劇場、スローン・コートも、すべて予定どおり被弾した。担当地域での被害が支部の処理能力を超えたため、爆弾地帯《ボム・アレイ》を通って負傷者を搬送する余裕はなくなり、メアリは安心してFANYの観察に集中しつつ、名誉挽回につとめた。

一週間後、メアリが電話番をしているとき、デネウェル少佐が通信司令室にやってきて、「メイトランドはどこ?」とたずねた。

「現場に出ています。バーベッジ・ロード。V1です」

少佐は困ったような顔になり、「フェアチャイルドは?」

「非番です。リードとロンドンに行きました」

「いつもどる?」

「早くても一時間後です」

少佐はさらに困った顔になった。「では、あなたにまかせるしかないわね。空軍《RAF》から、将校を送り届けてほしいとの電話があった。タルボットはひざの怪我のせいで運転できない。その代役をつとめてもらいます」メアリに折り畳んだ紙片を手渡し、「将校の名前と、落ち合う場所と、ルートが書いてある」

「承知しました」将校をピックアップする場所が、ビギン・ヒルとか、爆弾地帯にある航空基地じゃないといいけど。メアリはそう思いながら紙を開いた。

よかった。ヘンドンだ。でも、目的地が書かれていない。

「ラング空軍将校をどちらにお送りすればいいんでしょうか」

「目的地は将校に聞いてちょうだい」この任務をタルボットにまかせたかったと思っているのがありありとわかる口調だった。「どこでも要求された場所へ送り届け、先方が用件を済ませるまで待ってから、とくに指示のないかぎり、また乗せてもどってくること。十一時半までに迎えにいくことになっています」ということは、いますぐ出発しなければならない。

「ダイムラーを使いなさい」と少佐。「服装は、制服の正装で」

「承知しました」

「それと、近くを通るはずだから、エッジウェアに寄って、ストレッチャーが余っていないか補給将校に訊いてみて」

「承知しました」といって、メアリは自室に着替えにもどり、地図を確認した。ヘンドンはロンドンの北西。かなり距離があるから、V1の着弾範囲からは完全にはずれている。それに、きょうの午前中、ここととヘンドンとのあいだに落下したV1は六基だけ。ドイツ軍に飛行爆弾の射程距離を短くさせようとする英国情報部の欺瞞《ぎまん》作戦がきっと図に当たったんだろう。

少佐が描いてくれたルートに目を向けた。六基のV1のうち二基がそのルート上に落ちている。このルートを走るかわりに、ウォンズワースまで西に向かい、そこから北へ折れることにしよう。ガソリンを余分に消費することになるが、少佐に指示された道路が軍用車両隊《コンボイ》かなにかにふさがれていたと言い訳すればいい。

メアリはルートをおさらいし、ヘンドンへ出発した。早く着くようなら先にエッジウェアに寄ってストレッチャーをピックアップしようと思っていたが、道路はあらゆる種類の軍用車両で大渋滞だった。航空基地に着いたのは十二時過ぎ。問題の将校はじれったげに腕時計を見ながら玄関前で待っていた。

怒鳴られるかもしれないと思ったが、メアリが救急車をとめると、将校はにっこり笑って、弾むような足どりでこちらにやってきた。メアリと変わらない若さで、少年っぽい、ハンサムな顔立ち。黒髪と、口もとを歪めた左右非対称の笑みとが特徴だ。

ドアを開けて、こちらに身を乗り出すと、「どこにいたんだい、美人さん？」といいかけて、途中で口をつぐんだ。「ごめん。知ってる人かと思って」

「そのようですね」とメアリ。

「きみが美人じゃないってことじゃないよ。美人だ」と口もとを歪めた笑みを閃かせ、「むしろ、ものすごく美人だね、じっさいの話」

メアリはその言葉を無視して、「第四十七救急支部からラング空軍将校をお迎えにまいりました」

「ラング将校だ」といって、相手は助手席に乗り込んできた。

「タルボット少尉は？」

「傷病休養中です」

「傷病休養？　飛行爆弾の被害に遭ったわけじゃないよね」

「ええ」史学生の被害に遭っただけです。「ちょっと違います」

「ちょっと違う？　なにがあった？　大怪我じゃないんだろ」

「ええ、ひざの靭帯を損傷しただけです。わたしが彼女を側溝に押し倒したので」

「ぼくを送っていく役を射止めるために？　そいつは光栄だ」

「いえ、V1の音を聞いたと思ったら、ただのバイクだったんです」

「それで彼女は運転ができなくなって、かわりにきみが来たわけだ」にっこり笑って、「きみがよこされたのは偶然じゃない。運命だよ」

どうかしら。それに、あなたを送っていくFANY隊員の全員におなじことをいっているような気がするのはなぜ？「どちらにお送りしますか」

「ロンドン。ホワイトホールへ」

爆弾地帯じゃなくてよかった。でも、完璧というわけでもない。きょう、ホワイトホールにV1は一基も落ちていないから、着いてしまえば安全だが、ヘンドンとロンドンのあいだには十基以上が飛来している。

「ホワイトホール。承知しました」といって、いちばん安全なルートを探すべく地図を開いた。

「その必要はないよ」とラングはメアリの手から地図をひったくって畳んだ。「道順はぼくが指示するから」こうなっては、エンジンを始動するしかない。「グレート・ノース・ロードを行くのがいちばん早い。最初の角までこの車線をキープして、それから右に曲がって」

「承知しました」と答えて、指示されたとおりに車を走らせながら、地図をとりかえすための口実を考えた。グレート・ノース・ロード沿いにどんな町があるのか確認しておきたい。

「まちがいなく運命だな」とラング空軍将校。「ぼくらが出会う運命だったのは明らかだよ、少尉――名前は？」

「ケントです」とうわのそらで答えた。FANY隊員はロンドンまでエッジウェア・ロードを通行するよう、少佐に厳命されていると伝えるべきだった。エッジウェア・ロードなら、ほぼ全域にわたって射程からはずれている。

「ケント少尉」と将校がきっぱりといった。「運命に引き寄せられた恋人同士はラストネームで呼び合うものじゃない。アントニーとクレオパトラ、トリスタンとイゾルデ、ロミオとジュリエット、スティーヴン」と自分を指さし――「と――」

「メアリです、サー」

「サー？」将校は憤激したような口調を装って、「ジュリエットがロミオにサーと呼びかけたか？　グイネヴィアがランスロットをサーと呼んだか？　いや、まあ、そりゃ呼んだかもしれないけどさ。つまり、彼は騎士だったんだから。でも、ぼくのことはサーと呼んでほしくない。百歳の年寄りみたいな気分になるから」

じっさい、あたしにとっては百三十数歳なんだけど。

「上官として、ぼくをスティーヴンと呼ぶよう命令する。ぼくはきみをメアリと呼ぶよ」メアリの顔を見やり、けげんそうに眉間にしわを寄せて、「どこかで会ったことがあるかな、メアリ？」

「いいえ。このルートはエッジウェアを通ります？」

「エッジウェア？　いや、それは反対方向だ。ゴールダーズ・グリーンを抜けて、それからグレート・ノース・ロードを南に進み、フィンチリーを通過する」

うわ、それはだめ。きょうの午後、V1はイースト・フィンチリーに一基、ゴールダーズ・グリーンに二基落ちている。「あら、この道がエッジウェアを通るものだとばかり思ってた」困り果てた口調を隠す必要はなかった。「少佐の命令で、エッジウェアの救急支部からストレッチャーをピックアップすることになってるんです」速度を落として、車をUターンさせられる場所を探した。「引き返さないと」

「あいにくだが、それは帰り道にしてもらわないと。二時に約束がある。遅刻したら降格ものだよ。なのに、予定より遅れている。もう十二時半だ」

ゴールダーズ・グリーンにV1が落ちたのは十二時五十六分と一時八分。あたしたちの出会いが運命だというラング将校の主張が正しくて、V1によってふたりともばらばらに吹っ飛ばされる運命じゃないことを祈ろう。ミサイル攻撃による死者をすべて暗記しておけばよかった。そうすれば、英国空軍将校とその運転手がきょうの午後に死んだかどうかわかったのに。

しかし、インプラントできる記憶容量にはほとんど余裕がなく、自分のいる可能性がいちばん高いエリアに落ちた飛行爆弾のデータを入れるだけでせいいっぱいだったから、十二時五十六分のがクイーンズ・ロードに、一時八分のが村はずれの橋の上に落ちたことしかわからない。そしていま、この救急車はその双方の現場にまっすぐ向かっている。もしあたしの存在が過去の出来事に影響をおよぼすとしたら、ネットが開くことはなかったはず。しかし、だからといって、どうせなにも起きないんだからとV1の着弾予定地点をのんきにドライブしていいという話にはならない。

ひとつには、ラング将校は無事だとしても、メアリは死ぬ可能性がある。もうひとつ、ラング空軍将校はいつ死んでもおかしくない、危険な任務についている。きょう死のうが、あしたの任務で死のうが、歴史にとって違いはないのかもしれない。

しかし、メアリにとっては大違いだ。だから、この道路を離れる必要がある。「約束するよ。会議が終わったら、まっすぐエッジウェアに行こう」とラングが話している。「埋め合わせに、夕食とダンスをおごろう。どうだい?」

命の埋め合わせにはならないわよ、とメアリは心の中でいった。前方に十字路が見える。よかった。どっちに曲がるのかたずねて、指示を聞き違えたふりをして左じゃなくて右に曲がり、なんとか射程範囲外にもどれる道路に出よう。

交差点のすぐ手前まで来て、メアリはたずねた。

「どっちに曲がるといいましたっけ？」

「このままでいい。あと一マイルでクイーンズ・ロードに合流するから。ほんとにどこかで会ったことない？」

「ええ」半分うわのそらで答えた。前方をじっと見つめ、次の交差点を探す。今度はなにも訊かずに右にハンドルを切ろう。

「前に送ってもらったことがないのはたしか？」とラングがしつこく食い下がる。「今年の春とか？」

ぜったいにたしかだ。音が聞こえなくなるから、おしゃべりをやめてくれればいいのに。V1の音を早く聞きつけたら、急いでハンドルを切るか、ブレーキを踏む余裕があるかもしれない。でも、車のエンジン音がうるさくて、V1の音をかき消してしまうかも。そのうえ、ラングがぺちゃくちゃしゃべりつづけて——

「去年の冬とか？」

「いいえ、ダリッジに赴任してまだ六週間ですから」と答えて腕時計に目をやった。十二時五十三分。ドアのハンドルをまわして運転席の窓を下ろした。まだなにも聞こえない。クイーンズ・ロードのどこにV1が落ちるのかは——

「ブレーキ！」とラングが叫んだ。「前にトラックが！」そのとおりだった。米軍の輸送車両が停車している。あやうくその後部に突っ込みかけたが、すんでのところでブレーキが間に合った。見たところ、弾薬のクレートらしきものを満載したトラックの列の最後尾のようだ。

かんべんして。一瞬そう思ったが、このトラック群が救いの神だと気がついた。

「コンボイです」といって、ダイムラーをバックさせた。「とても通れません」

道幅がこんなにせまくなければいいのにと思いながら、メアリは車をまわそうとした。

「Uターンの必要はないよ」ラングが窓から顔を出して前方に目を凝らし、「列の先頭が動き出してる」

「遅刻なんでしょ」と短くいって、ぐいとハンドルをまわして方向転換を完了させると、反対の方角へアクセルを踏み込んだ。

「そこまで焦るほどの遅刻じゃないよ。それに、会議に出損ねたら、むしろさいわいだね。どうせ、まったく無意味な会議のひとつなんだ。あの飛行爆弾攻撃を止めるにはなにをすべきかっていう」ラングは地図を広げて検分している。「次の交差点で右に曲がれば、その先で――」

まっすぐあのV1のほうにもどることになる。「近道を知ってます」といって、右ではなく左に曲がり、また左に曲がった。

「はたしてこの道でいいのか……」ラングが地図を見ながら疑わしげにいった。

「前に通ったことがあるから」と嘘をつき、「どうして無意味なんです？」と地図を見るのをやめさせるためにたずねた。「その会議。それとも、話せないこと？　軍事機密とか」

「まだやっていない対策で、なにかこちら側でできることがあれば、軍事機密になるだろうけどね。高射砲による迎撃態勢、警戒システム、防空気球――これまでの対策は、どれひとつとして、まったく効果がなかった。きみたち救急支部の人間ならよくわかってるだろうけどね」

それに、どれひとつとして、もうすぐここに落ちてくるV1を止めることはできない。そう思いながら、危険ゾーンを脱出しようと、せいいっぱいのスピードで救急車を走らせた。道幅はせまく、路面はでこぼこで、方向転換する場所がない。もし反対方向から走ってくる車に突っ込んだら……。

背後でくぐもった爆発音が聞こえた。十二時五十六分のV1だ。メアリは次の爆発を待ち受けた。もし音がすれば、コンボイに命中したことを意味しているが、音はしなかった。

「さっきいったとおり、こちらの防御策はなにひとつまったく効果がないんだ」とラングがおだやかにいった。「止める唯一の方法は、そもそも発射されないようにすること」

道幅がせばまってゆく。メアリはハンドルを切ってべつの道に乗り入れたが、道幅はおなじくらいせまく、路面は前以上にでこぼこしている。腕時計に目をやった。一時ジャスト。

第二のV1が橋に着弾するのは一時八分。その前に危険エリアを脱出しなければ。曲がれる道路があることを祈りながら、さらにアクセルを踏み込んだ。大麦畑を通過し、それから、たぶんさっきのコンボイの出発点だろう弾薬の集積所を通過した。また畑、さらに畑、それから小さな森。その向こうに橋が見える。

もちろんね。そう思いながらまた腕時計に目をやった。一時六分。

みんな、笛を持つことにしよう。もし生き埋めになったら、救出してもらうのに役立つからというのが、ベンドルさんの考えだ。もっともだと思う。もしわたしが瓦礫《がれき》の下に埋もれたら、ありったけの力で笛を吹こう。

——ヴィア・ホジスンの日記、
一九四四年二月二十八日

5　ロンドン　一九四〇年十月

非常階段を降りて、すぐ下の踊り場に着くなり、マイクがポリーにたずねた。「もしパジェットに回収チームが来ていて、ぼくらみたいにアイリーンを捜していたとしたら？」

「でも……そんなことありえない」ポリーは口ごもった。

マイクがこの踊り場に連れてきたのは、死者の数がわかったかどうかたずねるためだとばかり思っていた。爆撃の死者のうち何人かが回収チームだったかもしれないという考えは、一度も頭に浮かばなかった。思ってもみなかった考えに驚くあまり、しばらくは、すごくありそうな可能性に見えた。死者が五人だった理由もそれで説明がつく——本来の三人プラス、回収チームのふたり。

「どうしてありえないんだい？」とマイクがなおもいう。「ほかにだれの可能性がある？　アイリーンの上司の話を聞いただろう。パジェットの従業員は全員、無事が確認された。死者の身元がまだ判明していない理由もそれで説明がつく――行方不明になって捜索されてる人間なんかいないからだ」

「でも、回収チームはパジェットが爆撃されるのを知ってたのよ。わざわざそんなところに――」

「ぼくらだって、爆撃されるのを知りながら、パジェットに行ったじゃないか。ぼくらが中に入るところを見て、追いかけてきたんだとしたら？　ぼくらがエレベーターで降りたのに気づかなかったとしたら、まだぼくらを捜している最中に高性能爆弾が落ちたのかもしれない」

回収チームだって、現地調査中の史学生とおなじく、死ぬ可能性はある。真相がそれだとしたら、オックスフォードが壊滅したわけでも、コリンが死んだわけでもない。それに、マイクのせいで戦争に負けたわけでもない。

真相がそれだとマイクがかたく信じているのはそのためだろうか。どんなに悲惨なことであっても、もうひとつの可能性よりはまだましだから。一方それは、回収チームがまだあらわれない理由と、死者が五人だった理由になる。

死者が五人だったと決まったわけじゃないのよ。ポリーは自分にそういい聞かせた。事実をつきとめなければ。それも急いで。五人の死者の件がマイクの耳に入る前に。

あした病院に行かなければ。そして、そのときまで、マイクをミス・ラバーナムと新聞から遠ざけておかなければ。あたしの降下点に行って、作動しているかどうかたしかめる必要があるとマイクは話していた。ここを出てすぐ降下点に連れていくことができれば──

「オール・クリアが鳴りしだい、パジェットにもどるよ」とマイクがいった。「瓦礫の下にまだ死者がいるかもしれないと教えないと。もし回収チームなら、捜索活動がおこなわれない可能性がある」

「でも、いったいどうやって──」

「もちろん、回収チームだとはいわないよ。アイリーンを待っているとき、何人か店に入っていくところを見たといえばいい。このまま放っておくわけにはいかない。まだ生きてるかもしれないんだから」

いいえ。もう生きてない。ポリーは心の中でいった。すでに、瓦礫の下から死体で発見されている。でも、それを口にするわけにはいかない。

「助けないと」とマイク。

「でも、あたしたちが──」

「マイク？」上のほうからアイリーンの呼ぶ声がした。「ポリー？　どこにいるの？」

「下だ！」とマイクが叫ぶ。それにつづいてカツカツと階段を降りてくる足音が聞こえた。

「たしかなことがわかるまでアイリーンにはなにもいわないで」とポリーはマイクに耳打ちした。「彼女は──」

「わかってる」マイクが囁き返した。「いわないよ」

ふたりが立っている踊り場にアイリーンが降りてきた。「わたしを置いて、降下点へいくつもりだったんじゃないでしょうね」

「まさか」とマイク。「ジェラルド・フィップス以外にこっちに来ているかもしれない史学生を思い出そうとしてたんだよ」

「だったらなんでここまで降りてきたの？」

「寝てるあんたの邪魔をしないように」とポリー。

マイクがうなずいた。「ふたりとも眠れなくて、だったら時間を有効活用しようと思って。心配しなくていいよ。置いてきぼりになんかしないから」

「それはわかってたけど」アイリーンが恥ずかしそうにいった。「またひとりぼっちになるっていう考えに耐えられなかっただけ」階段に腰かけて、「で、だれか思いついた？」

早くなにか思いつかないと、嘘だとバレちゃうわよ、とポリーは心の中でいった。もしかしたら、もうバレてるのかも。

「ああ」とマイク。「ジャック・ソーキンだ。でも、あいにく、彼は米艦《USS》エンタープライズに乗艦して南太平洋にいる」

「ルームメイトは？」とアイリーン。「彼も第二次大戦をやるんじゃなかった？」

「ああ。でも、彼もぼくらの役には立たない。チャールズはシンガポールだ」

ああ、なんてこと、シンガポールだなんて！　もし彼の降下点もやっぱり不具合を起こしていたら、日本軍が侵攻してきたときもまだ向こうにいることになる。捕虜になって、収容所に入れられてしまう。マイクはそれを理解しているだろうか。そうじゃないといいんだけれど。

「ほかにはだれが?」話題をそらそうと、ポリーはたずねた。「アイリーン、あんたの学年はだれかいないの?　第二次大戦をやってなかった?」

「たぶん。ダマリス・クラインがもしかしたら……いえ、彼女はたしかナポレオン戦争だったと思った。V1攻撃を調査してた史学生は?」ポリーのほうを向いて、「V1っていつはじまったの、ポリー?」

「一九四四年六月十三日」とポリー。「遅すぎて役に立たない。いまここにいる史学生が必要なのよ」

「それに、V1攻撃を調査していた史学生がだれなのかもわからないし」とマイク。

「でも、ほかにだれも見つからないなら……」とアイリーン。「マイク、だれなのかほんとに聞いてないの?」

「もしかしたらいってたかも……」眉間にしわを寄せて、思い出そうとしている。

「サジ・ルウェリンってことは?」とポリー。

「いや、彼女が観察するのはベアトリス女王の戴冠式だ。知ってるだろ、ポリー」とマイク。

「どっちか、デニス・アサートンを知ってる?」

「講義で顔を合わせたことはあるけど、話をしたことはない」とアイリーン。「彼はなにを？」

「知らない」とマイク。「でも、一九四四年三月一日から六月五日のあいだに起きるなにかだ。それも、ぼくらの助けになるには遅すぎるけど。その時期だと、なにを観察するんだと思う、ポリー？　イタリアの戦争？」

「ううん。だったらもっと早い時期へ行くはず。ノルマンディー上陸作戦の部隊集結を観察する可能性のほうが高いわね。とくに、帰還の日がDデイ（上陸決行日）前日だってことを考えると」

「ということは、いずれ、このイングランドに来るわけだ」とマイク。「どこ？　ポーツマス？　サウサンプトン？」

「ええ。それとも、プリマスかウィンチェスターかソールズベリー」とポリー。「上陸部隊集結用の中間準備地域は、英国の南西半分全域に広がってる。それとも、フォーティテュードを観察してる可能性もある。その場合はケントね。もしくはスコットランド」

「フォーティテュード？」とアイリーン。「なにそれ？」

「諜報作戦の名前。目的は、ヒトラーとドイツ軍最高司令部に、連合軍はノルマンディー以外の場所に上陸しようとしていると思わせること。ダミーの軍事施設を建造したり、地方紙にでっちあげの新聞記事を載せたり、偽の無電を打ったりしたの。フォーティテュード・ノースはスコットランドが本拠地で、連合軍がノルウェー上陸を企てているとドイツ軍に思わせるのが任務だった。イングランド南東部のフォーティテュード・サウスは、パ・ド・カレーに上陸すると思わせることが任務」

「じゃあ、デニス・アサートンはどこにいてもおかしくないわけだ」とマイク。

「それに、諜報関係の仕事をしてるなら、本名は使ってないはず」とポリー。

「でも、顔は知ってる」とアイリーン。「背が高くて、もじゃもじゃの黒髪で——」

「しまった」とマイク。「名前のことはぜんぜん考えてなかった。つまり、フィップスもべつの名前でここにいる可能性があるわけだ。アイリーン、彼、自分の名前を使うかどうかいってなかった？」

「いいえ」

「彼が持ってた手紙の、差出人の名前は見なかった？」とポリーがマイクにたずねた。

「見てない」がっくりしたようにマイクがいった。

「でも、あなたとアイリーンは、彼の顔を知ってる」

「ジェラルドが行く航空基地の名前さえ思い出せたらいいんだけど」とアイリーンが悲しげにいった。「聞けばわかるんだけど」

「きっと時刻表に載ってるわよ」とポリー。「朝になったら、ミセス・リケットが一冊持ってないか訊いてみる。もし持ってなくても、タウンゼンド・ブラザーズの書籍売り場に置いてあるから。それを見て、バックベリー行きの列車を調べたのよ。月曜日に買うわ。それまで、あたしたちにできるベストは、睡眠をとること。休息したら、もっと頭が働くようになるはず」そうすれば、あしたの朝、マイクをパジェットに行かせないようにする方法を考え出せる。

でも、どうやって？　そんなことをしても役に立たない、時間旅行者は出来事に影響を及ぼすことはできないと主張すれば、またハーディにまつわる議論に逆もどりしてしまう。これはすでに起きてしまったことで、死者はもう出ているのだから、助けようとしても無意味だと主張すれば、冷酷無比に聞こえるばかりか、あたしたち自身の置かれた状況と似過ぎている。願わくは、ダンワージー先生がいまこの瞬間、コリンにおなじことをいっていなければいいけれど。

パジェットに行くのはあたしのほうがいいとマイクを説得するしかない。「ミスター・フェッターズは、アイリーンやあなたの顔を覚えている可能性が高いけど、あたしならたぶんだいじょうぶ」といえばいい。「とくに、服を着替えて、髪をアップにすれば。アイリーンを外で待っているとき、閉店と同時に店に入っていく人たちを見たっていうから」

しかし、眠っているアイリーンに聞かれないよう、オール・クリアが鳴る前にマイクを揺り起こして説得しようとすると、彼は自分で行くと言い張った。

「でも、先に降下点に案内したほうがよくない？」とポリー。「もし作動してたら、オックスフォードへ行って、救出作業員に変装した回収チームをよこしてほしいっていえばいいじゃない」

マイクは首を振った。「まずパジェットへ行って、それから降下点だ」

「でも、アイリーンにはなんていうの？」

マイクはとうとう折れて、アイリーンをミセス・リケットの下宿に連れ帰り、ふたりで降下点へ行ってくると彼女に断ったあとで、パジェットへ行くことに同意した。その結果、またひとつ新たな問題が生まれた。いまここを離れたら、一座と鉢合わせすることになる。ミス・ラバーナムはほぼまちがいなく、五人の死者についてなにかいうだろう。

「非常階段から出ていくところを見られないように、だれもいなくなるまで待たなきゃ。階段室の扉が施錠されていないことを知ったら、みんな非常階段を使いたがる。それに、アイリーンをできるだけ長く寝かせておいてあげないと。かわいそうに。ロンドンに来てから、ぐっすり眠った夜が一度もないんじゃないかしら」

「わかったよ」といって、マイクはアイリーンをもう三十分寝かせておくことに同意した。そのあいだにマイクも眠り込んでくれたら、ひとりで確認にいけると思っていたけれど、そうまくはいかなかった。予定どおり、ふたりでアイリーンを下宿まで送っていって、だれにも出くわすことなく無事に部屋に入れたあと、また雨が降り出しているのにもめげず、マイクはまっすぐパジェットに行くと主張した。ポリーはしかたなくそれにつきあうことにした。あとは救出クルーが捜索作業中であることを祈るしかない。さもないと、パジェットの崩落でできた穴の中にマイクが自分で入るといいだしかねない。

さいわい、クルーは現場にいた。すくなくとも一ダース以上の作業員が、雨の中、つるはしやシャベルで瓦礫を掘っている。事象担当官は勤務についたところで、犠牲者が運び出されたかどうかをまだ知らなかった。「でも、クルーは瓦礫の下にだれか生存者がいると思っているにちがいない」三人の人間が店内に入るのを見たとマイクが話すと、事象担当官はいった。「でないと、あんなふうに必死になって作業してないよ」

その言葉は、すくなくともいまのところはマイクを満足させたらしく、ポリーが、もう行かないと教会に向かう人たちと出くわしてしまう——というのも嘘ではなく、セント・ジョージ教会はもう存在しないけれど、主任牧師はかわりにセント・ビダルファス教会で礼拝を執り行っている——というと、マイクはうなずいて、捜索現場を離れ、ポリーのあとについて降下点へと向かった。

マイクを降下点で待機させることに、ポリーは罪悪感を覚えた——雨はいっそう激しくなり、ミス・ラバーナムが調達してくれたレインコートを着ていても、冷たい階段の上にすわっていると、マイクは凍えてしまうだろう。でも、その時間を利用して、パジェットの死亡者に関する正確な事実をつきとめることができる。

それにマイクは、雨を苦にするそぶりも見せなかった。「すくなくとも、この天気なら時代人の人通りは少ないだろうから、きらめきを目撃される確率は低くなる」

たしかに、この雨の中を歩いている人間はだれもいない。通りは無人だった。ポリーはマイクを先導して、部分的にかたづけられた瓦礫のあいだを抜けて路地に向かい、降下点につづく通路へと足を踏み入れた。壁と樽にチョークで書き残したメッセージは雨に洗い流されていたが、黒い扉に書いたものはまだ残っていた。頭上の張り出しが階段とくぼみをほぼカバーしているのを見て、ポリーはほっとした。

「ここ、ほとんど雨に濡れてないみたい」とポリーはいった。それに、だれも足を踏み入れていない。埃、落ち葉、蜘蛛《くも》の巣はまだそのまま残っていた。

「この、〈遊びたいときは、ポリーに電話して〉っていうのは、きみが書いたのかい？」マイクがドアを指さしてたずねた。

「ええ。それとそこの樽に」と指さして、「矢印を描いた。樽の裏側には、ミセス・リケットの下宿の住所と、タウンゼンド・ブラザーズの名前。でも、雨で洗い流されちゃったかも。回収チームが来たとき、あたしを見つける手がかりになると思って」

「名案だ。病院にいたとき、ぼくもそういうのを残そうと考えたんだ」

「降下点に設置された砲台に？」

「いや。新聞に。三行広告を出せる」

「広告？　どういうの？　『立往生した旅人、回収《リトリーヴアル》チームの迎えを求む』とか？」

「まさしく。ただし、そこまでストレートな文句じゃない。他の三行広告と似たような感じにしなきゃいけないけど、オックスフォードが見ればすぐにぼくらだとわかって、意味が理解できるようなやつ」

「『身にしみてひたぶるにうら悲し』」とポリーがつぶやいた。

「なに？」

「Dデイの前日、BBCを通じてフランスのレジスタンスに送られた暗号メッセージ。ヴェルレーヌの詩の一節（引用箇所は「落葉」上田敏訳より）。『侵攻迫る』っていう意味」

「それだ」とマイク。「暗号メッセージ」

「でも、危険かもしれない。もしドイツのスパイだと思われたら――」

『犬は真夜中に吠える』とか、『身にしみて』なんとかとか、そういうメッセージじゃないよ。『RT、トラファルガー広場で金曜の正午に待つ、MD』みたいなやつ」

ポリーは首を振った。「公共の場所での待ち合わせは、『犬は真夜中に吠える』とおなじくらい疑わしく見える」

「わかった、じゃあ、『RT、きみに会うのが待ちきれない。トラファルガー広場に金曜の正午に来てくれ。愛を込めて。ポリキンズ』とか」

「それならうまくいくかも」とポリーは考えながらいった。三行広告欄には、恋人に宛てたメッセージがあふれている。疎開した人や空襲で焼け出された人が友だちや親族に新しい住所を伝えるメッセージ。「でも、ロンドンの新聞は何十紙もあるのよ。どれに広告を出す？」

「その件はあとで考えよう。その前に、雨で流されたきみのメッセージを書き直す必要がある」

「また雨で流されるだけよ」

「だったら、ペンキを買わなきゃいけないな」

「それと、この雨がやんでくれるのを祈らなきゃ」といって、頭上の張り出しから滴《したた》り落ちてくる雨を見上げた。「傘を持ってこようか？」

「アイリーンのあの真緑のやつなら要らないよ。あれじゃ、何キロも先から目立ってしょうがない。だれにも見られないようにするのが肝心なんだよ」

「あたしのは黒だから。持ってくる」と約束した。「それと、なにか食べるものを」

それに、熱い紅茶を入れた魔法瓶。

でも、まずマージョリーに会ってから。

面会時間は十時から。けさ、これだけいろんなことをやっているのに、いまはまだ八時半。でも、ミセス・リケットの下宿にもどったら、アイリーンが目を覚まして、いっしょに来たがるかもしれない。それに、この早い時刻なら、ポリーの質問に答えることを拒否したあの厳格な看護婦は、まだ勤務についてないだろう。

思ったとおりだった。そのかわり、受付にはとても若い看護婦がいた。よかった。「こちらにジェイムズ・ダンワージーっていう名前の患者がいますか」とポリーはたずねた。「おとといの夜、こちらに運ばれたと聞いたんですが。パジェットから」

看護婦は記録を調べて、「いいえ、そういうお名前のかたはいらっしゃいません」

「ああ、どうしよう」ポリーは、サー・ゴドフリーに仕込まれた演技術を思い出しながら、心配そうにいった。「たしかにここに運ばれたって、友だちに聞いたんです。友だちはダンワージーさんとおなじパジェットに勤めてて、ぜひ容態をたしかめてきてほしいって。本人はショックがひどくて、自分では来られなくて。ダンワージーさんのことをすごく心配してるんです。夜の早い時刻に運ばれてきたかも」

「おとといの夜は当直じゃなかったので。ちょっと調べてみますね」といって看護婦が席を立った。しばらくしてもどってくると、「現場を担当した救急車のクルーに電話で話を聞いたんですが、病院に運んだのは」一瞬ためらってから、「負傷者がひとりだけで、その人は女性だったそうです」一瞬の間は、マージョリーがいったとおり、〝負傷者〟が搬送中に死亡したことを意味している。

「でも、彼がここに運ばれたんじゃないとしたら、つまり――」ポリーは片手を口もとにあてた。「まさかそんな。なんて恐ろしい」

「心配ありませんよ」看護婦は同情するようにいって、すばやくあたりを見まわして、声の聞こえる範囲にだれもいないのを確認すると、「救急車のクルーに死亡者のことを聞いたら、あとのふたりも両方女性だったって」

死亡は三人。五人じゃなかった。「死んだのはパジェットの従業員？」

「いいえ、まだ身元はわかってません」

ということは、死者が回収チームかもしれないという可能性は残る。もしポリーかアイリーンを回収するためのチームなら、百貨店に目立たず溶け込めるよう、ほぼ確実に女性が派遣されたはずだ。もっとも、ふつうは史学生ふたりがペアで派遣される。でも、ポリーとアイリーンと、両方の回収チームだとしたら？

ともかく、すくなくとも齟齬じゃなかった。「よかったわ。友だちはすごく安心するでしょう」とポリーは心からいった。「きっと、なにか行き違いがあったんですね」

ポリーは若い看護婦に何度も礼をいって、急ぎ足に病院を出ると、玄関ステップを降りたところで、濃紺のケープをまとって出勤してきたふたりの若い看護婦と危うく鉢合わせしそうになった。「ゆうべ、空軍のダンスに行って、すごくハンサムな大尉と会ったのよ」と片方が話していた。「パイロットでね。バスコーム・ダウンに駐屯してるの。次の休暇に会いにきてくれるって」

バスコーム・ダウン。ジェラルドの基地がそこだっていう可能性はあるだろうか。二語だし、片方はB、もう片方はDではじまっている。きっとこれだ。

死者に関する情報をつきとめるだけでまる一日かかるだろうと覚悟していたのに、これで問題はふたつとも解決してしまった。こうなったら、出がけにアイリーンに告げたとおり、マージョリーの見舞いに行ってこよう。そうすれば、露見するかもしれない嘘がひとつ減ることになる。

でも、まだ十時になっていない。それに、パジェットに勤めている友人のところにジェイムズ・ダンワージーは無事だと大急ぎで伝えにいったことになっている以上、また正面玄関から入っていくわけにはいかない。

前に来たときの経験で、マージョリーがどの病棟にいるかはわかっている。だから、受付でたずねる必要はない。でも、あの看護婦に姿を見られたら……。

ポリーは救急入り口を見つけ、物陰に隠れて待った。やがて救急車が一台、鐘を鳴らしてやってきて、患者たちを下ろしはじめた。その機を逃さず、いかにも目的があるように歩き出すと、救急車のクルーと、手を貸すために出てきた看護助手たちの前を通って、救急入り口から中に入った。

あとは、最初に目についた階段を五階まで駆け上がって、マージョリーのいる病室に足を踏み入れた。そして、マージョリーと話をした結果、必要な情報を入手するために、架空の患者をでっちあげて受付で問い合わせるとか、そういう手間はまったく必要なかったことが判明した。マージョリーに訊くだけでよかったのだ。

「死者五人っていうのはまちがいで、三人だった」とマージョリーはいった。三角巾で片腕を吊り、枕に背中をあずけて上体を起こしている。「パジェットの従業員はひとりもいない。どこのだれなのかも、パジェットでなにをしていたのかもわからない。あたしといっしょね。もしあたしが死んでいたら、あたしがジャーミン・ストリートでなにをしてたのか、だれにもわからないところだった」

「なにをしてたの？」

「トムに会いにいったのよ」とマージョリーは答え、ポリーのぽかんとした顔を見て、「前に話した飛行機乗り。いっしょに駆け落ちしようってしつこくいってきてたんだけど、ずっとそれをはねつけてた。でも、あんたがセント・ジョージ教会であやうく死にかけたあとで、こう思ったのよ。いいじゃない？　あした死ぬかもしれないんだから。できるうちに人生をつかまなきゃ、って」

ポリーの心臓が激しく脈打ちはじめた。「あたしのせいで気が変わったの？」

「うん。あの朝、ぼろぼろのスカートに、顔じゅう漆喰《しっくい》の粉だらけのあんたを見たとき、死んでたかもしれなかったんだって、つくづく実感した。あたしだって、いつ死ぬかもしれないんだって。もしいま死んだら、タウンゼンド・ブラザーズで働いていたことがあたしの人生のすべてになっちゃう。そのとき決心したのよ。なんにもせずに死ぬのはやめようって。だから、次にトムが来たとき——ほら、あんたがお母さんに会いにいった金曜日よ——いっしょに駆け落ちするっていったの」

そして、彼に会いにいったとき、マージョリーは爆撃に遭って生き埋めになり、あやうく死にかけた。あたしのせいだ。彼女をそんな目に遭わせたのはあたしだ。マイクに対しては、あなたがハーディの命を救ったわけじゃない、ハーディはあなたの懐中電灯がなくてもレイディ・ジェーン号に気がつくか、べつの船に助けられるかしていたはずだといったけれど、あの金曜の夜、マージョリーがジャーミン・ストリートへ行った理由はひとつしかない。マージョリーが腕を骨折し、肋骨にひびが入ったことに——瓦礫の下であれだけの長い時間を過ごし、あやうく死にかけたことに——それ以外の理由はない。

でも、そんなことはありえない。時間旅行者は歴史上の出来事を改変できない。ネットがそれを許さない。

マイクの主張が正しいのでないかぎり。そのときとつぜん、セント・ポール大聖堂の不発弾のことを思い出した。日曜日じゃなくて土曜日に撤去されたという記録が、まちがいではなかったとしたら？　もしあの時間差が齟齬だったとしたら？

人は、欺くためだけに欺瞞を仕掛けはしない。欺瞞は一種のゲームだ。ただし、やむにやまれぬ理由から、危険を覚悟で、おそろしく真剣にプレイされる種類のゲームだ。

——第二次世界大戦の英国秘密情報部マニュアル

6　ケント

一九四四年四月

「王妃？」アーネストがいった。

「王妃に謁見なんかできないよ。セスとぼくはひと晩じゅう戦車をふくらませてたんだ。クロイドンに行って、今週の記事をクラリオン・コールに届けなきゃいけない。もうすでに、サドベリー・ウィークリー・ショッパーの締切を飛ばしてるんだ。もう一個飛ばすわけにはいかない」

王妃陛下のほうがずっと重要だよ」とプリズム。

「きみがきのう書いてたような記事より。なんだっけ？　園遊会？」

「お茶会だ。ブラッドリー・フィールドから新しく赴任してきた、第二十一空挺部隊の将校を歓迎するための。問題はそこじゃない。問題は、ああいう記事をスケジュールどおりに載せないと、玉突き衝突式に遅れが出て、最初から予定をぜんぶ組み直さなきゃいけないってことだ」

「プリズムに手伝ってもらえ」とモンクリーフがいった。「それにどのみち、これは二時間しかかからない。もどってきてから記事を届けにいってもじゅうぶん間に合う」

「ゆうべの戦車についても、セスがおなじことをいった」

「ああ。しかし、こっちはすぐ近くなんだ。リムブリッジのほんの四、五キロ先の、モフォード館」

「かわりにチャズブルが行けないのか？　それともグウェンドリンは？」

「もう向こうで準備をしてる。チャズブルはキャンプ・オマハで、食堂用テントに煙突をとりつけている」

「食堂用テントにどうして煙突がいるんだ？　向こうには料理する人間がだれもいないだろう」

「しかし、いるように見せなきゃいけない」とプリズム。「そして、きみが行かなきゃいけない。ロンドンの新聞にこの謁見の記事を書くのはきみだからな」

ロンドンの新聞。ということは、クラリオン・コール紙の記事よりはるかに多くの注目を集めることになる。とくに、いっしょに写真が載る場合には。それに、エリザベス王妃に会うチャンスだ。フォーティテュード・サウスの工作員ならだれでも――あるいは、航時史学生ならだれでも――なにをおいても手に入れたいと願うだろう。プラス、好むと好まざるとにかかわらず、行かなければならないらしい。「カメラを持っていく必要ある？」とアーネストはたずねた。

「いや。ロンドンの新聞社がカメラマンを派遣する。必要なのはパジャマだけだ」プリズムがそういって、パジャマとスリッパとガウンをアーネストの腕に押しつけた。「さあ、行こう。もう遅れてる」

「質問ばかりして悪いけど」モンクリーフの運転する参謀用乗用車《スタッフ・カー》に乗り込むと、アーネストはたずねた。「ぼくはなんでパジャマ姿で王妃に会うんだい?」

「怪我をしてるからだ」とモンクリーフ。「片足の骨折ぐらいが適当だろうな」後部座席のアーネストをふりかえって、「ギプスと松葉杖を用意する。首の骨折のほうがいいっていうならべつだが」

「彼がなにをべらべらしゃべってるのか、わかるかい?」アーネストは身を乗り出してプリズムにたずねた。

「病院のテープカットに参加するんだよ」とプリズムが説明した。

「モフォード館が軍用病院に改装されたんだ。上陸作戦から送り返される傷病兵の治療用に」

「上陸作戦はまだ先だ。なのにどうして傷病兵になれる?」

「ならないよ。おれたちはトリポリで負傷した。もしくはモンテ・カッシーノで。どっちでも好きなほうを選べ」

「でも――」

「それらしく見せてるんだよ」とプリズムがじれったげにいった。「きみが担当する新聞記事は、こんな感じになる。この病院にはいまのところ数人の患者しかいないが、ベッド数は六百床で、これから四カ月のあいだに、この地域にはさらに四つの病院が開業する予定である、と」

「上陸作戦が七月中旬に予定されているというシナリオにぴったりハマるわけか」とアーネスト。「で、王妃が病院を訪問しているところを見せる？」

「大部屋ひとつだけだ」とプリズム。「テープカット用に、病室ひとつを偽装するだけでせいいっぱいだった。ドーヴァーじゅうの病院から余分のベッドをかき集めても、それだけの分しかそろわなかったし、レイディ・モフォードも、屋敷全体を病院に改装することにはいい顔をしなくて。無理もない。昼からたった半日、写真を撮るだけなんだからな」

「昼から？」とアーネスト。「二時間しかかからないっていったじゃないか」

「そうだよ。王妃を歓迎するスピーチ、病室訪問、それからお茶。王妃は一時に到着する」

「午後一時？」セスが叫んだ。「何時間も先じゃないか。ワージングとおれは朝メシも食ってないんだぞ。どうしてこんな時間に出発する？」

「いっただろ」プリズムは動じるようすもなく、「王妃が来るんだ。王族を待たせるわけにはいかない。それに、準備に手を貸す必要がある」

「しかし、おれは腹ぺこなんだ！」とセス。

「それにぼくは四時までにクロイドンに行かなきゃいけない。でないと記事が今週版に間に合わない」とアーネスト。

「じゃあ、来週版にまわすしかないな」

「先週もそういったじゃないか。この調子だと、記事が載るのは上陸作戦が終わってからだ。そりゃ、おおいに役立つだろうよ」

「いいだろう」とプリズム。「着いたらレイディ・ブラックネルに電話して、きみのかわりにアルジャナンがクロイドンへ記事を届けるように手配するよ」

それでは目的がまったく果たせない。「まだ書き上がってないんだ」とアーネストはいった。「ゆうべ書き上げるつもりだったのに、闘牛士をやらされる羽目になったもんだから」

「戦車をケープにしてな」とセスがいって、雄牛が戦車に向かって突進してきた昨夜の武勇伝を滔々《とうとう》と語り、プリズムとモンクリーフはおおいにおもしろがった。

「きょうはそこまで危険な任務じゃないよ」とモンクリーフ。「それに、心配するな、たっぷり時間の余裕を持って、城に連れもどすから」

その時点で、きっとまた、戦車をふくらませる任務に派遣されるんだ。

「危険といえば、これを読んでおいてくれ」と、プリズムは助手席からこちらに一枚の紙切れをさしだした。「レイディ・ブラックネルからのメモ」

「警告だ」とセス。不吉な囁きのように声を潜めて、「おれたちの中にスパイがいる」

アーネストはプリズムの手から紙をひったくった。「スパイ?」

「ああ」とセス。「疑わしい行動に目を光らせるようにと書いてある。とくに、地元の慣習に不慣れに見える人間には注意すること。それに、われわれの任務についてはだれとも話をしてはいけない。どんなに無害で信頼できそうに見える相手でもな。なぜなら、ドイツのスパイかもしれないからだ。たとえば、けさのあの雄牛とか」

「冗談ごとじゃない」とプリズム。「機密保持に遺漏があれば、上陸作戦全体を危険にさらすことになる」

「わかってるとも」とセス。「しかし、ブラックネルは具体的にどんな相手を想定してるんだろうな。おれたちが会う相手といえば、怒り狂った農夫くらいだ。例外は、ここにいるアーネスト――」

「それにぼくが話をする相手と言えば、どうしていつも原稿が遅れるのか知りたがっている、怒り狂った編集長だけだ」スパイの話から話題をそらさなければ。「それに、王妃とお茶をしたから締切に間に合わなかったと説明しても、信じてもらえるとは思えないな。ところで、彼女になんて呼びかければいいんだい？　陛下《ユア・マジェスティ》？　殿下《ユア・ハイネス》？」

「そいつだ！　いまの聞いたか？」セスが告発するように指を突きつけた。「地元の慣習に不慣れ。まちがいなく、疑わしい行動だ。それに、あの雄牛の前で、非常に奇妙なふるまいを見せた。おまえ、スパイなのか、ワージング？」アーネストが返事をしないでいると、「なあ、どうなんだ？」

われわれは会社の中で戦う……病院の中でも。

——ウィンストン・チャーチル、一九四〇年

7　ロンドン

一九四〇年十月二十七日

マージョリーの見舞いを終えて下宿に帰りついたとたん、アイリーンがいった。「留守のあいだにフェッターズさんから電話があって、パジェットの崩壊現場から三人の遺体が見つかったって」ということは、病院に行く必要はまったくなかったわけだ。

行かなければよかった。死者の数が齟齬じゃないと証明することで、歴史を改変したかもしれないというマイクの不安に終止符を打つのが目的だったのに、自分が過去の出来事を変えたことを知る羽目になってしまった。

莫迦《ばか》いわないで。時間旅行者は過去を変えられない。それに、ダンワージー先生がセント・ポール大聖堂の不発弾が撤去される日時をとり違えていた理由なんか、いくらだって考えられる。ドイツを欺くために、新聞がわざと時間を動かしたのかもしれない。V1、V2攻撃のあいだ、新聞は、ドイツ軍をだまして射程を短くさせるため、飛行爆弾の着弾地点について虚偽の情報を載せつづけた。不発弾についても、実際よりも短い時間で信管をはずせる

わざと日時をずらして報じたのかもしれない。あるいは、パジェットの死者数をまちがえた看護婦のように、たんに日時をまちがえただけかもしれない。死者の数の違いが齟齬だと思っていたら、そうじゃないことが判明したでしょ。ポリーは自分にそういい聞かせた。前回の現地調査のことを思い出してみなさい。二、三週間いただけで、歴史上の出来事を変えてしまったと思い込んだけれど、でもそうじゃなかった。なにもかもすべて、あなたがそこにいなかった場合にそうなっていたとおりに起きた。

これもそう。マージョリーは全快すると医師はいっているし、彼女が飛行機乗りと結婚したとか、妊娠させられたとかいうわけでもなさそうだ。数日後には退院して、なにごともなかったかのようにタウンゼンド・ブラザーズに復帰する。あとはマージョリーがいったことが――それに、アイリーンの画策でホドビン姉弟がシティ・オブ・ベナレス号に乗らずに済んだことが――マイクの耳に入らないように気をつけるだけ。

ホドビン姉弟の件についてなにもいわないよう、アイリーンにもういちど念を押そうかと思ったが、どうしてなのか理由を訊かれたくない。それに、マイクの前でアイリーンがホドビン姉弟の話を持ち出す可能性は低い。手紙を書いて姉弟に住所を教えろといわれるのを恐れている。どのみち、アイリーンの頭にあるのは、パジェットで起きたことだけのようだった。

「フェッターズさんの話だと、死んだ三人は掃除婦だったそうよ」とアイリーン。「勤め先はパジェットじゃないの。セルフリッジ。きっと、出勤の途中に空襲がはじまって、パジェットの地下シェルターに避難したんだろうって」

ということは、マイクもあたしも、爆撃の死者が回収チームじゃないかという心配にピリオドを打てる。残る心配は、回収チームの居場所だけ。それと、回収チームがあたしのデッドラインまでに来てくれるかどうか。それと、オックスフォードが壊滅したんじゃないかという可能性。

それとアイリーンのこと。「もしかしたら、わたしたちだって、あの地下シェルターにいたかもしれない」といって、その事実にひどいショックを受けている。

「ううん、そんなわけない」ポリーはきっぱりいった。「ほら、いつどこに爆弾が落ちるか、あたしは知ってるのよ」ともかく、来年の一月までは。

「そうね」アイリーンはほっとした顔になった。「きのう、サイレンが鳴ることはないとわかっててステップニーに行くのはものすごく安心だった」

タウンゼンド・ブラザーズで鳴ったあのサイレンをべつにすれば。あれも齟齬なんだろうか。

「ああ、それとひとつ訊きたいことがあったの」とアイリーン。「フェッターズさんによると、来月、パジェットが〝限定的な規模で〟営業を再開するんだって。それで、売り子の仕事に復帰する気はないかって訊かれたんだけど、どう返事しようかと思って。つまり、わたしたち、来月にはもう、ここにはいないかもしれないし……」

それとも、いるかもしれない。

「マイクに訊いてみる」とポリー。「これから毛布を持っていくついでにようすを見てくるつもりだから」

「いっしょにいってもいい？」

「だめ。まわりに人の目が多すぎるから。降下点には今夜案内する。うわ、忘れるところだった。ジェラルドのいる航空基地の名前を、今度こそつきとめたんじゃないかと思うんだけど。バスコーム・ダウンじゃない？」

「ううん」アイリーンは考え込むような顔になった。「でも、Bは合ってる気がする。ごめんなさい……」

「いいのよ」失望を押し隠して、ポリーはいった。きっとこれだと思ったのに。「時刻表持ってないか、ミセス・リケットに訊いてくる。もし借りられたら、あたしが留守のあいだにそれを見てればいいわ」

ミセス・リケットは持っていなかった。ミス・ラバーナムは、〝どこかに〟一冊あるはずだと、机や棚の引き出しをくまなく探しまわったあげく、「ああ、そうだ。チェシャーの姪が訪ねてきたときに貸したんだった」といってから、芝居のために調達してきた椰子の実二個をポリーに見せ、少女時代にサー・ゴドフリーの舞台を見たときのことを微に入り細にわたって物語った。ようやく脱出できたのは午後二時。マイクはきっと、低体温症で命を落としているだろう。

マイクは生きていた。歯をガチガチ鳴らしながらも、降下点を離れることを拒否した。

「このあたりには朝からずっと時代人がいた。今夜、空襲がはじまったあとのほうが、ネットが開く可能性がずっと高い」

「でも、あなたが凍死したってなんの役にも立たないわよ」といって、しばらく見張りを交替するからミセス・リアリーの下宿へいって夕食をとってくるようにと説得を試みたが、それも拒否された。

「出入りする回数が増えると、目撃されるリスクがそれだけ大きくなる」

「せめて、新しい毛布となにか食べるものを持ってこさせて」

「いや、ぼくはだいじょうぶ。今夜の空襲の場所は？」

「イースト・エンド、シティ、イズリントン」

「よし。だったら、消防士や救出作業員にきらめきを目撃される心配はない。パジェットの死者の件はなにかわかった？」

「ええ」三人の死者が掃除婦だったことを説明した。

「だから、回収チームじゃなかったし、齟齬も存在しなかったのよ」

「よかった」マイクはほっとしたようにいって、「ジェラルド・フィップスの所在のほうは？　時刻表は手に入った？」

「まだ。でも、あしたタウンゼンド・ブラザーズで買えるはず。それに、今晩、ノッティング・ヒル・ゲートで、航空基地に関する情報をもっと仕入れられると思う」一座のライラとヴィヴのことを思い浮かべてそういった。「ほかにやっといてほしいことはある？」

「うん。三行広告の参考用に使う新聞を買っておいてくれ。それと、ジェラルドがほかになにをいったか思い出すように、アイリーンをたえずせっついてほしい。運転許可証の入手に関するジェラルドのジョークがどういう意味なのか、まだわかってないよね」

「ええ。ひとつだけ思いついたのは、英国空軍パイロットは、英仏海峡に不時着水したときに備えて、書類を防水パウチに入れてるの。でも、パウチは赤じゃないし、どうして――」

「でも、すくなくとも、彼が航空基地にいることについては、正しい道筋をたどっている」とマイク。「もう行ったほうがいいね。今夜、空襲警報はいつ鳴る予定？」

「わからない」サイレンのデータをコリンが集める前に出発したことを説明した。「空襲がはじまるのは七時五十分。さあ、このコートを使って。あたしは今夜、だれかに借りるから」といって、マイクのひざにコートをかけた。「それと、また雨が降り出したら、さっさと帰ってね。英雄にならなくていいから」

「ならないよ」と約束させてから、急いで下宿に帰り、アイリーンを連れてノッティング・ヒル・ゲート駅へ行くと、ホルボーン駅の図書貸し出しコーナーにＡＢＣ鉄道時刻表がないか見てくるよう、彼女に頼んだ。

「もしＡＢＣがなかったら、新聞を借りてきて」といって、こちらの居場所を回収チームに教えるために三行広告を使うというマイクのアイデアを説明した。

「三行広告の実例が載ってる本なら知ってる」アイリーンが勢い込んでいった。「『予告殺人』」

「へ？」

「ミステリよ。アガサ・クリスティーの。三行広告がいっぱい出てくる……あ、だめだ。使えない」とがっかりしたようにいう。

「どうして？　ホルボーン駅の図書貸し出しコーナーには、アガサ・クリスティーの本が何冊かあった。もしなくても、チャリング・クロス・ロードの古本屋街なら、きっと――」

「ううん、見つからない。書かれたのは戦後なの。でも、『不自然な死』には使えるのがあるはず」と気をとり直したようにいって、アイリーンはセントラル線のほうに歩き出した。

「待って。十時半までにもどってくるのよ。電車の運行は十時半までだから」

「はい、妖精のおばあさん《フェアリー・ゴッドマザー》。ほかになにか、シンデレラに注意することは？」

「ええ。持ちものに気をつけること。ホルボーンには人のポケットを狙ってる悪ガキの集団がいるから」

「もちろん。行く先々でおそろしい子供たちに悩まされるのがわたしの運命だから。でも、すくなくとも相手はホドビン姉弟じゃないわ」といって、アイリーンは目指すホームへと向かった。ポリーは、ライラとヴィヴに話を聞こうと、一座が稽古をしているディストリクト線のホームへ向かった。

　ふたりは不在だった。「ダンスに行ったわ」とミス・ラバーナムが報告した。

「日曜の夜に？」主任牧師がショックを受けたようにいった。

「米軍慰問協会のダンスなんです」とミス・ラバーナムが説明した。「サー・ゴドフリーが来たら、なんていうかしら。今夜は難破の場面の稽古だと張り切っていたのに」

そのあとすぐにやってきたサー・ゴドフリーいわく、「見下げ果てたろくでなしども！『なにもかもが、このおれにそむきやがる！（『ハムレット』4幕4場）』悪逆非道にもほどがある所業！やつらの邪《よこしま》なる背信により、もはや救出場面の稽古をするよりほか道はない。遭難者たちが船の砲声を聞きつけ、浜辺に走ってくるところからはじめよう」

その場面に登場する役者はポリーとサー・ゴドフリーだけだった。したがって、サー・ゴドフリーのタイムズ紙を借りて、航空基地の名前をもっと探すチャンスはなかった。それに、稽古が終わったあと、知っている航空基地の名前を教えてほしいとミセス・ブライトフォードに頼んでいると、サー・ゴドフリーがそっけなくいった。「つまりきみもまた、われわれを見捨てて、『そこかしこで優雅に踊ろう（『テンペスト』1幕2場）』というわけかね、レイディ・メアリ？」

「いいえ」と答えて、ポリーはホルボーンにABCが置いてあることを祈った。

「なかったわ」と帰ってきたアイリーンが報告した。「新聞も二部だけ。古紙回収運動のために子供たちがいつも持っていっちゃうんだって。でも、アガサ・クリスティーはどっさりあった」

非常階段に着くと、アイリーンは「ほらほら」と興奮した口調でいって、一冊のペーパーバックをとりだした。「『カレー行き列車の殺人』！『オリエント急行の殺人』のアメリカ版よ」

「それ、三行広告が出てくるっていってたやつ?」

「ううん。そっちはアガサ・クリスティーじゃなくてドロシー・セイヤーズ。とにかく、たぶんそれだと思う。もしかしたら、『殺人は広告する』かもしれないけど。とにかく、図書コーナーにはどっちも置いてなかった。でも――」ともう一冊のペーパーバックをとりだし、「じゃーん。『ABC殺人事件』がありました」

ABC時刻表とはだいぶ違う。しかし、アイリーンがいうとおり、そのミステリにはたくさん地名が出てくるから、思い出す助けになるかもしれない。アイリーンは、ゴミ箱から、くしゃくしゃにされたデイリー・ミラー紙も回収してきていた。それを受けとると、ポリーは航空基地の名前や日中の空襲に関する記事を探して紙面に目を走らせた。日中に爆撃があったという記事はないが――ほっとした――誤警報もしくは飛行機の墜落事故に関する記事もなかった。

バトル・オブ・ブリテンに関する記事が、英国空軍の奮戦が〝戦争の流れを変えた〟としたうえで、いくつかの航空基地の名前を挙げていた。

「ビスター?」とポリー。

「ううん」

「ブロードウェル?」

「ううん」

グリーナム・コモンでもグローヴでもビックマーシュでもなかった。「ジェラルドがいったこと、ほかになにか思い出せた?」とポリーはたずねた。

「役に立ちそうなことはなにも。リナが電話で話していた相手が、自分たちのやる予定だったフランス革命の現地調査の順番をラボに変更されてかんかんになってるふうだったのは思い出したけど」

彼らがあたしたちみたいに向こうで立往生してるんじゃないといいけど。ギロチンにかけられる羽目になるかもしれない。

「自分がものすごく莫迦になったみたい。これだけ努力してもまだ思い出せないなんて」とアイリーンがいった。

「そんなことがだいじな情報になるなんて、知る由もなかったんだから」と慰めた。「あしたABCを買ってきたら、すぐに航空基地の名前がわかるわよ」

「それとも、あなたの降下点が開いてるかも」アイリーンは快活に、「みんなでオックスフォードにもどろうって、マイクが駅の外で待ってたりして」

しかし、五時に空襲警報が解除されたあと、マイクは駅の外にもミセス・リケットの下宿にもいなかった。

「空襲が終わったあと、ミセス・リアリーの下宿に寝に帰った可能性が高いね」とポリーはいった。

「降下点へたしかめにいってみる?」とアイリーン。

「ううん。朝は人通りが多すぎる。それに、あたしが出勤する前に、あんたの配給手帳を手に入れなきゃ。下宿で食事ができるように」

だが、新しい配給手帳の申請には身分証明書が必要で、それもまたアイリーンのハンドバッグといっしょにパジェットの空襲で灰になっていた。しかも、これまでステップニーに住んでいたため、こちらの窓口では新しい身分証の交付を申請できず、旧住所の最寄りの窓口に行く必要があるという。

「どこなんですか？」とポリーはケンジントンの窓口の係員にたずねた。

「ベスナル・グリーンです」

「ベスナル・グリーン？」

「ええ」といって、係員は住所を教えてくれた。

「きょう、ベスナル・グリーンに空襲があるの？」カウンターを離れたあと、アイリーンが小声でたずねた。

「いいえ」

「でも、なんだか顔色が――」

「ジェラルドの行き先かもしれないと思っただけ。Bではじまる二語だから」

「ううん。ふたつめの単語は、まずまちがいなくPではじまると思う」

ポリーはアイリーンを見送ってから、大急ぎでタウンゼンド・ブラザーズに出勤し、書籍売り場に行ってみたが、鉄道時刻表はもうなかった。「先週、陸軍省の人が来て、ぜんぶ持っていったの」とエセルがいった。

なにもかもが、このおれにそむきやがる。ポリーはハムレットの独白を心の中でつぶやいた。「じゃあ、鉄道地図は？」

「ないのよ。おなじ人が押収していったから。ドイツ人の手に落ちるのを防ぐためだって。ほら、本土上陸の場合に。もっとも、ドイツ軍がオックスフォード・ストリートまで侵攻してきたとしたら、もう地図なんて要らないと思うけど」

「そうね」とポリーはうなずいたが、心配の種はそのことではなかった。陸軍省の人間がやってきたのは先週。ドイツ軍の英本土上陸が迫っていると思うような、どんな情報を得たんだろう。ヒトラーは九月末にアシカ作戦を中止し、イギリス侵攻を春まで延期した。

もしそうじゃなかったとしたら？　これが齟齬なんだとしたら？　だとしたら、大惨事になりかねない齟齬だ。春には、ヒトラーはイギリス侵攻をあきらめて、ロシアの攻撃に専念していた。もしそうじゃなくて、いま英本土上陸作戦を決意したとしたら……。

「だいじょうぶ？」とエセル。

「ええ。鉄道地図がないんなら、ふつうの英国地図は？」

「それもぜんぶ押収された。親戚のだれかに、航空機観察マニアでもいるの？」

「ええ」ポリーはそれに飛びついて、「十二歳なの」

「うちの弟は、しじゅう空を見上げて、ハインケルやシュトゥーカを探してる」

「うちの甥もおんなじ」ポリーはそう答えてから、会話を航空基地方面に誘導した。エセルと、昼休みのテーブルで同席したべつの同僚とからさらにいくつか新しい名前を仕入れたが、二番めの単語がPではじまる二語の名前はひとつもなかった。

しかし、自分のカウンターにもどってみると、吉報が待っていた。マージョリーが退院して、まもなくタウンゼンド・ブラザーズに職場復帰すると、ミス・スネルグローヴが発表したという。つまり、前の現地調査のときとまったくおなじだったわけだ——過去の出来事を変えてしまったように見えたけれど、最後はすべておちつくところにおちつく。タイムトラベル理論とカオス系の複雑さをもっと信用すべきだった。

それと、歴史の教訓を思い出すべきだった。ノルマンディー上陸作戦の暗号はナチによって解読されていた。連合軍にとって、壊滅的な結果になりかねなかった。しかし、担当者からヴェルレーヌの詩を見せられたフォン・ルントシュテット陸軍元帥は、「連合軍がラジオで上陸作戦を告知するわけがない」といってそれを無視した。歴史にはそれと似たような例が何百もある。「終わりよければすべてよし」と、ポリーはシェイクスピアおよびサー・ゴドフリーを心の中で引用し、兄が空軍にいるサラ・スタインバーグから航空基地の名前を聞き出すことに集中した。

閉店時刻には、一ダースの名前を新たに入手していた。ベスナル・グリーンからもどってきたアイリーンに読み上げたが、すべてはずれだった。新しい身分証明書の交付も空振りだったという。「ベスナル・グリーンの係員の話だと、国民登録局の窓口に行かなきゃいけないんだって。でも、月曜はやってないのよ」

「たぶん、そのほうがいいかも」とポリー。「ミセス・リケットは月曜の夜、塹壕パイを出すから」

「なにそれ？」

「だれにもわからない。ミスター・ドーミングは、ネズミ肉のパイだと信じてるけど」

「そこまでまずいわけないと思うけど」とアイリーン。「ともかく、わたしはかまわない。あなたとマイクに会えたんだから、なんでも耐えられる。おがくずだって喜んで食べる」

「それは、ミセス・リケットの戦勝ローフね。毎週木曜に出るわ」とポリー。昼食代をいくらか渡そうとしたが、アイリーンはそれを拒んだ。

「航空基地へ行く電車賃にお金はとっておかないと」といって、ＡＢＣを置いていないか、セルフリッジへ見にいった。

置いていなかった。デイリー・ヘラルド紙のオフィスにもなかった。ポリーが勤めを終えて店を出ると、従業員通用口の外でアイリーンとマイクが待っていた。ＡＢＣは見つからず、降下点も開かなかったという。

「二時まで待ったんだけど」とマイク。「きらめきのかけらもなかった」

そのあとマイクはヘラルド紙の資料室に行って、七月と八月の新聞をめくり、航空基地の名前を探したという。ノッティング・ヒル・ゲートに着いて非常階段に出ると――これまで以上に寒かった――マイクはそれをアイリーンに読み上げた。「ベッドフォード？」

「いいえ」とアイリーン。「まちがいなく二語だと思う」

「ビーチー・ヘッド？」

「感じは似てるけど……違う」

「二番めの単語はPではじまる気がするって」とポリーはいった。

マイクはリストに目をやり、「ベントリー・プライアリー？」

アイリーンはむずかしい顔になった。「いいえ……プライアリー（「小修道院」の意）じゃなかった。パドックか、プレースか……」眉根にしわを寄せ、思い出そうと集中する。

マイクはもう一度リストに目をやって、「Pはもうないな。ビギン・ヒルは？」

アイリーンは口ごもった。「たぶん……よくわからない……ほんとにごめんなさい。聞けばわかると思ったけど、あんまりたくさん、いろんな名前を聞かされたもんだから……だんだん自信が……」

「ビギン・ヒルは論理的に考えてももっともな選択肢だな」とマイク。「バトル・オブ・ブリテンのまっただなかだ」

「ビーチー・ヘッドだってそう」とポリー。「それに、ベントリー・プライアリーも。ベントリー・プライアリーはオックスフォードにいちばん近い航空基地よ。まずそこから試してみるべきじゃない？」

「しかし、ただの航空基地じゃない。空軍司令部が置かれている。ということは、警備も厳重だろう。いちばん近いのはビギン・ヒルだ。まずそこを試して、それからあとのふたつをまわることにしよう。さて、と。新聞に載せるメッセージの件はどうかな。ポリー、アイリーンにぼくのアイデアを話してくれた？」

「ええ」と答えてから、アイリーンがまだ書かれていないミステリの話をはじめるのを防ぐため、そのまま話をつづけた。「こんなのどう？　『当方史学生、旅行に関する仕事を求む。ただちに勤務可能』？」

「いいね」とマイクがそれを書き留めた。「あとは、前にいってた、トラファルガー広場かヴィクトリア駅か大英博物館に来て、っていうやつのバリエーションも考えよう」

「ダンケルクにいた兵士たちを捜す広告がたくさんあるから」アイリーンが考え考えしゃべるような口調で、「こんなのはどう。『ダンケルクで消息を絶ったマイクル・ディヴィーズの所在について情報のある方は、E・オライリーに連絡を』。そのあとにミセス・リケットの住所」

マイクはそれもメモしてから、「クロスワードはどうだろう」とヘラルド紙のパズル欄を指さした。「ぼくらの名前をカギに織り込んだクロスワードをつくるんだ。〈この鳥はクラッカーをねだります〉とか、〈名前を訊かれたイタリアの塔はどう答える？〉とか」

「ぜったいだめ」

「ひどい駄洒落だから？」

「じゃなくて、クロスワードがあやうくノルマンディー上陸作戦を頓挫させるところだったからよ」

「どうして？」

「上陸作戦の二週間前に、超最高機密の暗号五つが、デイリー・ヘラルド紙のクロスワード

・パズルに出たの。〈オーバーロード〉、〈ユタ〉、〈桑の実《マルベリー》〉、〈剣《ソード》〉、あとひとつは忘れちゃった。軍上層部は、ドイツが上陸作戦を察知したと考えて、すべてを中止するところだった」

「そうだったの？」とアイリーン。「察知されてたの？」

「いいえ。パズルの作者は学校の先生で、何年もずっとヘラルド紙のクロスワードをつくってきた。軍の尋問に答えて、学校の生徒や数十人の協力者にカギをつくってもらっているけれど、どのカギがどのパズルに入るかはだれも知らないと証言した。それで最後には、奇妙な偶然だったという結論になった」

「そうだったのかい？」とマイク。

「いいえ。四十年後、ヘラルド紙がその事件に関する記事を載せたんだけど、記事によると、その先生の教え子のひとりが、ふたりの将校の会話を小耳にはさんで、それがなにを意味しているのかぜんぜん知らないまま、パズルのカギに使ったと告白したそうよ」

「でも、パズルの事件は一九四四年の話だ」とマイク。「英国情報部がいまクロスワード・パズルに目を光らせているとは――」

「だとしたら、回収チームも見てないでしょ。三行広告を読んでる可能性のほうがずっと高いと思う。『探しています』もたくさんあるから、そういうのも使えるかも」

「たとえば、『探しています：史学生。安全な帰還に報酬あり』とか？」

「だめ」とポリー。「でも、なにかをなくして、それを探しているという広告を出して、あたしたちの名前と住所を載せることはできる。たとえばこんなの。『ノーザン線バンク駅ホームで茶色の室内用スリッパを紛失。見つけた方は――』」

「あっ」とアイリーンが声をあげ、ほかのふたりはもの問いたげな視線を彼女に投げた。

「どんなに関係なさそうなことでも、ジェラルドとの会話でなにか思い出したことがあったらって――」

「ジェラルドの航空基地に『バンク』って言葉が入ってるのか?」とマイクが勢い込んでたずね、リストを手にとった。「グラストン・バンク?」

「ううん、そこじゃないの。スリッパのところ」

ふたりはぽかんとしてアイリーンを見つめた。

「スリッパって、ずれ《スリッページ》と似てるから」

「ずれ?」

「ええ。わたしがジェラルドと話しているとき、リナがだれかと電話してて、その相手が、だれかの降下にどの程度のずれがあったのか知りたがってた。それから、わたしがバックベリーに抜けるとき、バードリはずれの増大についてだれかと話していて、わたしはリナに質問されたの。ほかのときとくらべて、前回の降下時のずれは大きくなっていたかどうかかって」

「で?」とマイク。

「いいえ。そう答えたら、リナは『よかった』といって、バードリのほうを見た」

「リナの電話の相手はだれだか知ってる？」

「いいえ。でも、ダンワージー先生だと思う。サーと呼びかけてたから」

「で、ずれの増大だったんだね」とマイクが熱っぽくたずねた。「減少じゃなくて。それはたしか？」

「ええ。どうして？」

だとしたら、ずれが小さすぎた結果、歴史上の出来事を変えられるような場所にマイクが――またはあたしが――送られてしまったという可能性が消えるからよ。

「フィップスも、ずれのことをしつこく質問されていた」とマイク。「ポリー、きみがネットを抜けるとき、なにかいわれなかったかい？」

「ずれがどの程度だったかをメモして、報告にもどったときに教えてほしいといわれた」

「で、ずれはどうだった？」

「四日半。ほんとはたった一時間か二時間のはずだったんだけど。きっと、どこかに分岐点があって――」

「それは違うんじゃないかな」マイクが興奮した口調で、「多数の降下でずれの増大が見られて、その度合いがあんまり大きいから、先生が心配してたんじゃないかと思う。ということは、数日のずれじゃない。きっと数週間。もしくは数カ月」

「だから回収チームが来ないの？」とポリー。「ずれのせいで、回収チームが十一月とか十二月に行ってしまったから？」

マイクはうなずいた。

「じゃあ、回収チームが来てくれるのを待ってればいいだけってこと？」とアイリーンが期待を込めた口調でいった。

「いや。回収チームがここに来るまでにはしばらくかかるかもしれない。気づいてないかもしれないけど、ここは危険な場所なんだよ。作動している降下点を早く見つけられたら、それに越したことはない」

「でも、ずれがあるとしたら、ジェラルドの降下点も開かないいんじゃない？」とポリー。

「たとえそうだとしても、ジェラルドなら、ずれの問題がどういうものなのか、いつまで待てばいいのか、もっとくわしいことを知っているかもしれない。だからいまも、彼を見つけることが優先順位の第一位だ。第二位は、回収チームが来たとき、確実に見つけてもらえるようにすること。アイリーン、レイディ・キャロラインからの手紙は来たかい」

「いいえ、まだよ」といってアイリーンはポリーのほうを見た。ホドビン姉弟に手紙を出したかどうか訊かれるのを恐れている表情だ。

「あなたはどうなの、マイク」とポリーは急いで口をはさんだ。「回収チームがあとを追ってこられるように、パンくずを撒いてきた？」

「ああ。ドーヴァーの病院とオーピントンのシスター・カーモディに手紙を出した。それと、王冠と錨亭のウェイトレスにも新しい住所を知らせたよ」

「ウェイトレス？」とアイリーン。

「ああ」マイクは、ダフニが病院にやってきたいきさつを物語った。「彼女にいっておけば、ソルトラム・オン・シーの全員に伝わる。あしたの朝、イクスプレス紙に行って、例の『ヴィクトリア駅で会いたい』広告を載せてもらうようにする。ついでに、『ビギン・ヒルの英雄たち』っていうテーマで記事を書かせてくれないか、編集長にかけあってみる。そうすれば、基地への立ち入りが自由になるし、調べているあいだにいくらか稼げる。もしかしたら交通費を出してもらえるかもしれないし」

「でも、みんなで行くんじゃないの？」とアイリーン。

「いや。ぼくひとりで行ったほうが早いし、調べるのも楽だ」

「あたしは仕事を抜けられないし」

「そうね」アイリーンは不承不承という口調で、「ただ……三人が出会うまでにこんなに時間がかかったのに、また離ればなれになるのはよくないと思って」

「離ればなれになるわけじゃない」とマイク。「シャクルトンがやったことをやるんだよ」

「シャクルトン？　史学生？」とアイリーン。

「いや。南極探検家のアーネスト・シャクルトンだ。氷に囲まれて身動きがとれなくなり、隊員たちを残して助けを求めに出発した。もしそうしていなかったら、だれも助からなかっただろう。ぼくがやるのもそれといっしょだよ——助けを求めに出発する。ジェラルドがビギン・ヒルにいたら、向こうから電話するから、ふたりで来てくれ」

「わたしたちを置いてオックスフォードに帰ったりしない？」

「あたりまえだ。帰るときは三人いっしょだよ、約束する。それまでのあいだ、アイリーン、きみはあちこちの百貨店の求職者リストに名前を残してきてくれ。ポリー、きみはＡＢＣの探索活動をつづけて」

「了解」とポリーはいった。

探してはみたものの、成果はまったくなかった。マイクとアイリーンの暗記用に翌週の空襲の一覧をつくる一方、夜はヴィクトリア駅の大時計のそばで兵士たちに声をかけられつつ回収チームを待ってむなしい時間を過ごし、そのあと、ライラとヴィヴが来ているかもしれないという希望を胸に、一座の稽古場となっているホームへ向かった。ふたりは来ていたもののの、一座は全キャストが登場する第二幕の稽古中だったので、質問する機会はなかった。

金曜の朝、マイクがビギン・ヒルから帰ってきた。

「成果なし」タウンゼンド・ブラザーズのカウンターに身を乗り出し、マイクは小声でいった。「ビギン・ヒルにはいない。地上クルーとパイロット全員の顔をたしかめた。ぼくがいないあいだにアイリーンが基地の名前を思い出したりした？」

ポリーは首を振った。

「だと思った。アイリーンに見てもらう新しいリストを持ってきたんだけど。いまは下宿？」

「いいえ」ミス・スネルグローヴがこっちを見てないか、すばやくフロアを見渡してから、「まだ百貨店まわりをしてる。そろそろもどってくるはず。ランチのときに報告に来るっていってたから」

「きみのランチ休憩はいつ？」

「十二時半――はい、なにかお探しでしょうか」

「お探し……？　ああ、そうだな」ありがたいことに、マイクは、とつぜんあらわれたミス・スネルグローヴをふりかえらず、うまく調子を合わせてくれた。「ストッキングを見たいんだけど」

「はい、かしこまりました」ポリーは箱をとりだし、蓋を開けた。「こちらはたいへんいいお品でございます」

マイクは身を乗り出して、ストッキングの手ざわりをたしかめながら、「色違いはあるかな？」とたずね、それから声をひそめて、「十二時半にアイリーンといっしょにライオンズ・コーナー・ハウスで落ち合おう」といった。

「はい、ございます。パウダー・ピンクと生成《きな》りが」といってから、退場のチャンスを与えるべく、「あいにくアイボリーは切らしておりますが」

「ああ、それは残念。ぼくの彼女は、どうしてもアイボリーでなきゃっていうんだよ」というと、マイクは口だけ動かして「十二時半」といいながらカウンターを離れた。

その時間になっても、アイリーンはまだもどらなかった。ポリーは彼女にメモを残し、マイクと話をするためにライオンズ・コーナー・ハウスへいった。マイクは人目につかない隅の席を確保していた。

「ここで待ってるって書き置きしてきた」といって、ポリーはコートを脱いだ。

マイクがメニューをさしだし、「あいにく、メニューのほとんどが売り切れで、残ってるのはフィッシュペースト・サンドイッチだけ」

「ミセス・リケットが出すどの料理より、そっちのほうがましよ」ポリーはマイクに一枚の紙を手渡した。

「航空基地の名前リスト？」

「じゃなくて、来週の空襲の予定。いちばんひどいのは十二日。地下鉄のスローン・スクエア駅で、死者七十九人」

「で、毎晩の空襲はまったく休みがないわけか」とリストを見ながらいう。

「来週まではね。そのあと、ナチは標的を工業都市に移す。コヴェントリー、それからバーミンガムとウルヴァーハンプ――」

「コヴェントリー？」

「ええ。十四日の空襲。どうかした？」

「考えてもみなかったな」と興奮した口調で、「ぼくらはこれまで、いまここに来ている史学生のことしか考えてなかった。もっと前にここに来たことのある史学生のことを無視していた」

「一九四〇年より前にってこと？」

「こっちの時間でのもっと前じゃなくて、オックスフォード時間でのもっと前。去年、第二次大戦の現地調査を担当した史学生のこと。あるいは十年前でもいい。ほら、ネッド・ヘンリーとヴェリティ・キンドルみたいに。ふたりは、大空襲の夜、コヴェントリーにいたんじゃなかった？」

「ええ。でもそれは二年前……ああ」ポリーはようやく、マイクがいいたいことを理解した。史学生がいつ現地調査をしたかは問題にならない。これはタイムトラベルだ。ここ一九四〇年では、いまから二週間後にふたりがやってくる。

「でも、ネッドとヴェリティに連絡をとる方法がないわ。コヴェントリーのど真ん中、火災の真っ最中っていうこと以外、居場所を知らないし。そこへ行くのはいくらなんでも危険すぎるし――」

「危険度でいえばダンケルクも変わらない。それに、ふたりの居場所はわかってる――コヴェントリー大聖堂だ」

「燃えてる最中のね。まさか、そこへ行こうなんて考えてるんじゃないでしょうね。大聖堂のまわりはほとんどファイアストームみたいな状態よ」

「もしかしたら、ぼくらにとってそれが脱出の一番の早道かもしれない。ネッドとヴェリティを見つける必要もないんだ。降下点は大聖堂の中にあったんだろ？　必要なのはそれを見つけることだけ」

「マイク、彼らの降下点を使ってもどるのは無理よ」

「どうして？　作動していたことはわかってる」

「使えないのは、それが二年前だからよ。ネットを抜けて、すでに自分がいる時間へと赴くことはできない。ふたりの降下点は二年前のオックスフォードに通じている。で、二年前には――」

「ぼくらはみんなオックスフォードにいた」とマイク。「悪かった。やれやれ、なに考えてたんだろうな、ぼくは。でも、彼らを通じてメッセージを送ることはできる」

「メッセージ?」

「ああ。ヴェリティとネッドを見つけて、ラボにぼくらの居場所を伝えてもらう。ぼくらの降下点が開かないから、コヴェントリーの降下点を使って帰れるように再設定してくれって。それができない理由はないだろ?」

「あるわ。あたしたち、そんなことをしなかったからよ」

「しなかったかどうかなんてわからないだろ」

「いいえ、わかる。もしふたりを見つけて、なにがあったのかを話していたら、ラボはあたしたちを送り出したらどうなるかを知っていたはず。あたしたちだって、どうなるかを知っていたはず」

マイクは思案顔になった。「パラドックスになるから、ぼくらにいえなかったのかもしれない。帰れなくなると知っていたら来なかっただろうし、来てしまっている以上、来なきゃいけなかった」

「でも、ダンワージー先生はあたしたちを来させなかったはずよ。どんなに過保護か知ってるでしょ。あなたが怪我をしたあとも回収できないとわかっていたら、ぜったいに来させなかった」それに、デッドラインがあると知りながらあたしを来させることもぜったいにない。でも、それをいうわけにはいかない。かわりに、「防空気球のロープに足がからまるかもしれないと心配するような人なのよ」といった。「大空襲下のロンドンで立往生させるようなことは、ぜったい許さなかったはず。あたしたちを脱出させるためにあなたがコヴェントリーに行くようなことも。街全体が炎上したのよ。そんなところへ行くのは自殺行為もいいところ。あなたは英雄を観察しにきたんでしょ。英雄になろうとして死ぬためじゃなく」

「だったら、ネッドとヴェリティ以外のだれかを見つけないと。ほかにだれが来てる？　ダンワージーはロンドン大空襲のどこかの時点に行ってなかった？」

「何回か行ってる。でも――」

「いつ？」

「さあ。五月十日と十一日の大空襲を観察したのは知ってる。下院の火災を見た話をしてたから。それは十日の出来事」

「ロンドン大空襲全体の中でも、いちばん爆撃が激しかったのが十日と十一日だっていってたよね」

「ええ。なぜ？」

「なんでもない。もっと早い時期の降下が必要だな。ほかにいつ来てる？」

「さあ。降下点へ行こうとしたら、鉄道のチャリング・クロス駅のゲートが閉まっていて、中に入れなかったっていう話は聞いたことがあるけど」

「でも、日付はわからない？」

「ええ」

「でも、降下点へ行こうとしたっていうなら、チャリング・クロスのどこかに降下点があるわけだ」

「ううん、列車に乗って降下点に行くつもりだったのかもしれない。どこへ行く途中だったとしてもおかしくない」

「でも、出発点ではある。それに、しらみつぶしにぜんぶ当たる必要がある。ぼくがビーチー・ヘッドに行ってるあいだに、そっちをたしかめてきてほしい。ぼくがビギン・ヒルで調べてきた名前のどれかがフィップスの航空基地だったらべつだけど。そういえば、アイリーンはなんでこんなに遅いんだ？」と腕時計に目をやり、「当たりかどうかたしかめたいのに。ビーチー・ヘッドまで乗せていってくれるという車を見つけて、二時に出発なんだけど、ジェラルドの航空基地がこの中にあった場合は、時間の無駄になる」

マイクが昼食の勘定を払っているとき、アイリーンが息せき切ってやってきた。「ごめんなさい、メアリ・マーシュで求職書類を出すのにすごく待たされて」

マイクはリストの地名を読み上げた。アイリーンはそのひとつひとつにきっぱり首を振った。

「オーケイ、じゃあ、ビーチー・ヘッドだ」マイクは車の時間に遅れないよう、そそくさと歩き出した。「十四日までにはもどるよ」

コヴェントリーに行けるようにでしょ、とポリーは思った。なんとかやめさせなければ。ということは、十四日のコヴェントリー大空襲より前に、ジェラルドのいる基地をつきとめる必要がある。

それからの数日、ポリーは、ランチ休みをつぶしてヴィクトリア駅やセント・パンクラス駅に行って、発車案内板を見ながらBとPではじまる二語の駅名を書きとめ、夜はサー・ゴドフリーの怒りを買いながらライラとヴィヴから新たな航空基地の名前を聞き出したが、たいして役には立たなかった。

「たいていいつもヘンドンのダンスに行くの」とライラがいった。

「土曜にあるのよ」とヴィヴ。「あなたも従妹といっしょに来ればいいのに」

もうちょっとでその誘いを受けるところだった。そうすれば、ダンス相手の飛行機乗りに、ほかにどこの基地に駐屯していたかをたずねることができる。しかし、マイクがもどってきたとき、自分たちが留守にしていたら、彼がひとりでコヴェントリー行きを決意する結果になるんじゃないかと心配だった。危険というだけじゃなく、まったく無意味な行為だ。

もしマイクがネッドとヴェリティを見つけ出してメッセージを託したとしたら、ダンワージー先生はこうなることを二年も前からずっと知っていて、それを許したばかりか、そうなるように手配したことになる。彼らがオックスフォード大学に入ったときから、マイクはダンケルクへ、アイリーンは疎開児童がはしかに感染する領主館へと行くように手配し、彼ら全員を操って、嘘をついてきたことになる。

そんなのありえない。

しかし、そう考える一方で、さまざまな記憶が甦《よみがえ》ってきた。先生はあたしに余分のお金を持たせ、十二月三十一日までの空襲の時刻を暗記させた。ロンドン大空襲の全期間にわたって一度も爆撃されなかった百貨店に勤務するよう言い張った。もしネッドとヴェリティを通じてラボにメッセージを伝えることができたんだとしたら、あたしたちの救出が間に合い、現実の危険はないことを先生は知っていたはずだ。

でも、ダンワージー先生が嘘をついていたのだとしたら、どうして最初からマイクをダンケルクに送らず、パール・ハーバーに降下する予定を組んで、米語速習インプラントを受けさせたりしたのか。それに、もし最初から知っていたのなら、リナとバードリはどうしてみんなにずれの増大について訊いてまわったりしたのか。

十二日になってもマイクはまだもどらず、連絡もなかった。ビギン・ヒルに行ったときはこんなに時間はかからなかった。

あたしたちに黙ってコヴェントリーに行ってしまったんだとしたら？　ポリーは、ストッキング売り場のカウンターからエレベーターのほうを見ながら、ドアが開いてマイクがあらわれることを祈った。

とうとう一基のエレベーターのドアが開いたが、マイクではなかった。アイリーンだった。

「来た理由はふたつあるの。わたし、マイクがビーチー・ヘッドからもどるまでにぜったいジェラルドのいる基地の名前を思い出そうと決心して、古本屋街をまわることにしたの。古いABC時刻表か、英国空軍に関する本とか、基地の名前がたくさん出てきそうな本を探して。それで、きょう、チャリング・クロス・ロードに空襲がないことを確認しておこうと思って」

「きょうは、ロンドンのどこにも、日中の空襲はないわ」とポリーは請け合った。

「よかった。ごめんね。なんだか子供みたいに心配ばっかり――」

「命を奪いにくる相手のことをこわがるのは、子供みたいなんかじゃない」とポリー。「来た理由のふたつめは？」

「レイディ・キャロラインの手紙が届かない理由がわかったから、それを伝えようと思って。ミセス・バスコームから、また手紙が来たの。レイディ・キャロラインのご主人が亡くなったんだって」

「まあ。会ったことはあるんだっけ？」

「いいえ。デネウェル卿はロンドンの陸軍省勤務だから。彼が滞在していた家が爆撃されて――」

「デネウェル卿？　アイリーンって、レイディ・デネウェルの屋敷で働いてたの？」

「ええ。デネウェル荘園の領主館でね。なぜ？　どうかした？　デネウェル卿に会ったことがあるの？」

「ううん。ごめん。ミス・スネルグローヴがこっちを見てる。もう行ったほうが――」

「うん。ひとつだけ訊きたいんだけど、お悔やみの手紙を出してもいいと思う？　つまり、使用人の身でってことだけど。分をわきまえないふるまいだと思われたくないけど、でも――」

ポリーは途中で口をはさみ、「ミス・スネルグローヴが来る。その話は今夜。ＡＢＣを探しにいって」

アイリーンはうなずいた。「航空基地のリストか地図を手に入れるまで帰らないから」といって、エレベーターのほうに歩き出す。

「待って」ポリーは駆け足で追いかけた。「地図を探してるっていうときは、航空機観察が大好きな甥にプレゼントするためだっていうのよ。そうすれば疑われないから」

「航空機観察か……思いもつかなかった」とアイリーン。「ねえ、ポリー、いま思いついたんだけど――おっと、ミス・スネルグローヴが十一時の方向」と囁き、「また今晩ね」といって、そそくさと歩き去った。

「ミス・セバスチャン」とミス・スネルグローヴがいった。

「はい。わたしはただ――」

「ミス・ヘイズがきょう職場に復帰します。ここにいて、手を貸してあげてほしいの。だから、さしつかえなければ、ランチ休みを二時まで延ばして――」

「喜んで」と、ポリーは心からいった。マージョリーが職場にもどってくる。悲惨な体験がトラウマになってロンドンから離れたくなるんじゃないかと心配だったが、タウンゼンド・

ブラザーズに復帰する。

そして、やってきたマージョリーは、以前とほとんど変わらない、薔薇色の頬のマージョリーだった。思ったとおりだ。あたしの行動は、最終的な結果を変えたわけじゃなかった。なにもかも、最後は、マージョリーが怪我をしなかった場合とおなじ結果になる。

「腕がよくなるまで、包装はあたしがやってあげる」とマージョリーにいった。「でも、あたしが両手でやるより、マージョリーが片手でやるほうがうまくできそうだけど。いまだにコツがわからなくて。それにいまは、紙も紐も配給制になってるから――」

だが、マージョリーは首を振っていた。「仕事に復帰するんじゃないの。みんなにお別れをいいにきただけ」

「お別れ？」

「ええ。いまさっき、退職届を出してきた」

「でも――」

「あたし……病院で看護婦さんがすごく親切にしてくれて。あの人たちがいなかったら、とても立ち直れなかった。それで考えたの、戦争に勝つ手助けをするために、自分になにができるだろうって。あたしが全力をつくさなかったせいで、ヒトラーがオックスフォード・ストリートを行進してくるのを見る羽目になったら、とても耐えられない」マージョリーは大きく深呼吸して、「だから、アレクサンドラ王妃看護部隊に入隊したの。陸軍の看護婦になるのよ」

うちには六人の疎開児童がいる。妻もわたしもすっかりうんざりして、クリスマスまでには何人か追い出すことにした。

——手紙、一九四〇年

8 ロンドン 一九四〇年十一月

地図がどこで手に入るかは明白だ。急ぎ足でタウンゼンド・ブラザーズを出たアイリーンは、ホワイトチャペル行きの電車に乗るため、地下鉄駅に向かってオックスフォード・ストリートを歩きながら思った。アルフ・ホドビンが持っている。例の日誌についている航空機観察マップ。どうしてもっと早く思いつかなかったんだろう。

アルフからマップを受けとって、ジェラルドの航空基地を特定すれば——名前を見ればそれとわかるはずだと八割がた信じていた——ポリーとマイクも、だいじな名前を思い出せない頭の悪い子供を見るような目でわたしを見るのをやめてくれる。

そして、三人で基地へ行ってジェラルドを見つけ出し、オックスフォードに帰る。

もしアルフがまだマップを持っていたら。そしてそれを渡してくれたら。もしかしたら拒否されるかもしれない。とりわけ、どんなに必要としているかを知られた場合には。願わくは、アルフとビニーが学校に行っているあいだに母親と交渉して手に入れたい。そうすれば、アルフ相手に押し問答したり、子供たちに尾行されたりする心配をせずに済む。もっとも、あのふたりに新居を知られたところで、問題はない——もうそんなに長く住むわけじゃないんだから。

腕時計に目をやった。まだ一時。学校が終わるずっと前にホワイトチャペルに着けるはずだ。でも、バックベリーでは、アルフとビニーはしじゅう学校をさぼっていたし、ミセス・ホドビンは子供をきちんと監督するタイプには見えない。もしもあのふたりがいたら……取引するしかない。でも、どうやって？　よし、わかった。

アイリーンは電車に乗ってロンドン塔に行くと、目についた最初の土産物店で斬首に関する本（プラス、ビニー用に映画スター雑誌一冊）を買い込み、それからホワイトチャペルをめざした。

しかし、たどりつくのはほぼ不可能であることが判明した。ディストリクト線は運休。ポリーの話だと、きょう、日中の空襲はないはず。不安を抑えて地上に上がり、バスに乗ったが、被害は前夜の空襲によるものだった。ホワイトチャペルに近づくにつれて、被害の規模が明らかになってくる。ハウンズディッチの真ん中には大きなクレーターができ、そのちょっと先では倉庫の残骸が道路をふさいでいる。

イースト・エンドは爆撃の被害がひどかったとポリーに聞いてはいたものの、これほどとは思わなかった。どの通りでも、すくなくとも一軒は安普請の家屋が崩れ落ちて板と漆喰の山と化し、他の家も傾いて隣家に寄りかかり、その家もまたとなりの家に……とドミノ倒しのように倒れかかっている。

きょう空襲がないことにつくづく感謝した。ポリーとマイクがどうしてこれに耐えられるのかわからない。「慣れるわよ。あと二、三週間したら音も気にならなくなるから」とポリーはいったけれど、それは嘘だった。いまでも高性能爆弾のドッカーンを聞くたびにびくっとするし、高射砲のポンポンポンにたじろぎ、空襲警報のむせび泣きだけでもパニックを起こしそうになる。きょうもしイースト・エンドで空襲があったとしたら、地図が手に入ろうと入るまいと、ホワイトチャペルに来る勇気をふるいおこせたかどうか疑わしい。

コマーシャル・ストリートでバスを乗り換えるはずだったが、どの通りも封鎖されている。もう三時だし、ガージリー・レーンまで一キロ歩くほうが早いだろう。しかし、歩くことさえたいへんだった。通りがまるごと瓦礫の山になり、まだ立っている家々も側壁が倒れたり、正面が崩れ落ちたりして、屋内の家具がおもてから丸見えになっている。ある家では、傾いた床に置かれたキッチンテーブルが素通しで、朝食のためにセットされた皿にいまも料理が載っているのまで見えた。べつの家では、二階が吹き飛ばされ、階段を上がった先はなにもなくなっている。その二軒のあいだの建物はすべて崩れ去り、シオドアといっしょに幾晩も過ごしたのとそっくりなアンダースン式軽便防空シェルターの波形鉄板屋根もぺちゃんこにつぶれていた。

通りが瓦礫におおわれている場所も多く、あともどりしたり迂回したりしているうちに、アイリーンはすっかり道に迷ってしまった。近くにいた人に方向をたずねたが、それからまたたずねた。最初は、手押し車に家財道具を山と積み込んだ老人。次は両手で頭を抱えて縁石にすわりこんでいた中年女性。「ガージリー・レーン？　その先よ」と女は半壊した建物の列のほうを指さした。「まだあればの話だけど。ゆうべの空襲はひどかったから」

あの手紙はやっぱりミセス・ホドビンに渡すべきだった。アイリーンは罪悪感にかられた。このおそろしい場所で暮らすくらいなら、魚雷で攻撃されたシティ・オブ・ベナレス号に乗っているほうがまだ安全だ。黒ずんだあばら家の残骸を急ぎ足で通り過ぎた。ガージリー・レーンが焼け落ちた廃墟か、漆喰と煉瓦の山になっていたら？　アルフとビニーが命を落としていて、それがみんなわたしのせいだったら？

しかし、奇跡的に、ガージリー・レーンはほぼ無傷の状態で残っていた。窓はすべてテープが貼られ、板張りしてあるが、家々の列はまだしっかり建ち、ユニオンジャックを誇らしげにはためかせている。ホドビン一家が住む借家は、玄関扉の正面に赤いペンキで〈仕返ししてやる、アドルフ（Weel Gett Our Own Bak, Adolff!)〉と書いてあった。誤字だらけのこのスローガンを書いたのは、まちがいなくアルフだろう。彼らの家も、すべての窓が板張りされていた。ひとつだけ残った窓は昨夜の爆風で吹き飛ばされたらしく、ガラスの破片が窓の前の歩道に散乱していた。

玄関ドアは開いたままになっている。よかった。うまくいけば、今回は、あの警戒心が強い女に追い払われずに済むかもしれない。割れたガラスをまたいでせまい玄関を抜け、自転車一台、消防用手押しポンプ、ARPの文字をステンシルで刷ったバケツ二個の前を通り過ぎた。バケツの片方はぐっしょり濡れた雑巾、もう片方はじゃがいもの皮でいっぱいになっている。

とつぜん、右手のドアがバーンと開き、あの女がモップを振りかざして迫ってきた。「あたしの目をかすめてこっそり忍び込めると思ったらおおまちがいだよ!」と叫び、両手で持ったモップを斧のように頭上に振り上げる。「今度という今度は、このクソガキ!」

アイリーンは壁ぎわに身を縮め、モップの攻撃を防ごうと片手を上げた。

「アイリーン・オライリーです。前にもお邪魔した」と名乗ると、女はモップを下げ、銃剣のように前に突き出した。「ミセス・ホドビンを捜してるんです」

「あんたに八百屋に酒屋もね」女はさげすむようにいった。「あの女はあたしに四週間分の家賃の借りがある。それにうちの居間の窓代が十シリング。ヒトラーが英国じゅうの窓の半分のガラスを割ったっていうのに、残った数少ない窓ガラスをアルフ・ホドビンが粉々にしてくれた。石を投げたんだよ、あのガキは。で、襟首をとっつかまえてやったら、あのろくでもない姉が……」と、またモップを振りかざした。

バックベリーのときとまったくおなじだ。これとおなじような文句を、怒り狂った農夫たちからすくなくとも十回は聞かされている。でも、とにかくアルフとビニーは無事だったわけだし、大空襲にもひるんでいないらしい。

「あのふたりの末路は縛り首だよ、賭けてもいいね」と女はいった。「ちょうど、クリッペン（一九一〇年に殺人容疑で絞首刑に処せられた）や――」

「母ちゃん！」フラットの中から子供の声が呼んだ。

「うるさい！」女が肩越しに怒鳴り返し、アイリーンに向かって、「もしあのふたりを見つけたら、たまった家賃を払うか、三人そろって表に放り出されるか、ふたつにひとつだと母親に伝えるように――」

「母ちゃん！」とまた子供の声。さっきよりかん高い。

「うるさいっつってんだろ！」女が足音も荒くフラットにもどり、バタンとドアを閉めた。平手打ちの音と、それにつづいて泣きじゃくる声が聞こえてきた。

さあ、どうしよう。ミセス・ホドビンは留守らしい。だとすれば二階に上がっても無駄だが、はるばるここまで出直すことを考えると、せめてドアをノックするぐらいはしてもいいだろう。それなら、モップを持った女がまた出てくる前に済ませたほうがいい。

アイリーンは階段を駆け上がり、ホドビン一家の部屋のドアをノックしたが、返事はなかった。「ミセス・ホドビン？」と呼びかけ、またノックした。

沈黙。「ミセス・ホドビン？　ミス・オライリーです。アルフとビニーをウォリックシャーから連れてきたときお目にかかりました」部屋の中で物音がしたような気がした。「お邪魔してすみませんが、お話ししたいことがあるんです」

またくぐもった音。それから「しいっ！」という、ビニーの疑いが濃厚な声。

「ビニー？　いるの？」

沈黙。「アイリーンよ。入れて」

「アイリーン？　なにしに来たんだろ」というアルフの囁き声につづいて、さっきよりも大きな「しいっ！」の声。

「アルフ、ビニー、いるのはわかってるから」ドアノブをつかんでガタガタさせた。「すぐにドアを開けなさい」

またくぐもった声。どうやら言い争っているらしい。それから床をこするような音がして、数秒後、ドアが二十センチほど開き、ビニーが頭をつきだした。「やあ、アイリーン」と無邪気な口調でいう。「なんの用？」

列車で着ていたのとおなじサマードレスの上に、穴だらけのカーディガン。前とおなじ汚れたヘアリボン。おなじずり落ちた靴下。髪の毛は何日も櫛《くし》を入れていないように見える。アイリーンはうずくような同情の念を押し殺して、「話があるのよ――」

「また疎開させにきたんじゃないよね」

「いいえ。アルフに話があるの」

「いないよ」とビニー。「いま学校」

「いるのはわかってるのよ、ビニー」

「ビニーじゃない。ドロレス。ドロレス・デル・リオとおんなじ。ほら、映画スターの」といわずもがなの注釈を加える。

「ドロレス」アイリーンは歯を食いしばっていった。「アルフがここにいるのはわかってる。

いま、声がしたから」ビニーの頭越しに部屋の中を覗こうとしたが、見えたのは、あまりきれいには見えない洗濯ものが干された物干し綱だけだった。

「いないって。うちにはママとあたしだけ。ママは寝てる」疑い深げに目を細くして、「アルフになんの用？　面倒起こしたんじゃないよね」

ありそうな話だけど。「いいえ。アルフの航空機観察日誌を覚えてる？」部屋の中にいるアルフに聞こえるように、声を大きくしてたずねた。今度は、ビニーが寝ている母親のために「しいっ！」ということはなかった。

「盗んでないよ」ビニーはたちまちむきになって、「牧師さんにもらったんじゃないか」

「ええ」とアイリーン。「わたしは――」

「あれはアルフの航空機観察日誌だよ」とビニー。アイリーンが驚いたことに、アルフが自分で自分を弁護しようと飛び出してくることはなかった。隠れてるんだろうか。それとも、窓から脱出してしまった？　アルフのことだから、どっちもやりかねない。

「返したくないっていってたよ」

「ビニー――ドロレス――牧師さんにもらったのは知ってる。アルフが盗んだなんてだれもいってないでしょ」

「じゃあなんでとりかえすわけ？」

「そんなことしない。あれについてる航空機観察マップをちょっと貸してほしいだけ。調べたいことがあって」

「なにを？」ビニーは疑り深げにいった。「ナチのスパイじゃないよね」

「違います。友だちが住んでいる町を調べたいの。名前を忘れちゃって」

「だったらどうやって調べんのさ」

こういう押し問答を一日つづけても埒《らち》が明かないことは経験からわかっていた。「マップを貸してくれたらこれをあげる」といって、映画スター雑誌を見せた。

ビニーが興味を引かれた顔になった。「ドロレス・デル・リオも載ってる？」

見当もつかない。「ええ」と嘘をついた。「それに、ほかにもすてきな名前がいっぱい。バーバラにクローデットに――」

「どうかなあ」ビニーはあいまいな口調でいった。「アルフが知ったらめちゃくちゃ怒りそうだし。もしアルフが航空機観察をやろうと思ったら？」

「入れてくれたら、ここで地図を見るわ」とアイリーンが申し出たが、期待とは逆の結果をもたらした。

「どこにあんのか知んないし。きっとママが捨てちゃうよ」といってビニーはさっとドアを閉めようとした。

アイリーンは片手を出してドアを押さえ、「じゃあお母さんを起こして、わたしが来てるって伝えて。直接訊いてみるから」といい、ビニーの顔に浮かぶおびえた表情を見て驚いた。

「もう行かなきゃ」といってビニーはうしろに目をやり、ドアを引いた。

「だめ、待って！　ビニー、どうかしたの？」

「なんでもない。もう行かなきゃ」

「待って。映画雑誌ほしくないの？」とたずねたとき、空襲警報のサイレンの音がとつぜん廊下いっぱいに鳴り響いた。

「なに——？」アイリーンはおびえた視線を天井に投げた。きょう、イースト・エンドに空襲はないとポリーはいっていたのに。日中の空襲はまったくないといっていたのに。いまはまだ三時半。

「ビニー、いちばん近い防空壕はどこ？」と叫んだが、ビニーはすでに頭をひっこめ、ドアを閉ざしたあとだった。

ずっとアーネストだといってたじゃないか。みんなにもアーネストだと紹介した……いままでに出会った中でもっとも真面目《アーネスト》な外見の人物だった。なのにいまさら名前はアーネストじゃないと言い出すなんて、まったく不合理だ。

——オスカー・ワイルド『真面目が肝心』

9　ケント

一九四四年四月

セスの質問に合わせたようにモンクリーフが車のスピードを落とし、プリズムがこちらをふりかえった。「で、スパイなのか？」とセスがアーネストにたずねた。

「ああ、ワージング」と参謀用乗用車の助手席にすわるプリズムがいう。「おまえ、ドイツのスパイなのか？」

「もしそうだったら」とアーネストは軽くいった。「こっちの側についてるよ。ドイツのスパイ全員の例にならって」

「われわれが捕まえたドイツのスパイ全員の例だ」と前方の道路から目を離さずに、モンクリーフがいった。「レイディ・ブラックネルは、まだ捕まっていないスパイがいると考えているらしい。だからあのメモだ」

「じゃあ、ブラックネルはおれたちのだれかがスパイだと思ってるのか？」とセス。

「いや、もちろん違う」とプリズム。「しかし、いまは危険な時期だ。第一軍がインチキだとドイツ軍に見破られて、こっちがカレーじゃなくてノルマンディーに上陸――」

「しいっ」セスが人差し指を唇に当てた。「もしかしたら、ここにいるモンクリーフが敵に極秘メッセージを送っているかもしれん。それともワージング、おまえが。いつも手紙をタイプして編集長に送っている。その中に秘密の暗号が混じっていないとどうしてわかる？」

なんとか話題をそらさないと。「あの牛がスパイだったんじゃないか。ハインリッヒ・ヒムラーにそっくりだ。あれがモフォード館？」

「どこだ？」とセス。「なにも見えない」

「あそこ。林の向こう」とアーネストはでたらめに指さし、それから十五分、三人はなんとかモフォード館を見つけようとあちらこちらに目を凝らした。そのあと、セスが小塔を、それから門を見つけた。

「病院っていうからには」車が門をくぐるとき、セスがいった。「看護婦がいなきゃ話にならない。何人かいるんだろうな」

「ああ」とモンクリーフ。「グウェンドリンが手配した」

「石油精錬所の開所式をやったときに手伝ってくれた子たちか？」とセス。「慰安奉仕会《ENSA》の？」

「いや」とモンクリーフ。「本物だよ。ベッドを借りた病院から、グウェンドリンが借りてきた」

アーネストははっと顔を上げて、「ドーヴァーの病院？」

「ああ。ちょっかい出そうとか考えるなよ。ありとあらゆる高官やら特殊工作班の人間たちがやってくる。トラブルは願い下げだ」

ぼくだってそうだ。領主館の前に車がとまると、アーネストはパジャマと包帯の箱を持って、屋敷に向かって歩き出した。

モフォード館が選ばれた理由は明らかだった。濠と特徴的な物見台つきの塔を擁しているから、たとえアーネストの記事には『保安上の理由から名前を記すことはできないが、イングランドのさる大邸宅が軍用病院に改装された』としか書かれなかったとしても、ドイツ軍は写真からすぐに場所を特定するだろう。

アーネストはよろよろしながら急いではね橋を渡った。きょうは病院になっているはずだから、玄関で執事に出くわしてどこへ行くのかと質問されずに済むことを祈った。

出くわしたのは執事ではなく、患者用ベッドを玄関口から中へ押し込もうとしているふたりの兵士だった。その向こうは玄関ホール。横手には、きょう病棟に偽装される予定の部屋がある。その中には、将校の軍服に身をかためた年配の男性たちの一団と、白衣の看護婦数人が立っていた。

アーネストは押し込まれたベッドの脇をすり抜け、彼らの目につかないようにこっそり廊下を進み、最寄りの無人の部屋に飛び込んだ。ダイニング・ルームだった。ドアを閉め、開かないように椅子を押しつけると、サイドボードの上についている鏡を見ながら、頭に包帯を巻きはじめた。

十分後、アーネストは、パジャマにガウン、足もとはスリッパ、頭と両手に包帯を巻いた姿でダイニング・ルームを出た。

「どこにいたんだ?」とプリズム。「それに、そのなりはどういうつもりだ? エジプトの墓から逃げ出してきたみたいだぞ」

アーネストはプリズムを脇へひっぱっていって、「写真を撮るっていっただろう。ぼくの写真は、キャンプ・オマハのオープン式典でもう新聞に載ってる。べつの写真にもおなじ人間が写ってるのに気づかれたら、欺瞞工作だとバレるだろ」

「なるほど。いい扮装だ。セスも写真に写ってたか?」

「あいつはいなかった。ダミーの上陸用舟艇を担当してたから」

「よし。だったらセスは足の骨折だな。車椅子を運び込むのを手伝ってやってくれ」

アーネストは指示にしたがい、そのあと油彩画二枚と水彩画三枚、それにアンティークのライティング・テーブルを二階のレイディ・モフォードの居室に運び、患者用ベッドを整え、他の数名の〝患者〟に包帯を巻き、書斎にお茶の用意をするのに手を貸した。

お茶の支度にはサンドイッチも含まれていた。アーネストは自分でふた切れ食べたあと、セスのためにさらに四切れを手の包帯の下に隠して、彼を捜しにいった。

「『ミイラ再生』のボリス・カーロフそっくりだな」とセスがいった。「写真を見たドイツ人に正体がバレないようになんて口実、おれは信じないぞ。ほんとうの理由はわかってる」

「そうか？」アーネストは用心深くたずねた。

「ああ。午後じゅう、かゆいギプスをはめておくのがいやだったんだろ」

「たしかに。じゃあ、車椅子を貸してやるよ。ぼくは松葉杖を使うから」

そう申し出たことを後悔した。松葉杖が脇の下に食い込み、午後は殺人的な暑さになり、包帯の下にびっしょり汗をかきはじめた。

そして、王妃は四十五分遅刻した。「向こうは王族なんだぞ」アーネストが文句をいうと、モンクリーフはそう答えた。「向こうはこっちを待たせていい。その逆はだめだ。この待ち時間を利用して、締切に遅れてるっていう記事を書けばいいじゃないか」

「無理」といって、アーネストは包帯をした両手を上げてみせた。

「それはおれのせいじゃない。ツタンカーメンの亡霊の扮装を選んだのはおまえだ。そんなにたくさん包帯を巻く必要があると思う理由がわからんよ」

ぼくもわからないよ、とアーネストは思った。とりわけ、それが誤警報の結果だったと判明したいまは。ドーヴァーの病院には手の空いている看護婦を派遣する余裕がなく、ここに来ているのはラムズゲートの看護婦たちだった。顔の包帯をはずそうかと考えたちょうどそのとき、王妃――薄青の服に身を包んだ、やさしそうな顔立ちの、恰幅のいい女性――がロンドンの新聞社のカメラマン五、六人を引き連れてやってきて、行事がはじまった。

「なんて呼びかければいいのか、けっきょく教えてもらってないぞ」アーネストは、となりのベッドで寝ているプリズムに囁いた。王妃の行列がだんだんこちらに近づいてくる。

「直接のご下問があるまで黙ってろ」とプリズム。「話しかけられたときは、〝陛下〟だ。しいっ。もう来るぞ」

これがインチキであることを王妃が知っているのかどうか聞いておけばよかった。見たかぎり、どちらとも判別がつかない。王妃は、ほんとうに戦場で負傷した兵士たちに接するようにして〝患者〟たちに話しかけ、所属部隊や出身地をたずねていた。もし真実を知ってるんだとしたら、みごとな演技力だ。特殊工作班にスカウトできるかもしれない。

慰問行事は午後二時半につつがなく終了した。王妃はお茶の招待を辞退し、二時四十五分に引き揚げた。カメラマンたちはさらに数枚の写真を撮ってから去っていった。よし、いますぐ出れば、まだクロイドンの締切に間に合う。

アーネストはそれをモンクリーフに説明した。「いいだろう。ベッドをトラックに乗せたらすぐに出発しよう」

「それと、このギプスをはずしたら」とセス。

前者はなんの問題もなかったが――ベッドを積み込んだトラックは午後三時に屋敷を離れた――セスのギプスはそうはいかなかった。板金用のハサミも弓鋸《ゆみのこ》も歯が立たない。

「支部にもどってからはずせばいいだろ」とアーネストはいったが、ギプスをつけたままだとドアにつかえてセスが車に乗れないことが判明した。屋敷の使用人が、金づちと鑿《のみ》をとりにいった。

帰り着いたときには七時近くになっていた。「今夜はもう、戦車は一台もふくらまさないことにしよう」といいながら、セスは足をひきずって中に入った。

戦車はふくらまさなかったものの、アーネストは病院慰問行事の記事を書いて、ロンドンの新聞社に電話送稿しなければならず、やっと自分の記事にとりかかったときには十時を過ぎていた。クロイドンの締切にははるかに遅れていたが、帰り道でさんざん愚痴ったおかげでさすがのモンクリーフも気がとがめたらしく、あしたヴィレッジ・ガゼットの締切に間に合うようにベックスヒルまで送ると約束してくれていた。ということは、あしたはだれの目にも触れずにやるべきことをやる時間が午後いっぱいあるわけだ。

新しい紙をタイプライターにセットし、雄牛について思いついた手紙をタイプしてから、ホークハーストの歯医者用の三行広告を書いた。『新規の患者さん歓迎。アメリカの歯科医療技術に精通』

セスが戸口から顔をつきだして、「まだかかるか？」

「ああ。それに、空母をふくらましにいかないかっていう誘いなら、答えはノーだ」といって、タイプライターを叩きつづけた。言外の意を汲んで立ち去ってくれないかと思ったが、むなしい望みだった。

「この足は一生治らない気がする」セスはそういいながら入ってきて、デスクに尻をのせた。「しかし、それだけの値打ちはあったよ。王妃と対面できたんだから。なんていわれたと思う？　戦場で勇敢に戦ってくれたことに感謝します、だぜ。すごくないか？」

「ほんとに戦場に行ってたんならな」とアーネストはタイプしながら答えた。

「行ってたよ、おれの足のあのギプスがはずされるあいだ。それに、ゆうべ、牧場であの雄牛といっしょだったときも。おまえはどんなふうに声をかけられた？」

「駆け落ちしようっていわれたよ。『ミイラ再生』はいちばんお気に入りの映画です、いっしょにグレトナ・グリーンへ逃げて、結婚しましょうって」

「わかったよ、もういい。おれは部屋にもどって寝る」セスは歩き出したが、きびすを返してまたドアから顔を出し、「いつかきっと聞き出してやるからな」

いや、それは無理だ、とアーネストは思った。もっとも、たとえ話したところで、セスはそれがどういう意味なのかわからないだろう。それに王妃はたぶん、何百人もの兵士におなじことをいっている。それでも、その言葉は痛いほど骨身に沁みた。

アーネストは、ベックスヒルのアグネス・ブラウンがカンザス州トピーカ出身の〝現在、第二十九機甲師団に所属する〟ウィリアム・ストコフスキー伍長と結ばれた架空の結婚式に関する記事を五分で書き上げたあと、セスはほんとうに寝室に引き上げたらしいと判断して、デスクのいちばん下の引き出しからマニラ封筒をとりだし、きのう書きかけていた記事をタイプライターにはさんだ。しかし、タイプをはじめるかわりに、キーをじっと見つめたまま、王妃にかけられた言葉を思い出していた。

「国王は、あなたの犠牲と、任務への献身に感謝しています」と王妃はいった。「あなたがなさっている重要な仕事のことを、国王ともども、ありがたく思っています」

未来はどうなる？……ロケット爆弾が来るのか？　もっと破壊的な爆弾が来るのか？
——ウィンストン・チャーチル、一九四四年七月六日

10　ゴールダーズ・グリーン　一九四四年六月

橋はすぐ目の前。視界に入るかぎり、脇道はない。前門の虎、後門の狼か。橋は弾薬の山から百メートルも離れていない。もしこれがV1の命中した橋だとすれば、この車も木っ端みじんに吹っ飛ぶだろう。メアリは腕時計に目をやった。一時七分。

救急車の助手席では、スティーヴン・ラングがあいかわらず、英国の飛行爆弾防衛がいかに無益かについて長広舌《ちょうこうぜつ》をふるっている。「飛行爆弾を止める唯一の方法は、発射されるのを防ぐことだ。おっと、ちょっとスピードを落として。これじゃ、ふたりともあの世行きだ」

一時八分になる前にこの橋を通過できたらだいじょうぶ。そう念じながら、メアリはアクセルを踏みつづけた。猛スピードで橋を渡り、爆風に備えて身構えつつ、爆撃に巻き込まれないためにはどのくらい離れればいいだろうと計算していた。

「会議はそこまで重要じゃないよ」とスティーヴン。

「定刻までに送り届けるようにとの命令なので」と答えて、なおもペダルを踏みつづける。ようやく、ヘンドンへ行くときに通った道路が見えてきた。助かった。メアリはその道路を南へ折れ、とうとう射程外に出たと安心して速度を落とした。

「飛行爆弾を止める唯一の方法は発射されるのを防ぐことだっていう話でしたっけ？」とメアリはたずねた。

「ああ。だからぼくは、こんなところで足止めされてるんじゃなくて、フランスで爆撃機を飛ばしてるべきなんだよ――べつだん文句があるわけじゃないけどね。けっきょく、そのおかげで、またきみと会うチャンスができたんだから」といって、ぐっとくるような非対称の笑みを浮かべた。

メアリははっとしてラングを見やった。「前はどこにいたの？」「前？」

「ダリッジの前。ぼくらがはじめて出会った場所がどこだったかつきとめようと思って」

「ああ。オックスフォード」

「オックスフォードか」といって、ほんとうに思い出そうとしているみたいに眉間にしわを寄せた。

うわ、まさか。口説いてるだけだと思ってたのに。戦争中、「どこかで会ったことなかった？」というのは、「あしたの船で発つんだ」とおなじくらい定番の口説き文句だった。でも、じっさいにどこかでラングと会っている可能性はある。けっきょく、これはタイムトラベルなのだから。これから先の現地調査で知り合ったのかもしれない。もしそうだとすると、大問題になりかねない。とくに、いまとはべつの名前でその調査に赴いていた場合には。もし、応急看護部隊《FANY》隊員や少佐に話したことと矛盾する場所で彼と出会っていたとしたら。そしてもし、彼がそれをタルボットに話したとしたら……。どこで会ったのかを思い出す前に話題を変えなければ。「で、なにを飛ばしてるの？　ハリケーン？」

「スピットファイアだよ」といって、ロンドンまでの残りの道中、戦闘機乗りの手柄話でメアリを楽しませた。しかし、もう市内に入るというころになって、ラングはたずねた。「オックスフォードの前はどこにいた？」

「見習い期間中。あなたはバトル・オブ・ブリテンに？」

「ああ。撃墜されるまではね。きみ、ビギン・ヒルの近くに駐留してたことないよね？」

「ないわ」ときっぱり答えた。「あなたとはまずまちがいなく初対面。こんなに図々しい人に会ってたら、忘れるはずないもの」

「たしかにね。ぼくだって、きみみたいな美人を忘れるはずがない」ラングはシートの背に片腕をかけると、まっすぐこちらを向いた姿勢になり、体を近づけた。「たぶん、デジャヴだ」

「それとも、女の子をたくさん口説きすぎてごっちゃになってるか。港々に女ありの代償ね」

「港？　ぼくは空軍だ。海軍じゃないよ」

「じゃあ、格納庫格納庫に女あり、ね。あの、『ぼくらは出会う運命だったんだよ』っていう台詞は、ほかの女の子には効き目があるの？」

ラングはにやっと笑って、「じつをいうと、あるんだよ」それから、けげんな表情を浮かべて、「どうしてきみには効かなかったんだろう」

あたしがあなたより百歳も若いからよ、と心の中で答えた。あなたはあたしが生まれる前に死んでる。そう思ってから後悔した。この人は戦闘機乗りだ。この戦争が終わるまでに死んでいる可能性も高い。

もしくは、この救急車がホワイトホールに着くまでに。きょうのロンドンは、午後二時から六時のあいだに十一基のV1が落ちている。「会議があるのはホワイトホールのどこ？」とたずねた。

「厚生省」ラングは顔をしかめて答えた。「セント・チャールズ・ストリートの。トッテナム・コート・ロードを行ってくれ。それがいちばん速い」

トッテナム・コート・ロードにはV1が一基、一時五十二分に落ちている。

「そこを左に」とラングが指示し、メアリが右折すると、「いや、左だってば」

「ごめんなさい」なおもトッテナム・コート・ロードから遠ざかりつつメアリはいった。

「運命だったのよ」

「ひどいな。イゾルデなら、トリスタンに向かってそんなことはぜったいいわなかった」

「ごめんなさい」といって、チャリング・クロス・ロードで折れた。

「ぼくの魅力に対して、きみが完璧な免疫を持ってるのはどういうわけ？　まさか、婚約してるとかいわないでくれよ」

いえるものならいいたかった。莫迦《ばか》なちょっかいを止めさせるいちばん簡単な方法だ。しかし、今度タルボットが彼の運転手をつとめることになったら、やっかいな事態が生じるかもしれない。メアリは首を振った。

「心に決めた人がいるとか？」とラングが食い下がる。「親同士が決めた許婚《いいなずけ》とか」

「いいえ」思わず笑ってしまったが、最悪の対応だった。これでどんなに拒絶しても、真剣に受けとってもらえなくなってしまう。でも、彼の不退転の決意と活力に好感を抱かずにいるのは不可能だ。目的地に着いてよかった。

「到着しました」といって、メアリは厚生省の正面に車をとめた。

「時間ぴったりだ」と腕時計を見ていう。「最高だよ、イゾルデ」ダイムラーを降りたあと、ラングは運転席の窓に身をかがめて、「一時間か二時間か、どのぐらいかかるかわからないけど、会議が終わりしだい、きみをお茶に招待するよ。そのあと、最寄りの教会に行って、結婚予告を出そう」

「無理よ。ほら、例のストレッチャーが」

「ストレッチャーなんか知ったことか。これは運命なんだ」ラングは非対称の笑みを浮かべ、建物に向かって駆けていった。その瞬間、メアリもまた、デジャヴを抱いた。前にどこかで彼に会ったことがある。

だとすれば、未来の出来事だという可能性は排除される。自分にとってまだ起こっていないことは思い出せない。ここでの——今回の現地調査での——出来事だ。ダリッジに来る途中で会った？　鉄道駅で切符を買うとき？　それともポーツマスで？　いや、あんなハンサムでいたずらっぽい顔、あの非対称の笑みを忘れるわけがない。それに、見覚えがあるというより、彼の顔がだれかを思い出させる。

だれだろう。オックスフォードのだれか？　それとも、前の現地調査で出会った人？　眉間にしわを寄せて思い出そうとしたが、出てこない。前に会ったことがあるといわれたせいで、デジャヴを抱いただけかもしれない。

あきらめて、地図に手を伸ばし、二時から五時までのあいだにV1が落下した地点をチェックして、ヘンドンまでの安全なルートを決めた。それが終わると、今度はヘンドンからダリッジに帰る安全なルートを地図で確認した。もしラング空軍将校が四時までにもどってきて、エッジウェアでストレッチャーを調達するのにそれほど時間がかからなければ、来たときとおなじルートで帰れるはずだ。ただし、メイダ・ヴェイルは迂回して、キルバーンを突っ切らないといけない。

四時になっても、四時半になっても、五時になっても、ラングはもどらなかった。明らかに、会議の時間を短く読み違えていたらしい。メアリは頭の中で、五時から六時までの——いや、念のため、七時までにしておこう——V1落下地点のリストをつくり、ヘンドンまでのルートと、ヘンドンからダリッジまでのルートをつくりなおした。最初に考えたルートよりはるかに長く、複雑なルートだった。このルートで走れたらいいんだけど。もしラングのもどりがさらに遅れるようだと、ダリッジまで、灯火管制の闇の中を運転しなければならなくなる。

六時十五分になって、ついにラングが、憤然たる面持ちでホワイトホールから姿をあらわした。

「あの莫迦どもがなんていったと思う？『飛行爆弾に対するもっと効果的な防御手段をきみたち空軍に考えてもらう必要がある』だと！」

そう怒鳴り散らしながら車に乗り込み、バタンとドアを閉めた。メアリはエンジンをかけ、道路にゆっくりと車を出した。

「いったいどうしろっていうんだ？」と怒りに満ちた口調でいう。「パイロットを撃ち殺そうにも相手は無人だし、空中で爆弾の信管をはずす手段があるわけでもない。発射されたとき、すでに引き金が引かれてるんだ」

メアリは、無事にロンドンを脱出することと、ヘンドンへ向かう道路へ車を導くことに神経を集中しつつ、ときおり、うわのそらでうなずいた。すくなくともラングは、「前にどこかで会わなかった？」という話題を忘れてくれたらしい。

「もし飛行爆弾を撃墜したとしても」となおも夢中でしゃべりつづけている。「どこに落ちるかはコントロールできない。そのまま着弾させた場合よりおおぜいの死者が出る可能性もある。だが、それを連中に理解させられたか？　ノーだ」

メアリはアクセルペダルをぐっと踏み込んだまま、まだランドマークが見分けられるうちにエッジウェア・ロードに着くことを願いつつ、夕闇迫る道に車を走らせていた。助手席では、ラングが熱弁をふるっている。ロケットや航空機に関して、将軍たちがいかに無知であることか。

「連中は、空軍がなんらかの手段を講じて、飛行爆弾が人口密集地域ではなく、森や草原に落ちるようにすればいいだろうと要求する」と激昂した口調でいう。「ただし、牧場はだめだ、爆発音で牛が怯えるかもしれないからな、だとさ！」

ヘンドンへの曲がり角にようやくさしかかったときには、七時半だった。ラングを下ろして、エッジウェアへ行き、救急支部のクルーと談判してストレッチャーを調達するころには、まずまちがいなく暗くなっているだろう。

「連中がどんな対策を思いついたか想像がつくだろ。将軍のひとりは網で捕まえろといった。べつのひとりは――まちがいなく百歳にはなってたね、〝騎兵隊の突撃〟（テニスンの詩で有名なクリミア戦争中の英軍騎兵隊の突撃）を率いていたと聞いても驚かないよ――投げ縄で馬を捕まえるみたいに飛行爆弾の鼻面にロープをかけて、フランスに逆もどりさせればいいじゃないかといった。すばらしい作戦だ。まったく、どうして自分でそれを思いつかなかったんだろうな」

ラングはそこで言葉を切り、「すまない」と謝罪した。「きみに怒鳴り散らすつもりはなかった。たとえぼくらがこの先一生ずっといっしょに過ごす運命でもね。ぼくが阿呆どもに囲まれているあいだ、どこで結婚式を挙げるか考えてくれたりしなかった？」

「考えたわ。で、結婚すべきじゃないという結論に達したの。戦時下に愛を育むのはいい考えじゃないから。とくに、飛行爆弾を投げ縄でつかまえる任務の人とはね」

「うーん、だったら、とにかくもっといい方法を考え出さなきゃ。それまでのあいだ、きみをお茶に招待して――」ラングはそのときとつぜん、まわりの風景に気づいたように、「もうロンドンを出ちゃったわけじゃないよね？　こんなに長く待たせちゃったお詫びに、サヴォイでごちそうするつもりだったんだけど。ここはどこ？」

「おうち」といって、メアリは航空基地のゲート前に車を寄せた。

「待って」ダイムラーをとめようとするメアリに、ラングがいった。「まだ行っちゃだめだよ」と、メアリの手をつかもうとする。

メアリはラングの前のグラブ・コンパートメントに手を伸ばして搬送書類をとりだすことでその手を逃れ、「ペンはお持ち？」と無邪気にたずねた。「ああ、もういいわ。自分のがあったから」

ラングはもう一度、「まだ行っちゃだめだ。出会ったばかりじゃないか」

「前に会ったことがあるんじゃなかったの？」と書類に記入しながらいう。「口説き文句のつじつまはきちんと合わせないとね、ラング空軍将校」

「同感だ」とラングは悲しげにいった。「でも、ぼくがロマンス方面でしくじったからといって、きみが腹ぺこのままでいいことにはならない。ぼくのせいで、きみはすでにまる一日、飲まず食わずで過ごしてる。ここからほんの三、四キロ行ったところに、こぢんまりした素敵なパブがあるんだ」

メアリは首を振った。「エッジウェアへ行かなきゃ。ほら、ストレッチャーをとりに」

「ぼくもいっしょに行くよ。ストレッチャーを積み込むのを手伝って、それからいっしょに夕食に出かけて、前に会った場所がどこだったのかをゆっくりつきとめよう」

それだけは願い下げだ。「いいえ。もどらなきゃ。部隊長がものすごく厳しくて」サインしてもらうために書類を手渡し、「ごめんなさい」とほほえみかけた。「運命なのよ」

「わかった。きみの勝ちだよ、イゾルデ」ラングは書類にサインし、ダイムラーを降りたが、車内に顔をつっこんで、「でも、忘れないでくれ。きょうのところはまだ第一ラウンド。まだ試してない手がたくさんある。約束するよ、きっとそれにはきみも抵抗できない――まあ、いままでに出会ったどんな子より、きみの防御力が高いことは認めざるをえないけどね。もしかしたら、V1をとめるのにきみを使うべきかもしれない。きみなら片手をさっとひと振りするか、タイミングのいいひとことを発するだけで、飛行爆弾をあっさり追い払って――」

途中で口をつぐみ、急になにか思い出したみたいに、じっとこちらを見つめた。

前に出会った場所を思い出したんじゃありませんように。メアリはそう祈りながら、「ほんとにもう行かないと」と口早にいった。

「なに?」

「ストレッチャーをとりに」

「ああ、そうだった」と、われに返って、「アデュー、イゾルデ。でも、会うのはこれが最後だと思わないように。ぼくらはすぐまた再会する運命なんだ。ほんとにすぐ。あしたまた運転手が必要になっても驚かない」

「あした、わたしは当直だし、あなたはV1を投げ縄で捕まえるんでしょ」

「たしかに」といって、まださっきの、まっすぐメアリを見通すような妙な目をした。その機をとらえて別れを告げると、ドアを閉め、そそくさと車を出した。

「人は運命から車で逃げることはできない！」とラングがうしろから呼びかけてくる。「ぼくらはいっしょになると決まってるんだ、イゾルデ。運命だよ」

これからしばらくは、現場に出るか、口実をつくって支部を離れるようにしなければ。そう思いながら、ダイムラーを運転してエッジウェアに向かった。二、三日もすれば、彼は、あたしと会った場所を思い出すことなんかすっかり忘れて、だれかべつの女の子をイゾルデと呼びはじめているだろう。

なにか手立てを見つけて、もっと早くラングから離れるべきだった。エッジウェア救急支部の場所をつきとめ、直談判のすえ、ひとつだけ余っていたストレッチャーをなんとか譲ってもらったときには、日が落ちるどころか、午後八時を過ぎていた。

なじみのない土地だし、覆いをつけたヘッドライトはろくに光らない。もし途中で迷って道をまちがえたら、吹き飛ばされてしまうかもしれない。

しかし、のろのろ走るわけにもいかない。今夜、ダリッジには三基のV1が落ちる。支部にはすべての救急車が必要だし、地図と首っ引きで決めたルートが安全なのは今夜十二時まで。それに、灯火管制下では、運転しながら地図を見ることもできない。真夜中までにもどらないと。シンデレラみたいに。メアリは両手でハンドルをつかんで前に身を乗り出し、ヘッドライトが照らす道路のせまい一画に目を凝らした。

光が弱くて、道路標識も見えない。もっとも、どのみち標識はひとつもなかった。ドイツ軍上陸の危機なんかとうの昔に去ってるんだから、とっとと標識をもとにもどせばいいのに。だが、標識はいまも撤去されたままで、その結果、メアリは二度も道をまちがえ、緊張の数分間を費やして引き返さなければならず、ダリッジに着いたときには深夜十二時半になっていた。

ガレージはからっぽだった。他の救急車は、十二時二十分に落ちたV1の現場へ、すでに出発してしまったのだ。

よかった。ということは、次のV1までお茶が飲める。しかし、車をとめたとたん、フェアチャイルドとメイトランドがどやどや乗り込んできた。「ハーン・ヒルにV1よ、デハヴィランド」とフェアチャイルドがいった。「さあ、行くよ」

「この二時間で三基」とメイトランド。「向こうはぜんぜん手が回らないんだって」

そしてメアリは夜を徹して瓦礫の山によじのぼり、傷に包帯を巻き、怪我人を担架に乗せて運び、また下ろした。

支部にもどったのは午前八時だった。「送りの仕事をかわってくれたって聞いたけど、トライアンフ」司令室に入っていくと、タルボットがいった。「だれの仕事？　オクトパスじゃなきゃいいけど」

「オクトパス？」

「オズワルド将軍。手が八本生えてて、おとなしくさせておけない男」タルボットはぶるっと身震いして、「おまけにすごく素早い。年寄りで、でっかいひきがえるそっくりなくせに」

メアリは思わず吹き出し、「いいえ。わたしが送っていったのは、若くてとってもハンサムな男。名前はラング。ラング空軍将校」

「ああ、スティーヴンか」タルボットは訳知り顔でうなずいた。「前にどこかで会ったことがあるって口説かれた？」

「口説こうとはしてた」

「運転するFANY隊員全員にその台詞をいうのよ」ほっとしてしかるべきだが、メアリの一部は心ひそかに、次の任務で彼に会うチャンスを心待ちにしていた。

「あたしなら、彼の気を引こうとは思わない」とタルボット。「彼、戦時下の恋愛に本気になるタイプじゃないから」

「よかった。わたしもよ」とメアリ。「運転手が必要だと彼が電話してきたら、かわりに――」

「少佐がパリッシュを派遣するように手をまわしとく」

「ありがとう。タルボット、押し倒したこと、もう一回あやまる。ごめん」

「ぜんぜん平気だってば、トライアンフ」とタルボット。そして翌日、松葉杖をついて談話室に入ってくると、メアリの頬にキスをした。

「なんでまた？」とメアリ。

「これよ」タルボットが手紙を振ってみせた。「けさ、支部に届いたの。いい？『事故の話を聞いたよ。早くよくなって、またダンスに行こう。ウォーリー・ワコウスキー軍曹より』と手紙を読み上げ、「小包の中には、ナイロン・ストッキングが二足！　あんたが押し倒してくれたのは、まさしく天の配剤よ、デハヴィランド！　このひざが治りしだい、勤務を一回――いえ、二回――かわってあげる」

しかし、その翌週、ドイツ軍は発射するV1の数を増やし、二十四時間あたり二百五十基近くが飛来するようになったため、タルボットを含む全員が二交替勤務を強いられた。ラングが電話をかけてきて、運転手が必要だというふりをしたとしても、派遣する運転手も車もなかった。メアリとフェアチャイルドはダイムラーを運転してべつべつの事象現場三カ所に赴き、少佐は勤務時間の大半を電話にかじりついて、追加の運転手および救急車をよこせと司令部に掛け合うことに費やした。

しかし、その次の週になると、V1の飛来数はとつぜん減少した。情報部がずっと流している偽情報にようやくドイツ軍が食いついて、発射装置の射程を計算しなおした結果、V1がケントの牧草地に着弾するようになったんだろうか。それとも、V1を撃ち落とす方法をラングがついに編み出したのか。いずれにしろ、救急車クルーはいつものシフトにもどり、ダンスに出かけるようになった。

パリッシュ、メイトランド、リードにひきずられて、メアリはウォルワースのダンスに行った。

V1がどんな音なのかもうわかっていたし——一度、セント・フランシス病院へ向かう道中で耳にした——ダンスの当日、ウォルワースの半径三十キロ内にV1は落ちていないから、リスクを冒してもいいと判断した。

それがまちがいだった。メアリが出くわした米兵は、スティーヴン・ラングとまったくおなじ口説き文句、「前にどこかで会わなかった？」を使うものの、ラングが持っていた魅力やウィットはかけらもなく、ダンス能力も皆無だった。メアリはタルボットとおなじぐらいひどく足をひきずりながら帰還した。

問題の米兵は、それから一週間にわたって毎日電話してきた。木曜日、メアリとフェアチャイルドがその日二度目の事象現場——死者一名、負傷者五名——からもどって、ガレージから支部に入ると、出迎えたパリッシュがいった。「ケント、会いたいっていう人が談話室で待ってるわよ」

「アメリカ人？」

「さあ。メイトランドからの伝言を伝えただけだから」

「ダンスができない例の米兵じゃないといいけど」

「救出しにいってあげようか？」とフェアチャイルド。

「ええ。五分待ってから、病院の呼び出しだっていいにきて」

「了解。さあ、帽子をよこして」

メアリはフェアチャイルドに帽子を渡し、廊下を歩いていって談話室のドアを開けた。メイトランドがソファの肘かけに腰を下ろし、足をぶらぶらさせながら、空軍の軍服を着た長身の若者に浮気っぽい笑みを向けていた。

問題の米兵じゃない。スティーヴン・ラングだった。「イゾルデ」と彼は非対称の笑みを向けて、「また会ったね」

「なんの用？」とメアリはいった。「運転手を探しにきたの？」

「いや。きみにお礼をいいにきたんだよ」

「わたしにお礼？」

「ああ。英国民になりかわってね。それと、とうとう思い出したことを伝えに」

「思い出した？」

「ああ。前に会ったことがあるっていっただろ。どこで会ったのか、やっと思い出したんだ」

敵になにも教えるな。食べものと自転車を隠せ。地図を隠せ……。

——広報ブックレット、一九四〇年

11

ロンドン　一九四〇年十一月

アイリーンはサイレンの音に顔を上げ、必死にあたりを見まわした。音程が上がり下がりするむせび泣きが大きくなり、ホドビン家が住むアパートメントの外の廊下に響き渡る。

「ビニー！」アイリーンはドア越しに叫んだ。「いちばん近い防空壕はどこ？」

ノブをつかんでガチャガチャ動かしたが、鍵がかかっている。「ビニー、家にいちゃだめ！　防空壕に行かなきゃ！」

返事はなかった。聞こえるのはサイレンの音だけ。まるでこの建物の中で鳴っているみたいに、大きく響く。「ビニー！　ミセス・ホドビン！」両のこぶしでドアをドンドン叩いた。子供たちを連れてはじめてここにやってきた日に使った地下鉄駅は二キロ近く離れている。爆撃がはじまるまでには、とてもたどり着けない。もっと近くに防空壕があるはずだ。「ミセス・ホドビン！　起きてください！　最寄りの防空壕はどこですか？　ミセス・ホド——」

ドアがバーンと開いたかと思うと、飛び出してきたビニーがアイリーンの前を通って階段を駆け下りながら、「こっち！　急いで」と叫んだ。アイリーンもそのあとを追って階段を降り、大家の部屋の閉じたドアの前を過ぎた。サイレンはまだ耳の中で鳴り響いている。建物の玄関ドアがバタンと閉まる音が聞こえたが、アイリーンが外に出たときには、ビニーはもう姿を消していた。

「ビニー！」と呼ぶ。「ドロレス！」

ビニーは影もかたちもなく、最寄りの防空壕の場所を教えてくれる通行人もまったく見当たらない。アイリーンは建物の中にもどり、地下室に通じる階段はないかと廊下を走ったが、見つからない。

こんな安アパート、爆弾が落ちたら、マッチ棒の家みたいにぺしゃんこになってしまう。そう思うと、パニックにかられた。ここを出なければ。

外に飛び出し、防空壕かアンダースン式シェルターの案内板がないかと探しながら通りを走ったが、見渡すかぎり、倒壊した家々と、大人の背丈の高さまで積み上がった瓦礫の山しかない。爆撃機はいまにも上空までやってくる。アイリーンは空を見上げ、接近してくる爆撃機の黒い点の群れを見分けようとしたが、なにも見えず、なにも聞こえない。

ドシンという音につづいて粉塵がざらざら滑り落ちる音がして、アルフが瓦礫の山からアイリーンの前に飛び下りてきた。「姿が見えたような気がしたんだ」とアルフ。「なにやってんの？」

正直、アルフに会えたことに感謝した。「急いで、アルフ」と腕をつかんで、「いちばん近い防空壕はどこ？」

「なんで？」

「サイレン聞こえなかった？」

「サイレン？　サイレンなんか聞こえないよ」

「さっきまで鳴ってたのよ。この近くに防空壕はある？」

「ほんとにサイレンだった？　ずいぶん前から外にいるけど、なんも聞いてねえよ」

さっきの感謝は撤回。「ええ、まちがいなく聞こえたわ。さっきそこで」とアパートを指さし、「ビニーと話をしてるとき――」

アルフの目が細くなった。「なんの話？」

「それはどうでもいいの。アルフ、いますぐ防空壕に行かなきゃ。空襲がはじまる――」

「児童福祉局にいわれて来たんじゃねえよな」

いったいどうしてわたしが児童福祉局の代理を？　「いいえ。アルフ――」と腕をひっぱった。

「飛行機が来るまで行く必要ないって」とアルフは頭に来る言葉を返した。「それに、おれもビニーも、ちょっとした空襲なんかこわくねえもん。先週の空襲で百軒ばかし吹っ飛んだけど。ドッカーン！」と両腕を思いきり突き上げ、「そこらじゅうに死体の破片。ビニーはなんつってた？」と疑り深げにたずねる。

ここに突っ立ってたら、ふたりとも死んじゃう。アイリーンは必死に、「アルフ、そんな話はあとでいくらでもできるから」

「待って」とつぜんなにか思いついたみたいに、アルフがいった。「サイレンって、どんな音だった？」

「どういう意味よ、どんな音だったって？　空襲警報の音よ。アルフ、早くここを――」

「鳴ったとき、どこにいた？」

「あなたたちの部屋の外の――どうして？」急に疑念にかられた。

「賭けてもいいけど、それ、ミセス・バスコームだよ」

「ミセス・バスコーム？」ミセス・バスコームがホワイトチャペルでなにをしてるんだろう？

「うちで飼ってるオウム」

オウム。

「空襲警報のサイレンと、警報解除のサイレンを教えたんだ」とアルフが自慢そうにいう。「それと高性能爆弾。ウーウーウー！　ドッカーン！」

「オウムに空襲警報のサイレンを真似させてるの？」アイリーンは憤然といいながら、心の中では深く納得していた。もちろんそうだろう。ホドビン姉弟なんだから。ビニーがオウムにサイレンの口真似をさせ、アイリーンがあわてて階段を駆け下りるように仕向け、自分はアパートの部屋に隠れている。きっといまもそこで腹を抱えて笑っているだろう。

「ミセス・バスコームは本物そっくりの声が出せるんだ」とアルフ。「とくに高性能爆弾はね。ロウばあちゃんは音にびっくりして階段を落ちちゃったくらい。で、アイリーンは本物のサイレンだと思ったわけか」と彼女を指さし、大笑いしはじめた。「傑作だ！　さっきの顔、鏡で見りゃよかったのに。早くビニーに話さなきゃ」といって駆け出そうとしたが、アイリーンも無駄に姉弟と九カ月過ごしたわけではない。マップを手に入れずに帰るつもりはなかった。アルフの襟首をひっつかみ、いくらもがいても離さず、

「無駄な抵抗はやめておとなしくしなさい。話があるの。牧師さんにもらった航空機観察マップはまだ持ってる？」

「さあね。なんで？」

「貸してほしいの」

「なんのために？」また目を細くして、「第五列《スパイ》じゃねえよな」

「もちろん違います。調べたいことがあるの。貸してくれたら、本をあげる」

アルフは鼻を鳴らした。「本？」

「ええ」バッグから本を出すあいだ、アルフから手を離してもだいじょうぶだろうか。「人間の首を刎《は》ねることについて書いた本」

アルフはたちまち興味を示した。「だれの首？」

「アン・ブーリン。サー・トマス・モア。レイディ・ジェイン・グレイ」アイリーンはバッグから本を出した。

「絵は載ってる？」とアルフはたずね、アイリーンがうなずくと、「見てもいい？」

「マップを持ってきてくれたらね」

アルフは思案顔になった。「やっぱりやめる」と、ようやくいった。「もしメッサーシュミットが来たら？　地図がなかったら、どこにマークを――」

「一日か二日貸してくれるだけでいいわ。ちょん切られた首は、棒に突き刺して、ロンドン橋の上に晒《さら》されたのよ」

アルフの顔がぱっと明るくなる。「その絵も載ってる？」

「ええ」と嘘をついた。

「わかった。ただし、借り賃をもらうよ。五ポンド」

「五ポンド？　どんな大金だかわかってるの？　そんなお金、とても――」

アルフは肩をすくめ、「じゃ、好きにすればいいさ」

そっちがその気なら、こっちにも考えがある。「そのオウム、どこで手に入れたの、アルフ？」とたずねた。「盗んだんでしょ？」

「違うよ！」アルフは憤然と、「盗んだりするもんか。瓦礫の中で見つけたんだ。いろんなものが落ちてるんだよ」

「それは略奪ね。略奪は犯罪」

「略奪じゃねえよ！」身構えるように両手をポケットにつっこみ、「持ち主が死んでるのに、なんで略奪になるんだよ！」

もっともな主張だが、アイリーンにはあのマップが必要だし、問題のオウムのせいで十年は寿命が縮んだ。「法律上は、それでもやっぱり略奪になるの」

「おれらが見つけなかったら、ミセス・バスコームは死んでた。助けてやったんだ」

「かもしれないけど、でもやっぱり巡査に連絡して、盗んだオウムを家に隠してる子がいるって伝えなきゃ」

アルフの顔が紙のように白くなった。「待って！　やめろよ！」と訴える。「マップなら貸してやるから」

「ありがとう――」といいかけたとたん、アルフが手をもぎ離して本をひったくり、瓦礫の上を駆け出した。「アルフ！　もどってきなさい！」と怒鳴ったときには、もう姿が消えていた。

マップを手に入れるチャンスも、それといっしょに消えてしまった。負けを認めて、チャリング・クロス・ロードに行って、地図が載っている旅行ガイドを探すしかない。

アイリーンはマイル・エンド・ロードのほうに歩き出した。せめて帰り道は、来たときほど――

「アイリーン！」アルフがこちらに走ってきた。すぐうしろにビニー。「待ってなきゃダメだろ」ととがめるようにいって、航空機観察マップをさしだした。

「返さなくていいよ」とビニー。「あげるから。アルフはもう航空機観察やってないんだ。いまは爆弾の破片を集めてる」

「それと不発弾」とアルフ。

そうでしょうとも。

「だから、もう来なくていいよ」とビニー。

ミセス・リケットの下宿まで尾行されるんじゃないかという心配は杞憂だった。反対に、一刻も早くやっかい払いしたがっている。なぜだろう？　ふたりはいまなにを企んでるんだろう？　巡査を呼ぶといったら、アルフは真っ青になった。不発弾を〝集め〟て、家に持ち帰ったとか？　でも、いくらミセス・ホドビンでも、そんなことを許すはずが――

「もう行ったほうがいいんじゃねえの」とビニー。「遅くなるよ」

そのとおりだ。それに、姉弟がどんな悪事に手を染めているにしろ、もうわたしの責任じゃない。「ええ。地図をありがとう、アルフ。さよなら、ビニー」

「ドロレス」

あんたたちに会えなくてさびしいと、もうちょっとで思いそうなくらいよ。もうちょっとで。

「さよなら、ドロレス」といって、バッグから映画スター雑誌をとりだし、ビニーにさしだした。「ほら」

ビニーはそれを胸にしっかり抱えて駆け出した。アイリーンの気が変わってとりかえそうとするんじゃないかと思っているみたいに。

アルフはまだ突っ立ったまま。

「いいのよ。航空機観察にこのマップがいるのはわかってるから。用が済んだら返しにくるわね」

「わざわざ来なくていいって。ビニーがいったとおり、もういらねえし」

明らかに、家に来てほしくなさそうだ。「郵便で送り返してもいいけど」と提案する。

「そのほうがいいかも」とアルフはほっとしたようにいったが、その場を動かず、「巡査に告げ口しねえよな？」

「瓦礫にもう近づかないと約束するならね」アルフが約束を守るとはみじんも期待できない。

「それと、もう不発弾を集めないこと」

「ちっちゃいやつしか集めてねえし」

「爆弾禁止」とアイリーンはきっぱりいった。

「破片は集めてもいいだろ」

「ええ。でも、空襲の見物は禁止。サイレンが鳴ったら、ビニーといっしょにすぐ防空壕へ行くと約束して」

驚いたことに、アルフはうなずいた。「バス停まで案内してやろうか？」

「ううん、だいじょうぶ。帰り道はわかるから」このマップのどこかに載っている。いますぐ開いて、航空基地の名前を探したい衝動を抑えつけた。もう遅くなっている。地図を見るのはバスに乗ってからにしよう。

しかし、バスは満員で、アイリーンが乗り込んで十分後には、アルフに拾われなかった爆弾の破片でタイヤをパンクさせたため、数ブロック歩いてべつのバスを捕まえる羽目になったが、そっちのバスはさらに混雑していて、吊り革につかまってずっと立ったままでいることを余儀なくされた。封鎖された通りや行き先変更が多すぎて、バスがようやくバンク駅に着いたのは、思っていたよりずっと遅い時刻だった。これでは、タウンゼンド・ブラザーズに行っても、ポリーと行き違いになるかもしれない。

そこでアイリーンはミセス・リケットの下宿に帰って、まっすぐ部屋に上がると、ベッドに腰かけて航空機観察マップを開いた。よれよれになって折り目が破れ、地名索引があるはずのページはちぎれていた。地図そのものに目を凝らして、しらみつぶしに探すしかない。

地図の下半分には、アルフが書き込んだ×印と日付がたくさんあり、その下の名前を隠している。さいわい、鉛筆書きだったので、消しゴムで消すことができた。その下の名まで消えてしまわなければいいのだが。ジェラルドのいる航空基地の上空でアルフがメッサーシュミットを観察していたり、それがちぎれたページのほうに載っていたりしないことを祈った。

ポリーとマイクは、ジェラルドの基地がオックスフォードの近くだと考えている。アイリーンは、小さな文字で地名が印刷されたマップに顔を近づけ、オックスフォードとロンドンのあいだに位置する、Bではじまる地名から探しはじめた。ボックスボーン……ビショップス・ストートフォード……バンベリー……。

ドアをおずおずと叩く音がした。さっきのビニーのように、ドアを細めに開けて、廊下に首を突き出した。

ミス・ラバーナムだった。

「いまから夕食に降りるところなんだけど。いっしょに行く？」

「いいえ。ポリーがまだもどってないので」とアイリーンはいった。「帰りを待ちます」

「賢明な選択だな」ミスター・ドーミングが部屋の前の廊下を歩きながらいった。「今夜のメニューはゆでた牛の胃《ボイルド・トライプ》だとさ」

ボイルド・トライプか。ドアを閉めながら、アイリーンは眉間にしわを寄せた。どうしても、名前をつきとめないと。また地図の上にかがみこむ。オックスフォードとロンドンのあいだの鉄道に、該当する駅名はなかった。ということは、もっと東だ。ボルドック……レイトン・バザード……バッキンガム……

あった！　やっぱりだ。見ればわかると思った。それに、二語の地名だっていうのも正しかった。あとはポリーが早く帰ってきてくれれば。アイリーンは廊下に出て、階段の下を見下ろした。腐った肉とカビの生えた風呂用スポンジの中間みたいなすさまじい悪臭に襲われ、鼻と口を手で覆って部屋の中に撤退した。その直後、ポリーが息をあえがせて入ってきた。

「あのすごい臭いはなに？　ヒトラーがマスタード・ガスを使いはじめたの？」

「ボイルド・トライプだって」とアイリーン。「でも、それはいいのよ」

「いいなんてこと、あるわけない」ポリーはコートのボタンをはずしながら、「食べなきゃいけないのよ」

「ううん、食べない」とアイリーン。「帰るのよ。ジェラルドの居場所がわかったの」

ポリーはコートを脱ぎかけたまま動きを止めた。「地図を見つけたんだ」

「ええ。アルフ・ホドビンに借りたの」

「でも、ホドビン姉弟は最悪だっていってたのに。違ったのね。すばらしい。ああ、アルフ、なんて素敵な子！」

「そこまではいわないけど。姉弟はオウムを飼ってて、空襲警報そっくりの鳴き声が出せるように訓練してるのよ。でも、それもどうだっていいわ。航空基地を見つけたのよ」アイリーンは地図をつかんでポリーの鼻先に突きつけた。「彼、ブレッチリー・パークにいる」

こんなことをやり遂げられるなんて、とても信じられない。
——クリストファー・ハーナー、フォーティテュード・サウスの計画を見て、一九四四年

12

ケント

一九四四年四月

「ワージング！」廊下からセスの怒鳴り声が響き、ドアを開ける音がした。「アーネスト！どこだ？」

アーネストはタイプしていた紙をローラーから引き抜いて、紙の山の下に滑り込ませると、新しい紙をはさみ、「ここだ！」と叫び返して、タイプをはじめた。『火曜、デリングストーンの歓迎委員会は、〈海を越える握手〉コンサートを開催した。ミセス・ジョーンズ＝プリチャードは——』

「そこにいたのか」とセス。書類を手にしている。「ほうぼう捜しまわったぞ。聞こえなかったか？」

「ああ」アーネストはタイプをつづけた。『〈アメリカ・ザ・ビューティフル〉を歌い——』

「ミセス・ジョーンズ＝プリチャードが第一軍集団となんの関係があるんだ？」案の定、セスはデスクのこちら側にまわりこんで、タイプされた文章に目を走らせた。

『――第七機甲師団のジョー・マコウスキ、ダン・ゴールドスタイン、ウェイン・トゥリチェッリの上等兵トリオが、〈ヤンキー・ドゥードゥル〉をスプーンでにぎやかに演奏。参加者全員が楽しい時間を過ごした』と、これみよがしにタイプして、ローラーから紙を引き抜き、セスに手渡した。

「さすがだな」とそれに目を通してセスがいった。「しかし、第七機甲師団はつい先週、デリングストーンに移ったばかりだぞ。練習の時間なんかあったのか？」

「アメリカ人ならだれでも生まれつき、『ヤンキー・ドゥードゥル』をスプーンで演奏できるのさ」

「たしかに」といって、セスが紙を返した。

「なんか伝言？」とアーネスト。

「ああ。おれたちはロンドンに行かなきゃならない」

「ロンドン？」

「ああ。残って記事を仕上げなきゃいけないとはいわせないぞ。一日中ここでタイプしてたくせに」

「でも、記事をアシュフォードとクロイドンに届けないと」とアーネストは抵抗した。

「問題ない。行く途中に立ち寄ってかまわないとレイディ・ブラックネルに許可をもらってる」

「ロンドンのどこへ行くんだい？」場所によっては、急に歯が痛くなったふりをするべきかもしれない。

「本屋をまわるんだよ。北フランスの旅行ガイドブックと、ミシュラン・マップ51のパ・ド・カレー地域を買い占めるために」

書店街ならまず安全だろう。用心するだけでいい。それに、セスによれば、彼らは英国海外派遣軍の将校を偽装するのだという。しかしアーネストは、クロイドンのクラリオン・コール紙編集局でジェパーズ氏に記事の原稿を手渡したあと、念のため付け髭をつけた。セスと交渉して、セスがオックスフォード・ストリートの新刊書店をまわり、アーネストがチャリング・クロス・ロードの古本屋をまわるという分担にした。これなら、そのあいだにいくつか電話がかけられるし、すべてつつがなく進んだが、それでも終わったときはほっとした――おかげで、レイディ・ブラックネルから新たな仕事を押しつけられたときも、文句ひとつついわなかったくらいだ。仕事は、シェパートン撮影所がドーヴァーに建設しているダミーの石油貯蔵所のために古い下水管を調達してくることだった。

この任務のおかげでひどい悪臭にまみれ、それから二日間はだれもアーネストに近づこうとしなかった。その時間を利用して、アーネストは偽の結婚式告知と鉄道事故のレポートと新聞社への怒りの投書――そのすべてが、アメリカ人と架空の第一軍集団に言及するもの――を書く作業に没頭した。それともうひとつは、自分自身の作文にとりくむこと。うまくごまかして、新聞社に自分で原稿を届ける道も模索したが、うまくいかず、土曜日には、セスがまたロンドンに行くことになったと伝えてきた。

「また旅行ガイド？」

「いや。うわさ話を広める任務だ。今回はヤンキーに偽装する。アメリカ人のアクセント、真似できると思うか？」

もちろん。「たぶんね」と答えた。「じゃなくて、あたぼうよ《ユー・ベット》、兄ちゃん《キッド》」

「おお、やるな」とセス。アーネストはタイプにもどり、『土曜は、アシュフォードのエンパイア劇場にて、スペシャル・ヤンキー・ムービー・ナイト開催。米軍兵士は入場料半額』とキーを叩いた。

三十分後、セスはアメリカ人少佐の礼装を携えてあらわれた。「うわさ話を広める任務だろ」とアーネスト。「パブにはおしゃれすぎるんじゃないか？」

「パブへ行くんじゃない。ロンドンだ。それも、サヴォイへ」

「また王妃？」

「いや。それよりはるかに重要な人物」セスは礼服をタイプライターの上に載せ、「ズボンにぴしっと折り目が入り、靴がぴかぴかになっていることをちゃんと確認するんだぞ」

「レイディ・ブラックネルにはだれかべつの人間を見つけてもらわなきゃ。少佐にふさわしい靴が一足もない」

「おれが探してきてやるよ」数分後、セスはレイディ・ブラックネルの靴を持ってもどってきた。

「それじゃ2サイズ小さいよ」とアーネストは抗議した。

「戦時だってことを知らないのか」セスは靴磨きクリームの缶とぼろ布を渡してよこした。

「顔が映るくらいぴかぴかに磨く必要がある。相手はうるさがただ」

「だれなんだ？」アーネストは思案をめぐらした。国王ではありえない。いまはチャーチルといっしょにドーヴァーで〝艦隊〟を視察している。それに関するプレス・リリースを書き上げたばかりだ。「アイゼンハワーの歓迎会？」

「いや」とセス。「アイゼンハワーは本物の上陸作戦を指揮している。おれたちは偽物のほうの担当だよ。そして今夜のスターは、おれたちを所管している」と謎めいた言葉を口にした。

どういう意味だろう？　ぼくらを所管しているのは特殊工作班だが、彼らがサヴォイに出入りすることはあまりないし、情報部のお偉方も右におなじ。諜報機関の要諦《ようたい》は目立たないことだ。

プリズムが、米軍大佐の服装で入ってきた。「聞いたか？　今夜のディナーのゲストは、ミスター流血《オールド・ブラッド・アンド・ガッツ》だってな」

「だれ？」

「第一軍集団の最高司令官」かかとをカチリと合わせて敬礼した。「ジョージ・S・パットン将軍」

「パットン？」

「ああ。早くしてくれ《ドゥー・ハリー・アロング》」とセス。「もう出発しないと。歓迎会は八時だ」

「ぼくらはヤンキーのふりをするんだろ」アーネストはなんとか靴に足を押し込みながら、

「だったら早くしてくれ《ドゥー・ハリー・アロング》じゃない。『急げよ《ハリー・アップ》、相棒《チャム》。バスに乗り遅れるぞ』だ。それと、lieutenant（中尉）の発音はレフテナントじゃなくてルーテナント」

「心配ない」セスはジャケットのポケットからジューシー・フルーツのガムをとりだし、「こいつさえ嚙んでりゃ、みんな、ヤンキーだと思ってくれるさ」一枚とってアーネストにかざし、「ガムいるか、相棒？」

「いや。いるのはサイズの合う靴だ」

しかし、泥だらけの野原とさらに泥だらけの河口域で作戦に従事していたおかげで、部隊全体を探しても、まともな靴はほかに一足も見つからなかった。レイディ・ブラックネルの靴に履き替えるのはロンドンに着くまで先延ばしにしたが、それでも、サヴォイのロビーに足を踏み入れるころには痛くてほとんど歩けなくなっていた。

「パットン将軍の前でそんなふうに足を引きずらないほうがいいぞ」とモンクリーフ。「この弱虫めと平手打ちにされる可能性が高いからな」

しかし、パットンはまだ着いていなかった。おおぜいの英国人将校と中年の民間人が夜会服を身にまとい、あちこちで少人数の輪をつくっている。

「あれもダミーなのか？」とセス。

「さあな」とモンクリーフ。「しかし、本物だった場合に備えて、なるべく近づかないようにしろ。米軍将校を詐称した罪できみらのだれかが縛り首になるような事態は願い下げだ。

今夜、広めてもらいたい情報はふたつ。ひとつ、上陸作戦が七月中旬までに実施されることはありえない。ふたつ、上陸地点はまちがいなくカレー。しかし、そのことをおおっぴらに発言するのは禁止。秘密にすることを誓っている建前だから、あからさまな違反は疑いを招く。さりげなくほのめかすようにしてほしい。それも、話題がたまたまそちらの方面におよんだ場合にかぎる。自分から上陸作戦の話題は持ち出さないでくれ」

「うっかり口走るのは？　ちょっと飲み過ぎたとき、いってはいけないことをつい口にしてしまうような」セスはゲスト用のカクテルグラスに視線を投げてたずねた。

「いいとも」とモンクリーフ。「チャズブル、酒をとってきてやれ。さあ、歓談しろ。それと、忘れるな――さりげなく、だ」

セスはうなずいた。「雄牛と鋤亭の夜と変わらないな。食べものと酒が上等なだけで」

「アメリカ人なら、『メシ《チャウ》と酒《フーチ》が上物』だ」とアーネストが訂正したが、ほどなくそれがまちがいだと判明した。チャズブルに渡されたカクテルは、薄いお茶だった。

「酔っ払いの口はわざわいのもと」とチャズブルが説明した。「モンクリーフはおれたちがほんとうに知っていることを漏らすんじゃないかと心配してる」

「あのカナッペもダミー？」小さな銀の盆を手に巡回する白手袋の給仕を眺めながら、セスがたずねた。

「いや。でも、ガツガツするな。将校なんだからな」

それは問題にならないことが判明した。銀の盆に載った高級そうなオードブルの正体は、スパムの角切りと巻いたオイル・サーディンを爪楊枝《つまようじ》に刺したものだった。

「このいまいましい戦争のおかげで」アーネストがふらりと近づいたグループにいた赤い顔の男が、爪楊枝を振りながらいった。「もう五年もまともなものを食べていない」やがて会話は配給制の害悪と、砂糖、果物、〝ほんとうにうまい牛の胸肉〟の〝犯罪的な〟欠乏に移った。どれひとつとして、上陸作戦についてほのめかすチャンスを与えてくれそうな話題はない——話の輪に入れたとしても。彼らはアーネストを迎え入れるどころか、存在に気づいたようすさえなかった。アーネストはカクテルグラスの底に残った薄い紅茶を見つめ、イースト・アングリア週刊アドバタイザー誌に送る手紙の文面を頭の中でこしらえた。『親愛なる編集部のみなさま。現在の配給事情はとにかく犯罪的です。この地域にアメリカとカナダの兵隊がものすごくたくさんやってきたことで、状況ははるかに悪くなっています……』

「ええ、それに、あのおぞましい全粒粉のパン」女性のひとりがいった。「いったいなにが入ってるのかしら。聞きたくもないけど」

アーネストは、チャズブルから薄茶カクテルをもう一杯受けとり、セスが老紳士と話しているほうへぶらぶら歩いていった。紳士は耳が聞こえないらしい——さいわいだった。というのも、セスはアメリカ人アクセントを使うことをすっかり忘れていた。

「するとそのとき、やつがいったんですよ」とセス。「『賭けてもいいが、わがほうは八月まで上陸しないよ』って」

アーネストは最初のグループの話し声が聞こえる場所までぶらぶら引き返した。さっきの女性がまだ話している。「それにジャムは店頭からあっさり消えてしまって。フォートナム&メイソンまで行ったのに――」そこで口をつぐみ、戸口のほうを見つめた。

耳の聞こえない老紳士や白手袋の給仕たちまで含めて、全員がそちらを見つめていた。

「遅れてすまん」パットン将軍が朗々たる声でいった。副官を両脇にしたがえて戸口に立つその姿は、アーネストが想像していたよりさらに芝居がかっている。真鍮ボタンだらけの野戦服に身を包み、頭は星をちりばめた中帽、足もとはぴかぴかの乗馬靴。かかとには拍車、襟と野戦服にはさらにたくさんの星。

セスは老紳士を放り出し、もっと近くで見ようとこちらに歩いてきた。「まるでものすご《ブリーディ》い《ング》天の河だな!」とアーネストの耳もとで囁く。

「ものすごい《ブリーディング》じゃなくて、すんげえ《ゴッダムド》天の河だ」とアーネストは囁き返した。

「それにあの兵装!」

アーネストは、将軍が腰の左右に吊した象牙の銃把のリボルバー二丁を見ながらうなずいた。足もとでは、白のブルテリアがはあはあ息をしている。

「ダーフォース!」パットンが怒鳴り、つかつかとボールルームに足を踏み入れ、ホストのほうに歩いていった。ブルテリアと副官たちがあとにつづく。「遅れて申し訳ない」レイディ・ダーフォースの手を握ると上下に勢いよく振り動かした。「現場からここに直行した。着替える間もなかった。われわれはケ――」

「ウィリーを外に連れていきましょうか」と副官のひとりが言葉の途中で口をはさんだ。

「いやいや、だいじょうぶだ」パットンはいらだたしげにいった。「ウィリーはパーティが大好きなんだよ。な、ウィリー？」ホストのほうに向き直り、「いま話していたとおり、ついさっきまで――」とがめるような顔をした副官をにらみつけ、「ある内密の場所に行っていて、着替える暇がなかった」

「無理もありませんわ」レイディ・ダーフォースがいった。「エスクウィズ卿ご夫妻を紹介させてください。ぜひ将軍にお目にかかりたいとおっしゃっていて」と、部屋の奥のほうへ導く。

「上陸作戦の責任者があいつじゃなくて助かったな」とセスが囁く。「もしパットンだったら、とても秘密が守れないよ。彼は目立つからな――アメリカ人はなんていうんだっけ？」

「腫れた親指みたいに《ライク・ア・ソー・サム》」とアーネスト。「この任務に選ばれたのは、きっとそのおかげだろうな」

「交流しろ」とうしろから近づいてきたモンクリーフが耳打ちした。

アーネストはうなずいて、べつの一団のほうに歩いていった。パットンを見送ったあと、彼らはにぎやかなおしゃべりをはじめていたが、話題はここでも食べものだった。「きのうはロースト・チキンの夢を見たわ」馬面《うまづら》の女性がいった。

「わたしがいつも夢に見るのはプディングね」とそのとなりのふくよかな女性。「上陸作戦のあとは状況がよくなるっていうけど」

「ああもう、ほんとに早くしてほしいわ。まだかまだかと思いながらじっと待ってると、ほんとに神経に障るから」と馬面の女性がいい、アーネストはさらに近寄った。

「もちろん、もうすぐだとも」ふくよかな女性の夫らしき男性がいった。「問題は、どこになるか」その男性がアーネストに意味ありげな視線を投げ、グループの他の面々もいっせいにこちらを向いた。「どうなんです？　もちろんご存じの立場ですよね。どっちですか。ノルマンディー？　パ・ド・カレー？」

「あいにく、それは申し上げられないんです」とアーネスト。「たとえ知っていたとしても」

「莫迦な。もちろんご存じのはずでしょう。ウェンブリーとわたしは賭けをしてるんですよ」と、手に持ったグラスで口ひげの男を示した。「彼はノルマンディー、わたしはカレー」

「どっちもはずれ」禿頭《とくとう》の男が近づいてきて、口をはさんだ。「ノルウェーだよ」

ということは、スコットランドのフォーティテュード・ノースの働きが成果をあげているわけだ。

「ヒントだけでももらえません？」と馬面の女性。「この先どうなるかがわかっていないと、計画を立てるのがほんとにたいへんで」

「ノルマンディーだってことは子供でも知ってる」とウェンブリー。「第一に、パ・ド・カレーはヒトラーが予期している場所だ」

「それは、論理的に考えて、カレーが唯一の上陸地点だからだ」相手の男は顔を真っ赤にして反論する。「英仏海峡を最短距離で横断できるし、ルールまでの陸路もカレーが最短だ。

港の状況も――」

「だからこっちはノルマンディーに上陸するんだ」ウェンブリーが大声でいう。「ヒトラーは兵力をカレーに集中させるだろう。ノルマンディーに上陸するとは予想していない。そしてノルマンディーは――」

やめさせないと。この男の主張は真実に近すぎる。「おふたりとも、じつに興味深い説ですね」といってから、ウェンブリー夫人のほうを向き、「アガサ・クリスティーの最新作はお読みになりました？」

「はっ！」ウェンブリーがそっくり返った。

アーネストはそれにかまわず、「いかがです？」

「ええ、もちろん」とウェンブリー夫人。「最新作っていうのは――」

アーネストは内緒話をするように身を寄せて、「上陸作戦のことはなにもいえませんが――国家機密ですからね――もしわたしが責任者だったら」と声を潜め、「アガサ・クリスティーの小説はぜんぶ、秋まで書店の棚から撤去しますね。すくなくともアメリカ版は」

「そうなんですの？」と夫人がかすれた声でいう。

「もしくは題名を貼り替えさせますね。あなたがた英国人が鉄道の駅名でやったように」

〝鉄道〟という言葉を強調して囁いた。「では、これで失礼させていただきます」といって、わずかに一礼してから、セスとチャズブルのほうによろよろと引き返した。ふたりは、いかにして本物の酒を手に入れるか、計画を練っていた。

「推理小説が上陸作戦とどう関係するのかさっぱりわからん」背後でウェンブリーがぶつぶつ文句をいっているのが聞こえた。

「謎々よ、あなた」と夫人がいう。「答えは、クリスティーの小説のアメリカ版の題名」

「謎々は大好き」と馬面の女性。

「鉄道がどうとかいってたけど」ウェンブリー夫人は考え込むようにいった。「ええっと。『青列車の秘密』でしょ。それに『ABC殺人事件』。ABC。それがなにかの暗号だってことがあるかしら？」

セスはグループのほうを見やった。「いったいなんていったんだ？」とチャズブルが興味津々の顔でたずねた。

アーネストはいきさつを説明し、「グウェンドリンがいつも読んでるミステリからアイデアをもらったんだ。さりげなくやれとモンクリーフにいわれたからね」爪楊枝に刺したサーディンをとって、疑惑の目で検分しつつ、「でも、ちょっと遠まわしすぎたかもしれない」サーディンをトレイにもどし、さっきのグループにもどった。

「タイトルに地名がついている作品かも」とウェンブリー夫人が話している。「『メソポタミヤの殺人』か――」

「連合軍がいくら不意打ちの効果を信じているとしても」と禿げ頭の男がいった。「さすがにバグダッド経由で上陸はしないだろうね」

「ええ、もちろんね」夫人はあわてた口調で、「なんて莫迦だったのかしら。ええっと、ぜんぜん思いつかない。クリスティーはほかになにを書いてたっけ？『牧師館の殺人』。でもそれのわけはないし。あの人が犯人だったのと、ふたりがいっしょに――」

「わかった」馬面の女性が勝ち誇った顔でいった。アーネストのほうを向いて、「とても巧妙な謎かけですわね、少佐。とくに、鉄道に関するヒントが」

「で？」ウェンブリーがじれったげにたずねた。「なんなんだ？」

「すぐにわかって当然だったのよ」とウェンブリー夫人に向かっていう。「クリスティーの中でもいちばん周到に組み立てられた小説なんだから。最後の最後まで読者には真相がわからない」まだぽかんとしているウェンブリー夫人に向かって、「舞台は列車の中よ」

「ええ、もちろんそうね」とウェンブリー夫人。「意外な犯人の」

「なんていう題名の本なのか教えてくれる気があるのかね、ないのかね」とウェンブリー。

「教えるべきなのかどうか」とウェンブリー夫人。「少佐がいったとおり、最高機密なんだから」

「でも、わたしたちはミステリの話をしてるだけなんだし」と馬面の女性。「クリスティーの中ではやっぱり必読でしょ、『オリエント急行の殺人』。でも、アメリカ版だとタイトルが変わってて、『マーダー・イン・ザ・カー――』」

「アンダースン！」パットンの聞き違えようのない声が轟き、その場の全員が彼のほうを見やった。パットンは乗馬鞭を高々とかざし、英国人の将校に手を振りながら出ていくところだった。「またな！　この次はカレーで！」

ウルトラが決定的だった。

――ドワイト・D・アイゼンハワー将軍

13

ロンドン　一九四〇年十一月

やれやれ、ブレッチリー・パークか。コヴェントリーに行っていたほうがましだったかもしれない。そう思いながら、マイクはアイリーンに念を押した。「ジェラルドが口にしたのが、バスコーム・ダウンとかブロードウェルとかじゃないのはたしか？」

「ええ。まちがいなくブレッチリー・パークだった」とアイリーン。「どうして？　航空基地じゃないの？」

「ええ、違うわ」ポリーがむっつり答えた。

「じゃあ、なんなの？」

「ウルトラの本拠地だ」とマイクはいった。アイリーンがぽかんとしているのを見て、「最高機密の施設で、ドイツのエニグマ機の暗号メッセージを解読したんだ」

「まあ。でも、だったらまちがいなくそこよ」アイリーンが勢い込んでいった。「暗号解読のほうが、空軍よりよっぽどジェラルドにふさわしいもの。数学の才能と――」

「ブレニムにも公園がある」マイクは口をはさんだ。「ブレニム・パークじゃないのはたしか?」

「ええ」とポリー。「ジェラルドはブレッチリー・パークにいる」

マイクは腹立たしげにポリーのほうを向き、「どうしてわかる?」

「ジェラルドがアイリーンにいったジョーク。ほら、雨で運転許可証が濡れて、それだと運転できなくなるぞっていう」

「それがブレッチリー・パークとどんな関係がある?」

「運転許可証は赤で印刷されてた」

「はあ?」

「ドイツ海軍がUボートの中で使ったコードブックは、水溶性の特殊な赤インクで印刷されていたの。潜水艦が沈んでも、暗号が敵の手に渡らないように」

「で?」

「ブレッチリー・パークでは、そういうコードブックを手に入れて、エニグマの海軍暗号を破ったのよ」

「ああくそ、まいったな」とマイク。「ぼくらをここから連れ出せるただひとりの人間が、よりによってブレッチリー・パークにいるなんて」

「どういうこと?」アイリーンは動揺した顔で、「どうしてブレッチリー・パークにいちゃいけないの?」

「分岐点だからよ」とポリー。

「でも、ダンケルクだって分岐点だった」アイリーンはとまどったように、「それでもマイクはダンケルクに行ったんでしょ」

「ブレッチリー・パークは、ただの分岐点じゃないのよ」とポリーが説明した。「分岐点の中の分岐点。ウルトラは、この戦争でもっとも決定的な秘密だった。連合軍の北大西洋における勝利に貢献した。北アフリカでも。ノルマンディーでも。もしもドイツ軍が、暗号を破られて最高機密の通信を解読されているとちょっとでも勘づいたら、連合軍に勝利をもたらしたアドバンテージは失われてしまう。もしもわたしたちのせいでそんなことになったら——」

「でも、そんなことありえない。時間旅行者は歴史を変えられないんだから」とアイリーンが無邪気にいった。「でしょ?」

「ああ」とマイク。「要するに、ブレッチリー・パークはそれだけ重要な場所で、警戒も厳重だから、そこからフィップスを連れ出すのはたいへんだっていうことだよ」

しかし、ポリーとふたりきりになったとたん、マイクはたずねた。「なにがあった? ぼくがいないあいだに齟齬を見つけたのか?」

「わからない。マージョリーが——タウンゼンド・ブラザーズの同僚で、アイリーンがパジェットで働いていると伝えてくれた売り子なんだけど——その子が陸軍看護部隊に入隊するっていうの」

さっぱり意味がわからない。マイクはポリーをすわらせて、くわしく説明させた。話を聞き終えてから、マイクはいった。「でも、入隊する女たちはたくさんいるだろう」

「でもマージョリーは、瓦礫の下から救出された経験のせいで入隊することにしたっていうのよ。もしあたしがいなかったら、彼女が瓦礫に埋もれることもなかった」

「わからないだろ。きみの身になにも起きなくても、彼女は駆け落ちしていたかもしれない」

「でも、それだけじゃないの」といって、ポリーはセント・ポール大聖堂の不発弾のことを説明した。「ダンワージー先生は、掘り出すのに三日かかったといった。つまり、土曜日には撤去されていたはずなのよ、日曜じゃなくて」

「いやそうじゃない」マイクはそれだけだったことにほっとしながら、「それは齟齬じゃないよ」

「わからないでしょ」

「いや、わかる。きみを捜していたとき、セント・ポールに行ったんだ。ダンワージーの学生ならだれだって大聖堂の話をさんざん聞かされているだろうから、きみも姿をあらわすかもしれないと思って。じっさい、きみも行ったわけだ。ぼくとは日が違っただけで。とにかく、大聖堂で働いてる老人が――」

「ハンフリーズさん？」

「うん。ハンフリーズ。大聖堂を案内してくれて――砂嚢《さのう》やなんかを見せてもらったよ――

不発弾の話もぜんぶ聞かされた。十二日の夜に落ちたそうだから、日曜の午後に撤去したんなら、三日後ということになる。だから、齟齬はなかった。戦争中、兵士と駆け落ちした女性はたくさんいるしね。それに、ずれの増大は、ぼくらが歴史を変えるのを楽にするんじゃなくて、むずかしくする」

「でも、ほんとうはそうじゃなくて、あたしたちが歴史に影響を及ぼせるんだとしたら——

——」

「そしたらフィップスはブレッチリー・パークなんかにいるいわれはない。だからなるべく早く連れ出したほうがいい。もしまだブレッチリー・パークにいればだけど。予備調査と準備作業を終えてすぐに出発したんなら、もうオックスフォードにもどっているかもしれない」

「それはないと思う。水溶性のインクについてジョークを飛ばしたことから考えると、たぶんエニグマ暗号を破るのを観察するのが目的でしょ。海軍がUボート110を拿捕してコードブックを入手するのは一九四一年五月よ」

最高だ。フィップスには、この戦争をめちゃくちゃにする時間が半年もあるわけか。もしすでに彼がそれをやらかしていなければの話だが。もしかしたら、降下点が開かないのはそのせいかも。ぼくがしたことのせいじゃなく、フィップスの責任かもしれない。

そのことは口にせず、マイクは、いますぐブレッチリーに出発するつもりだとだけいった。

「わたしもいっしょに行ったほうがよくない？」とアイリーン。「わたしはジェラルドの顔を知ってるし、ふたりなら彼を見つけ出す確率が倍になる。二手に分かれて——」

「いや。ひとりで行く」

「アイリーンを連れていくと目立つんじゃないかと心配してるんだったらの話だけど」とポリーが口をはさんだ。「パークで働いてる人間は、男より女のほうが多かった。傍受した通信を書き起こしたり、計算機を動かしたりの仕事は、みんな女性がやってたのよ。暗号解読に加わってた女性もいたくらい。だから、アイリーンが目立つ心配は——」

心配なのはそれじゃない。マイクはそう思いながら、「ひとりよりふたりのほうが他人の注意を引く可能性が高いよ。とくに、あちこち覗きまわって、質問をしてまわる場合には」

「それはそうね」とポリー。「パークで働いている人たちは、かなり厳重な監視下に置かれていた」それはあんまり元気の出る情報じゃないな。

「ひとりしか行けないんだったら、わたしが行くべきよ」とアイリーン。「ジェラルドはわたしを知ってる。こっちが彼に気づかなくても、向こうがわたしに気づくかもしれない」

そのとおりだ。「ぼくの顔だって、見れば気がつくさ」と応じたものの、それほど自信はなかった。「きみとポリーには、回収チームが新聞広告に気づいた場合に備えて、ここで待機していてほしい。それに、ぼくが行くほうが行動の自由が大きい。男なら、ひとりでレストランやパブに行っても、注意を引かないからね」

「あなたがアメリカ人だとしたら話はべつよ」とポリー。「アメリカ人がブレッチリー・パークにやってくるのは四二年二月以降。マイク、英国人で通す自信ある？」

「ぼくは英国人だよ。アメリカ英語のインプラントを受けただけなんだってば。しかし、あっちで働くにはどうしたらいいかな。ブレッチリー・パークに入るには人物証明が必要だ。身元調査をパスできない」

「ジェラルドはパスしたのよ」とアイリーン。

「学校の記録や推薦状を巧妙に偽造してね。ジェラルドの予備調査旅行はそのためだったかもしれない。ブレッチリー・パークの身元調査を通るような書類をでっちあげたんだ。ぼくの履歴ではとても無理だ」

「パークでじっさいに働く必要はないのよ」とポリー。「それと、ひとついっておくと、呼び方はブレッチリー・パークじゃなくて、BP、もしくはパーク。ブレッチリーと呼ぶのもだめ——ブレッチリーというのは町の名前だから。ブレッチリー・パークは、町の外にあるヴィクトリア朝の領主館で、暗号解読がおこなわれた場所。屋敷に住んでいた暗号解読者《コードブレイカー》はほんのひと握りだけ。ほかのみんなは、ブレッチリーか周辺の村に下宿していた」

「だったらどうして身分を偽る必要があるんだい？　記者として出かけていって、記事を書いてるんだけど取材させてほしいといって、彼らに町で話をきけばそれでいいんじゃないか」

「パークの人間はみんな、外部のだれとも話してはいけないと厳命されているからよ。全員、秘密保持誓約書にサインしている。もし洩らしたら、死刑にもなりかねない。それに、ブレッチリー・パークに関する記事を書いてるなんて知れたら、たちまち当局に捕まって町から放り出されるわよ」

「なにかべつの記事の取材だということにすれば……」といいかけたが、ポリーはもう首を振っていた。

「だめよ。仲間だと思わせたほうが、話をしてくれる可能性がずっと高くなる。もし仕事はなにかと訊かれたら――きっと訊かれないけど――陸軍省の仕事だと答えればいいわ。情報部関連業務の公的な偽装はそれだったから」

「仕事はなにかと訊かれないって、どうしてわかる？」

「たとえ同僚とでも、自分の仕事の中身についてしゃべることは許されていなかった。ある部署で働いている人間は、となりの部署にいる人間の名前も知らなかったの」

だったら、ジェラルドがいるかどうか、どうやってつきとめればいいんだろう。「もしジェラルドが屋敷に住んでいる少数のひとりだったら？」

「それはないわ。屋敷にいたのは、ほとんどトップクラスの暗号解読者だから。ディリー・ノックスとか、アラン・チューリングとか。チューリングはコンピュータの天才だった」ポリーは品定めするような目でマイクを眺め、「ほかに服は持ってないのよね」

「ああ、これがいちばんいい服だよ。安物すぎる？」

「上等すぎるのよ。クリプトアナリスト――コードブレイカーのことを向こうではそう呼んでたんだけど――を偽装するなら、服装も役に合わせないと。だいじょうぶ、なにか見つけてあげる」

その〝なにか〟とは、両ひじに継ぎの当たった古着のツイード・ジャケットと、薄汚いウールのベスト、それに大きな脂染みがついたネクタイだった。「ほんとに彼らはこういうのを着てたのかい、ポリー？」と疑い深げにたずねた。

「ばっちり。ただ、そのベストは上等すぎるかも」

「上等すぎる？」

「向こうは物理学者とか数学者なのよ。チェスはできる？」

「いや。どうして？」

「戦争がはじまった当初、英国にいるクリプトアナリストの数が足りなかった。だから、暗号解読の能力があるかもしれないと思った人間をかたっぱしからスカウトしたのよ。統計学者とかエジプト学者とかチェス・プレーヤーとか。もしチェスができたら、いい会話のきっかけになる」

「チェスなら教えてあげられるけど」とアイリーン。

「時間がない」とマイク。「あした出発したいんだ」

「だめ。日曜まで待たないと」とポリー。「そのほうが目立たない。日曜なら、B《ビー》P《パー》職員がおおぜい週末の休暇からもどってくる。それに、予習も必要だし」

ポリーによる予習は、ブレッチリー・パークとウルトラおよびその主要メンバーについて彼女が知ることすべてを微に入り細にわたって教え込むものだった。歴史を変えることはないと安心させたつもりだったのに、まだ心配なんだろうか。さまざまなスター暗号解読者たちの外見まで細かく説明した。彼らの邪魔をしないように、ということだろう。万一の場合を考えれば、悪いことではない。マイクはポリーが挙げる名前を暗記した。スチュワート・メンジーズ、ゴードン・ウェルチマン、アンガス・ウィルスン、アラン・チューリング。「チューリングは金髪で中背、吃音者《きつおんしゃ》。ディリー・ノックスは――暗号解読者のメインチームのリーダーよ――長身で痩せていて、パイプを吸う。いつもぼんやりしている。サンドイッチの切れ端をパイプに詰めるので有名。ああ、それとノックスはいつも若い女たちに囲まれていた。ディリーズ・ガールズ」

「ディリーズ・ガールズ？」

「ええ。彼女たちは暗号解読で決定的に重要な役割を果たした。数百万行の暗号文をチェックして、パターンや変則を探したの」

「いったいどうしてそんなにくわしいんだ？」とマイクはたずねた。ぞっとするような考えが頭に浮かぶ。「まさか、ブレッチリー・パークで現地調査をやったことがあるわけじゃないよな」もしそうだったら、ポリーにはデッドラインがある……。

「いいえ。検討はしたけど、予備調査のあと、ロンドン大空襲のほうがもっとエキサイティングじゃないかと思ったの」

史学生が戦争の勝敗を左右しうるとしたら話はべつだ。

日曜日、アイリーンといっしょに駅までマイクを見送りにきたポリーは、最後の指示を与えた。「パークは町から歩いていける距離よ。でも、方角は知らない。道をたずねると疑われるかも」

「訊かないよ」と請け合った。「列車を降りたら、可能性が高そうな人間を見つけて、あとをつける」

「それと、いまの時点でプロジェクトがウルトラと呼ばれてるかどうかよくわからないの。〝ウルトラ〟は、軍事機密の最高ランクにあたるウルトラ・トップシークレットの略。一九四〇年には、プロジェクトは、ウルトラじゃなくてエニグマと呼ばれていたかも――」

「なんと呼ばれていようと関係ないさ。エニグマとかウルトラとか口に出すつもりはないから。ジェラルドを見つけて、離脱する」

「乗車案内のアナウンスよ」とアイリーン。「もしかしたら、向こうで働いている人とおなじコンパートメントになるかもしれない。そしたらジェラルドを知らないかたずねて、連絡をとる方法を教えてもらったら、ブレッチリーに行く必要もなくなるかもね」

まいった。列車の中で鉢合わせする可能性は考えていなかった。

「チューリングの特徴をもう一回教えてくれ」とポリーにいう。

「金髪。吃音」

「そしてディリー・ノックスは長身でパイプをふかす」

「それと、あなたみたいに片足を引きずってる。それと、アラン・ロスは長い赤ひげを生やしてて、寒いときはその上に青い毛糸のスヌードをかぶせる」

「ひげの上に?」とマイク。「なのにぼくが目立つのが心配だっていうのかい? ブレッチリー・パークの連中のほうがいかれてるよ」

「たしかにエキセントリックね」とポリー。「ああ、それとロスには小さな男の子がいて、旅行するときは息子にアヘンチンキを投与して――」

「アヘンチンキか」アイリーンがせつなげな口調でいった。ふたりがけげんな顔をすると、「ごめんなさい。ホドビン姉弟を連れてロンドンまで旅行したとき、アヘンチンキがあったらどんなに楽だったかと思って」

「そうね。まあ、ロスの息子がモンスターかどうかは知らないけど」とポリー。「でも、ロスは息子にアヘンチンキを与えて、荷物棚に寝かせた。だから、もし列車に乗って、荷物棚で寝ている男の子を見かけたら、それがアラン・ロスのコンパートメントだとわかるわけよ」

そして、そこには近づかないようにすればいい。「さあ、そろそろホームに行かないと」

「待って」アイリーンがマイクの袖をつかんだ。「どうなったの?」

「どうなったって?」マイクはぽかんとして訊き返した。

「ロスの息子のこと?」とポリー。

「じゃなくて、アーネスト・シャクルトン。クルーを島に残して助けを呼びにいったあと。もどってきたの?」

「ああ。船に乗ってね。その船で仲間を連れ帰った。ひとりの死者も出さなかった」

「よかった」といって、アイリーンはマイクにほほえみかけた。

「向こうに着いたらすぐ電話して」とポリー。

「そうするよ」と約束しながら思った。もし向こうに着くことができたらね。分岐点のひとつに行けたからといって、べつの分岐点に近づくことを連続体が許してくれるとはかぎらない。とくに、たったひとりの人間がすべてを台なしにしうる分岐点の場合には。マイクを乗せた列車は途中で爆撃されるかもしれない。それとも、混雑しすぎていて乗車できないとか。見たところ、いかにもありそうな可能性に思えた。

列車はぎゅうぎゅう詰めだったが、なんとか体を押し込むことに成功し、オックスフォード始発の列車では、空席をひとつ見つけることさえできた——金髪の吃音者も、長身のパイプ喫煙者も、薬で眠る子供も乗っていないことを確認したうえで、兵士五人と老婦人ふたりがすわっているコンパートメントを選んだ。バッグを荷物棚に上げ——茶色のハトロン紙にくるまれた包みがいくつか載っているだけで、子供の姿はなかった——ひとつだけ空いていた座席に腰をおろした。

ほとんどすぐさま後悔した。兵士たちは煙草を吸いに出ていってしまい、眼鏡をかけた禿頭の男が入ってきた。ツイードのジャケットにメリヤス編みのベスト。アイリーンが見つけてくれたベスト以上にぼろぼろで、あちこち穴が空いている。男は戸口とマイクのあいだに腰を下ろすと、両足をまっすぐ前に伸ばした。おかげで男に断らないかぎり客室を出られなくなってしまったが、マイクとしては彼とはいっさい関わりを持ちたくなかった。

男はチューリングにしては禿げすぎているし、ノックスにしては背が低すぎるし、赤ひげも生やしていないが、ブレッチリー・パークで働いているのはまちがいない。列車が駅を離れるなり、『数学原理《プリンキピア・マテマティカ》』なる題名の本をとりだすと、鼻先をページに埋めた。マイクもふたりの老婦人もまったく眼中にない。老婦人はといえば、さまざまな体の不調について元気よくおしゃべりをしはじめた。

「足からはじまった痛みが背骨をずっと上がってくるのよ」茶色の帽子をかぶった老婦人がいった。「グランホーム先生の見立てでは、坐骨神経痛だって」

「わたしはひざがずきずき痛んで」ともうひとり。小鳥を載せた黒い帽子をかぶっている。「エヴァーズ先生は入浴剤を処方してくださったけど、ちっとも効かなくて」

「レイトン・バザードのシェパード先生に診てもらったほうがいいわ。お友だちのオリーヴ・ベイツがいってたんだけど、ひざの名医なんですって。いわなかったかしら、彼女の息子さんが先週召集されて。かわいそうなオリーヴ。息子がどこか危険な場所に送られるんじゃないかって、ものすごく心配してるの」

たとえばブレッチリー・パークみたいな場所に。マイクは、窓の外を見ているふりをしながら思った。おなじ分岐点でも、BPはダンケルクとくらべて、指数関数的に危険度が高い。なぜならBPには秘密が関わっているし、秘密というのは、連続体の分岐点の中でも、もっとも脆弱《ぜいじゃく》で、やすやすと改変されうるからだ。秘密を守るためにはおおぜいの人間が力を合わせることが必要でも、その秘密を洩らすにはたったひとりの人間、たったひとつの不用意な発言で事足りる。ちょっとさわっただけで起爆する時限爆弾のように。

まちがった質問をひとつするだけでいい。あるいは、たくさん質問をしすぎるだけでいい。あるいは、偽装を見破られるか。ということは、口にする一語一語に気をつけなければならない。アメリカ英語の語彙《ごい》とアクセントはまだ染みついている。母音を省略し、イギリス英語の名詞を使うように気をつけなければ。〝フラッシュライト〟も、〝エレベーター〟もだめ。もっとも、ブレッチリーぐらい小さな町にはたしてエレベーターが——訂正、リフトが——あるかどうか。それに——

列車ががくんと揺れて停止した。鳥つき黒帽子が窓の外に神経質な視線を投げた。「あらあら、空襲じゃないといいけれど。暗くなる前にブレッチリーに着きたいと思っていたのに」

ぼくは、とにかく無事にブレッチリーに着ければそれでいい。そう思いながら、停車の理由が兵員輸送列車の通過待ちであることを祈ったが、並行する線路に他の列車の姿はなく、しばらくすると車掌がまわってきて、遅延を詫びつつ、遮光のためにブラインドを下ろしてくださいと指示した。

「空襲なんですの?」と茶色帽子がたずねた。

「はい、奥さま」と車掌。「でも、きっと危険はありませんよ」

ぼくのせいで生じるもの以外はね。マイクは接近してくる飛行機の音に聞き耳をたてたが、なにも起こらない。列車が動き出すこともなく、じっとすわって待っているうちに、売り子のマージョリーに自分がどんな影響を与えたかというポリーの話の一部始終が脳裏に甦り、気がつくと自分がダンケルクでやったことをあれこれ思い返していた。スクリューの障害物をとりのぞいただけでなく、燃料缶を船の外に投げ捨てたことから、犬を甲板にひっぱりあげたことまで。海の中で救命胴衣をなくしてしまった。あれがどこかへ漂っていって、べつの船のスクリューにからまってしまったのでは？　それに、あの死体は？　そして、いまから行く場所では、たったひとつのミス、たったひとつの失言で——

列車が鋭く揺れて、また動き出し、老婦人たちは病気の話にもどった。「この秋はずっと、かかとがとても痛くて」と茶色帽子。「プリチャード先生の指圧療法がいいと友だちに聞いたから、クリニックに行ってみようと思って。ニューポート・パグネルなのよ」

「ニューポート・パグネル？」鳥つき黒帽子が叫んだ。「まあ、ブレッチリーのすぐ近くじゃないの！　いつか、ぜひお茶に寄ってちょうだい。あなたもブレッチリーでお降りになるの？」

「ええ。プリチャード先生が迎えの車をよこしてくださるの」

よかった。だったら眼鏡の男に、ブレッチリーはどの駅かとたずねなくて済む。

「もしプリチャード先生の治療が効かなかったら」と鳥つき黒帽子がつづける。「セント・ジョンズ・ウッドのチルダーズ先生をぜひ訪ねてみて」

セント・ジョンズ・ウッド。タイムトラベルの草創期、リモート降下の設定方法が考案される以前の時代、ラボはそこに常設の降下点を開いていた。ポリーかアイリーンはその場所を知らないだろうか。彼らの降下点が作動不良を起こしたとき、もしかしたらラボはセント

・ジョンズ・ウッドの降下点を代用ポイントとして再開したかもしれない。無事に到着したと電話をかける——訂正、電話《コール》するとき、アイリーンとポリーにたずねてみなければ。もし無事に到着すれば。じっとすわっているあいだ、外反母趾、リウマチ、腰痛、動悸に関する議論をはてしなく聞かされ、ようやく鳥つき黒帽子がいった。「あら、よかった。もうブレッチリーに着くわ」そしてふたりの老婦人は荷物をまとめはじめた。男は、列車が駅に入ったときもまだ本を読みつづけていた。ブレッチリー・パークの暗号解読者だという見立てはまちがっていたのかと思いはじめたが、列車が停止した瞬間、男はパタンと本を閉じ、他の乗客には一瞥もくれずにコンパートメントを出て列車を降りると、駅舎に向かって足早にホームを歩いていく。マイクはあとを追おうと立ち上がったが、頭上の荷物棚から包みを下ろしてほしいと老婦人たちに頼まれ、それを済ませたときには男の姿は消えていた。

しかし、駅舎とその外にはまだかなりの数の人間がいた。自転車や徒歩で駅から離れはじめている。そのあとをついていけばいい——電話を見つけしだい。無事に着いたら電話するとポリーに約束した。回線がつながるまでにはてしなく待たされたりしなければいいけれど。

フォンブース——訂正、電話《テレフォン》ボックス——は空いていたし、交換手はかなりの速度で電話をつないでくれたが、電話に出たのはミセス・リケットで、ポリーをおねがいしますという と、「さあね、帰ってるかどうか」と不機嫌な口調で応じ、見てきていただけますかと頼むと聞こえよがしにためいきをついて電話口を離れ、それっきりなかなかもどってこないので、何枚かコインを追加しなければならなかった。

ようやくポリーが電話に出ると、マイクはいった。「時間がないから手短に」セント・ジョンズ・ウッドの降下点の件は、次の電話のときにしよう。「無事に着いたよ」「部屋は見つかった？　ジェラルドは？」

「どっちもまだだ。いま列車を降りたところ。落ち着き先が決まったらすぐ連絡するよ」といってから電話を切り、急いで駅舎にもどったが、もうだれもいなくなっていた。外に出ると、迫りくる夕闇のなか、人っ子ひとり見当たらない。

列車を降りた客たちがどっちの方角に行くかを見定めてから電話すればよかった、とマイクは臍《ほぞ》をかんだ。まあ、こうなってしまっては、もうどうしようもない。すでに暗くなりかけている。あしたの朝まで待って、ブレッチリー・パークまでの道順をつきとめよう。いまは町の中心を探して、部屋を見つけなければ。

しかし、タクシーはどこにも見当たらず、〈中心街はこちら〉という標識もない。もっともメインストリートらしく見える通りを歩き出したが、煉瓦造りの建物群はすぐ倉庫街に変わり、角まで行ってみると、どの方向にも、繁華街らしき気配はまったくなかった。そんな莫迦《ばか》な。ブレッチリーの町がそんなに広いわけがない。このまま歩きつづければ、いつかはなにかに出くわすはず。たとえそれが町の境界だとしても。とはいえ、もう二、三分もすればあたりは真っ暗になるし、悪いほうの足がずきずき痛みはじめている。もういちど横道に目を凝らし、どちらの方角に進むべきか決断しようとした。

そのとき、夕闇の中にふたつの人影が見えた。一ブロック半向こう——距離がありすぎて、この足ではとても追いつけないだろうが、マイクはとにかくそちらに向かってよろよろ歩き出した。

ふたつの人影は、通りの角まで来ると、横断するタイミングを待つように立ち止まったが、マイクの目が届くかぎり、車は一台も見当たらない。追いつこうと必死に足を動かした。近づくにつれ、人影がふたりの若い女性であることがわかった。ポリーの情報によれば、数百人の女性がブレッチリー・パークで働いているそうだから、きっとそのうちのふたりだろう。よかった。ふたりに道をたずねてから、「もしかして、ジェラルド・フィップスという人をご存じないですか」と質問できる。フィップスは変なやつだから、ふたりはきっと顔をしかめて「ええ、あいにくだけど知ってるわ」と答え、マイクはあしたには列車に乗ってロンドンに帰り、アイリーンとポリーを連れてくることができる。

あとたった半ブロック。若い女性たちはそこに立ったままおしゃべりに夢中になり、近づいてくるマイクにまったく気づいていない。〝ガールズ〟と呼ばれるのももっともだ。ふたりとも、十六歳より上には見えない。ひっきりなしにくすくす笑いながら活発にしゃべっている。近づいてみると、道路を横断しようと待っているわけじゃないのがわかった。ただおしゃべりをするためだけに立ち止まったのだ。

ぼくが追いつくまでおしゃべりをつづけててくれ、お嬢さんたち。そう念じながら歩いたが、まだ三十メートルの距離を残したところでふたりは通りを横断し、端から二番めの建物のほうに歩いていって、玄関ステップを上がりはじめた。

まずい。中に入ってしまう。マイクは足をひきずりながら急いで角までやってきた。「ちょっと!」と声をかけると、ふたりは玄関ドアの前でふりかえり、こちらを見た。

「待って!」通りに足を踏み出した。「道を訊きたいんだけど——」

自転車さえ見えなかった。手に持っていたバッグが吹っ飛び、両のてのひらと片ひざが舗道にぶつかった瞬間は、てっきり爆弾が落ちてきて爆風に飛ばされたんだと思った。少女たちもその被害に遭ったんじゃないかとそちらに目を向けたが、ふたりはステップを駆け下りてこちらにやってくるところだった。「だいじょうぶ? 怪我しなかった?」と呼びかけてくる。「まったくもう、あいつったら」

「あいつ?」ぽかんとして訊き返した。

「あいつの自転車がまともに突っ込んだのよ」と最初の少女がいい、そのときようやく、自転車にはね飛ばされたのだと思い当たった。通りの先に目をやると、自転車がふらつき、横にそれて縁石にぶつかり、乗っていた男が舗道に放り出されて、横向きに倒れるのが見えた。

自転車の男のほうがマイクよりよほどひどい倒れ方をしたようだったが、少女たちはそれにはまるで頓着せず、ふたりがかりでマイクに手を貸し、助け起こした。

「怪我してない?」と最初の子が心配そうにいいながら、片手をマイクの脇の下に入れて、ひっぱりあげてくれた。

「かすっただけだと思う」とマイク。

もうひとりは、両手を腰にあてて、ゆっくり立ち上がった自転車の男をにらみながら、

った。

「手を貸してよ、メイヴィス」と最初の子がいい、メイヴィスと呼ばれたほうはマイクの反対側にまわって、そちらの腕をひっぱった。マイクはどうにかこうにか二本の足で立ち上がった。

「ほんとに怪我してない？」とメイヴィス。

「たぶん」といいながら、体の具合をたしかめた。ぶつけた膝はずきずきしはじめたが、体重をかけてもなんともないし、骨折も捻挫もなさそうだ。舗道に最初にぶつかったのは、その膝と両手だった。マイクは手の指を曲げ伸ばししてみて、

「だいじょうぶみたいだ。とにかく、骨は折れてない。ぼくがちゃんと前を見てなかったのが悪いんだよ」

「あなたが？」メイヴィスが叫んだ。「前を見てなかったのはあいつよ！　あいつが自転車で人にぶつかるのは今週だけでもう三度目なんだから！　でしょ、エルスペス？」

エルスペスはうなずき、「先週は、パークへ行く途中のジェインが、かわいそうに、もうちょっとで殺されるところだった」自転車を起こしている男のほうをにらみつける。男は自転車にまたがり、通りを走り出した。どうやら彼のほうも怪我はなかったらしい。「ちゃんと前見なさいよ！」とその背中にエルスペスが怒鳴ったが、効果はなかった。男はふりかえりもしない。

「ほんとにだいじょうぶなの？」メイヴィスがマイクにたずねた。「まあ、足を痛めてるじ

ゃない」

「いや、この足は――」

「いつかだれかを怪我させることになると思ってたのよ」とメイヴィスが腹立たしげにいう。

「ぜんぜん前を見ないんだから」

「足を怪我したわけじゃないよ」とマイクはいったが、少女たちはどちらも聞いていなかった。

「本物の恐怖よ」とメイヴィスがなおもいう。「自転車を禁止しないと」

エルスペスが首を振った。「そしたらまた自動車に乗りはじめるだけよ。そっちのほうがもっとこわいわ。チューリングは最低のドライバーなんだから」

戦時には、真実はきわめて重要だ。したがって、嘘という護衛を付き添わせねばならない。

——ウィンストン・チャーチル、ブレッチリー・パークでの演説

14

ロンドン　一九四〇年十一月

マイクを乗せた列車がつつがなく出発したのをポリーとふたりで見届けてから、アイリーンはアルフ・ホドビンの航空機観察マップをホワイトチャペルへ返しにいくことにした。

「郵便で返送するといったけど、シオドア・ウィレットの家を訪ねるって約束してるの。だから、どうせならそのついでに自分で届けようと思って。それに、アルフと話もしたいし。前に会ったとき、アルフとビニーがなにか企んでる気がしたのよ」

「たとえばどんな？」とポリーがたずねた。

「よくわからないけど、でもホドビン姉弟のことだから、なにか非合法なことでしょ。ナチのスパイに子供はいなかったよね」

ポリーはホワイトチャペル方面行きの地下鉄までアイリーンを送ってから、大英博物館へ行って——『愛するあなた。ほんとうにごめんなさい。もし許してくれるなら、日曜の二時

にロゼッタ・ストーンの前で』――回収チームを待った。そして、やきもきした。

歴史上の出来事に影響を及ぼしていないとマイクが太鼓判を捺《お》してくれたにもかかわらず、まだ心配は消えなかった。あたしの行動はマージョリーに影響しただけじゃない。マージョリーを発見した防空監視員、救出作業員、救急車の運転手、看護婦や医師にも影響を与えた。マージョリーが落ち合えなかった飛行機乗りは、駆け落ちしようという決心を彼女が翻したのだと思ったまま、任地に旅立ったことだろう。マージョリーの担当を引き継いだサラ・スタインバーグや、サラのかわりにタウンゼンド・ブラザーズが雇った売り子にまで、影響は及んでいる。波紋は外へ外へと広がってゆく。そしていま、マージョリーは看護婦になろうとしている。彼女は兵士たちの命を救うことになる。

マイクがハーディの命を救ったように。そして、ハーディの場合と違って、こうなってしまったことに関して、ほかにはなにひとつ原因がない。マージョリーははっきりいった。飛行機乗りと駆け落ちしようと決心したのは、セント・ジョージ教会が爆撃されたことを知って大きな衝撃を受け、ただ茫然としているポリーの姿を見たからだ、と。その結果、マージョリーは爆撃の夜、ジャーミン・ストリートにいることになり、それが看護婦になろうという決意につながり、それがまた神のみぞ知る他の出来事に影響を及ぼす。あの朝、爆撃されたパジェットの外で、自分がハーディの命を救ったと思いこんでいたマイクが、そのことをどうしてあんなに心配していたのか、その理由がいまわかった。

そしていま、マイクはブレッチリー・パークに向かっている。病院の看護婦なんかよりはるかに大きな影響をこの戦争に与えられる場所に。もしジェラルド・フィップスがマイクに先んじて歴史を変えていなければ。

しかし、もしそうだとしたら、鳴るはずじゃないときに空襲警報のサイレンが鳴る程度じゃなくて、もっと大きな齟齬が生じるはずだ。それに、マイクがいうとおり、歴史には、大きな結果をもたらすはずの行動がべつの行動によって打ち消された例がごろごろしている。たとえば、ノルマンディー上陸作戦を予告するヴェルレーヌの詩とか。ヘラルド紙のクロスワード・パズルに「ユタ」や「オーバーロード」という単語が出てきたこととか。けっきょくそれらは上陸作戦になんの影響も与えなかった。しかし、それは同時に、たったひとつの些細な行動がすさまじく大きな結果を招きうるという実例でもある。数年がかりで周到に準備された、二百万の人員が関与する上陸作戦が、クロスワード・パズルに使われたいくつかの単語のために、もうちょっとで頓挫するところだったのだ。もしDデイを遅らせる事態に追い込まれていたら、ほぼ確実に上陸地点が洩れて、ロンメルの戦車隊がノルマンディーの上陸部隊を迎え撃っていただろう。そのすべての原因は、ちょっとした不注意と十代の男の子。「釘が足りずに……」

じゃあ、そのすべての行動が合わさった結果として、どういうインパクトが生じるだろう。マージョリーとハーディ、それにジェラルド。そして今度はマイクが、この戦争のもっとも重大な秘密が隠されている場所を徘徊することになる。もしブレッチリー・パークにたどりつけば。ダンケルクへ行ったからといって、ブレッチリー・パークに行くことを時空連続体が許すとはかぎらない。

ポリーは回収チームをさらに三十分待ってから、ミセス・リケットの下宿にもどり、マイクから電話があったかどうかたしかめた。電話はなかった。アイリーンが帰ってきたときも、まだマイクからの連絡はなかった。

「ホドビン姉弟がなにを企んでるかわかった？」とポリーはアイリーンにたずねた。

「いいえ。だれもいなかった」アイリーンは眉根にしわを寄せて、「マップはドアの下から中に滑り込ませてきた。マイクは電話してきた？」

「ううん、まだ。たぶん、兵員輸送列車かなにかのせいで遅れてるのね」

しかし、不安を隠しきれていなかったと見えて、アイリーンがたずねた。「きょう爆撃された列車はないんでしょ」

「ええ」ロンドンではね。

「ブレッチリーは爆撃されたの？」

「知らない。でも、ブレッチリー・パークでは爆撃の死者はひとりも出てない。さあ、行こう。夕食の時間。ミセス・リケットの日曜夜の〝冷たい軽食《コールド・コレイション》〟」

きょうのメニューはスライスしたタンとイラクサのサラダだった。それを見たとたん、「配給手帳を再交付してもらうんじゃなかった」とアイリーンはいった。「マイクがジェラルドを見つけ出して、オックスフォードに帰るのが待ち遠しい。もしかしたらそれで電話してこないのかも。列車にジェラルドの居場所を知っている人が乗り合わせてて、まっすぐジエラルドを捜しにいったとか」

ポリーが芝居の稽古にノッティング・ヒル・ゲートへ出かける直前、ようやくマイクから電話があったものの、用件は、ブレッチリーに着いたと伝えるだけだった。まだ駅を出てもいない。滞在先が決まったらまた電話するとだけいって、ポリーが用心してと警告するひまもなく、マイクはそそくさと電話を切った。

しかし、もし問題がずれの増大だとしたら、マイクが歴史に影響を与える可能性がある場合、連続体は彼がブレッチリー・パークに行くのを阻止しただろう。心配することはなにもない。ポリーは自分にそういい聞かせ、『あっぱれクライトン』とレイディ・メアリ役の問題点に意識を集中した。

一座は、稽古の最終週に入り、サー・ゴドフリーは険悪なムードだった。

「違う、違う、違う」とヴィヴを怒鳴りつけた。「アーネストが登場する前に、『アーネストが来ました』というんだ！　もう一度。『お父さま、みんな、もう二度と会えないかと思っていました！』から」

彼らはその場面をもう一度おさらいしはじめた。

「違う、違う、違う！」サー・ゴドフリーが今度はミスター・ドーミングを一喝する。「どうして覚えられない？　これは喜劇だ、悲劇ではない。三幕の終わりで、きみたちはこの島から救い出されるんだぞ」

「王子さまに？」ミセス・ブライトフォードの幼い娘、トロットがたずねた。

「いや、船に。それとも、この芝居の制作進行の度合いから考えると、この戦争の終結に」

「王子さまに救われるべきだと思うわ」とトロット。

「文句は作者にいいたまえ」サー・ゴドフリーが怒鳴りつけた。「もう一度だ。『アーネストが来ました』から――」

「サー・ゴドフリー」とライラが口をはさんだ。「喜劇だ喜劇だっていうけど、レイディ・メアリとクライトンが最後に引き裂かれちゃうのに、どうして喜劇なの？」

「ええ」とヴィヴ。「どうしていっしょになれないの？」

「クライトンは執事で、メアリは貴婦人だからだ。きみたちもメアリも」おまえのせいだといわんばかりにポリーをにらみつけ、「まだ若すぎるから、社会階層や年齢や身の上などの理由でいっしょになることができない相手と恋をした経験などないだろう。しかし、わたしが保証する。恋人たちは、ときとして、克服できない障害に直面することもあるのだよ」

「でも、もし離ればなれになる必要がなかったら」とヴィヴ。「結末がずっとロマンティックになるのに」

「さっきトロットにもいったが」とサー・ゴドフリーがそっけなく答えた。「文句があるなら作者にいいたまえ。もう一度。最初から。この芝居は是が非で《イフ・イット・キルズ・ミー》もきちんとやり遂げる。文字どおりそうなる可能性がおおいにありそうだが。ルフトヴァッフェに先に殺されなければ」サー・ゴドフリーは天井を見上げて、「今夜の空襲はいささか度を越しているな」

　そのとおりだった。しかし空襲のはじまりも終わりも爆撃の標的もすべて本来の歴史どおりだったし、翌日のサー・ゴドフリーのタイムズ紙に軍事機密漏洩やスパイ逮捕に関する記事は載っていなかったが、マイクからの二度目の電話もなかった。

火曜日、アイリーン宛てに手紙が届いた。「マイクから?」とポリーはたずねた。もしかしたら、電話のかわりに手紙にしたのかもしれない。

「いいえ。教区牧師のグッドさんから」といって、アイリーンはにっこりした。封を切り、手紙を読みはじめた。「まあ。悪い知らせだって……でも、そんなことありえない」

「なにがありえないって?」

「レイディ・キャロラインの息子が死んだって。でも死んだのはデネウェル卿のはず――」

「手紙を読んで」とポリー。

「『親愛なるミス・オライリー。悲しい知らせがあってお便りしました。レイディ・キャロラインの息子さんが、十一月十三日に亡くなりました』」

ということは、教区牧師が読んだ死亡告知が名前をとり違えていたという可能性はない。デネウェル卿が亡くなったのは二日だった。

「『爆撃任務中、ベルリン上空で搭乗機が撃墜されたのです』」とアイリーンがつづけた。

齟齬だ。ポリーの背すじにさむけが走った。父親ではなく、息子のほうが死んでしまった。

「『ほんとうに悲しい出来事です。デネウェル卿が亡くなったばかりだというのに、今度はこんな訃報が届くとは』」

ということは、やっぱり齟齬じゃなかった。戦争がもたらしたおそろしい偶然。ほっとしてしかるべきだったが、その夜、稽古のあと、アイリーンといっしょに回収チームのためのメッセージの文案を練っているとき、気がつくと新聞に目を通して、齟齬の可能性がある記事を探していた。そして翌朝、商品保管室のかたづけがあるから早く出勤しないといけないとアイリーンにことわって、爆撃されたかどうか、ウェストミンスター寺院を見にいった。

爆撃されていた。被害に遭った箇所——ヘンリー七世のチャペルとチューダー様式の窓と小回廊——は、いずれも予備調査で読んだ記録と一致していた。

歴史は変わってない。降下点が開かないのは、ずれの増大のせい。だから回収チームがやってこない。マイクの説が正しくて、彼らがパジェット百貨店の瓦礫の下に埋もれているならべつだけれど。

パジェットの三人の死者が掃除婦だったと判明したからといって、それだけでは、あの瓦礫の下に他の遺体が埋まっていないとはかぎらない。もしくは、ポリーの降下点の向かい側にある瓦礫の山かもしれない。回収チームは、ポリーがホルボーン駅に閉じ込められていたあの夜、彼女を捜してやってきた可能性もある。

降下点を出てポリーの回収に赴こうとしたちょうどそのとき、パラシュート爆弾が爆発したということもありうる。回収チームがその瓦礫の下に埋まっているとはだれも思わないだろう。マージョリーのときとおなじだ。防空監視員がたまたまマージョリーの声を聞きつけなかったら、ジャーミン・ストリートの瓦礫の下に埋まっている彼女を捜そうなどと思う人はだれもいなかった。

それとも、回収チームは、ポリーの降下点へと向かう途中で爆撃に見舞われ、タウンゼンド・ブラザーズに行くときに見た、あの横転したバスの中で死んでいたのかもしれない。あるいは、バックベリーもしくはオーピントンへ行く途中で。

それとも、ずれの増大をつきとめたコリンが追いかけてきたのだとしたら？　コリンは助けにくると約束した。追いかけてパジェットにやってきたのだとしたら？　それとも、オックスフォード・ストリートへ行く途中、空襲で死んだとか。

莫迦なことを考えないで。ポリーは自分にいい聞かせた。コリンにはそんな死に方をしないだけの知識がある。それに、こっちへ来てしまったら、年齢で追いつけなくなる。

でも、そう考えた瞬間から、あちこちでコリンの姿を見たような気がしはじめた――仕事帰りのオックスフォード・サーカス駅のエスカレーターで。あるいは、ノッティング・ヒル・ゲート駅のディストリクト線ホームに降りてきた兵士たちの群れの中で。

コリンじゃない。ポリーが目撃した兵士は、流暢《りゅうちょう》なフランス語をしゃべっていた。エスカレーターの男は、コリンとおなじ赤みがかった金色の髪とグレイの瞳だったけれど、ポリーが見ているのに気づいてにっこりしたその表情は、コリンの非対称の笑みとは似ても似つかなかったし、年齢がずっと上だった。三十歳は越えている。彼がコリンじゃないことはすぐにわかった。それでも、あの最初の一瞬、ポリーの心臓はずきんとうずいた。

コリンによく似た十七歳くらいの少年が電車から降りてきたとき、ポリーは『あっぱれクライトン』の救出場面を稽古している最中だった。台詞の途中で口をつぐんで少年を見送ってしまったため、サー・ゴドフリーに、「われわれはいま『あっぱれクライトン』をやっているのだよ、レイディ・メアリ。『ロミオとジュリエット』ではなく」と注意された。

「はあ？　わたし……すみません。知り合いを見かけたような気がして」

「そしてわたしは、このできそこないの芝居が二日後に幕を開けるような気がしているんだがね」サー・ゴドフリーはぶつぶつ文句をいい、オール・クリアのサイレンが鳴るまで一座に稽古をつづけさせた。

帰り道でアイリーンが、「マイクを見たと思ったの？」とたずねた。

「ええ」とポリーは嘘をついた。

「きっとすぐに電話してくるわよ。たぶんまだ部屋が見つからないのね。それとも、だれにも聞かれずに電話できる場所を探すのに苦労してるのか」

それとも、ジェラルドのことを訊きまわったせいで注意を引き、尋問されているか。しかし、心配している暇はなかった。クリスマスの買い物客がすでに来店しはじめている。

火曜日、クリスマス・シーズン用に臨時の売り子を雇う計画はありませんかとミス・スネルグローヴにたずね、あるという返事を聞いてから、パジェットに勤めていた友人が仕事をなくして困っているんですがと持ちかけた。ミス・スネルグローヴはその場でアイリーンを四階の臨時販売員として雇うことを決めたが、翌日になって書籍売り場に移された。地図を探しにいったとき、ABCや航空機観察マップのことで相談に乗ってくれたエセルが爆撃で死亡したため、その欠員を埋めることになったのだ。

しかし、おなじフロアでなくても、爆撃されることがないとわかっている百貨店で、アガサ・クリスティーの本に囲まれて働けることをアイリーンは喜んでくれたし、マイクがまだ電話してこないのにはなにかもっともな事情があると信じていた。

元気がいいのはアイリーンただひとりだった。一座の空気は芝居のことでぴりぴりしていたし、だれもが睡眠不足で神経過敏になり、不機嫌だった。もっとも、このところ、空襲は以前と違って断続的になっている。むしろ、それがよくないのかもしれない。最初の数週間のように、空襲が背景雑音になってしまえば無視することもできる。でもいまは毎晩空襲があるわけではなく、きょう空襲があるのかないのか、あるとしたらいつなのかがたえず議論の的になっている。それに、敵はどんなおそろしい新兵器を——信管をはずそうとしたら爆発する時限爆弾とか、腕時計が近づくと爆発する磁気地雷とか——投入してくるのか。そして、新兵器はどんな被害をもたらすのか。

いまでは全員が恐怖の体験談を持っていた。主任牧師の妹は、自宅の薔薇園で、吹き飛ばされた片腕を見つけた。ライラがダンスにつきあったことのある男は、吹き飛んだガラスが目に当たって失明した。戦争で死んだ知り合いがだれもいないという人間は皆無だった。みんなの神経が参りはじめているのも無理はない。

天気も助けにはならず——マイクが出発した日から小やみなく雨が降りつづけていた——日を追うごとに昼が短くなる。「闇が四方八方からだんだん押し寄せてくるみたい」木曜の夜、ノッティング・ヒル・ゲートへの道すがら、ミス・ラバーナムがぶるぶる震えながらいった。

そのとおりね。とポリーは思い、明るく照明された地下鉄駅に着いてほっとした。大混雑と濡れたウールのむっとするにおいも、さほど気にならない。

一座は、金曜と土曜の夜、ノッティング・ヒル・ゲート駅の下の階のホールで『あっぱれクライトン』を上演した。初日の公演はほぼ完璧だった。唯一の例外は、二幕の終わり、救出船が到着したとき。ミスター・シムズは小首をかしげて、「いまのは砲声か？」と自信なげな口調でたずねるはずだった。運悪く、耳を聾する高射砲の轟音に負けじと声を張り上げて台詞をいう羽目になり、観客は大笑い。ひとりの老人が、「どうした若いの、耳が遠いのか？」と叫んだ。

ミスター・シムズは地団駄を踏んで悔しがった。

「ばかばかしい！」裾をまくったズボンとミス・ラバーナムがみごと調達してきたゴム底の運動靴をはいたサー・ゴドフリーが、幕間《まくあい》にいい聞かせた。「あれは奇跡だった。あしたの舞台でもあれを芝居にうまくとりこめるよう、やってみてくれ」

それをのぞけば、芝居はつつがなく進行した。「あなたとサー・ゴドフリーがいっしょに舞台に立つと、ほんとにすばらしいわ」ミス・ラバーナムが熱狂したようにいった。

「みなさんを元気にする力もおおいにあったんじゃないかしら」とミセス・ワイヴァーン。「二回しか上演できないのが残念。もしかしたら、ほかの駅でも上演する手配ができるかも」

サー・ゴドフリーがぞっとしたような顔になった。

「それは無理です」ポリーはあわてて、「上演料を支払わずに舞台にかけられるのは二回までなので」と、口から出まかせをいった。

「まあ。それは残念ね」とミセス・ワイヴァーン。サー・ゴドフリーは「またしてもそなたに命の借りができたな、娘ごよ」と耳もとで囁いた。

土曜の夜の公演はさらにうまくいった。幕が下りたあと——つまり、トロットが〈幕〉と書いたプラカードを持って出てきて終演を告げ、すわる場所のない観客の必然的なスタンディング・オベーションに応えてキャストが一礼したあと——ミセス・ワイヴァーンはホームに全員を集めて、サー・ゴドフリーにJ・M・バリの全戯曲集をプレゼントした。

「かくしてトロイア人は、かような二心ある贈り物により破滅せり」とサー・ゴドフリーがポリーに耳打ちした。

残念ながらそのとおりのようだ。「すばらしいニュースがあります!」ミセス・ワイヴァーンはいった。「ロンドン交通局の局長さんに直談判して、クリスマス・ウィークによその地下鉄駅でも芝居を上演することを許していただいたの」

「でも上演料が——」とポリー。

「『あっぱれクライトン』じゃなくて」とミセス・ワイヴァーン。「クリスマス劇よ」

「『ピーター・パン』ね!」ミス・ラバーナムが感極まったように叫んだ。「なんて素敵!ウェンディがピーター・パンに、『ねえ、どうして泣いてるの?』ってたずねる場面が大好き。するとピーター・パンはこういうのよ――」

「いいえ、『ピーター・パン』でもありません」とミセス・ワイヴァーン。「チャールズ・ディケンズの『クリスマス・キャロル』!」

「それしかないでしょう」主任牧師が宣言した。「『クリスマス・キャロル』には、この暗い時代に強く求められている、希望と思いやりのメッセージがある」

「サー・ゴドフリーはすばらしいスクルージになるわ!」とミス・ラバーナムが叫び、かくして一座の次の公演が決まった。

「バリじゃないのがせめてもの慰めだな」とサー・ゴドフリーはポリーに囁き、空襲警報が解除されて帰宅する途中、アイリーンはいった。「女性の役は小さいのばっかりだから好都合ね。マイクがジェラルドを見つけて、わたしたちが帰ることになっても、あなたの代役は簡単に見つかる」

もしマイクがジェラルドを見つければ。もしマイクがロンドン塔に幽閉され、ドイツのスパイとして審判を待っているのでなければ。

マイクの電話を受けるため、アイリーンに頼んで、新聞に出した広告に応じてやってくるかもしれない回収チームを待つために、ロンドン動物園に行く役をかわってもらった。アイリーンはふたつ返事で引き受けた。「シオドアを連れていくわ。前から行きたがってたから。動物園は爆撃されてないわよね」

「されてる」ロンドン動物園には十四発の高性能爆弾が落ちている。「でも、きょうはだいじょうぶ」

「よかった。もしマイクがジェラルドを見つけて、ブレッチリーに来てくれっていう電話をかけてきたら、象舎にいるから。夕食の時間には帰らないわ、ありがたいことに。シオドアの家で食べてくるから」

マイクからの電話はなく、アイリーンは午後三時に帰ってきた。「どうしたの？」とポリー。「動物園はどうだった？」

「最低だった。回収チームはいないし、動物もいなかった。ほとんどすべての動物が、安全のため郊外に移されてるの。シオドアがすごく見たがってた象も含めてね。だから、動物園に着いた十分後にはもう帰りたいっていいだしたのよ。それで家まで送り届けたら、ちょうどお母さんが出かけるところで、夕食まで待っていてちょうだいとはいわれなかった」アイリーンはいまにも泣き出しそうな顔だった。「だから今夜は、ミセス・リケットのおぞましいコールド・コレイションを食べなきゃいけないというわけ」

「いいえ、だいじょうぶよ」とポリー。「あたしもそれには耐えられない。舞台が終わったから、今夜はもう稽古はないの。マイクから電話がありしだい、ホルボーン駅に行って、食堂でサンドイッチを食べよ」

「電話がなかったら？」

「七時までは待つ。その時間になれば、マイクもあたしたちがノッティング・ヒル・ゲート駅へ行ってると思うはずだから、心おきなく出かけられる。待ってるあいだに、チーズ・サンドにするかフィッシュペースト・サンドにするか考えてて」

「両方」アイリーンはうれしそうにいってから、電話の呼び出し音が鳴ったらすぐに降りていけるように階段に腰かけて待機すべく、『オリエント急行《カレー・コーチ》の殺人』を持って部屋を出た。

ポリーは仕事用のブラウスとスカートにアイロンをかけ、マイクがなぜ電話してこないのか、その理由をあれこれ考えた。それに、回収チームとコリンとデッドラインと齟齬のことを。

ぜんぶだなんてことはありえない。ポリーはきっぱり自分にいい聞かせた。それぞれの可能性は相互排他的だ。降下点が開かないのがずれの増大によるものなら、歴史の流れを変えてしまったことはありえない。回収チームも来られないから、パジェットや降下点の瓦礫の下に埋まっていることはありえない。逆に、もし回収チームが瓦礫の下にいるのだとしたら、降下点はすでに作動していることになるから、戦争に負けたりはしないし、デッドラインについて心配する必要もない。心配できる可能性はどちらかひとつ。すべてを一度に心配するのは論理的にまちがっている。

それらすべてがたがいに関連していないかぎりは。ずれの増大はポリーたちが歴史の流れを変えてしまったためで、ネットは他の航時史学生たちが齟齬をさらに悪化させるのを防いでいるのでなければ。

いや、それはない。ずれの増大は、マイクがハーディを助ける前、ポリーが大空襲下のロンドンにやってくる前からはじまっていた。ジェラルドがブレッチリー・パークに行くよりも前。それに、ポリーがもっと以前にしたなにかが原因ということもありえない。なぜならポリーは、VEデイのあと、オックスフォードにもどることができたからだ。それにアイリーンは――

「七時よ」と階段からもどってきたアイリーンがいった。

ポリーのわがままで、さらに三十分待ってから、ふたりはホルボーン駅へ出発した。外出の前に、ミス・ラバーナムと話をして、もし電話があったら用件をメモしてくれるようにと頼み、そのかわり、過去のクリスマスの霊の頭に使えそうな蠟燭を探してみると約束した。

「それと、現在のクリスマスの霊が着る、緑色の毛皮つきマントもね」とミス・ラバーナム。

「緑色の毛皮つきマントを持ってたら、いま着てるわ」ノッティング・ヒル・ゲート駅へ歩きながら、アイリーンがいった。「このコートじゃ、いまのひどい天候にはぜんぜん太刀打ちできない。それに黒はすごく陰気だし」

「みんな黒を着てるじゃない」ポリーはぴしゃりといった。「戦争中なのよ。それに、新しいコートなんてだれも持ってない。みんな、あるもので間に合わせてる」

「わたしはべつに……」アイリーンはとまどったようにこちらを見て、「冗談のつもりだったのに」

「そうね、ごめん」とポリー。「ただちょっと――」

「マイクが心配なんでしょ。わかってる。たぶん、ポリーが舞台で忙しいのを知ってるから、電話で気を散らしたくないのよ」

気を散らしたくないですって？　ポリーは苦い思いを嚙みしめた。

「きっとあしたには電話があるって」アイリーンはポリーの腕に腕をからませ、ホルボーンまでの道中、ずっとおしゃべりをつづけた。一座の芝居がどんなにすばらしかったか、いまどんなにおなかがすいているか、そして、アガサ・クリスティーのこと。

「ほんとにクリスティーと会えたらすごくない？　クリスティーは戦争中ロンドンに住んでて、病院で薬剤師をしてたのよ。残念ながら、地下鉄のシェルターには来ないと思うけど。生き埋めになるんじゃないかっていう、不合理な不安を抱えていたから」

そんなに不合理というわけでもない。ポリーは爆撃で死者が出たマーブル・アーチ駅のことを思い出し、心の中でつぶやいた。それにマージョリーのことを。

でも、アガサ・クリスティーとばったり出くわすチャンスがないのは、たしかに残念だ。知恵を貸してもらえたかもしれないのに。もっとも、たとえクリスティーの脳細胞をもってしても、〝開かない降下点の謎〟を解決できるかどうかは疑わしい。

「やっぱり地下鉄で通勤してたのかな」とアイリーン。「もしそうだったら――着いたわよ――もしそうだったら、帰宅途中のクリスティーと出会えるかも」

ふたりは電車を降りた。

「食堂の列があんまり長くないといいけど」といいながら、アイリーンは降りてきた乗客の波を抜けて、なにかよからぬことをしている悪童の一団の前を過ぎ、ホームを歩いてゆく。

前方には、応急看護部隊《FANY》の制服を着た若い女性たちのグループ。

ポリーは足をとめた。

「早く。もう飢え死にしそう」とアイリーンが手招きする。

反対方向へ向かう水兵がひとり通りかかった。ポリーはきびすを返すと、その水兵のあとについて、電車が動き出したホームを足早に歩き、安全なアーチ路までたどりついてから、うしろをふりかえった。

アイリーンはFANY隊員を押し分け、「ポリー！」と呼びながら追いかけてくる。

ポリーは急ぎ足でアーチ路をくぐってホールに出ると、エスカレーターに乗った。

「どこへ行くの？」アイリーンがエスカレーターの途中で追いつき、息を弾ませてたずねた。

「知ってる人を見たような気がして」とポリー。

「だれ？　アガサ・クリスティー？」

「じゃなくて、史学生。ジャック・ソーキン」

「彼、南太平洋じゃなかった？」

「ええ。でもあれはたしかに……」

ふたりはエスカレーターを降りた。ポリーは群衆を見渡し、顔をしかめて、「あーあ、やっぱり彼じゃなかった」と、ホールの向こう側にいる水兵を指さした。「残念」

「いいのよ」とアイリーン。「まだ食堂は開いてるし」といって、下りのエスカレーターのほうに歩き出した。

「待って。いいこと思いついた」とポリー。「かわりにライオンズ・コーナー・ハウスへ行こうよ」

「どうして？」

「ライオンズ？」アイリーンはいぶかしげに、「今夜は空襲がないの。爆撃されるのはブリストル。だから、ちゃんとした食事ができるし、『なんとかかんとかの殺人』の話もできる」

「カレー行き急行」とアイリーン。「もしくはオリエント急行。ライオンズにベーコンあると思う？　卵とか？」

ライオンズには両方ともあったし、水っぽくない紅茶も出た。それにプディングも、澱粉《でんぷん》糊《のり》みたいな味はしなかった。

「いままで食べたなかで最高の食事だった」帰りの電車でアイリーンがしあわせそうにいった。「見まちがいしてくれてよかった」

「『オリエント急行の殺人』の話をまだ聞いてないわよ」とポリー。

「あ、忘れてた。すごくおもしろいの。全員に犯行の動機があるんだけど、読者はもちろん、『みんなが犯人のわけない。この中のだれかが犯人だ』って思うわけ。ところが……って、これ以上いったらネタバレになっちゃう。読んでみたい？　ホルボーンの図書係の人は、もうちょっと長く借りてても気にしないと思う」

ポリーは聞いていなかった。ずれと、歴史の流れを変えることについて考えていた。「アイリーン、ずれの増大を引き起こしているものについて、リナかバードリはなにかいってなかった？」

「覚えてるかぎりでは、なにも」とアイリーン。部屋にもどると、ポリーに一枚の紙を手渡して、「ほら、思い出せることはぜんぶここに書いておいた。あなたとマイクにいわれたとおり」

紙には、『Gは傘あり。貸してくれず——バードリはコンソール——リナでんわ——バスティーユでカンカン——RTが先なのは承知とL言』と走り書きしてある。

「RTってなに？」

「恐怖政治《レイン・オブ・テラー》。リナが電話で話してた相手は、降下の予定をラボが勝手に変更して、バスティーユ襲撃にしたことでかんかんになってるらしくて、リナは、『先に恐怖政治の時代に行く予定だったことは承知しています』っていったの。でも、ずれのことはなにもいってなかった」

だれかが恐怖政治の時代に行く予定だったが、ラボがそれを変更し、問題の彼もしくは彼女はバスティーユ襲撃に行くことになった。バスティーユ襲撃は、恐怖政治より前の出来事だ。

「現地調査がダンケルクに変更になる前、マイクはどこへ行く予定だったの？」とアイリーンにたずねた。「パール・ハーバー？」

「知らない。たぶんそう。マイクのスケジュールはぜんぶ変更されたから」

「ほかにどこへ行くはずだった？」

「覚えてない。たしかソールズベリーと、ワールド・トレード・センター。あのときは——」

ちゃんと聞いてなかった。思わずアイリーンの肩をつかんで揺さぶりたくなった。彼女はもちろん聞いてない。ジェラルドの話をちゃんと聞いてなかったのとおなじく。「マイクが電話してきたら、本人に訊けばいいじゃない」とアイリーン。「どうして知りたいの？」

なぜなら、パール・ハーバー攻撃は一九四一年十二月七日だから。そしてバスティーユ襲撃は恐怖政治より前だった。

ダンワージー先生は数十件の降下について、順番を入れ替えたりキャンセルしたりしているとマイクは話していた。ずれの増大が数カ月単位じゃなく、数年単位にまで及んだのがその理由だったとしたら？　ダンワージー先生はすべての降下を時系列順に並べ替え、すでにデッドラインがある史学生については、その時点までに降下点が開かない可能性に鑑《かんが》みて、すべての降下をキャンセルしていたのだとしたら？　ずれの増大が四年の長きにまで達していたとしたら？　あるいは、第二次大戦の全期間に及んでいて、だからポリーがVEデイにアイリーンの姿を見たのだとしたら？　つまり、彼らがそのときまで帰還できず、この時代に閉じ込められたままだったのだとしたら？

でも、もしそうだとしたら、どうして先生はあたしの降下をキャンセルしなかったんだろう。たぶん、ずれはそこまで大きくなってないんだ。パール・ハーバー攻撃は、ダンケルク撤退のわずか一年半後。フランス革命のほうは、ふたつの事件のあいだにどのぐらいの時間があったのかよくわからない。バスティーユ襲撃は一七八九年七月十四日だが、恐怖政治はいつはじまったんだろう。もし三年以内なら……。

いや、降下スケジュールを変更したのはまったくべつの理由からかもしれない。マイクから電話があったら、もともとどういう順番で現地調査をやる予定だったのか、その順番がどう変更されたのかを訊いてみなくては。もし電話があったら。それまでは、あれこれ心配しても無駄だ。

けれど、心配せずにいるのは不可能だった。ランチ休憩には、セルフリッジとボーン&ホリングズワースをまわって婦人用コートをチェックしてみたが、さいわい、ボーン&ホリングズワースの〝爆弾セール〟まで含めて、アイリーンにはとても手の届かない値段のものばかりだった。衣料品の配給切符制が実施されたあとは、新しいコートを買うだけの点数を貯めるのは不可能だろう。それでも、売られているコートの色が黒と茶と濃紺だけなのを見て、ポリーはほっとした。鮮やかな緑のコートなど、どこにも売っていない。

マイクは月曜の夜に電話してきた。事情はアイリーンが予言したとおりだった。盗み聞きされる心配なしに話せる電話がなかなか見つからなかったのだという。「もっと近くにある電話ボックスを見つけ出すか、暗号でしゃべることにするか、どっちかだな」とマイクはいった。

「イギリスで最高の暗号解読者たちに囲まれてるのよ」とポリー。「暗号でしゃべるのはやめたほうがよさそう」

「そうだな。じゃあ、手紙にするか。ミセス・リケットは封筒に湯気をあてて勝手に開封したりする？」

「やりかねない」

「わかった。心配ないよ、なにか手を考えるから。新聞広告にはまだ反応ないんだね」

「ええ。ねえ、ほんとはパール・ハーバーの現地調査を先にやるはずだったのよね」

「ああ。そのあとワールド・トレード・センターと、バルジの戦い。アメリカ英語のインプラント一回で三件まとめてかたづけられるように」

「で、どう変えられたの？　ダンケルクとパール・ハーバーの二件が入れ替わっただけ？」

「いや。ぜんぶ変わったよ。パール・ハーバーのあとはエルアラメインになって、そのあとがバルジの戦い――」

思ったとおりだ。時系列順になっている。ポリーはもうすっかりおなじみになったパニックの動悸を感じた。でも、エルアラメインはパール・ハーバーのわずか七カ月後だ。バルジの戦いはその二年半後。それでもまだ、あたしの場合ほど大きな間隔じゃない。

「――それからワールド・トレード・センター倒壊で――」

バルジの戦いから半世紀以上あとだ。

「――ソールズベリーのパンデミックのはじまり」

二十年後。

でも、それはなんの証明にもならない。ラボがマイクの現地調査を時系列順に並べ替えたのは、パール・ハーバーのせいかもしれない。

恐怖政治がいつはじまったのか調べないと。だれなら知っているだろう。アイリーンはだめ。どうしてそんなことが知りたいのかと質問されたくない。そして、アイリーンが書籍売り場にいる以上、フランス革命の本を立ち読みして調べるのも危険だ。

サー・ゴドフリーならきっと知っている――ほぼ確実に、『二都物語』の舞台でシドニー・カートン役をやったことがあるはずだ。でも、やっぱり理由を訊かれるだろうし、彼は勘が鋭すぎる。

ホルボーン駅の図書係だ。

ノッティング・ヒル・ゲートに着いたとき、ドリーンに伝言を伝えるのを忘れてたからピカデリー・サーカスへ行かなきゃとアイリーンに言い訳してひとりになると、ホルボーン駅へ向かう電車に乗った。

「恐怖政治のはじまり?」赤毛の図書係は即答した。「一七九三年九月よ」

バスティーユ襲撃の四年二カ月後。

他人まかせにするな。

——防空監視団《ARP》のポスター、一九四〇年

15 オックスフォード 二〇六〇年四月

ダンワージーはイシカワ博士の計算をもう一度チェックしてから、「エドリッチ、オフィスにきてくれ」と内線で呼んだ。戸口に秘書があらわれると、「ラボに電話して、ずれの分析結果をどうしてまだ送ってこないのか訊いてくれ」

「送ってきました、先生」といったまま、エドリッチはぼうっと突っ立っている。

フィンチが史学生になりたいというのを許可すべきじゃなかった。前任の有能な秘書に去られたことを悔やみつつ、ダンワージーは心の中でつぶやいた。「ほう。では、どこにある？」

「ぼくのデスクの上です」

「持ってきたまえ」エドリッチがファイルを持ってもどってくると、「調査部から電話は？」

「ありました」

「なんといってた？」

「先生がお求めの情報が手に入ったので、おりかえし連絡してほしいと。ぼくから調査部に電話しましょうか？」

いいよ。電話がつながったことを伝え忘れるのがおちだからな。

「自分でかける」といってダンワージーは調査部に電話した。

「その夜の死者は二百人です」電話に出た女性スタッフがいった。「おたずねのエリアでは二十一人。ただ、この数字にはその日の負傷がもとで後日亡くなった人は入っていません」

あるいは、自分がしたことの結果として、数日後――もしくは数週間後――に死んだ人間も。

「後日死亡した重傷者に関しても調べてみますか」と調査部の女性スタッフ。

「いまはいい。これまでにわかったことを教えてくれ。その夜の死者は二十一人といったかね」

「はい、先生。消防士が六名、ARP監視員、海軍婦人部隊員、ランカスター・ライフル隊の将校、陸軍婦人補助部隊員、十七歳の少年が各一名、掃除婦が二名」

「海軍の将校はゼロ？」

「はい、先生。でも、さっき申し上げたとおり、その夜に死んだ人だけです」

「それぞれが死亡した正確な場所はわかるかね」

「何人かについては。将校と消防士ふたりはアッパー・グローヴナー・ストリート。あと四人の消防士はマイナリーズで火災の消火中に。ARP監視員はチープサイド。支部が爆撃されたんです」

「海軍婦人部隊員は？」

「アヴェ・マリア・レーンです」

セント・ポール大聖堂のすぐそばの通りだ。「その女性の写真はあるか？」

「いえ、死亡告知だけです。探しましょうか？」

「ああ。それに死者全員の名前と、可能なら写真も。できるだけ早く。わかったら、直接この番号にかけてくれ」

そういって電話を切り、悪い知らせが見つかるのではないかと不安にかられつつ、ずれの分析結果をチェックしはじめた。しかし、一降下あたりのずれの平均量にわずかな増加傾向は見られたものの、イシカワが予言したほど大きな増大ではなかったし、降下点のいくつかは、ネットが開くところを時代人に目撃される可能性がかなり高い場所にあったから、ずれの増大はそれで説明がつく。それに、急激な増加を物語るデータはまったくない。

しかし、この分析結果には、今週の降下が入っていない。調査部から電話があったらラボにまわすようエドリッチに伝えてから、ベイリアルの門をくぐってブロード・ストリートに出た。

キャット・ストリートまで来たとき、コリン・テンプラーがうしろから追いかけてきた。

「あの能なし秘書が先生の行き先を教えてくれなくて」

エドリッチを能なしと呼んだことについて本来は叱責すべきだが、コリンの言葉にもいくばくかの真実が含まれている。

「どうして学校にいない？」と、かわりに問いただした。

「休みなんだ」コリンはダンワージーの顔を見て、「いや、ほんとだってば。嘘だと思うんなら、学校に電話してたしかめてよ。だから会いにきたんだ。現地調査のアイデアがあって」ダンワージーと並んで歩きながら、「婦人農耕部隊《ランド・ガールズ》って知ってる？」

「ランド・ガールズ？」

「うん。第二次世界大戦の。農村で女性たちが――」

「ランド・ガールズのことなら知っている。女装して婦人農耕部隊に入隊したいのか？」

「違うよ。でも、ランド・ガールズを組織することになったのは、農場の働き手がみんな戦争に行っちゃったせいなんだ。農場主は男の子も雇い入れた。だから、十五歳だっていうことにして――それなら若すぎて召集されないから――戦時中の農場生活を観察できる。ほら、食糧不足とかいろいろ」

「で、向こうに行ったとたん、おまえが軍に入隊しないとどうしてわかる？　それとも、まっすぐロンドンのポリー・チャーチルのところへすっ飛んでいくとか」

「そんなこと、ぜったいするもんか」コリンが熱を込めて断言した。いったいどういうことだろう。ポリーに笑われて傷ついた？」「それに、入隊もしないと約束する。誓ってもいいよ。誓約書に血でサインするとか」

「だめだ」

「でも、ハンプシャーに農場をもう見つけてあるんだ。戦争の最初から最後まで、爆弾もV1も一個も落ちてない。牛の乳搾りや鶏の卵集めもリサーチして——」

ラボにたどりついた。ダンワージーはドアの前で足を止め、「おまえを過去へ送ることがあるとしたら、それは、試験にパスしてオックスフォードに入学し、学位を取得してからだ。現時点では、どれひとつとして実現しそうにないな」

「そんないいかた不公平だよ。イシカワ博士の本の感想文を書き直して、九十八点をもらったんだ。いまでもあの仮説はゴミだと思ってるけど」

そのとおりだといいんだが、とダンワージーは思った。「もう行きなさい。仕事がある」

「ここで待ってる」

「無駄だ。この件に関して結論が変わることはない。キヴリン・エングルを回収にいったときのようにネットに忍び込もうと万一思っているならいっておくが、ネットを使うために来たわけじゃない。バードリと話があるんだ」

「だったらラボを立入禁止にする必要もないよね」といって、コリンはダンワージーがドアを閉める前に中に滑り込んだ。「先生の話が済むまで待って、もうひとつのアイデアを話すよ。それまでぼくは空気みたいにしてるから」

「きっとだぞ」といって、ダンワージーはコンソールの前にすわるバードリのもとに歩み寄った。

「セント・ポール大聖堂の降下点のことでしたら」とバードリ。「いましがた座標の計算が終わりました。いつでも行けます」

「よし」とダンワージー。「今週の降下のずれを見たい。ずれの度合いはまだ増大しているのか？」

「ええ」バードリは画面にデータを呼び出した。「でも、増加率は、先週より落ちています」

よし。ダンワージーは心の中でいった。たぶん、ただの一時的な異常だったんだろう。

「個々の降下についてチェックしてたんですが」とバードリ。「ずれの増大が見られるのは、第二次世界大戦への降下に限られるみたいですね。だから、ずれの増大は、戦争が生み出す分岐点の影響範囲が拡大したことによるものかもしれません。あるいは戦時下の社会状況――民間人の目撃者とか、ＡＲＰ監視員のパトロールとか、そういう事情によるものかも」

しかし、長年にわたって何十人もの史学生が第二次大戦に赴いているが、平均的なずれの量に増大傾向はなかった。「きみに連絡したすべての史学生の降下は、キャンセルまたはスケジュール変更されたんだな」

「はい、先生」と答えたバードリに、リナがリストを手渡した。

「マイクル・デイヴィーズは？」リストを見ながら、ダンワージーがたずねた。

「ダンケルク撤退の観察が最初になるように順序を変更しました。彼は――」バードリは画面に目をやって、「四日前に出発しました。いまから六日ないし十日後にもどります」

「パール・ハーバーへの降下はいつ実施する予定になった？」

「五月末です」

よし。それなら、決断を下すまでに六週間の余裕がある。「帰還予定日に幅があるのはどういうわけだ？　予想されるずれが大きい？」

「いいえ。ただ、マイクルの降下点はドーヴァーの郊外にあるので、ダンケルク撤退が終わったあと、もどってくるのに一日か二日かかるかもしれません」

「彼の降下点を探すのにすごく時間がかかったんですよ」とリナが口をはさんだ。「唯一見つかったのが、ドーヴァーから五十キロの地点でした」

ダンワージーは顔をしかめた。降下点を見つける際の困難は、イシカワ博士が予言した兆候のひとつだ。「異例といっていいほど苦労したのか？」

「はい」とリナ。

「いいえ」とバードリ。「その地域におおぜいの人間がいることを考えれば、当然です。それに、撤退作戦にまつわる高レベルの秘密保持態勢もありますし」

「降下点の場所を見つけるのに苦労したケースはほかにもあるかね」

「チャールズ・ボーデンのシンガポールの降下点を見つけるのにちょっと苦労しましたが、なんとか英国植民地のポロ・グラウンドにネットを開くことができました。それに、ポリー

・チャーチルの場合もずいぶん苦労しましたが、それは先生の出した条件と灯火管制のせいです」
「ロンドン大空襲からもどりしだい、わたしのところによこしてくれ。いつもどる？」

「あしたかあさってには、滞在先の下宿の住所の報告にもどる予定です」

「なんだと？　まだ到着報告に出頭してないのか？」

「ええ。でも心配ありませんよ。住む部屋を見つけるのに苦労しているか、あるいは仕事が見つかるまで待って報告にもどることにしたのかもしれません。そうすれば、住所といっしょに百貨店の名前も――」

「彼女が発《た》ってから一カ月になる。仕事を見つけるのにそれほど長くかかることはありえない。ポリー・チャーチルがまだ出頭していないことをなぜいままで黙っていた？」コリンに非難の目を向けて、「この件を知っていたのか？」

「先生がいまなんの話をしてるのかも知らないよ」とコリン。「ポリーが行ってから一カ月なんか、ぜんぜん経《た》ってない。ねえ、バードリさん？」

「ああ。二日前に発ったばかりだ」

「なんだと？　エドリッチから、一カ月前に彼女が現地調査に出発したと聞いたぞ」

「ええ、そうです。でも、『行き先はロンドン大空襲じゃありません』とリナ。「降下点がなかなか見つからなかったので、だったら予定しているべつの調査先へ送ってくれないかとポリーにいわれて」

「で、送ったのか？　わたしの承認も得ずに、ツェッペリン飛行船によるロンドン空襲へ送り出したのか？」

「彼女の調査計画は先生が承認なさってましたから、それで……でも、ツェッペリンへ送ることはできませんでした。第一次大戦の予備調査がまだ終わってなかったので。けっきょく、三番めに予定されていた調査先に送りました」

「三番めだと？」ダンワージーが怒鳴った。「で、そのあとロンドン大空襲に送り出したのか？」

「はい。ラボでは──」

「時系列に沿わない降下はすべてキャンセルしろと命じたにもかかわらず？」

「時系列に沿わない降下？」とバードリ。「そうとは聞いてなかったものですから。リストをいただいただけで──」

「時系列に沿うよう順序を変更すべき降下のリストだ。変更がきかない場合はキャンセルすることになる」

「時系列の話はうかがっていませんでしたから」リナが弁解するようにいった。

「ぼくは……考えもしなくて」バードリが口ごもった。「そうと知っていたら──」

「どうかしたの」といいながらコリンがやってきた。「ポリーになにかあったの？」

ダンワージーはそれを無視して、「考えもしなかったとはどういう意味だ？とバードリにたずねた。がほかにどんな目的があって予定を変更したと？　それに、ポリー・チャーチルが現地調査に行っているのなら、なぜ彼女の名がリストに載ってない?」

「過去に行っているすべての史学生のリストをつくるようにといわれましたから」とリナ。

「そのとき彼女はもうこちらにもどっていました」

ダンワージーはコリンのほうを向き、「ポリーが行ったのを知ってたんだろう。なぜいわなかった?」

「知ってると思ってたから」とコリン。「どうしたの? ロンドン大空襲に行かないはずだったっていうのはどうして?」

ダンワージーはバードリのほうに向き直った。「ポリーの降下点の座標を出すのにどのくらいかかる?」

「ポリーになにかあったの?」とコリンがまたたずねた。

「いや、なにもない。わたしが連れもどすから」

「回収チームを送るんですか、先生?」とバードリ。

「いや。それでは時間がかかりすぎる。自分で行く。どのくらいかかる?」

「しかし、居場所がわかりませんよ」バードリが反論した。「あと一日か二日で報告にきます。それまで待つほうがよっぽど――」

「オックスフォード・ストリートの百貨店で仕事を探していることはわかっている。どのぐらいかかる?」

「彼女の降下点を送出モードに切り替えないと」とバードリ。「いまは帰還モードに設定してありますから。一日か二日」

「遅すぎる」とダンワージー。「いますぐ連れもどしたい。それに、もし彼女が帰還しようとした場合、それを邪魔するおそれがあることは一切したくない。近くに新しい降下点を設定するにはどのぐらいかかる?」

「新しい降下点を?」とバードリ。「見当もつきません。ポリーの降下点を探すのに何週間もかかったんです。灯火管制が——」

「セント・ポール大聖堂の降下点は? 新しい時空座標のセットにどのぐらいかかる?」

「たぶん一時間。でも、セント・ポール大聖堂へ抜けるのは無理ですよ。ジョン・バーソロミューが——」

「九月初めにはまだいない。彼が抜けたのは二十日だ」

「しかし、九月初めに抜けるのは無理です。危険すぎる」

「セント・ポール大聖堂は十月まで爆撃されない」

「ポリーが抜けたのは何日だ?」とダンワージーが口をはさむ。

「九月十日です」

「ポリーになにかあったの?」とコリン。「トラブル発生?」

「彼女の降下点は何時にセットされていた?」

「午前五時です。九日の夜の空襲は午前四時半に終わり、空襲警報解除《オール・クリア》のサイレンは六時二十二分まで鳴らなかったので」

「わたしのほうは午前四時にセットしてくれ。そうすれば、火災監視員《ファイア・ウォッチ》はまだ屋根の上だし、ポリーを見つけ出す時間がまる一日ある」

「ポリーが抜けたその日のうちに連れもどすの？」とコリンがたずねた。「それに十日だと先生の――」

「空襲の最中にネットを抜けるのは無理ですよ、先生」とバードリ。「ポリーを見つけるには二、三時間しかかからないし、大聖堂のすぐ前に地下鉄駅があるから、オックスフォード・ストリートに直行できる。それに、その夜の空襲はイースト・エンドで、シティじゃない」

「教えてよ。なんで連れもどさなきゃいけないの？」コリンの声が大きくなる。「なにがあったの？」

「なにもない」とダンワージー。「ただの用心だ」

「どういう意味、用心って？　なんに対する用心？」

コリンをラボに入れてはいけないとわかっていたのに。

「ずれの量にわずかな増大が見られる。その原因が判明するまで、史学生を多時代調査に送ることを中止する。それだけだ。ポリーがすでに出発していることを、わたしはいまのいままで知らなかった。知っていれば止めていた。もう現地に行ってしまっているから、連れもどすのだ」

「いっしょに行く」

「莫迦をいうんじゃない」

「ううん、行かなきゃ」コリンは熱をこめていった。「万一のときは助けにいくって約束したんだ」

「万一の事態が起きたわけでは――」

「だったらどうして連れもどすの？　それに、わずかな増大ってどういう意味？　どの程度？」

「ほんの二、三日だ」

「そうなんだ」ダンワージーはコリンの顔に安堵の色を見てとった。しかし、利発な子だ。関係に気づくだろう。追い出さなければ。「コリン、小道具部へ行って、わたし用に一九四〇年の身分証明書をもらってきてくれ」

ここを動きたくないと駄々をこねるかと思ったが、コリンは手を貸すことに積極的だった。

「身分証明書の名前はなにがいい？」

「新しくつくっている時間はない。なんでもいいからすぐ用意できるものを」

コリンはうなずいた。「食糧配給手帳もいるね。それに、防空壕割り当てカードと――」

「いや、向こうに滞在するのは二、三時間だ。ポリーの居場所をつきとめて、連れもどすまでのあいだだけ」

「でも、地下鉄やなんかのお金がいるでしょ。それに、服は？　衣裳部へ行って――」

衣裳部がどんな服を渡してよこすかは想像がつく。「いや、いま着ているものでいい」ツイードのジャケットとウールのズボンは、ありがたいことに、一世紀半前から紳士服の基本だ。

「でも、ガスマスクがいるよ。それにヘルメットも。大空襲なんだから――」

「ロンドン大空襲の危険はよくわかっている。何度も行ってるんだ」

「先生?」バードリが口をはさんだ。「やはりご自分で行くより、回収チームを送るべきです。一日か二日でチームを編成して準備をさせて――」

「回収チームの必要はない」

「せめて、一九四〇年に行ったことがない人間を――」

「ぼくを送ってよ」とコリンが勢い込んでいった。「大空襲のことはぜんぶ知ってる。ポリーの予備調査を手伝って――」

「おまえはどこへも行かん」とダンワージー。「わたしの身分証明書を小道具部へとりにいくだけだ」

「でも、ぼくなら、いつどこが爆撃されるかぜんぶ知ってるし――」

「行きなさい。いますぐ」

「でも……はい、先生」コリンは不平がましくそういって、ラボを飛び出した。

「リナが座標を設定するのにどのくらいかかる?」とダンワージーはバードリにたずねた。

「数分です。でもほんとに、だれか一九四〇年に行ったことのない人間を送ったほうが。ずれの増大のせいで、史学生をデッドラインまでに帰還させるのが不可能になるかもしれないと心配されているようですが、だとしたら先生自身も――」

「現時点で、ずれの増大はわずか二日だ。ということは、到着日は遅くとも十二日だし、向こうに滞在するのは一日未満。危険はない。リナ、座標は出たか？」と呼びかける。

「もうすぐです」という返事を聞いて、ダンワージーは腕時計をはずし、ポケットを空にしはじめた。

ラボのドアがバーンと開き、コリンが書類の束を振りかざして飛び込んできた。「先生はエドワード・プライスだよ。住所はチェルシーのジュビリー・プレイス11番地。五ポンド札二枚も持ってきた」

「そのついでに、制服のブレザーも着替えてきたようだな。ロンドン大空襲下の少年たちはこんな服を着てたんじゃないかと、いかにも衣裳部が考えそうな服装に」

コリンの顔が赤くなった。「いっしょに行ったほうがいいと思って。ふたりで捜せば、ポリーが二倍早く見つかる。それにぼくは、十日に落ちた爆弾の場所をひとつ残らず知ってるし」

「わたしも知っている。現金と身分証明書をよこせ」

「それとこれが配給手帳」とコリンがさしだす。「おなかがすくかもしれないから。懐中電灯も持ってきた。足もとがよく見えるように」

ダンワージーはそれを返して、「そんなものを持っていたら、地元のARP監視員に捕まるのがオチだ。灯火管制中、懐中電灯の使用は禁止されている」

「でも、だったらますますぼくがいっしょに行かないと。ぼくは暗いところでもすごく目が利くから――」

「コリン、おまえは連れていかない」

「でも、もし先生がバスにはねられたら？　灯火管制中はそういう事故がよく起きたんだ。それともなにかべつのトラブルに巻き込まれるとか」

「そんな心配はない」

「前は巻き込まれたじゃないか。それでぼくが助け出したんだよ、忘れたの？　もしまたおなじことが起きたら？」

「起きない」

「ダンワージー先生？」コンソールの前からリナが呼んだ。「座標が出ました。準備がよろしければ――」

「ああ」と答えたものの、コリンがネットのカーテンのほうに距離を測るような視線をすばやく投げたのに気がついた。

「ありがとう、リナ。しかし、まだ二、三分かかる。コリン、よく考えてみると、懐中電灯の件はおまえのいうとおりかもしれない。ポリーを急いで連れ帰るとしたら、縁石につまずいて足首を捻挫している暇はない」

「よかった」といって、コリンが懐中電灯をこちらにさしだした。

「いや、これではだめだ。現代的すぎる。それに、光が上空から視認されないように専用の遮光フードがついたタイプでなければ。小道具部へ行って、フードつきのものがあるかどうか訊いてこい。もしなかったら、黒い紙を切って、ライトのまわりに貼りつけてくれ。急げ」

「了解」といって、コリンが部屋を飛び出していった。

「もう座標は出たんだな」コリンがいなくなるなり、ダンワージーはリナにたずねた。

「はい、先生。コリンがもどりしだい――」

ダンワージーは戸口に歩いていってドアをロックした。「送り出してくれ」

「でもコリンが――」

「行方不明の史学生を捜しているあいだ、十七歳の少年につきまとわれるのは願い下げだ」

ダンワージーはネットに歩み寄り、頭を低くして、すでに降下しはじめているカーテンの下をくぐった。「しかも、問題の少年には、バードリも知るとおり、時間旅行に密航した前科がある」グリッドの中央に立ち、「よし。いつでもいい」とリナにいった。

「せめて、帰還降下の設定が済むまで待ったほうが」とバードリがいった。「もし、ずれの増大があって、目標時刻より遅い時点に――」

「送り出したあとで設定すればいい。さあ、リナ」

「はい、先生」リナがキーボードを叩き、ネットがきらめきはじめた。

「わたしがもどるまで、史学生を送るのは中止だ。もしポリーが報告にもどったら、ここに待たせておくように」

「はい、先生」

「それと、わたしの留守中、コリンをネットに近づけるな」

きらめきがまばゆくなり、その光がリナの表情を隠した。「なにがあろうと、コリンがわたしを――あるいはポリーを追ってくることは許さん」といったが、時すでに遅く、ネットが開きはじめていた。

「ちょうどいいところで出会いました！」

——ウィリアム・シェイクスピア
『尺には尺を』（4幕1場）

16 ブレッチリー

一九四〇年十一月

チューリング。なんてことだ。アラン・チューリングと衝突して、あやうく死なせるところだったのか。「いまのがチューリング？」急に足もとがふらつき、マイクは体を支えようと壁を手探りした。

「まあ、怪我してるじゃない！」とエルスペス。「さあ、中に入って腰を下ろして。足をひきずってる！」

「いや、それは――」と答える間もなく、マイクは女の子たちに両脇から抱えられるようにして玄関ステップを上がり、中へ通された。

「ああいう人間は、自転車に乗るのを禁止すべきよ」メイヴィスが憤然という。「足を見せて」

「いま、チューリングっていった？」とマイク。「アラン・チューリング？」

「ええ」とエルスペス。「知り合い？」

「いや。学生時代、チューリングっていう名前の知り合いがいたから。数学科の――」

「じゃあ、きっとその人よ。数学の天才だっていう話だから」

「天才だろうがなんだろうが」とメイヴィス。「今度という今度ははっきりいってやらなきゃ」

「だめだ！　彼にはなにもいわないで。ぼくはだいじょうぶだから」

「でも、もしかしたら足の骨が――」

「いや、そうじゃない。爆弾の怪我なんだよ。船で……」

女の子たちが目をまるくした。エルスペスは見るからに胸を打たれた表情で、「ダンケルクに行ってたの？」

「うん。それはともかく、ミスター・チューリングのせいで怪我をしたわけじゃないってこと。ちょっとびっくりしただけだよ。彼にはなにもいわなくていい。ちゃんと前を見てなかったのはぼくのほうなんだから」

「あなたのほう？」メイヴィスは憤然と、「チューリングはいつも前方にまるで無頓着なのよ。歩行者のあいだにまっすぐ突っ込んでいくんだから」

エルスペスがうなずき、「もっと注意しろって、だれかがいってやらなきゃ。今度だって、大怪我をさせるところだった！」

ぼくのほうが彼に怪我をさせる可能性だってあったんだ。あるいは、死なせてしまうとか。

もしチューリングが自転車のコントロールを失って、縁石じゃなくて街灯とか煉瓦の壁とかに衝突していたら……。

メイヴィスがまた口を開いて、「いっそのこと、大尉に伝えて――」

「いや、だれにもなにも伝えなくていいから。ほら、このとおり、ぼくはぴんぴんしてる。なんの被害もなかった。助けてくれてありがとう」マイクは、メイヴィスが運び入れてくれていたバッグを持ち上げた。

「待って待って。ダンケルクの話を聞かせて」エルスペスはカウチの肘かけに腰を乗せて、「スリリングだった？　きっと危険だったわね」

「ここの半分も危険じゃないよ」とマイク。

エルスペスは笑ったが、メイヴィスは興味津々の顔でこちらを見ている。

「どうしてダンケルクにいたの？　アメリカ人なんでしょ？」

まずい。事態はどんどん悪化している。自分がなにを口にしているのか、ぜんぜん考えていなかった。チューリングをあやうく殺しかけたことで気が動転して、身元を隠すのをすっかり忘れていた。

「うん」とマイクはうなずいた。

「やっぱりね」メイヴィスがすました口調でいい、エルスペスが、「よかった。あたしたち、アメリカ人の大ファンなの」とつけ加えた。「でも、ダンケルクでなにをしてたの？」

新聞記者だと名乗るわけにはいかない。「友だちが船を持ってて。手を貸せるかどうか行ってみようっていう話になったんだ」

「うわあ、わくわくする！」とエルスペス。「戦争でほんとにだいじな役割を果たしてる人に会うのって、ほんとにドキドキする」

「お茶を飲みながら、ゆっくり話を聞かせてもらわなきゃ」とメイヴィス。「いま、お湯を沸かすから」

「いや、ほんとにもう行かないと」マイクは立ち上がった。「きっと忙しいだろうし、いつまでも邪魔をしては――」

「ううん、ぜんぜん邪魔なんかじゃない」とエルスペス。「あたしたち、今夜は非番なの」

「でも、もう遅いし、今夜泊まる場所を見つけないと。空いてる貸間とか知らないよね？」

「ブレッチリーで？」月面でアパートメントを探しているとでも聞いたような口調で、エルスペスがいった。

「あいにく、ここから数キロ四方にわたって、ぜんぶ満室よ」とメイヴィス。「おかげであたしたちは三人でひと部屋に住んでるの」

「もしかして、新しいルームメイトが入るっていう話？」二階から、女性の声がした。「部屋はないって返事して」若い女性が階段を駆け下りてきた。たいそう豊満な体つきで、目の覚めるようなブロンド。「いまだって、缶詰のオイル・サーディンみたいにぎゅうぎゅう詰めなんだから――あら、こんにちは」と、こちらにやってきてマイクに挨拶した。「宿舎をここに割り当てられたの？　なんて素敵！」

「ここに住むわけじゃないのよ、ジョーン」とメイヴィス。「たとえ満員じゃなくても、ミセス・ブレイスウェイトは女の子しか入れないから」マイクに向かって、「そのほうが面倒がないんだって」と説明する。

だろうね。ジョーンを見ながらマイクは心の中でいった。

「舎営割り当て所にはもう行った?」とエルスペス。

　舎営割り当て所? 「いや」とマイク。「着いたばかりで」

「じゃあ、向こうに行ったら、どうしても近くに住む必要があるって言い張るのよ」とエルスペス。「でないと、グラスゴーに割り当てられちゃうから」

「それに、まず宿舎を見せてくれっていわないと」とメイヴィスがつけ加える。「中にはひどいところもあるから。南京虫とか!」

　マイクはその言葉にもうわのそらで、まだ舎営割り当て所のことを考えていた。当然、予期しておくべきだった。政府の暗号研究機関であるブレッチリー・パークの人事部門が職員の宿泊先を割り振るのはあたりまえだ。どこかに部屋を借りて、パークで働いているのだと大家にそれとなくほのめかせばいいだろうと思っていたけれど、もしパークで働いている人間全員が舎営割り当て所を通して部屋を借りているとしたら――

「エンパイア・ホテルはどうかな」とジョーンがメイヴィスにいった。

「満室」とメイヴィスがいい、それからマイクに向かって、「どこもかしこも満室なの。クローゼットまでね。あたしたちの友だちのウェンディは、宿泊先の食料貯蔵室《パントリー》で、瓶詰めの桃のあいだで寝てる」

「舎営割り当て所は、日曜は閉まってる」とジョーン。「今夜はこっそり二階に泊めてあげたら?」

「だめ」あとのふたりが声を揃えた。

「ベルは?」とエルスペス。

メイヴィスが首を振った。

「まあ、もしかしたらロビーで寝かせてくれるかもしれないし」といって、マイクは戸口のほうに歩き出した。

「ほんとに、もうちょっとだけでもいられない?」とジョーン。

「あいにくだけど。いろいろありがとう。もしかして、きみたちの中に――」しかし、だれかジェラルド・フィップスの知り合いはいないかとたずねる間もなく、口々にベル・ホテルまでの道順を教えはじめた。

「もし部屋がなかったら、通り二本先にミルトンが――」

「チューリングが走ってないか、気をつけるのよ」とジョーン。

「それと、ディリーにもね」とエルスペス。「前方不注意に関してはチューリングよりうわ手だから。おまけにディリーは車を運転してる。交差点にさしかかるたび、アクセルを踏むの」

「ディリーって?」マイクはかすれた声でたずねた。

「ノックス大尉」とメイヴィス。「あたしたちは大尉の下で働いてるの。彼が考えた数学理論かなにかによると、スピードを上げれば上げるほど、轢く人間の数が少なくなるんだって。交差点を短時間で通過できるから」

まいった。最初はアラン・チューリングで、次はディリーズ・ガールズか。ブレッチリーに来て三十分も経っていないのに、ウルトラのど真ん中にぶちあたった。

「彼の車にはぜったい乗せてもらわないことにしてる」とエルスペス。「運転してるのを忘れて、ハンドルから両手を――ねえ、だいじょうぶ？　顔色が真っ青よ」

「やっぱりチューリングのせいで怪我したのね」とメイヴィス。「お医者さんを呼ぶから、こっちに来てすわってて。エルスペス、お湯を――」

「だめだ！」とマイク。「いや。だいじょうぶ。ほんとに」といって、彼女たちが抗議する前に――あるいはディリー・ノックスその人があらわれる前に――外に出た。

「でも、まだ名前も聞いてないのに！」とうしろでメイヴィスが叫んだ。

それがせめてもの慰めだ。聞こえなかったふりをして、ベルに向かって急ぎ足で歩きながら、マイクは思った。それに、フィップスのことを質問しなくてよかった。次はなんだろう。部屋に入るとエニグマ暗号機が置いてあるとか？　それも、もし部屋が見つかればの話。とはいえ、宿泊先の割り当てとは関係なく、短期滞在者のためにホテルの部屋の一室や二室は残してあるはずだ。

なかった。部屋がないかとたずねると、フロント係に鼻で笑われた。

「どこかに泊まれるところはないかな？」とマイク。

「ブレッチリーで?」とフロント係は訊き返し、それからカウンターに歩み寄ってきた若者のほうを向いて、「なにかご用でしょうか、ミスター・ウェルチマン?」

ゴードン・ウェルチマン? ドイツ陸軍と空軍のエニグマ暗号を破ったチームを率いていた人物? 勘弁してくれ。そう思いながらそそくさと退散した。この調子だと、明朝までにウルトラの主要人物全員と出くわすことになりそうだ。ミルトンに向かって歩きつつも、いますぐ駅にもどって、どこ行きだろうと、あしたの朝一番の列車に乗ることにしようかと考えた。

いや、このツキからすると、その列車にはアラン・ロスが乗っていて、荷物棚の上でスチュワート・メンジーズがすやすや眠っているかもしれない。かといって、ブレッチリーで一夜を過ごすこともできそうにない。ミルトンにもエンパイアにも部屋はなく、ベルにもどるのは問題外。

「あとは、アルビオン・ストリートの下宿屋を試してみるか」とエンパイアのフロント係がいった。「まあ、見つかるとは思えませんけどね」

そのとおりだった。どの下宿屋も、正面の窓に〈空室なし〉や〈満室〉の札を出している。ドイツ軍にウルトラのことが洩れなかったのは、スパイが部屋を見つけられなかったせいかもしれない。通りを——用心深く左右を見渡してから——横断し、闇の中、札に目を凝らしながら反対側の歩道を歩いた。〈空き部屋なし〉、〈全室入居済〉、〈貸間あり〉。

貸間あり。意味を理解するのにしばらくかかった。それから、玄関ステップを上がって、ドアをノックした。ふくよかな、薔薇色の頬をした老婦人が細めにドアを開け、こちらに笑みを向けた。「なにか？」

「貸間の札を見たんですが。まだ空いてますか？」

老婦人は真顔になると、おなかのあたりで好戦的に腕を組み、「舎営割り当て所にいわれて来たの？」

イエスと答えたら、書類かなにかを要求されるかもしれない。ノーと答えたら、部屋はすべて接収されているといわれる可能性が高い。「そこの札を見たんですが」と指さした。婦人の顔に笑みがもどり、中に入るよう手招きした。

「ミセス・ジョルサムよ。あなた、あの連中とは違う感じだって思ったのよ」

ポリーとアイリーンの努力も無駄だったわけか。いったいこの身なりのどこが悪かったんだろう。

「パークの連中には部屋を貸したくないの。信用できないから。しじゅう出たり入ったりして、そこらじゅうに紙を散らかして、こっちがかたづけようとしたら、いっさい手を触れるなと怒鳴りつける。数字を殴り書きした紙の山じゃなくて、なにかだいじなものみたいに。十と四《テン・アンド・フォー》よ」

一瞬、紙に書いてある数字のことかと思ったが、やがて家賃のことだと気がついた。

「一週ごとの先払い」先に立って階段を上がりながら、「貸間だけで、賄いはなし——ほら、配給のせいでね。退居するさいは、二週間前に通知すること。そうすれば、空室のままにしておかなくて済むから」

どうやら、ミセス・ジョルサムは、パントリーで寝起きするウェンディの話を聞いていないらしい。あとについて廊下を歩き、部屋を見せてもらった。サイズはクローゼット並みだが、部屋は部屋だし、ブレッチリーにある。「借ります」とマイクはいった。

「あの連中ときたら、ひとことの挨拶もなく越していったり、入居するといった日に来なかったり」ミセス・ジョルサムは憤然とした口調でいった。「部屋をとっておいたら、舎営割り当て担当官が『連絡の行き違いがあったようです』だって。いってやったわよ。『行き違い？　じゃあ、この手紙はなに？　四週間分の家賃はどこ？』って」

一週間分の家賃を渡して、ようやく夫人の長広舌にストップをかけ、電話はないかとたずねた。

「うちにはないけど、通り二本先のパブに公衆電話があるわ。手紙なんか出してないっていうのよ。『だったら、うちの部屋を割り当てるのはそれが最後ね』といってやった。そしたら『愛国的義務はどうなるんです？』っていうから、『あの連中の愛国的義務はどうなってるの？　軍隊にも行かずに、小学生みたいに掛け算の表とにらめっこして』」ふと思いついたように、マイクに疑り深い視線を投げ、「あんたはどうして兵隊に行ってないの？」

半径数キロ内で唯一の空き部屋なのだから、このチャンスをふいにするわけにはいかない。しかも、トイレに行く途中でだれか名高い暗号学者に出くわす心配をしなくて済む家の中にある。「ダンケルクで負傷したんです」と足を指さし、「急降下爆撃機で」

「まあまあ」ミセス・ジョルサムは片手を自分の胸に押し当てた。「うちの屋根の下に英雄を迎えられるなんて」そそくさと出ていくと、お茶と半熟のゆで卵を運んできた。ふつうなら、戦争の英雄として部屋を借りるのをうしろめたく思うところだが、いまはチューリング、ディリーズ・ガールズ、ウェルチマンと遭遇したショックのあまり、震え上がったままだった。

でも、歴史に影響を及ぼすようなことはなにもしていない。チューリングは怪我をしなかったし、ディリーズ・ガールズたちに対してやったことといえば、ただのおしゃべりだけ。それと、正体をさらしそうになること。でも、アメリカ人がブレッチリーにいることについて、とくに妙だとは思われなかったようだ。それに、ディリーズ・ガールズとチューリングがこんなにあっさり見つかるなら、ジェラルド・フィップスを捜し出すのは朝飯前だろう。おまけに、住む部屋が見つかった。ミセス・ジョルサムが特別に夕食をつくってくれるというから、外に出る必要はないし、今夜これ以上トラブルに踏み込むことはありえない。しかし、あしたはフィップスを捜しに出かけなければならない。ということは、BP《ビーピー》職員に出くわす可能性が高い場所に赴くことになる。

あるいは、べつの手も考えられる。借りる部屋を探しているふりをするとか。現在の住宅供給状況からして、それを疑う人間はいないだろう。部屋の空きはないといわれたら、そこでなにげなく、「ああところで、ジェラルド・フィップスっていう下宿人がいませんか？砂色の髪で、眼鏡をかけた？」これならブレッチリー・パークに近づく必要もない。

この作戦は魔法のようにうまくいった——フィップスが見つからないことをべつにすれば。それに、もしマイクがほんとうに部屋を探していたのだとしたら、そっちのほうも見つかっていない。どうやら、マイクが借りた部屋は、ブレッチリーで最後に残った空き部屋だったらしい。ブレッチリーのあらゆるホテルと下宿屋を四日がかりで一軒ずつしらみつぶしにあたったあと、フィップスはこの町のどこにも住んでいないと確信した。

ということは、周辺の村に住んでいることになる。だが、ディリーズ・ガールズによれば、ビーパーたちは、周辺地域のあらゆる場所に散らばっている。おなじやりかたで捜すとしたら、フィップスを見つけるまでに永遠の時間がかかる。ブレッチリー・パークで捜すほうがはるかに効率的だ。

もしブレッチリー・パークが見つかるとしたら。パークに強い反感を持っているミセス・ジョルサムが道を教えてくれるかどうかは疑わしいし、通行人に道をたずねる危険はおかしたくない。この悪運からすると、道を訊いた相手がアンガス・ウィルスンだったということにもなりかねない。それともウィンストン・チャーチルか。

しかし結局、パークを見つけるのはそれほどたいへんではないことが判明した。町を出ていく海軍将校や大学教授や美人の女の子たちの流れを追って、チューリング同様、前方にまるで注意を払っていない人々がまたがる自転車の群れで渋滞する舗道を歩いていくだけでよかった。

ポリーのいうとおりだった。ブレッチリー・パークで働いている人間をたしかめるのに、パークの中に入る必要はなかった。衛兵が常駐するゲートへとつづく燃え殻敷きの私道から、全員の顔を見ることができた。ゲートの向こうには、灰緑色の長い建物と、切妻のある赤煉瓦造りのヴィクトリア朝様式の屋敷が見えた。マイクは足をひきずって一、二メートル歩き、そこで足をとめてかがみ込むと、靴紐を結び直すふりをしたが、どのみち、だれもこちらにはまるで関心を払っていない。衛兵もまるで注意を払っていない。美人の女の子たちはおしゃべりに夢中だし、教授たちは別世界にいる。衛兵もまるで注意を払っていない。入ってくる人間の名前を聞いて勤務表にチェックし、さしだされた身分証におざなりな視線を投げるだけ。マイクも記者証を出せばあっさり中に入れるんじゃないかという気がした。

靴紐を結び終えて立ち上がった。数人の男が煙草を吸いながらたむろしている。どうやらだれかを待っているようだ。ぼくも煙草を買わなきゃ。いや、パイプだ。パイプに刻み煙草を詰めたり、それに火をつけようとマッチを探してポケットを叩いたりするので時間をつぶせる。とりあえずいまは、じれったげに腕時計に目をやるふりをしつつ、ゲートから出てくる人間の顔を見渡した。フィップスの顔は見えなかったが、砂色の髪で、眼鏡をかけ、ツイードを着た男は何人かいた。それに、敷地の中にもあとふたり。

中に忍び込まずにフィップスが見つかることを祈ろう。もっとも、そうする羽目になったとしても、忍び込むのに苦労はなさそうだ。フェンスはあるものの有刺鉄線は見当たらないし、ゲートのバーも上げっぱなしになっている。戦争の結果を左右する重大な軍事機密が厳重に守られている場所に見えないのはもちろん、軍事施設らしくもない。学期中のベイリアル校みたいだ。ファイル・フォルダーを胸に抱えて建物のあいだを歩く若い娘たちが女子学生なら、芝生でゲームに興じる男たちは男子クリケット・チームという雰囲気。

規律を重んじる厳格なドイツ人がこの場所と住人たちを見てどう思うかは想像がつく。英国にエニグマ暗号を破られた事実をナチが察知できなかったのは、もしかしたらそのせいかもしれない。くすくす笑ってばかりの娘たちや、だらしない身なりの夢想家たちが軍事上の脅威になりうるとは思いもしなかったのだ。ナチなら、ディリーズ・ガールズや吃音癖《きつおんへき》のあるチューリングを軽蔑するだけだろう。

だからドイツは敗北した。ナチは、彼らを過小評価すべきではなかった。ぼくも彼らを過小評価しないほうがいい。ゲートの向こうで煙草を吸っているぼさぼさ頭の教授や、鼻におしろいをはたいているブロンド娘が、じつは英国情報部の諜報員で、まもなく下宿のドアをノックして、〝二、三、質問を〟するかもしれない。だとすれば、彼らの注意を引かないうちにとっととここを離れたほうがいい。

一台の参謀用乗用車がゲートの前にやってきた。衛兵がかがみこんで窓越しに運転手と言葉を交わしはじめた隙に、マイクは、徒歩で町へもどる人々の流れにさりげなく加わった。町に着くと、パイプと煙草と新聞を買ってミルトンのロビーへ行き、周囲を見渡して、ウィルスンもメンジーズもいないことを確認してから、窓際の椅子に腰を下ろし、ジェラルドを見つけるために、勤務交替時刻の四時を待った。

ジェラルドの姿が見えないのを確認したあと、マイクは暗号学者っぽいふたりの男のあとについてパブに入り、ビールを一パイント注文し、それをちびちびすすりながら、入ってくる客全員の顔をチェックして夜を過ごした。

それから二晩か三晩、別々のパブでおなじことをくりかえした。最初の夜は新聞を読むふりをしたが、新聞ごしに見張るのはどうにも体裁が悪いので、二晩めは、オーピントンの病院のサンルームでやったように、クロスワードのページを開いて、パズルを解いているふりをした。こうすれば、頭の中で単語を探しているような顔で宙を見つめ、パブの中を見渡すことができる。もっとも、その必要があるかどうか、定かではなかった。だれもこちらに注意を払っていない。男たちは、何人かでグループをつくり、せわしなくなにか書きながらひたいを集めて話をしているか、それともひとりですわって読書に没頭するか。読んでいる本は、ド・ハースの『原子力理論』や、ドブロイの『物質と光』、それにアガサ・クリスティーのミステリも一度だけ見かけた。アイリーンに教えてやらなきゃ。

あれ以来、文字どおりの意味でも、比喩的な意味でも、チューリングとぶつかることはなかった。あるいは、ウェルチマンとぶつかることも。自動車を運転しているディリー・ノックスの姿は一度見かけた。彼の運転のおそろしさに関する女の子たちの話はおおげさではなく、ノックスの車の前方にいた海軍将校ふたりは縁石に飛び退いた。ディリーズ・ガールズの姿はあのあと二回見かけたが、二回とも、こちらの顔を見られる前に逃げ出すことができた。

マイクにとって（フィップスを見つけ出すことを別にして）唯一の問題は、アイリーンたちと連絡をとることだった。水曜の夜、まだ住所を伝えていなかったことを思い出し、それから二日かけて、立ち聞きされずに話ができる電話を探した。最終的に——ディリーズ・ガールズに出くわさないよう、彼女たちが出勤するのを見送ってから——駅にもどって、そこから電話をかけたが、そのときはだれも電話に出なかったし、週末はずっと駅が大混雑だった。

やっとポリーに電話が通じたのは月曜だった。下宿の住所を伝え、三行広告に回収チームの反応があったかどうかをたずねた。「いいえ」とポリーはいって、マイクがもともと予定していた降下の順番をたずねた。

マイクはそれを教えてから、「でもどうして?」と訊き返した。

「こっちに来てるかもしれない他の史学生を思い出そうとしてるだけ」とポリー。「それとも、史学生Xかもしれない人物を。それがあなたじゃないことを確認したかったの」

「ぼくじゃないよ」最初の夜にディリーズ・ガールズやウェルチマンと出くわし、チューリングと衝突したことは話さなかった。そんなことをいって心配させなくても、あのささやかなアクシデントの影響はまったくなかった。チューリングが進路を変えることさえなかった。土曜の夜、ひとりの女性将校が、ゆうべあやうくチューリングに轢かれるところだったと声高に文句をいっているのを聞きつけた。他人に話を聞かれるのをだれも気にしていないらしい。彼らの話に耳を傾け、無造作にパークに出入りするのを見ていると、ウルトラの秘密を政府はどうやって守っていたんだろうと不思議になる。

毎日、新しい人間がやってきて、すでに過密状態の町がさらに混雑する。それに駅も。ポリーとアイリーンにもういちど電話するのをあきらめて、四角く破った新聞のクロスワード・パズルにメモを隠して、セント・ジョンズ・ウッドの古い降下点をチェックするよう指示し、それが暗号だとポリーが気づいてくれることを祈りつつ封筒に入れて投函したあと、フィップスを見つける仕事にもどった。

数日間、パークのゲートと下宿屋とホテルとパブの巡回をつづけた。日曜の夜、パブにもどって腰を下ろそうとしたが、混んでいて、空いているテーブルが見つからなかった。マイクは客を押し分けてカウンターに行き、ビールを注文してから、カウンターによりかかって立ち、席が空くのを一時間以上待ち、ようやくすわって、クロスワードを解くふりをしつつ聞き耳をたて、フィップスを捜した。

奥の隅に立ち、笑いながら話をしている数人の男たちがいるが、全員、フィップスにしては背が高すぎる。彼らの横のテーブルでは、椅子にすわった禿頭の男が封筒の裏に計算式を書きつけている。そのとなりに、砂色の髪の男がマイクに背を向けてすわり、美人のブルネットに話しかけていた。彼女の不興げな表情からすると、つまらないジョークを飛ばしている可能性もおおいにある。

マイクは男の顔を見ようと椅子を動かした。だめだ。マイクはクロスワードにしばし目を落とし、顔を上げ、鉛筆で鼻を叩きながら、男がこちらを向くのを待った。

隅の男たちが話を切り上げて店を出る途中、マイクと砂色の髪の男のあいだにあるテーブルの女の子たちのところで立ち止まって、話しかけた。

邪魔だ、どいてくれ。そう思いながら、彼らの向こう側を見ようと身を乗り出した。

「おやおや」と、背後で男の声がした。「まさか、こんなところで会うなんて」

マイクははっとして顔を上げた。フィップスのほうが自分を見つけるという可能性はまったく頭になかった。しかし、テーブルの向こうに立っていたのは、フィップスではなかった。オーピントンの戦時救急病院のサンルームで共謀した、テンシング中尉だった。

「また会いましょう」

――第二次大戦の愛唱歌

17　ダリッジ

一九四四年七月

「どこで会ったか思い出したってどういう意味、ラング将校？」救急支部の談話室で彼と向き合い、メアリは内心の不安をつとめて顔に出さないようにしながらたずねた。「その台詞は効果がないってことで合意したと思ったけど」

「台詞じゃないよ、イゾルデ」といって、スティーヴン・ラングはあの左右非対称の笑みを浮かべた。「ぼくらが前にどこで会ったかを思い出したんだ」

そんな、まさか。ということは、次の現地調査で彼と出会った――というか、出会うことになる――わけだ。こうなったら、こっちも思い出したふりをしなきゃいけない。どんな状況のもとで出会い、どの程度の関係だったのかもわからないのに。それと、そのときのわたしの名前がなんだったか――訂正、なんになるか――向こうが思い出さずにいてくれることを祈るしかない。

フェアチャイルドはどこ？　そう思いながらドアのほうを見やった。救出に来ると約束してくれたのに。

「いい知らせがあるともいってなかった？」と、ひきのばしのためにたずねた。

「あるとも」ラングは儀式張ったしぐさで一礼して、「わたくし自身ならびに英国政府からの感謝をお伝えするためにまかりこしました」

「感謝って……なんの？」

「すばらしいアイデアを与えてくれたことに対する感謝だよ。くわしい話は、これからきみを約束のディナーに招待して、その席でぜんぶ話そう。行けないとはいわせない。今夜きみは非番だって、同僚のＦＡＮＹ隊員からちゃんと聞き出してあるからね。それに、飛行爆弾の心配をしてるなら、今夜はもう落ちないと保証する」

「でも……」期待を込めた視線をドアに投げる。フェアチャイルドはどこ？

「でもしかしもなしだ、イゾルデ。運命なんだよ。ぼくらは時を超えてめぐりあう運命《さだめ》なんだ。どこで会ったのか思い出しただけじゃなく、なぜきみが覚えてないのかもわかった」

ほんとに？　正体が露見するようなことをしでかして、タイムトラベラーだとバレてしまったとか？　五分待つんじゃなくて、すぐに来るようにとフェアチャイルドにいっておけばよかった。

「いま思い出したけど、日誌の記入を忘れてた」といって戸口のほうに歩き出した。「すぐもどるから」

しかし、スティーヴンが彼女の手をつかんだ。「待って。行くのは飛行爆弾の話を聞いてからだよ。止める方法を編み出したんだ。飛行爆弾が着弾する前に撃ち落とす方法を考えろって将軍たちに責められてるって話、覚えてる？」

「で、その方法を考え出したの？」

「いったただろ。撃ち落とすのはうまくいかない。たとえ撃ち落としたとしても、飛行爆弾はそこで爆発するんだから、って」

「じゃあ、爆弾が爆発しないようにする方法を見つけ出したの？」でも、そんなわけない。英国空軍は、飛行中のV１爆弾を無効化する手段を最後まで講じられなかった。

「いや。ぼくが考えたのは、飛行爆弾を回頭させて、英仏海峡の向こうに送り返す方法。あるいは、すくなくとも標的からそらす方法」

「投げ縄で引っかけるっていうプランじゃないでしょうね」

「まさか」ラングは笑った。「この方法には、ロープも対空砲も要らない。必要なのは、スピットファイア一機と優秀な飛行技術だけ。そこがこの作戦のエレガントなところなんだ。やることといえば、スピットファイアでV１を追いかけて、すぐ真下につけて――」

V１のフィンにスピットファイアの翼をくっつけ、それからちょっとだけ機体を傾けると、フィンが上を向いてV１が傾き、本来のコースをそれる。今回の現地調査の準備作業中に、V１ティッピングの実技について読んだことがあった。しかし、実行するのはおそろしく危険だ。接触によって制御不能の錐もみ降下に陥るかもしれないし、V１に接近する速度が大きすぎると、両方とも爆発してしまいかねない。

ぞっとするような考えが頭に浮かんだ。ラングを乗せた車がV1の着弾地点を避けるのをネットが阻止しなかったのはそのせいかもしれない。メアリが彼の命を救ったところで、どうせV1を回頭させようとして死ぬ運命だったから。

「それから、こうやって翼の下に入り込み」と、片方の手を反対の手の下側に持っていって、「ほんのちょっとだけ傾けてやると」上の手を下の手でつつき、「V1の向きが変わる」上の手が斜めになり、下の手から離れていった。「飛行爆弾には精密なジャイロスコープ機構が搭載されてる。ほとんどの場合、ぼくらはそれに触れる必要さえない」

スティーヴンはまた手を使って実演してみせた。今回は両手を触れ合わせず、メアリの目の前で、小学生の男の子みたいに一生懸命に説明している。あの日の午後、ホワイトホールで感じたのとおなじ気分になった。彼にはどこか懐かしいところがある。

「かんじんの仕事は、プロペラ後流《スリップストリーム》がやってくれる。こっちが指一本触れなくても、V1は螺旋《らせん》を描いて海峡に落ちていくか、運がよければ、フランスの発射装置のほうへもどっていく。今週はすでに三十基落としたよ」

この二週間、V1の数が減少しているのはそのせいだったんだ。情報部の攪乱工作のせいじゃなくて、スティーヴン・ラングと同僚パイロットたちが、飛行爆弾と鬼ごっこをやっているおかげ。

「しかも、地上ではひとりの死者も出ていない」とうれしそうに話している。「でも、いちばんいいのはそれじゃないんだ。ぼくが話しにきたのは——」

「トライアンフ！」だれかが廊下から呼んだ。

やっとだ。「こっち！」と叫び返す。

「トライアンフ？」とスティーヴン。「名字はケントじゃなかった？」

「あのバイク事件以来、呼び名が変わったの」と説明した。フェアチャイルドはどうして姿を見せないんだろう。「トライアンフとか、デハヴィランドとか、ダグラスとか、ノートンとかね。知ってるバイクの名前だったらなんでもかんでも。ああ、それともうひとつ、アラビアのロレンス。ほら、彼もオートバイ事故で死んだでしょ」

「なるほどねえ」スティーヴンはにやにやしながら、「ぼくの学校時代のあだ名はにきび《スポッツ》だったよ。勝利《トライアンフ》って名前は、きみにぴったりだ。それで思い出したけど、どこできみと会ったのかをまだ話してなかったね」

フェアチャイルドはどこ？「ほんとに日誌を書いてこないと。少佐が——」といいかけたとき、ドアが開いた。

だが、入ってきたのはパリッシュだった。「あら、ごめんなさい」とスティーヴンを見ていう。「お邪魔する気はなかったんだけど。ベラ・ルゴシのキー、持ってってない、デハヴィランド？」

「いいえ」とメアリ。「なんなら探すのを手伝って——」

「ううん、とんでもない。そんなハンサムさんといっしょのところを引き離すなんて」パリッシュはスティーヴンに婀娜《あだ》っぽい笑みを向けて、「双子の兄弟がいたりしない？ジルバ好きの？」

「あいにく」とスティーヴンがにっこりする。

「ほんとよ。喜んで手伝いを――」とメアリ。

「いいからいいから。たぶん、司令室にあると思う。ありがとね」といってパリッシュは出ていった。

「パリッシュ少尉はダンスがすごく上手なの」とメアリ。「それに、戦時下の愛に大賛成。どうせなら彼女をデートに――」

「だめだよ。ぼくをやっかい払いするのは不可能。ぼくらの運命を否定するのもね。それに、ぼくらの出会いをきみが覚えていないのは、それがべつの人生の出来事だからなんだ」

「べ……べつの……人生？」思わず噛んでしまった。

「ああ」といって、どきっとするほど魅力的な、左右非対称の笑みを浮かべる。「はるかいにしえの時代に。ぼくはバビロンの王で、きみは奴隷にされたキリスト教徒」

ウィリアム・アーネスト・ヘンリーの詩だ。タイムトラベルの話をしてるんじゃなくて、詩を引用してる。助かった。安堵のあまり、つい吹き出した。

「百パーセントまじめな話だよ。ぼくらの魂は、歴史全体の流れの中で、何度もいっしょになる運命なんだ。いっただろ、ぼくらはトリスタンとイゾルデだって」顔を近づけて、「ぼくらはペレアスとメリサンド、エロイーズとアベラールだった」さらに身を乗り出し、「キャサリンとヒースクリフ――」

「キャサリンとヒースクリフは歴史上の人物じゃないし、バビロンには奴隷のキリスト教徒なんかいなかった」そういって、器用に体をくねらせてスティーヴンから離れた。「紀元前の話よ。キリストが生まれる前」

「ほらね」スティーヴンはうれしそうにメアリを指さした。「あのときき みがやったのもまとそっくりおなじだ！　そのおかげで――」

「ノートン！」廊下から声が呼んだ。「ケント！」

ここでフェアチャイルド登場か、とメアリは皮肉っぽくひとりごちた。もう救出される必要がなくなったときになって。これからやる現地調査で（もしくは他のどんな現地調査でも）彼と出会ったわけじゃなかった。ただ口説いていただけ――その手ぎわがあんまりみごとなので、呼びにきてとフェアチャイルドに頼んだことを後悔しそうになったくらいだった。

もっとも、どっちみちおなじこと。スティーヴンは最高に魅力的な男性だから、自分が彼にとって百歳若すぎることを簡単に忘れてしまう。わたしたちは、あなたが挙げたどのカップルよりも星まわりが悪いのよ、と心の中でいった。もし一九四四年じゃなくて、二〇六〇年で出会っていたら――

「ケント！」フェアチャイルドがまた呼んだ。「メアリ！」

「なんの用だか見てこないと」メアリはそういって戸口に歩き出したが、フェアチャイルドが先にドアを開けていた。

「よかった、そこにいたのね。電話。病院から。なんだったら――うわあ、びっくり！」と叫び、驚いたことにメアリの前を素通りしてスティーヴンに駆け寄った。「スティーヴン!」と叫び、彼の首に抱きつく。「ここでなにしてるの?」

「半端もの《ビッツ・アンド・ピーシズ》! 驚いたな!」といってフェアチャイルドを抱きしめ、それから肩を両手でつかんで、顔が見えるようにした。「ぼくがなにしてるかって? 自分こそ、ここでなにしてる?」

「ここはあたしのFANY支部なのよ。それに、あたしはビッツ・アンド・ピーシズじゃなくて、フェアチャイルド少尉」きびきびと敬礼して、「救急車を運転してるの」

「救急車? まさか。まだ子供じゃないか」

「十九歳」

「莫迦《ばか》いうなよ」

「ほんと。先週、誕生日だったもん。ねえ、ケント?」とメアリのほうを向き、「ケント、この人がスティーヴン・ラング。前に話した例のパイロットよ」

フェアチャイルドが六歳のときから恋をしている相手。向こうも、まだ自分で気づいていないだけで、あたしのことを恋してるのよとフェアチャイルドはいっていた。なんてこと。

「あたしはサリーの生まれなんだけど、実家がとなり同士だったの」とフェアチャイルドがうれしそうにいう。「よちよち歩きのころからの幼馴染みよ」

「よちよち歩きだったのは自分だけだろ」スティーヴンは愛情のこもった笑みを浮かべ、「このまえ会ったときは、まだおさげ髪だったのに」

「ここでなにしてるのかまだ聞いてない」とフェアチャイルド。「タングメアに駐留してるんだと思ってた。ママの話では――」

「タングメアにいたけど、そのあとヘンドンに移った」メアリに目を向けた。「でも、つい最近、ビギン・ヒルに転属になって」

「ビギン・ヒル？　なんていい知らせ！　だったら四、五キロしか離れてないじゃない」

そして、爆弾地帯のど真ん中。現段階ですでに、いちばん被弾数の多い航空基地になっている。そして、情報部の攪乱工作によって飛行爆弾の射程が短くなると、さらに危険度が高くなる。V1の方向をそらせる任務だけじゃ、まだ危険度が足りないとでもいうみたいに。

「なんてすてき！」とフェアチャイルド。「あたしがここにいるってどうしてわかったの？　ママが手紙書いたの？」

「いや。じっさい、おまえがここにいるなんて思いもしなかった。ケント少尉に会いにきたんだ」

「ケント少尉？　ぜんぜん知らなかった。知り合いだったの？」

「先月、タルボットが捻挫したあと、少佐から運転手の代役に指名されて、ロンドンの会議に送っていったの。でも、あなたの知り合いだなんてぜんぜん知らなくて」おねがい、信じて。

「そしてぼくのほうは、きみがうちの妹の知り合いだなんてぜんぜん知らなかった」

「妹なんかじゃないし、子供でもない」とフェアチャイルド。「いったでしょ、十九歳。もう大人になったの」

「いつまでたっても、ぼくにとってはかわいいチビのビッツ・アンド・ピーシズだよ」フェアチャイルドの髪をくしゃくしゃにして、メアリに笑顔を向けた。「きみたちがこの子の面倒をちゃんとみてくれてるといいけど」

うわ、どんどんまずい方向へ行ってる。「面倒をみる必要なんかないわ」とメアリ。「フェアチャイルドはうちの隊で一番のドライバーなんだから」

「まさか、違うよ。一番はきみだ。それも、きみに伝えようと思っていたことのひとつ。ホワイトホールへ行く途中、ぼくがトッテナム・コート・ロードを通るようにいったのに、きみが曲がる道をまちがえたの覚えてる？　まちがえてくれてラッキーだったんだよ。あのあと五分もしないうちに、V1が道路のど真ん中に命中したんだ」

スティーヴンはフェアチャイルドのほうを向いて、「命の恩人なんだよ」といい、メアリに向かってにっこりすると、「ぼくらの出会いは運命だっていっただろ」

「運命？」フェアチャイルドがショックを受けた表情でいう。

「もちろ――」

「もちろん違うわ」スティーヴンがすべてをさらに台なしにしてしまう前に、メアリはあわてて口をはさんだ。「それに、曲がる場所をまちがえたのがすばらしい運転技術の証拠だっていうのもぜんぜん違う。そもそもわたしたちが出会った理由は、わたしが飛行爆弾の音とバイクのエンジン音を区別できなかったからよ」

メアリはフェアチャイルドのほうを向いた。「わたしに電話だって？　行かなきゃ」戸口のほうに歩き出し、「また会えてよかったわ、ラング空軍将校」

「待って。まだ行っちゃだめだ」とスティーヴン。「ディナーにつきあってくれるかどうか、返事を聞いてない。ビッツ、ぼくが女たらしじゃないって説明してやってくれ」

あなたは女たらしよ。おまけに完璧な莫迦。かわいそうなこの子があなたに恋してるのがわからないの？

「ぼくがいいやつだって教えてやってくれ」と、なおもフェアチャイルドにいう。「ぼくは百パーセント信頼できるまっとうな男だって」

「そのとおりよ」胸が張り裂けてしまった顔でフェアチャイルドがいった。「彼を手に入れた子はラッキーだと思う」

「ほらね？　うちのかわいい妹も太鼓判を捺してる」

「でも、きっとふたりには積もる話もあるだろうから」メアリは必死にいった。「それに、子供のころの思い出話とか。わたしは邪魔なだけ。ふたりで行って」

「あたしは無理」フェアチャイルドは、なんとか自然な口調を保とうとしながら、「少佐にいわれて、医療消耗品の荷をとりにいかなきゃいけないから」

スティーヴンも最低限の礼儀は持ち合わせていたらしく、「だれか同僚にかわりに行ってもらえないのか？」

「無理よ。今度来たときにしましょ。ケント、あなたが行って」

それを真に受けてわたしが夕食につきあったら、ぜったい許してくれないくせに。出ていくフェアチャイルドのうしろ姿を見ながら、メアリは思った。どっちみち、もう許してもらえないかもしれないが、さらに事態を悪くする気は毛頭なかった。「ほんとに行かなきゃ。本部から電話なの。それに思ったとおりの用件だったら、夕食には行けなくなるわ」

「じゃあ、あした」

「あしたは当直。それに、いったはずよ、戦時下の恋は信じてないの。あなたとデートしたいと死ぬほど願ってる子は何十人もいるでしょ」

「前世からの縁があるのはきみだけだよ。あさっては?」

「だめ。ほんとに電話だから」戸口に歩き出す。

「いや、待って」スティーヴンはメアリの両手をつかんだ。「まだお礼をいってない」

「さっきもいったけど、命の恩人なんかじゃない。トッテナム・コート・ロードはとても長い道で、だから——」

「いや、その件じゃない。V1のことで」

「V1の?」

「うん。さっき、ビッツ・アンド・ピーシズが入ってくる直前、ぼくがキスしようとしたとき、きみが優雅に身をくねらせてぼくの手から抜け出しただろ?」

「キスしようと——」

「ああ、もちろん。バビロンの話はぜんぶそのためだったんだよ、知らなかった?」にっこり笑って、「やっとうまくいくと思ったそのとき、きみはぼくの手から脱出した。残念なことに」

「V1の話じゃなかったの？」

「そうだよ。その話をしてるんだ。ぼくを車で送ってくれたあの日も、きみはおなじことをした。二回。ぼくのアタックはすばらしく順調に進んでいたのに、気がつくととつぜん針路をそらされていた。きみに手を触れられる距離まで近づきもしないうちに」

「いったいそれがV1とどんな——」

「わからないかい？」メアリの手をぎゅっと握りしめ、「そのとき、V1のコースをそらすっていうアイデアを思いついたんだよ。きみがこの名案をくれたんだ。きみがいなかったら、なんとかV1を撃ち落とそうとして、いまごろはバラバラに吹き飛んでたよ」

ああ、新入りかい？　よし。鉛筆持ってる？　いま、暗号を解いてるんだ。

——ディリー・ノックス

18　ブレッチリー　一九四〇年十一月

マイクは茫然とテンシングを見つめた。

「こいつが前に話した例の男だよ、ファーガスン」とテンシングがいった。「おれが病院にいるとき、見張り役をやってくれた」

「例のアメリカ人？」と連れの男。

やれやれ、予定どおり英国人で通していたら、大惨事になるところだった……。

「ああ」とテンシング。「彼のぺてんの才能がなかったら、まだオーピントンの病院のひどいベッドに縛りつけられてたよ」

「お目にかかれてじつに光栄だ、ミスター・デイヴィス」ファーガスンはマイクと握手してからテンシングに向き直り、「急かしたくはないが、ほんとにもう行かないと」

ありがたい。ここでなにをやってるのかと訊かれずにすみそうだ。テンシングは明らかにブレッチリー・パークの関係者だ。彼は陸軍省に勤めているとシスター・カーモディに聞いたのをふと思い出した。情報部の人間だと気づいてしかるべきだった。

「いや、時間はじゅうぶんあるさ」とテンシング。「勘定を払ってきてくれ。そのあいだにデイヴィスと積もる話をしてるから。ラッキーだったよ、あんたにばったり出くわすなんて！　ちょうどロンドンへ発つところだったんだ。よりによって、ブレッチリーにいるなんて信じられない。いつ退院した？」

「九月。椅子をとってくるよ」マイクは引き延ばすためにいった。

テンシングは手を振って、「いいんだ。自分でやるから」といって、空いている椅子を求めて、あたりを見まわした。「待ってろ《ハング・オン》」

ここにいるもっともらしい理由を急いで考えないと、まさに縛り首《ハング》だ。「特別任務で来ている」は問題外。友だちを訪ねてきたとか？

テンシングが椅子を運んできた。「メイヴィスから、アメリカ人がいるって聞いてたけど」といいながらその椅子に腰を下ろし、「まさかそれがあんただったとはな。自転車と不幸な出会いがあったんだって？　警告しとくけど、ここには何人か最悪のドライバーがいる。しかし、どうしてここに来たのかまだ聞いてないな。新聞の仕事じゃないだろうな。あいにく、ブレッチリーはおそろしく退屈な町だ」

「だんだんそれがわかってきたところだよ。いや、じつはこの足のことで来たんだ。プリチャード医師に診てもらいに」と、列車で会った老婦人の話を思い出して答えた。ニューポート・パグネルでクリニックを開いているという医師だ。「レイトン・バザードでクリニックを開業してて。腱の再建の名医らしい。足を治してもらって、戦争に復帰したいと思って」

「その気持ちには百パーセント共感できるな」とテンシング。「入院中は気が狂いそうだったよ。来る日も来る日もラジオで悪いニュースばかり聞いて、自分はなんにもできなくて」

マイクの新聞に目を落とし、「まだクロスワードやってるんだな」

マイクは肩をすくめた。「暇つぶしになるからね。きみのいうとおり、ブレッチリーはとくにおもしろいことがあるわけじゃないし」

テンシングはうなずいて、「あのサンルームとよく似てる。あと足りないのは、鉢植えの椰子と、ウォルトン大佐だな。デイリー・テレグラフをガサガサいわせて咳払いする」クロスワードをこつこつ叩き、「たしか、ずいぶん得意だったよな」

「たしか、いいアドバイザーがいたからね」

「それでもだ。たいていのアメリカ人にとって、イギリスのクロスワードは理解不能なんだが」テンシングの口調が変わった。なにか正体をさとられるようなことを口にしてしまっただろうか。なにが悪かった？　プリチャード医師のクリニックの場所をニューポート・パグネルじゃなくてレイトン・バザードだといったのはわざとだった。もしテンシングが話の真偽をたしかめようとした場合、そのほうが医師を捜し出すのに手間がかかる。もしや、おそるべき偶然で、テンシングもプリチャード医師の診察を受けたことがあるとか？　いや、テンシングは足ではなく、背中を痛めていた。しかし、なにかが彼の疑念の引き金を引いたらしい。

クロスワード・パズルだろうか。ポリーに聞いた、Dデイの暗号とクロスワード・パズルにまつわる話を思い出した。テンシングは、ぼくがドイツにメッセージを送ってるんじゃないかと疑っているのか？

しかし、マイクはパズルを解いているだけで、つくっているわけじゃない。それに、病院でおなじことをしているのを何十回も見られている。

ファーガスンがテーブルのあいだを縫うようにしてこちらにもどってくる。よかった。ようやくこの会話にピリオドが打てる。「勘定は済んだぞ」とファーガスンがいった。

テンシングは肩越しにふりかえって、「すぐ行く」といってから、マイクに向かって、「本気か？　また戦争に関わりたいっていうのは？」

もう関わってるよ。抜けられなくて困ってる。「ああ」

「いつまでここにいる？　その医者――なんて名前だっけ？」

「プリチャード」とマイク。「どうかな。医者がなんていうかしだいだ。手術が必要だといわれるかもしれない」

「しかし、すくなくともあと一週間はブレッチリーにいる？」

そのあいだに、プリチャード医師の診察を受けたかどうか、あるいはオマハ・オブザーバー紙が実在するかどうかをたしかめる気か？　「ああ、あとまるまる一カ月は治療を受けるから」

「よし。これから三、四日、ロンドンで過ごさなきゃいけないんだが、もどってきたらちょっと話したいことがある。どこに泊まってる？」

「まだ部屋が見つからなくて。これまで試したところはどこもかしこもいっぱいだった」

「じゃあ、ベルに泊まってるんだな？」さいわいテンシングは返事を待たず、「夕食はいつもこのパブで？」

それも今夜まで。「いつもはね。診察が長引かないかぎり」

「よし。もどったら会いにくる」テンシングは立ち上がった。「しかし、ここで出くわすとは、不思議なこともあるもんだ。まるで仕組まれてたみたいだよ」ファーガスンのほうを向き、「さあ、乗り遅れないようにしないと」といって、ふたりはパブを出ていった。

いったいどういうことだ？　テンシングはぼくを疑っているのか、それとも病院でいっしょに過ごした日々を懐かしみたかっただけなのか？　もし疑っているとしたら、いったいなにが原因だろう。

ポリーと話をしなければ。しかし、唯一の安全な電話は駅にあるし、テンシングとファーガスンはそちらに向かっている。もしふたりが列車に乗り遅れたら、鉢合わせすることになる。

それに、ポリーとアイリーンは下宿ではなく、防空壕にいるだろう。

パブが閉まるまで待ってから、駅まで歩き、空襲警報が早めに解除されたことを祈りながら電話をかけたが、どうやらまだだったらしい。ふたりは留守だった。

翌朝もまだ、電話に出なかった。今週はロンドンに空襲があったんだろうか。出発前にポリーに聞いておけばよかった。もしそうだとしたら、電話が通じるまでにまるまる一週間かかるかもしれない。

ベルに行き、ウェルチマンがロビーにいないことを確認してから、新聞を買うと、クロスワード・パズルのページをちぎって『緊急水曜夜電話』と書き込み、封筒に入れて投函したあと、徒歩でパークへ行った。ジェラルドは見つからなかったが、帰り道、ふたりの海軍婦人部隊員が話しているのを小耳にはさんだ。「八号棟の新しい男のこと、なにか知ってる?」

「うん」ともう片方がうんざりした口調で、「名前はフィリップス。宿舎はストーク・ハモンド。あんたにあげる。死ぬほど退屈」と片方。

〝死ぬほど退屈〟というのはいかにもフィリップスっぽいし、フィリップスという名前は彼の時代名としてはもっともな選択だ。マイクはバスでストーク・ハモンドへ赴き、その日一日と水曜日の半分を費やして、部屋を探しているふりをして下宿屋をまわり、「それはそうと、フィリップスという名前の下宿人がいませんか」とたずねた。

水曜日の十軒めに訪れた下宿屋で、大家がいった。「いいや。そういう名前の若い人が訪ねてきたけどね。月曜だった。マースリーに行くようにいいましたよ」

マースリーはさらに十キロ先だった。マースリー行きのバスをつかまえ、六軒の空振りのあと、フィリップスという名前の人物を覚えている女性に出くわしたが、リトル・ハワードへ行くように伝えたとの返事で、すごすごブレッチリーに帰り着いたときにはもう七時近くになっていたから、ポリーに電話するため駅へ直行した。

そして、ディリーズ・ガールズと鉢合わせした。「ハロー！」エルスペスがうれしそうにいった。「どこに行っちゃったのかと思ってたのよ！」

「パークで毎日あなたのこと捜してたんだ」とジョーン。

「この人が噂のアメリカ人よ、ウェンディ」とメイヴィスが四人めの娘に説明した。「チューリングに殺されかけた人」

「例のハンサムさんね」とウェンディがいい——食料貯蔵室で寝るのもへっちゃらそうに見えた——流し目でこちらを見た。「ものすごく会いたかったの！」

「あたしが最初に会ったのよ」とジョーン。

「チューリングに轢かれたところをあたしが助けたんだってば」エルスペスが所有権を主張するように、マイクの腕に腕をからめた。

「あんたたち《ガールズ》、そんなガツガツしてる時節じゃないわよ」とメイヴィスが反対の腕をとり、「戦時にはみんな平等に分かち合わないと」いったいどうすればこの子たちから逃げられるだろう。まだひとことと口をはさむことさえできずにいるのに。

「舎営割り当て所で部屋は見つかった？」とメイヴィス。

「そんなわけないじゃない」ウェンディが切り捨てるようにいった。「あたし、もう何週間もずっとかけあってるのよ。この数カ月、空き部屋はひとつも出てない」

「ウェンディの部屋を探しにきたの」とエルスペスが説明した。

「桃の瓶詰めの隙間に寝るだけじゃなくて」とメイヴィス。「今度は割り当て所がルームメイトをふたり追加したのよ」

「アルビオン・ストリートに空き部屋があるって噂を聞いたんだけど」とウェンディ。「行ってみたらもうふさがってた」ためいきをついて、「そんなうまい話があるわけないと思うべきだった」

「だから、これからあたしたちみんなに一杯おごって、元気づけてくれなきゃ」とジョーン。

「そうしたいのは山々だけど、無理なんだ。人と会う約束が——」とマイク。

「やっぱりね」エルスペスがむっつりといった。

「美人？」とジョーン。

「女性じゃないよ。古い友だち」とマイク。

「ふうん。じゃあ、金曜日に」とメイヴィス。

「金曜日に」とマイク。「それと、空き部屋の噂を聞いたら、かならず連絡するよ」といってようやく脱出できたが、もう八時近くになっていた。お願いだからまだポリーが下宿にいてくれますように、と祈りながら、足をひきずって駅へと向かった。

アイリーンが電話に出た。「ジェラルドは見つかった？」と勢い込んでたずねる。うしろでものすごい爆発音が轟いた。

「いまのなに？」

「爆弾。空襲の真っ最中」

もちろんだ。やれやれ、これ以上まだ運が悪くなるなんてことがあるだろうか。

「どうなの？」とアイリーンが問い詰める。「ジェラルド見つけた？」

「まだだ。ポリーはいる？　電話かわって」

ヒューッという大きな音と、また爆発音。そのあと、ポリーが電話に出た。「どうしたの？」

「入院中にいっしょだった男と出くわしたんだ。名前はテンシング」

「彼はあなたが英国人じゃなくてアメリカ人だと思ってるわけね。正体をばらされた？」

「いや。つまり、英国人だってことにするのは結局やめにしたんだ。ラッキーだったよ。それはともかく、彼はまずまちがいなくブレッチリー・パークで働いてる。ぼくは足のことで医者に診てもらいにきたといって、彼はそれを信じた。とにかく」マイクはポリーの側の騒音——高射砲が砲撃をはじめたにちがいない——に負けじと声を張り上げ、「パブでばったり会って、二、三分、話したあと、クロスワード・パズルにまだ興味があるかと訊かれて」

「なんに？　まわりがうるさくて聞こえないの」

「クロスワード・パズル！」と叫んだ。「入院中はクロスワードをやってたし、パブでも席にすわってフィップスを捜しているあいだ、クロスワードを解いてるふりをしていた。クロスワードに興味があるのかと訊かれて、イエスと答えると、今度は、いつまでブレッチリーにいるのかって。自分は三、四日ロンドンへ行く用があるけれど、もどったら話がしたいって」

「ほかになにかいってた？　クロスワード・パズルについて」

「うん。病院でもクロスワードが得意だったな、たいていのアメリカ人はイギリスのクロスワードを解けないのに、って。きみが話してたDデイのあれみたいに、クロスワード・パズルにスパイの暗号を探しはじめてる可能性があると思う？」

「いいえ。そうじゃなくて、彼はあなたにブレッチリー・パークで働かないかと持ちかけるつもりよ。BPは、解読が得意かもしれないと思われる人間を——数学者とかエジプト学者とかチェス・プレーヤーとか——かたっぱしからスカウトしてたって話したでしょ。で、クロスワード・パズルが得意な人間もスカウトの対象だったの。デイリー・ヘラルドにクロスワード・コンテストを開かせて、優勝者全員にパークでの仕事を持ちかけることまでした。でも、まだ暗号解読者が足りなくて、いつも潜在的に有望な人材を捜していた。ロンドンからいつもどるって？」

「よくわからない。あしたか、あさってか」

「じゃあ、今夜のうちに町を出なきゃ」

「待って。その仕事を受けたほうがいいかも。もしジェラルドがブレッチリー・パークに泊まっているなら——」

「いいえ、それは最悪。二度と出られなくなる。秘密を守るために、BPで働く人間はパークを離れることを許されない。だから、みんな長期にわたってそこにいる。今夜のうちに町を出なきゃ」

「でも、フィップスの手がかりを見つけたばかりなのに」

「アイリーンに引き継いでもらえばいい。今夜ブレッチリーを出る列車はある？　たぶんロンドンにはたどりつけないだろうけど——空襲がひどいから——すくなくとも町を出ることはできる」

「でも、どうしてそんなに急ぐ必要がある？　向こうがなにをいってくるのかもうわかったんだから、仕事の誘いを断るだけでいいじゃないか。足の治療のために来たんだと話してある。手術を受ける必要があるといえば——」

「断る口実には足りない。デスクワークなんだし、ほら、ディリー・ノックスは足が不自由だったのよ」

「じゃあ、興味がないっていえばいいだろ」

「ダンケルクに行くために船に密航したアメリカ人記者が、この戦争でもっともエキサイティングな諜報活動に加わるのに興味がない？　信じてもらえないわよ」

そのとおりだ。早く一線に復帰したいあまり医師の命令に背くテンシングのような人間は、マイクがなぜ〝戦争にもどる〟チャンスをふいにするのか理解できないだろう——とりわけ、そのためにプリチャード医師に診てもらうのだと話してしまった以上。申し出を拒否した裏になにがあるのか不思議に思って調べはじめるだろう。そして、プリチャード医師のことで嘘をついていた事実をつきとめる。

「早くそこを——」耳を聾する轟音がポリーの言葉を途中で呑み込んだ。また爆弾だ。そう思ってから、列車だと気がついた。

腕時計に目をやる。八時三十三分。オックスフォードからの列車。「悪い。聞こえなかった。列車が入ってきて」

「早くブレッチリーを出て、っていったの」ポリーが早口でいう。「スカウトしようと考えているのなら、テンシングはもう身元調査をはじめて、あなたが自分でいってるとおりの人間じゃないと気づいているかもしれない。彼と顔を合わせる危険は――」キーンという音がして、回線が途切れた。

「ポリー？　ポリー？」

「もうしわけありません」とオペレーターがいった。「回線に不具合がありました。もう一度おつなぎしますか？」

しかし、不具合が爆弾のせいなら、回線が復旧するには何日もかかるだろう。マイクとしては、むしろそのほうがありがたかった。またポリーと話をしても、早くブレッチリーを出ろといわれるだけだ。たしかに彼女のいうとおり、ここを離れなければならない。しかし、今夜である必要はない。テンシングが帰ってくるのは早くてあしただし、どこに住んでいるのかも知られていない。舎営割り当て所を通して部屋を借りたわけじゃないから、テンシングがマイクを見つけ出すにはしばらくかかるだろう。向こうがパブやホテルを探しているあいだに、フィップスがリトル・ハワードにいるかどうかをたしかめられる。

「ありがとう、またかけ直すよ」オペレーターにそういって電話を切り、電話ボックスを出た。列車が到着したらしく、乗客がぞろぞろとホームを歩いてくる。年配の軍人、米海軍婦人予備部隊の隊員ふたり――

うわっ、ファーガスンじゃないか。それにつづいていま列車から降りてきたのはテンシングだ。まだこっちに気づいていない。マイクは反射的に電話ボックスに飛び込んだが、隠れ場所としては役に立たない。姿を見られないうちにドアをくぐって駅を出る時間はない。マイクはもう一方のドアを抜けて無人の東行きホームに出ると、追ってくる足音がないかと耳をそばだてつつ、ホームのいちばん端まで歩いていって、どうしたものかと考えた。

ポリーのいうとおりだ――いますぐ町を出なければ。しかし、この列車に乗るのは危険だ。運に見放されたいまの状況だと、帽子を忘れるとかしてもどってきたテンシングに、発車寸前で捕まりかねない。次の列車に乗ろう。ロンドン方面に向かう列車は十一時十分までないが、それでもここで待つほうがいい。ミセス・ジョルサムの下宿に荷物をとりにもどったら、テンシングに出くわす可能性が高い。それともディリーズ・ガールズと。人目につかないこの場所にすわっているのがいちばんんだ。

しかし、荷物を置いたまま出発したら、テンシングが下宿先をつきとめた場合、とつぜんの失踪はおおいに疑わしく見えるだろうし、ミセス・ジョルサムは当然そのことをテンシングに話すだろう。もしスパイだと思われたら、テンシングに捕まって仕事を持ちかけられること以上に大きなマイナスだ。それに、もし万一、テンシングがマイクの身元を疑って、そのために急いでロンドンからもどったのだとしても、ミセス・ジョルサムの下宿にすぐにはたどりつけない。まずパブへ行き、それからホテルをあたる。下宿屋のドアを叩きはじめるころには、こっちはとっくにいなくなっている。

ホームでさらに十五分待ち、テンシングとファーガスンがまちがいなくもう行ってしまったと確信してから、駅を出て、ミセス・ジョルサムの下宿に急いで歩き出した。もっとも、ディリーズ・ガールズの家やベルの前を通らないようにまわり道をして、通りを横断するときには慎重に左右を確認したから、帰りついたときには十時を過ぎていた。

ミセス・ジョルサムはもう寝ているかもしれない。だったら書き置きを残すだけで済む。そう期待していたが、マイクが玄関の鍵を開けるより早く、夫人がドアを開けた。エプロンをつけ、ふきんで手を拭きながら、「あら、あなただったの、デイヴィスさん。洗いものをしていたら、玄関のほうで音がしたから。いい夜だった?」

「それがあいにく……」といいながら、ミセス・ジョルサムのあとについてキッチンに入った。「お話ししたかどうかわかりませんが、こっちに来たのは、この足の治療を受けるためなんです。この先生ならと見込んで、レイトン・バザードのグランホルム医師に診てもらってたんですが、自分には無理だからとニュートン・パグネルのエヴァーズ医師を紹介されて。エヴァーズ先生は手術の必要があるとおっしゃって、バンベリーのプリチャード医師を紹介してくれたんです」と、三人の医師の名前と村の名前をわざととり違えて話した。テンシングがここをつきとめた場合でも、ミセス・ジョルサムが名前と場所を記憶違いしたと思うだろう。「問題は、きょう診察してくださったプリチャード医師が、すぐに手術をしたいとおっしゃったことで。ほんとうなら二週間前にお知らせしないといけないんですが——」

「あら、そんなことなら心配しなくていいのよ」ミセス・ジョルサムは拭き終えたカップと受け皿を食器棚にしまいながら、「それを条件にしたのは、パークがよこした下宿人が連絡なしで出ていってしまうせいなんだから」ふきんを畳んで、カウンターのへりに掛け、「でなきゃ、入居すると連絡をよこしたくせにいつまで待っても姿を見せず、おかげで何週間も部屋を空けたままにしておく羽目になったり。そのことで文句をいったら、舎営割り当て所の担当官がなんていったと思う？　自分はまったく知らない、手紙を出したこともないっていうのよ！」

手紙。フィップスが降下点からもどってきたあの日、彼は手紙を出したとラボで話していた。それが宿泊先を予約する手紙だったということはあるだろうか。でも、秋じゃなくて夏へ行く予定だったはず。

いや、それはわからない。予備調査と準備作業をやっていたのが七月だったというだけのことで、現地調査が夏とはかぎらない。だから最初の降下が必要だった——空き部屋不足のため、何カ月も前に手配しておく必要があった——のかもしれない。そして、もしフィップスの降下にずれの増大があったら、ミセス・ジョルサムは部屋を空けたまま待ちぼうけを食うことになる。ブレッチリーで唯一の空き部屋が夫人の下宿に残っていたのはそのせいだったのか。関係があると気づいてしかるべきだった。

「あしたの朝の出発？」とミセス・ジョルサムがたずねた。いいえ、今晩発ちますといいかけて、この時刻ではもう、バンベリー行きの列車はないことを思い出した。「ええ。でもまずプリチャード先生に診ていただく必要があるので、たぶん、まだお寝《やす》みのうちに出発すると思います。その、姿を見せなかったっていう下宿人ですが、名前は――」

ドアベルが鳴った。しまった。テンシングだ。彼の能力を過小評価していた。

ミセス・ジョルサムがエプロンをはずして玄関に向かった。マイクは忍び足でキッチンの戸口に歩み寄り、細めにドアを開けた。男の声。ミセス・ジョルサムがそれに答える。だが、話の内容までは聞きとれない。玄関ドアが閉まる音がしたので、マイクはキッチンの戸口から離れた。ミセス・ジョルサムがもどってきて、

「部屋を探しているっていう男の人だったわ」

もしフィップスだったら？「もう帰っちゃいました？」とたずね、玄関に駆け寄ってドアを開け、外を覗いたが、暗い通りは無人だった。「どんな男でした？」とあとについてきたミセス・ジョルサムにたずねる。

「年配の紳士よ」ミセス・ジョルサムはびっくりした顔でいった。「どうして？」

「きのう、プリチャード医師のところで会った患者かもしれないと思って」マイクは心の中で自分に悪態をついた。疑わしい行動とはまさにこのこと。「その人が越してきたいなら、今夜のうちに部屋を空けるというつもりだったんです。ぼくはホテルに泊まればいいし」

「あなたにそんなことをさせるつもりはありませんよ、デイヴィスさん。それに、夜のこんな時刻に部屋を貸してくれといってくる人に部屋を貸すつもりもありません。好きなだけ長

くいてちょうだい」階段のほうに歩き出し、「お寝みなさい」

マイクは、ミセス・ジョルサムを追いかけ、階段の手すりに手をかけて押しとどめた。

「ぼくが急に出ていくせいで部屋が空いたままになるのは申し訳なくて。姿を見せなかったっていうその下宿人みたいに――」

「あなたが心配することじゃありませんよ、デイヴィスさん」ミセス・ジョルサムはマイクの手の甲をやさしく叩き、「事情はよくわかりますから。たいへんな手術なの？」

はいと答えたら、心配していろいろ質問してくるだろう。でも、簡単な手術だったら、こんなに急ぐ必要はないはずだ。それに、どう答えても、あらわれなかった下宿人の話題に持ち込むことはできる。その人物の名前をなんとか聞き出さなければ。十一時十分の列車に乗るまでに。

「きっとうまくいくだろうと思ってます」と答えた。「それにしても、妙な話ですね。舎営割り当て担当官がそんなミスをするなんて。いつもはとても有能なのに。連絡の行き違いだといわれたそうですね。もしかして日付を勘違いなさったとか――」

「そんなことはぜったいにありませんとも」ミセス・ジョルサムは柳眉を逆立てて、「連絡の行き違い？　舎営割り当て担当官はうちに手紙をよこしたことさえ認めようとしないのよ。ちゃんと署名があるというのに」足音も荒く居間へ入っていくと、一通の封書を持ってもどってきた。「ここにはっきりと名前が記されているでしょう、A・R・エドワーズ大尉、と」

夫人は手紙をマイクの顔につきつけた。そこにはこう記されていた。『ジェラルド・フィップス教授のための舎営割り当て命令。一九四〇年十月十日到着予定』

われわれは首の皮一枚でかろうじて持ちこたえている。

——アラン・ブルック将軍、チャーチルの参謀総長

19　ロンドン　一九四〇年十一月

フランスの恐怖政治がバスティーユ襲撃の四年以上あとだという事実を確認してから、ポリーはそんなに大きなずれはありえないと自分を納得させようとした。分岐点以外で、記録に残るかぎりもっとも大きなずれは、三カ月と八日。だれかが六カ月のずれに遭遇して、ダンワージー先生はそれに過剰反応し、全員の降下をキャンセルした。でも今回、先生はあたしの降下をキャンセルしなかった。それだけで、証拠はじゅうぶんだ。

しかし、不安は去らず、ポリーは出口を求める努力を倍にした。各新聞に新しい広告を出し、チャリング・クロスへ行って広大な駅の中を歩きまわり、ダンワージー先生が初期のタイムトラベルでこの時代に来るときに使ったかもしれないスポットを探した。見つからなかった。非常階段さえも、人目をはばかるカップルたちでいっぱいだった。先生の降下点はどこかべつの場所だ。

若きダンワージー先生の姿も見当たらなかった。もっとも、顔を見ても、それとわかるかどうか自信がない。過去へタイムトラベルした最初の数回、先生はいまのコリンとそう変わらない年齢だったはずだ。コリンの年ごろのダンワージー先生を想像しようとしたが――ひょろりとした体つきで、やる気満々、エスカレーターを一段飛ばしに駆け上がる――うまくいかなかった。そうと知りながら彼女たちを危険な場所へ送り込むダンワージー先生も想像できない。助けにこられるのに助けにこない先生も想像できない。

ふと思った。もしかしたら、先生が回収にこられないのは、ずれの増大のせいだけではなく、過去の現地調査ですでにここに来ているためかもしれない。若き日の自分がオックスフォードに帰ったあとまで、この時代には来られないのではないか。若い頃の先生は、いつからいつまでここにいたんだろう。

火曜になっても水曜になってもマイクからの電話はなく、手紙もなかった。アイリーンはそれをいい知らせだと受けとった。「ジェラルドを見つけて、ふたりでジェラルドの降下点をチェックしにいってるのよ。そんなに心配しちゃだめ。なにもかもがどうしようもない泥沼にはまりこんで、どうやったら解決できるのかさっぱりわからない、そんなときに助けがあらわれるの」

いつもだとはかぎらないけどね。ポリーはダンケルクの海岸までたどりつけなかった数万の兵士たちのことを思い出した。あるいは、救出クルーがやってくる前に瓦礫《がれき》の下で死んだ犠牲者たちのことを。

「シオドアを列車に乗せようとして駅へ行ったとき」とアイリーンが話している。「首にかじりついて、どうしても離れようとしなくて、なのに列車が動き出したの。もうだめだとあきらめかけたとき、そこにあらわれたのが教区牧師のグッドさん。窮地を救ってくれたのよ」思い出したようにほほえんで、「わたしたちも救われる。きっと、あしたにはマイクから連絡がある。それとも回収チームから」

マイクからの連絡はあった。走り書きのメモで、『つつがなく到着。快適な下宿に落ち着いた。詳細はのちほど』。封筒の中には、新聞の切り抜きが一枚。タウンゼンド・ブラザーズの紳士用スーツ大売り出し。

「なんでこんなこと書いてきたの？　もう知ってるのに。それに、この切り抜きはなに？」とアイリーン。「わたしたちが選んだジャケットとベストがまちがいだったってこと？」

「さあ」ポリーは切り抜きをひっくり返したが、そちらは升目《ますめ》を埋めたクロスワード・パズルだった。

電話してきたとき、パブでジェラルドを捜しているあいだ、クロスワードを解いているふりをしていると話していた。メモといっしょに、まちがって封筒に入れてしまったんだろうか。

「ああ、ミス・オライリー」談話室に入ってきたミス・ラバーナムが封筒をさしだし、「午後の郵便で、もう一通、手紙が届いてましたよ」

「切り抜きの説明が書いてあるかもね」とポリーはいったが、差出人は教区牧師だった。アイリーンはそれを読むため、封筒を持って部屋に上がった。ポリーは談話室に残って、切り抜きを眺めていた。マイクは前に、暗号でメッセージを送る話をしていたし、ポリーのほうからは、デイリー・ヘラルド紙のクロスワード・パズルにDデイの暗号があらわれたという話をした。もしかして、クロスワードの答えにメッセージを隠したとか？
鉛筆を持ってバスルームに入り、ドアをロックしてから、バスタブのへりに腰かけて解読にとりかかった。あんまり複雑な暗号じゃないといいけど。
複雑ではなかった。暗号でさえなかった。クロスワード・パズルの升目に、14のヨコからはじめて、大文字の活字体でメッセージを書き込んでいるだけ。『下宿屋調査はまだ成果なしセント・ジョンズ・ウッドの古いリモート降下点または史学生が昔使ってた降下点を非常脱出口として開けてあるかも』
その昔、ラボはセント・ジョンズ・ウッドにリモート降下点を開き、何年ものあいだ使っていた。どうやらマイクは、非常脱出口として使うためにラボがふたたびその降下点を開くかもしれないと考えたようだ。もっとも、問題がずれの増大だとしたら、どうしてリモート降下点が開くのか、ポリーには理解できなかった。とはいえ、この状況では、すこしでも可能性があるなら試してみないわけにはいかない。そこで、木曜日、仕事のあと、トラファルガー広場で回収《リトリーヴァル》チームを待つかわりに、地下鉄でセント・ジョンズ・ウッドに向かった。古いリモート降下点の場所は知らなかったが、すぐにわかるような場所にあることを祈っていた。

見つからなかった。往年の史学生がロンドンで使っていた他の降下点も知らない。知っているのは、ハムステッド・ヒースの自分の降下点だけ。彼女がそれを最後に使ったのは、VEデイ前日の真夜中直前のこと。現時点では、まだ存在しないが、ラボがその座標を一九四〇年に再設定したかもしれない。そこで、ポリーは翌朝、タイムズ紙に、セント・ポール大聖堂で日曜日に待つという〝RT〟宛ての三行広告を出した。

アイリーンが思いがけずそれに文句をつけた。「でも、ナショナル・ギャラリーの演奏会で回収チームと落ち合うっていう広告を出してるじゃない」

「そっちはあなたが行って。あたしはセント・ポールに行くから」

「でもわたし、前からセント・ポールに行きたいと思ってたのよ」とアイリーンが反論した。「ダンワージー先生からしじゅう話を聞かされてるから。わたしがセント・ポールで、ポリーがコンサートにしたら？」

コンサートに行ったふりをするほうがもっとむずかしいのよ、とポリーは心の中でいった。それに、これにどのくらい時間がかかるかわからないし。

「ううん」とポリーはいった。「セント・ポールの聖堂番に知り合いがいるの。ハンフリーズって人。彼に訊けば、よそ者が来たかどうかわかる」

「じゃあ、いっしょに行く。コンサートは一時からだから」

こんなことなら、ウェストミンスター寺院かどこかに行くことにしとけばよかった。「でも、回収チームがいつ来るかわからない。時刻を入れ忘れたから。コンサートのあとで落ち合って、ライオンズ・コーナー・ハウスでお茶して、そのあとでセント・ポールのガイド付きツアーに連れていってあげる」そしてかならず、アイリーンが目を覚ます前に出かけることにしよう。

日曜の朝、地下鉄でハムステッド・ヒースに行き、丘に登った。細かい霧雨が降っている。それは好都合だが――人出は多くないだろう――傘を持ってくればよかった。出かける前に傘を探したが、部屋が暗くて見つからなかった。アイリーンが目を覚ましたら、いっしょに行くといいだすんじゃないかと思って、電気をつけられなかったのだ。

ヒースにおおわれた斜面を急ぎ足で歩き、降下点を見分けられますようにと祈りながら林の中に入った。前に来たときは五月だった。いまは木々が赤茶色に変わり、雨に沈んでいる。いや、あの枝垂《しだ》れブナがあった。金色の葉をつけた枝々の先が地面に触れそうになっている。雨脚が強くなってきた。木の葉のカーテンを押し分けて進みながらポリーは思った。よかった、これでもしだれかに見とがめられても、雨宿りしていたんだと言い訳できる。

すばやくブナの木の下に入り込むと、背後でもとどおり木の葉のカーテンが閉じてポリーの姿を隠した。薄暗い、テントのような空間を見まわす。地面は、丸まった黄色い葉や枯れた小枝におおわれている。レモネードの瓶と、アイスクリーム・コーンの破れた包み紙が落ち葉のあいだに半分埋もれているのが見えた。しかし、どちらも風雨にさらされて変色している。

回収チームはここに来てない。乱れたあとのない落ち葉を見ればわかる。

しかし、この降下点は、帰還専用に設定されているのかもしれない。斑入《ふい》りの白い幹にもたれて地面に腰を下ろし、腕時計に目をやって時間をたしかめ、降下点が開くかどうか、じっと待った。

寒かった。両ひざを引き寄せてスカートの下に入れ、両腕で胸を抱きしめた。雨は頭上の葉むらがさえぎってくれるが、落ち葉と樹皮におおわれた地面は氷のように冷たく、その水分がコートとスカートに染み通ってきた。

それに、こうやってじっとすわっていると、いろんな心配ごとすべてが心に染み通ってくる——デッドラインのこと、マイクのこと、それに、セント・ジョージ教会と降下点のそばの商店街を破壊した事象が齟齬《そご》だったんじゃないかという可能性。ダンワージー先生の禁止リストにセント・ジョージ教会が載っていなかったのは、自分が地下鉄のシェルターに泊まるつもりでいたからだと思っていたけれど、コリンがつくってくれたデータにもその情報は入っていなかった。ということは、パラシュート爆弾が爆発したとき、コリンがあの降下点のそばにいた可能性もある。

ううん、そんなことはありえない。ポリーはとつぜんの吐き気を抑えつけた。コリンがそのデータをインプラントに入れなかったのは、事実そうだったとおり、爆発のとき、あたしが安全な地下鉄駅にいると思っていたから。

それにコリンは、パラシュート爆弾のことを警告してくれていた。爆弾の破片の危険性や灯火管制のこともレクチャーしてくれたし、彼はありとあらゆる機略に通じている。コリンがノーという答えを受け入れないのは、経験上わかっている。もしだれか、あたしたちをここから救い出す方法を見つけられる人間がいるとしたら、それはコリンだ。オックスフォードが破壊されて、コリンも死んでしまっているのでないかぎり。それとも、空間的ずれも増大して、ネットがコリンをブレッチリー・パークに――あるいはシンガポールに――送ってしまったのでないかぎり。

我慢できるかぎり長くその場にとどまり、それから自分の名前とミセス・リケットの下宿の住所と電話番号をアイスクリーム・コーンの包み紙に書きつけ、ノッティング・ヒル・ゲート駅の入場印が捺してある地下鉄の切符をポケットからとりだして『ポリー・チャーチル』と書いてからレモネードの瓶の下にさしこみ、そのあと、回収チームが来ないだろうと知りながらも、セント・ポール大聖堂に向かった。

ロンドンにもどる道中はおそろしく時間がかかった。空襲による列車の遅れがべつべつに三度あり、アイリーンのコンサート行きと交換しないでよかったとつくづく思った。セント・ポール駅に到着したのは正午過ぎで、外は土砂降りの雨。大聖堂にたどり着いたときにはずぶ濡れになっていた。

ポーチにはだれかが落としていった、礼拝の式次第を記したパンフレットがあった。ポリーはそれを拾い上げた。午前中ずっとここで過ごした証拠として、アイリーンに見せられる。けさの説教は、どうやら、『たずねよ、さらば見出さん』がテーマだったらしい。

それがほんとうならいいんだけど。

ぐっしょり濡れて脚にまとわりつくスカートの水気を切ってから、中に入った。螺旋階段の前はまだ衝立《ついたて》でふさがれたままだった。例の火災監視員が、大聖堂の西側へのアクセスを確保するより、階段を保護するほうが大切だと判断したにちがいない。

ポリーは身廊に足を踏み入れた。きょうは全体に薄暗く、金色ではなく灰色に染まっている。暗すぎて、奥が見えない。それに、寒かった。案内デスクでガイドブックを売っている年配のボランティアはコートを着たままだった。ガイドブックを買うのは名案だ。読んでいるふりをしながら回収チームを捜すことができる。ポリーはデスクの前に歩み寄った。ボランティアは、ハンフリーズ氏が見せてくれたような絵葉書を選んでいる中年の女性客の相手をしていた。「こちらのウェリントン公爵記念碑のも素敵ですよ。『〈偽り〉から舌を引き抜く〈真実〉』をかたどった像です」

「主祭壇のはない?」

「あいにくですが。すぐ売れてしまうので」

「でしょうね」女性客は首を振り、「それは残念」といって、またラックの絵葉書をためつすがめつしはじめた。「ティジューの門は?」

安全に保管するため撤去されております。ポリーは心の中でそういいながら、凍えた両手に息を吹きかけ、女性がどの絵葉書を買うか早く決めてくれることを祈った。ハムステッド・ヒースよりここのほうがもっと寒い。それに、どこからか冷たい風が吹き込んでくる。

ポリーは上を見上げた。回廊のステンドグラス窓のうち二枚が吹き飛んでいた。かなり最近のことらしく、穴をふさぐ処置はまだまったくとられていない。窓枠には赤と青と金のぎざぎざのガラス片が残ったままだった。大聖堂のそばで爆弾が爆発し、その爆風で割れたのだろう。

「『世の光』は？」と女性客がたずねている。「『世の光』の絵葉書はあるかしら」

「あいにく。でも、きれいな複製プリントがありますよ」とボランティアがスタンドを示した。「六ペンスです」

ポリーはそのプリントに目をやった。色は本物よりわずかに青味が強く、キリストはいまのポリーとおなじくらい凍えて、寒さに顔を歪めているように見える。彼が持ってるランタンが本物じゃなくて残念ね、と、そのあたたかい光を見ながら思った。この絵を見るたびに新しい発見があるというハンフリーズさんの言葉は正しかった。前は気づかなかったけれど、キリストがノックしようとしている扉は中世のものだ。その扉も、キリストが持っているランタンも、西暦三三年に存在したはずはない。

きっと彼は、あたしたちみたいなタイムトラベラーなんだ。帰りたいのに、降下点が開かない。

女性客はとうとう心を決めて、代金を支払った。ポリーはデスクに歩み寄り、ガイドブックを買った。「三ペンスです」とボランティアがいい、ポリーは財布から硬貨をとりだそうとしたが、指がかじかんでいるせいでとり落としてしまった。コインが大理石の床にぶつかって、大きな音が響く。

回収チームがここに来ているとしたら、これは彼らの注意を引くための名案ね。そう思ったけれど、だれひとりこちらをふりかえらなかった。

「すみません」といってコインを拾い集め、代金を支払った。

ボランティアがガイドブックをさしだしながら、「あいにく、地下聖堂と聖歌隊席は、本日、閉鎖しております」

聖歌隊席が？　どうしてだろう。でも、この老婦人に質問したら、窓からの風がまっすぐ吹き込んでくる場所に立ちつづけることになる。

ポリーは女性に礼をいって、身廊を歩いていった。だれも近づいてこない。だれかと待ち合わせをしていそうな人間も見当たらない。身廊の真ん中にひざまずいて祈りを捧げている人が数人。煉瓦で囲われたウェリントン公爵の記念碑の前に立ち、当惑したように見上げている海軍婦人部隊員がふたりと、一、二メートル離れた場所から彼女たちを見ているふたり連れの兵士。

次の柱のすぐ先で、爪先の露出した（衣裳部が一九四〇年の十一月にぴったりだといって渡してきそうな）靴を履いた若い女性が、だれかを捜すようにあたりを見まわしていた。しかし、ポリーが椅子の向こうにまわり、身廊を横切ってそちらへ行くより早く、火災監視員のひとりが彼女のもとに歩み寄った。双方の顔に浮かぶ笑みからして、知り合い同士なのはまちがいない。

ということは、明らかに回収チームじゃない。ポリーは袖廊《そでろう》のほうにだれかいないか見てこようと歩き出し、満面の笑みをたたえたハンフリーズ氏とあやうく衝突しそうになった。

「爆弾のことを耳にされたら、きっといらっしゃると思ってましたよ」とハンフリーズ氏。

「被害を見にこられるかたがずいぶん多くて」

「ええ、せっかくの窓がひどいことに」とポリー。

「そうなんです」とハンフリーズ氏がうなずき、割れた窓のほうをふりかえった。「他の貴重品といっしょにウェールズに送って、安全に保管するべきでした。でも、わざわい転じて福となるかもしれません。サー・クリストファー・レンの設計では、セント・ポール大聖堂の窓には透明のガラス板がはめられるはずでした。これで、彼の夢が現実になるかもしれません」

たしかにそうなる。ロンドン大空襲の末期には、無傷のまま残る窓は大聖堂全体でたったひとつだけになり、そのひとつも近くで爆発したV1の爆風によって一九四四年に割れてしまい、すべて透明のガラスに交換される。

「しかし、祭壇のほうは」とハンフリーズ氏がつづける。「残念ながら、またべつの問題です」

祭壇？

「さいわいなことに、爆弾の被害は祭壇と聖歌隊席だけでおさまりました」

聖歌隊席。きょうは閉鎖されているとデスクにいたボランティアの女性が話していたのは、そのせいだったのか。

ハンフリーズ氏はドーム屋根の下の空間を横切って、聖歌隊席のほうに向かった。入り口は木挽《こび》き台でふさがれている。ハンフリーズ氏はそれを動かして、ポリーを通した。「爆弾は祭壇の真上を直撃しました」

ポリーは聞いていなかった。聖歌隊席を——そしてその先の破壊の跡を——見つめていた。祭壇は、材木と石の破片がごちゃごちゃに積み上がった山になりはてている。ポリーは目を上げた。天井に巨大なぎざぎざの穴が開いている。灰色の防水シートが穴を半分ふさぎ、シートのへりから、その下に組まれた、いまにも倒れそうな足場へと水が滴り落ちている。

でも、セント・ポール大聖堂は爆撃されなかったはず。ぱっくり口を開けた天井の穴と瓦礫の山に茫然と目を向けたまま、心の中でつぶやいた。大聖堂は戦争を生き延びた。

「いつのこと?」とポリーはたずねた。

「十月十日の朝、最後にもう一度、屋根を巡回している最中でした。わたしは——」といいかけたところでポリーの表情に気づいたらしく、「ああ、すみません。さっきの口ぶりから、てっきりご存じなものと。先にいっておくべきでした。ええ、はじめて見ると、ショックですよね」

ダンワージー先生は、祭壇に爆弾が落ちたことなど、まったく触れなかった。十二月二十九日の不発弾と焼夷弾のことは聞いたけれど、十月十日の高性能爆弾の話は一度も聞いたことがない。「祭壇はまるごと破壊され、窓が二枚割れました」とハンフリーズ氏が説明する。

「それに、身廊の窓」とポリー。となりの通りに落ちた爆弾の爆風でガラスが吹き飛んだわけではなかった。この爆弾のせい。ダンワージー先生が一度も言及したことのない爆弾の。

「ええ。そこの下のほうの層が爆弾でさらに崩れ落ちて」ハンフリーズ氏は穴のへりを指さした。「それが祭壇の背陣にぶつかりました。欠けた箇所がわかるでしょう。それと、聖ミカエルの鼻がとれているのも」

ハンフリーズ氏は被害のあとを指さしながら話をつづけたが、心臓の鼓動が激しすぎて、ポリーはそれを聞いているどころではなかった。ダンワージー先生がこの爆弾について触れなかったのは、そんなことが起きなかったからだとしたら？　だがいま、それが起きた。ポリーはこれまで、齟齬など生じていない、ずれの増大が問題なんだと自分にいい聞かせてきた。それだけでもじゅうぶんおそろしかった。でもこれは、それよりもずっと悪い。

これは、あたしたちが歴史を変えてしまった証拠だ。

「建物の被害はどの程度だったんですか？」答えを聞くのがこわかった。

「マシューズ首席牧師は、基礎構造にはひびが入っていないだろうと楽観しています」とハンフリーズ氏は心配そうにいった。「でも、技師が検査を終えるまでたしかなことはわかりません。爆風で屋根が端から端までいったん持ち上げられたんですが、もとの場所に落ちついたとき、その衝撃で支柱に損傷があったかもしれません」

その場合は、損傷した柱が二十九日に大聖堂の周囲一帯に落ちてくる爆弾の爆風に耐えきれず、大聖堂もろとも倒壊するかもしれない。そうなれば、ロンドン市民の士気にどれほどの影響があることか。セント・ポール大聖堂は、ロンドンの心臓だった。炎と煙をものともせず、その上にしっかりとそそり立つ大聖堂のドーム屋根は、時代人の士気を高め、長く暗い大空襲の日々に耐えてみせるという決意を新たにさせた。その大聖堂が破壊されたとなれば、ロンドン市民はどう思っただろう。戦争の行方はどうなっただろう。

「実際には、たいへん幸運でした。はるかに悪い事態になっていた可能性もあるんですから。爆弾はアーチ型の横梁《よこはり》のてっぺんにぶつかり、屋根と屋根のあいだの空間で爆発しました。もっと下の後陣や聖歌隊席で爆発していたら、あるいは爆発の前に屋根を突き抜けて下に落ちていたら、被害はずっと大きくなっていました」

しかし、これだけの被害でも、戦争の趨勢を変えてしまうにはじゅうぶんかもしれない。マイクに手紙を書かなければ。ブレッチリー・パークからもどってきてもらわなきゃ。

「オルガンの風箱《ケース》はひどく損傷しました」とハンフリーズ氏が話している。「さいわい、パイプはとりはずされて、安全のため、地下聖堂に保管されていたので――」

「もう行かないと」とポリー。「案内してくださってありがとうございました」

「おやおや。でもまだ聖歌隊席をごらんになってないですよ。さいわいなことに、この柱が盾になってくれたおかげで、座席は――」

「ハンフリーズさん！」とだれかが呼んだ。爪先が露出した靴を履いた若い女性と話をしていた火災監視員だ。木挽き台を押しのけて、こちらにやってきた。「お邪魔してすみませんが」とポリーに会釈し、「勤務表が必要になって。アレンさんから、ハンフリーズさんがお持ちだと」

「お忙しそうですから」ポリーはこのチャンスを逃さず、「もうおいとまします。さようなら」と足早に歩き出した。

「勤務表ならラングビーさんに渡したよ」というハンフリーズ氏の声を背中で聞きながら、木挽き台の隙間をすり抜けた。

急ぎ足で身廊を歩き、大聖堂を出た。雨はやんでいたが、早く帰ってマイクに手紙を書こうと焦るあまり、そのことにもろくろく気づいていなかった。

アイリーンが家にいなければいいけど。そう思ったとき、ようやく、待ち合わせの約束をしていたことを思い出した。

家に帰って手紙を書いてからまたもどってくる時間があるだろうかと時計を見たが、もう二時を回っている。コンサートはもうほとんど終わりだ。あたしが行かなかったら、アイリーンはなにかあったと思うだろう。

それにアイリーンなら、これがほんとうに齟齬なのかどうかを知っているかもしれない。

ダンワージー先生からセント・ポール大聖堂の話をさんざん聞かされたといっていた。祭壇が爆撃の被害に遭ったことを聞いているかもしれない。もし爆撃されていれば。

でも、あたしが知らないうちに爆撃されていたことも、じゅうぶんにありうる。ポリーは自分を納得させようとした。十月十日といえば、新聞にも目を通さず、マージョリーのことを心配していた時期で、自分の死亡告知が出ていないか新聞の資料室に調べにいくより前だ。あるいは、セント・ポール大聖堂がこの戦争にとって重要な意味を持つことを考えれば、爆撃が新聞記事にならなかった可能性もある。駅に向かいながら、ポリーはそう考えた。ドイツ軍にそのことを知られたくなかっただろうから。

トラファルガー広場に着いたのは、ちょうどコンサートが終わる時刻だった。ドアから流れ出した聴衆がポーチに——VEディの前日、ペイジが立っているのを見た場所に——佇《たたず》み、思い思いにコートのボタンを留め、手袋をはめ、手を外に出して雨が降っているかどうかをたしかめ、傘を広げている。

ポリーはアイリーンを捜した。ポーチの片側、端のほうに立っていた。やつれた、不安そうな顔で、黒いコートをぎゅっと体にかき寄せている。ナショナル・ギャラリーもセント・ポール大聖堂とおなじくらい寒かったにちがいない。

「アイリーン！」ポリーは呼びかけ、雨に濡れた広場を急ぎ足で横切った。行く手で鳩がばたばたと飛び立ち、ネルソン提督記念碑のライオン像や台座の上にとまった。

アイリーンはポリーに気づいたしるしに手を上げたが、その手を振りはしなかった。笑みも浮かべなかった。ポリーは腕時計に目をやった。そんなに遅れたわけじゃないし、コンサートが終わったばかりなのは明らかだ。それに、アイリーンはいつもすごく元気で、楽天的なのに。この数週間のあたしの不安が感染したにちがいない。セント・ポール大聖堂の一件は黙っているほうがいいかもしれない。事態を悪くするだけだ。

でも、どうしても知る必要がある。ほかにはだれも訊ける相手がいない。ポーチの階段を駆け上がって、アイリーンのところへ行った。「ひとつ訊きたいことがあるんだけど」と口早にたずねる。「セント・ポール大聖堂は――」

しかし、アイリーンがそれをさえぎり、「回収チームはコンサートに来なかったわ。そっちは?」

「いいえ。セント・ポールにはだれもいなかった」

「だれも?」アイリーンの言葉には険があった。自分が大聖堂じゃなくてコンサートに行かされたことを根に持ってるんだろうか。だとしたら、それはどうしようもない。もっと重要な問題がある。

「史学生はだれもいなかったの?」とアイリーンが食い下がる。

「ええ。九時からずっといたけど。アイリーン、大空襲のあいだに、大聖堂にHEが落ちたかどうか知ってる?」

アイリーンは驚いた顔で、「HE?」

「ええ。焼夷弾じゃなくて、高性能爆弾《ハイ・イクスプローシヴ・ボム》。ダンワージー先生からそれについてなにか聞いてない?」

「ええ、聞いてるけど。でも――」

「いつ、どの部分に落ちたか聞いた?」

「ぜんぶの日にちはわからない。不発弾が――」

「不発弾のことは知ってる。それに、二十九日の件も」

「それと、十月十日に祭壇が爆撃の被害に遭ってる」

よかった。ポリーは胸を撫で下ろした。大聖堂は爆撃されるはずだったんだ。

アイリーンは眉根にしわを寄せて、「けさ大聖堂に行ったんなら、被害のあとを自分の目で見たんじゃないの」

うわ、まずい。爆撃が齟齬じゃないかと心配するあまりすっかり忘れていたけれど、自分たちが歴史を変えてしまったのではというマイクとあたしの不安について、アイリーンはなにも知らないのだった。「ええ、つまり、見ることは見たんだけど」と口ごもり、「ぜんぜん知らなかったの……不発弾と焼夷弾のことはダンワージー先生に聞いてたけど、祭壇の件はぜんぜん知らなくて、それで被害のあとを見たときに――」

「けさの出来事かもしれないと思った？」

けさ？　どういう意味だろう？　しかしすくなくとも、アイリーンはポリーが質問したほんとうの理由に勘づいていない。「ううん、じゃなくてゆうべの。それに、被害がすごく大きかったから、大聖堂全体がいまにも崩れ落ちそうに見えて。大聖堂が大空襲を生き延びたのは知ってるけど、それでも……。頭がちゃんと働いてなかったのね。現場を見たショックが大きくて。セント・ポールに高性能爆弾が落ちたことがあるなんて知らなかったから」

「それも二発」とアイリーン。

二発？　ハンフリーズ氏は一発だといってたのに。

「もう一発は、袖廊に落ちた」とアイリーン。「いつだか知らないけど」

「北の袖廊？」フォークナー大佐の記念碑は無事だっただろうか。あれが破壊されたら、ハンフリーズ氏はさぞや悲しむだろうと、どうでもいいことを考えた。

「どっちの袖廊だかは知らない。バーソロミューさんはいわなかったから」

バーソロミューさん？　バーソロミューさんってだれだろう。コンサートに来ていただれかに祭壇が爆撃されたことを聞いた？　だとしたら、まだ齟齬だという可能性は残る。

「バーソロミューさん？」とポリーはたずねた。

「ええ。ジョン・バーソロミュー。一年生のとき、彼の講演を聴いたの」

ああ、助かった。オックスフォードの人だ。「ベイリアルの教授？」

「ううん、史学生。ロンドン大空襲のさなか、セント・ポール大聖堂の火災を体験して、そのときのことをレクチャーしてくれた」

「その人、ここにいるの？」ポリーは思わずアイリーンの腕をつかんだ。「どうしていままでそれをいわなかったの？」

「ううん、いまはいない。ここに来たのは何年も前」

「ロンドン大空襲に、ってこと。一九四〇年の」とポリーがいい、アイリーンがうなずくと、

「オックスフォード時間でいつここに来たかは関係ない。これはタイムトラベルなのよ。一九四〇年にここにいたんなら、いまもいるわ」

「まあ」アイリーンは片手を口にあてた。「そんなこと考えもしなかった！　だからあんなに――」

「どうして考えずにいられたのか、そっちのほうが不思議よ！」ポリーは怒りにまかせてま

くしたてた。「過去の史学生で、ここに来ていたかもしれない人間を思い出してくれって、マイクにいわれたじゃない」しかし、そういいながらも、なぜこんなことになったかに思い当たった。あれはマイクがビーチー・ヘッドに出発する前、タウンゼンド・ブラザーズに来た日のことで、その場にアイリーンはいなかった。そのあとすぐ、三人の関心はブレッチリー・パークに集中した。

「過去の史学生のことなんか、マイクからは一言も聞いてなかったし」アイリーンは弁解するようにいった。「どうして――」

「それはいいの。彼がここにいることがわかったんだから――」

「でも、もういないのよ。祭壇に爆弾が落ちたときに負傷して、オックスフォードにもどったの」

「爆撃のどのくらいあと？」

「翌日」

ということは、マイクがポリーを見つけ、ふたりがアイリーンを見つける二週間前だ。

「ああ、そうと気がついてさえいたら」とアイリーンが悲しげにいった。

「どっちみちおなじことだったわ」アイリーンを責めるかたちになったことで気がとがめた。

「あたしたち三人が顔を合わせて、降下点に異常が起きていると理解したときには、もうあとの祭り、バーソロミューはオックスフォードにもどったあとだった。彼が十一日にもどったのはたしか？」

「ええ。レクチャーの内容はあんまりよく覚えてないの。一九四〇年の話だったから。その時点では、第二次世界大戦の中で、わたしが行きたかったのはVEデイだけだったし」

だから注意を払っていなかったのね。ジェラルドの話に注意を払ってなかったのとおなじく。ポリーは皮肉っぽくそう思った。でも、それはアンフェアだ。一年生のときに聴いたレクチャーが三年後に決定的な重要性を持つことになるだなんて、当時のアイリーンには知る由《よし》もなかったのだから。

「でも、セント・ポール大聖堂が爆撃された翌朝オックスフォードにもどったと話してたのは覚えてる」とアイリーンがつづけた。「きっと、怪我をして治療が必要になったからだろうなと思ったから」

マイクみたいに。ただし、マイクを連れもどしに来てくれる人はいなかった。「降下点の場所を聞いたりしてないよね」

「ええ。でも、もし彼がもどったのなら、降下点はいま作動してないはずでしょ」

いや、作動しているかもしれない。でも、アイリーンにそういうわけにはいかない。そんなことをしたら、以前の現地調査について質問されるかもしれない。バーソロミューの降下点はセント・ポール大聖堂の中という可能性もある？

いや、大聖堂は日中、おおぜいの人間がいるし、夜は火災監視員がいる。ふと思った。もしかして、あたしがはじめて大聖堂に行った日、ジョン・バーソロミューはそこにいたんじゃないだろうか。大聖堂を出るとき、当直にやってきたあの火災監視員がバーソロミューだった可能性もじゅうぶんある。それとも、外で不発弾のまわりにいた男たちのだれか。もしバーソロミューがいると知っていたら、あたしの降下点が開かないのがわかったとたん、セント・ポール大聖堂にもどって、問題が発生したと、ダンワージー先生宛ての伝言を彼に託すことができたのに……。

「どうなの？」とアイリーンがたずねている。「まだ作動してる？　バーソロミューさんの降下点？　史学生がもどって現地調査が終了したら、降下点は閉鎖されるんだと思ってたけど」

「ええ、そうよ」ここに立っていてもどんどん深みにはまるだけだ。「また雨が降ってきそう。ずぶ濡れになりたくないでしょ」

しかし、アイリーンはポーチの下から離れようとしなかった。「セント・ポール大聖堂のこと、まだ聞いてない。回収チームかもしれない人間は、午前中ずっと、だれもやってこなかったの？」

「ええ。ほとんどだれもいなかった。朝の礼拝にも」

「朝の礼拝？」

ポリーはうなずき、式次第のパンフレットを拾ってきてよかったと思いながら、「聖堂全体がほとんど無人だった。さあ、雨がひどくなる前に行こうよ」

アイリーンはまだ動かない。「ねえ、わたしを守ってくれる必要なんかないのよ。そりゃ、現地調査はこれがはじめてだけど、だからといって、子供みたいに扱われるいわれはない。

どんなに深刻なトラブルかってことぐらい、わたしにもちゃんと――」

いいえ、ぜんぜんわかってない。

「わかってるし、ここがどんなに危険かも知ってる。隠しごとをする必要はないの」

「だれも隠しごとなんかしてないって」とポリーはいった。「前にここに来たことがある史学生の件を黙ってたことをいってるなら、それは違う。あんたにもいうつもりだったのよ。そしたらジェラルドがブレッチリー・パークにいるってことをあんたが思い出して、それでもう、ほかのだれかを捜す必要はないだろうと――」

「じゃあ、どうして新聞に三行広告を出しつづけてるの？」とアイリーンが食ってかかる。

「きょう、どうしてわたしをコンサートに行かせて、自分はセント・ポール大聖堂に行ったの？」

「万一の場合の保険よ。マイクがジェラルドを見つけられなかったときの。さあ――」

アイリーンは肩を揺すってポリーの手を逃れ、「マイクになにかあったの？」

「マイクに？」

「ええ。もう何日も連絡がない」

「ううん、マイクはどうもしてない。疑いを招かないように、必要がないときは連絡しないようにしてるだけよ」

「自分はマイクと連絡とってないの？　きょう、彼と会ったんじゃない？」

「マイクと会う？」ポリーは驚いた。さっきからアイリーンのようすがおかしいのはそのせい？　マイクがもうロンドンにもどっていて、こっそりふたりで会っていると思っているから？

「ええ。会ってるんでしょ。マイクが送ってきたあの切り抜きは、ふたりが落ち合う場所を伝える合図だったんじゃない？」

「まさか」とポリーはいった。その言葉の当惑の響きを聞きとったらしく、アイリーンはほっとしたような顔になった。「あたしがセント・ポール大聖堂に行ったのはそのためだと思ってたの？　マイクに会うためだって？　まさか。何週間も前に駅で別れてから、マイクとは一回も会ってない。セント・ポールに行ったのは、回収チームが三行広告を見てやってきたかどうかをたしかめるため。それだけよ。あやうく凍死するところだった。だらだらと死ぬほど長ったらしい説教のあいだ、ずっとすわってたのよ。しかも、そのお題は、『たずねよ、さらば見出さん』」

アイリーンがびくっとして、「『たずねよ、さらば見出さん』？」と訊き返した。

「ええ」

「あたしがバックベリーに行ったあの日、あんたの知り合いの教区牧師がした説教のほうが百倍よかった。時間はきょうのほうが倍も長かったけど。いっしょに来なくてラッキーだったわよ。セント・ポール大聖堂には、またべつの日、もっとあったかいときに行けばいいじゃない。さあ、もう行こう。びしょ濡れになっちゃう」アイリーンの腕をとり、濡れた広場へと押しやった。「おいしいお茶を飲んで、シェパード《コテージ》パイはなし。ねえ、ミセス・リケットは本物のコテージでパイをつくってるんじゃないかしら」

アイリーンは口もとを一ミリもゆるめなかった。「お茶はいらない」寒さをこらえるように両腕で自分の体を抱きしめ、「帰りたい」

戦争中は、一日一日をその日かぎりと思って生きていた……深く愛していた人が死んだと、あるときとつぜん聞かされるかもしれないから。

――応急看護部隊《FANY》の救急車ドライバー

20　ダリッジ

一九四四年夏

それから二週間で、スティーヴン・ラング空軍将校は、メアリに十九回電話してきた。同僚に頼んで、現場に出ているか、消耗品をとりにいっていると答えてもらった。「でなきゃ、V1に爆撃されたといって」十六回めの電話のとき、いいかげん頭に来たメアリは、タルボットに向かっていった。「メアリ・ケントは死にました、って」

「それで止められるかなあ」とタルボット。「事態を悪くしてるだけだって、わかってる？　男って、なかなか自分になびかない相手ほど魅力的だと思うもんなのよ」

「じゃあ、デートしたほうがいいっていうの？　フェアチャイルドはわたしのパートナーで、スティーヴンは彼女の運命の恋人なのよ。六歳のときから彼に首ったけなのに」

「あんたが逃げれば逃げるほど、彼は追いかけたくなるっていってるだけ」

「じゃあ、どうすればいいの？」

メアリにもわからなかった。デートの誘いに乗れないことは明らかだし——デートを申し込まれているという事実だけで、かわいそうなフェアチャイルドは死ぬほどショックを受けている——電話で直接話をする勇気もなかった。しかしスティーヴンは、ノーという返事を受けつけない。

「デートしたほうがいいよ、トライアンフ」とパリッシュがいった。「そのときにちゃんと彼と話して、デートすべき相手はフェアチャイルドだって納得させるの」

その案は、ピルグリム・ファーザーズの昔から、最悪のプランだと証明されている。メイフラワー号でプリマスにやってきたジョン・オールデンは、友人のマイルズ・スタンディッシュ船長に頼まれて求婚の使者となり、プリシラ・マリンズのもとを訪れるが、ひそかに思いを寄せていたそのプリシラから、「自分の気持ちを話して、ジョン」といわれたのだ（ロングフェローの叙事詩「マイルズ・スタンディッシュの求愛」で知られる逸話。その後プリシラはジョンと結婚した）。スティーヴンに「自分の気持ちを話して、イゾルデ」といわれたら目も当てられない。

ジョン・オールデンもタイムトラベラーで、自分がはまりこんだ泥沼からどうすれば脱出できるのか、さっぱりわからなかったんだろうか。しかも、メアリのこの泥沼には、支部の全員が関わっていた。リードとグレンヴィルはどちらもメアリに対して怒りをあらわにした。

「他人の男をとるなんて最低」とグレンヴィルはいい、メアリが説明しようとすると、「とにかく、あんたがなんとかしなさいよ」

「わかんない」

「あの子を見て」とリードがフェアチャイルドのほうに目をやって囁いた。「胸が張り裂けてるよ」

そのとおりだった。しかしフェアチャイルドは、メアリを責める言葉をひとことも口にしなかった。現場に出ているあいだも、「こっちに担架を！」とか、「内臓に損傷」とかいうのをべつにすればずっと無言を通し、支部ではいつも電話のベルが聞こえない場所にいたが、苦しんでいるのは明らかだった。そしてメアリは、明らかに、その苦しみに対して責任がある。ということは、メアリがここにいることが歴史上の出来事に影響を及ぼしたか——タイムトラベラーが歴史を変えることは不可能だから、それはありえない——フェアチャイルドとスティーヴンの仲をメアリが裂いたことは問題ではなく、たとえメアリがここにいなくても、ふたりが結ばれることはなかったのか。なぜなら、スティーヴンは不慮の死を遂げるから。

もちろん、スティーヴンは死ぬだろう。V1の針路を変える任務についているばかりか、爆弾地帯のど真ん中で寝起きしている。そして、彼とおなじくらいチャーミングな若者が何十万人も、ダンケルクやエルアラメインやノルマンディーで命を落とした。

でも、そんなことになったらフェアチャイルドも死んでしまう。もしかしたら、ほんとにそうだったのかもしれないと思って、メアリは不安になった。第二次世界大戦中、大切な人を失ったあとで危険な任務に志願するのは、彼女が第一号というわけではない。だとしても、フェアチャイルドがそんなことをしたら、メアリは自分のせいだと思わずにいられないだろう。ふたりの死に対する罪悪感が肩にのしかかることになる。メアリがこの支部にいなかったら、タルボットを側溝に押し倒すことも、彼女がひざを捻挫することもなかったし、スティーヴンを救急車で送っていくのはタルボットの仕事で、彼が支部に来ることはなかっただろう。

それとも、やっぱり来たかもしれない。もしかしたらタルボットがディナーに誘われて、タルボットを悪役にして、まったくおなじ事態が起きていたかもしれない。それともタルボットは、メアリのせいで行けずじまいになったあのダンス・パーティに行って、ナイロン・ストッキングをプレゼントすると約束してくれるＧＩに出会い、あの日デートに誘われて、ヘンドンまで運転する仕事をかわってくれとフェアチャイルドに頼んだかもしれない。そしてフェアチャイルドとスティーヴンはロンドンへの道中で恋に落ち、戦時下の結婚式を挙げて、末永くしあわせに暮らしたかもしれない。

フェアチャイルドがスティーヴンを乗せてゴールダーズ・グリーンかトッテナム・コート・ロードを走っているあいだにＶ１に直撃され、ふたりとも死んでしまったという可能性だって、それとおなじくらいある。メアリは自分にそういい聞かせた。どっちにしても、あなたに結果は変えられない。もし変えられたとしたら、ネットはあなたを通さなかったはずよ。

でも、史学生が歴史上の出来事に影響を及ぼせないからといって、意図的に問題をつくりだしていいということにはならない。だから、スティーヴンが電話をかけてきたとき近くにいないように、非番の時間は支部を離れて過ごし、少佐が他の支部からしじゅう調達する物資を運んでくる役を買って出て、さじを投げたスティーヴンがかわりにフェアチャイルドに関心を向けることを祈った。

しかしスティーヴンはメアリに電話をかけつづけた。フェアチャイルドは顔色がますます悪くなり、FANY隊員たちの〝かわいそうなフェアチャイルド〟に関するおしゃべりは、なにがあっても――新しい救急車（全員の予想を覆《くつがえ》して、少佐が本部を説き伏せて調達した）の登場をもってしても――やまなかった。

そして九月一日、少佐が新しい勤務表を発表して、メアリとフェアチャイルドがもうパートナーではなくなったため、噂話に拍車がかかり、変更を申し出たのはメアリのほうか、それともフェアチャイルドかをめぐって、際限のない憶測がつづいた。

九月にV2攻撃がはじまったとき、メアリはそれに感謝したいくらいの気分だった。支部の全員にとって、ほかに考えなければならないことができる。スティーヴンの飛行中隊にとっては、新たなチャレンジだった。英国空軍が、この新しい、はるかにおそるべきロケット攻撃をいかにして止めるかという難題にとりくみはじめると、スティーヴンからの電話はしだいに回数が減り、やがてゼロになった。

スピットファイアでさえ、V2に追いつける見込みはなかった――V2の飛行速度は時速六千キロ以上で、音速よりも速く、一瞬で目標に到達する。そのため、サイレンも前触れのエンジン音もない。V2がたてる唯一の音はソニック・ブームで、もしそれが聞こえたら、爆発を生き延びたことになる。ロケットはどこからともなくとつぜん出現する。こんなにおそろしいことはない。ものに動じないFANY隊員でさえ屋内にとどまり、任務中はこっそり空を盗み見るようになった。

サトクリフ-ハイスは自分の持ちものをぜんぶ地下室に移し、パリッシュはジルバのコンテストに出ようというGIの誘いを、今夜は外出しないで髪を洗わなきゃいけないからといって断った。

ある朝、任務からの帰り、スーツケースを携え、ボール紙のタグを首からぶら下げた子供たちの一団が、バスに乗り込んでいるところを見かけた。「あれ、どういうこと？」とメアリがたずねた。

「北へ疎開するのよ」とキャンバリーが説明した。「射程外に」

リードがうらやましそうにいった。「いっしょに行きたい」

V2の被害もおそろしいものだった。家を破壊するかわりに、あたり一帯をぺちゃんこにする。あとかたもなく消し去ってしまうため、もともとなにが建っていたのかもわからない。事象現場から遺体運搬車で運び出される犠牲者の数は急増し、病院への搬送中に死亡する被害者の数もおなじく急増した。中には、二千ポンドの爆薬で一瞬にして蒸発し、消え失せた死者もいる。FANY隊員が現場で目にするものも、顕著にグロテスクな、身の毛がよだつものになっていった。

しかし、その月のうちに隊員はV2に慣れ、それに関する新しい——なんの根拠もない——神話を発明した。「ほかのロケット爆弾が落ちた地点には二度と落ちないのよ」とメイトランドが宣言した。「磁力のせいで。だから、事象現場にいるときは完璧に安全なの。問題は、現場に行く途中ね」

しかし、そちらをカバーする神話もあった。「その日の第一波のV1攻撃から一時間経つまで、V2は来ないのよ」とサトクリフ－ハイスがいい、タルボットは、モーター・プールにいるボーイフレンドから聞いた話だといって、V2のエンジンは寒いと作動しないから、冬が近づくにつれて数が減るだろうと報告した――どちらも真実ではなかった。しかしそのおかげで、FANY隊員は、いつばらばらに吹き飛ぶかもしれないと知りながら、眠り、働き、事象現場に向かう日々に立ち向かうことができた。

さらに二週間もすると、隊員たちはファッションの話――メアリのブルーのオーガンジーはスカートの裾にかぎ裂きができ、薄い生地を繕うか、それとも裾をばっさり裁ち落としてしまうかで議論になった――と男の話を再開した。サトクリフ－ハイスは、ジェリー・ウォジュークという名のブルックリン出身のアメリカ人水兵と知り合い、パリッシュはディッキーと別れた。

残念なことに、隊員たちは〝かわいそうなフェアチャイルド〟の話も再開した。

「いっそ、だれかほかの人と婚約したらいいんじゃない」スティーヴンがまた電話をかけてきはじめると、リードがメアリに提案した。

「それとも結婚するか」メイトランドが口をはさんだ――あんまり不合理な提案だったから、タルボットがやってきて、少佐がストリーサムまで包帯のピックアップに行ってほしいといっていると告げたときはほっとした。

「ベラ・ルゴシで行けっていうんでしょ」とメアリはいった。

「ううん、いまは修理中。リードはまだもどってない。オクトパスを乗せてタングメアまで行ってる。あんた、まだツキがあるみたいね。新しい救急車を運転することになるわよ。キャンバリーが同乗する。ガレージで落ち合うようにいっとくから」

しかし、助手席のドアが開いたとき、乗り込んできたのはフェアチャイルドだった。

「気分がよくないからかわってほしいって、キャンバリーにいわれて」フェアチャイルドはメアリにそういって助手席に腰を下ろすと、口をつぐんだ。メアリはガレージから車を出し、ストリーサムへと出発した。スティーヴンとのことをもう一度だけ説明してみようかと思ったが、事態をさらに悪くするのではないかと不安だった。

ストリーサム支部は、そう多くの亜麻布《リント》や包帯を提供できなかった。「こちらの備蓄もほとんど切れかけているの。おそろしいV2のせいで」と支部の隊員がいった。「クロイドンへとりにいってもらわないと」

「クロイドン?」クロイドンは飛来したロケットの数がいちばん多かった地域だ。それに、着弾地点を暗記しているエリアの外にある。

「ノーベリーから調達することはできないんですか」とメアリはたずねた。「そのほうがかなり近いけど」

将校は首を振って、「あっちの状況はここより悪いの。電話したら、クロイドンはあなたたち用に準備しておくといっていたから、待たされることはないわ」

たしかに朗報だ。それに、一九四四年に救急車支部が爆撃された例はない。もっとも、往復の道のりの安全までは保証されない。とにかく、なるべく速く車を走らせて、今夜はドイツ軍が英国情報部の工作に関心を払っていないことを祈ろう。

すくなくとも、無駄話で気が散ることはない――フェアチャイルドは石のように黙りこくっている。メアリも会話を試みる余裕はなく、あたりを包む闇の中で支部を探すのにせいいっぱいだった。今夜、FANY隊員は、事象処理にたいへんな苦労をするだろう。夜空に月はなく、十月の濃い霧がヘッドライトの光まで呑み込んでしまうように見えた。なにひとつ見えない。

クロイドン支部を見つけるのに一時間以上かかり、当直の隊員は、用意してあるという消耗品を見つけることができなかった。「別にしてあるはずなんだけど」とあいまいにいって、あちこち探しまわっているあいだに、サイレンが別々に三度鳴った。最終的に、リント布と包帯を新たに箱詰めすることになり、メアリは新たな要求書に記入することを求められた。

記入を終えたときには、フェアチャイルドが救急車の運転席にすわっていた。道を知っているから自分が運転するというつもりだったが、フェアチャイルドの決然とした表情を見て思い直した。議論で時間をさらに無駄にするだけだし、また警報のサイレンが鳴り出す前に出発したかった。

メアリが助手席に乗り込むと、フェアチャイルドは灯火管制で真っ暗になったクロイドンの目抜き通りに救急車を走らせ、ダリッジへとつづく道に乗り入れた。よかった。あと十分も走れば、着弾地点を記憶しているエリアにつつがなくもどれる。

そのとき、フェアチャイルドがハンドルを切って救急車を路肩に寄せ、停車させた。

「なにしてるの？」

フェアチャイルドはイグニションを切り、ハンドブレーキを引いた。「キャンバリーの話は嘘。いっしょに来られるように、あたしのほうから勤務をかわってほしいって頼んだの。どうしてもあなたと話がしたかったのよ、メアリ」メアリ。トライアンフでも、デハヴィランドでも、ケントでさえなく。「つまり、まだあたしと話をしてくれるならだけど」フェアチャイルドの声が震えた。「あんなにひどい態度をとったあとでも。話をしてくれる？」

暗くて顔はよく見えなかったが、声には不安の響きが聞きとれた。「もちろんよ。ひどい態度なんかじゃなかったし、もしそうだったとしても責める気はないわ。でも、その話は帰ってからにしない？」それとも、せめてロケットの着弾地点を覚えているエリアに入ってからにしない？

「いいえ」とフェアチャイルド。「もうあとまわしにはできない。きのう、メイトランドといっしょに、アルヴァースクロフト・ロードにある家の残骸から、十三歳の男の子を助け出したの。V2だった。母親は亡くなった。直撃だったから、遺体はなにひとつ残ってなかった。その男の子は、母親にごめんなさいごめんなさいといいながら、ずっと泣いていたの。アンダースンで寝なさいといわれたのに腹を立てて、このクソばばあと怒鳴ったのを謝りたいって。見ていてつらかった。それで思ったの。あたしたちだって、どっちかがいつ死んでもおかしくないんだし、手遅れになる前にこじれた関係を修復しなきゃいけないって」

「修復することなんかないのよ」とメアリ。「せめて、どこか暖かいところへ行って話しましょう。ノーベリーにライオンズがあるから、お茶でも飲みながら――」

「ううん。あんな態度をとってたことをどんなにもうしわけないと思ってるか、先に謝らないと。スティーヴンがあたしじゃなくてあなたに恋をしたのはあなたのせいじゃないし――」

「わたしに恋してなんかないのよ。デートの誘いを断りつづけているせいで、挑戦しがいのある目標だと思ってるだけ」

「でも、そのことをいいたかったのよ。彼とデートして。あなたと恋愛するほうがずっといいと思うの、タルボットとか、彼を傷つけるかもしれない相手より」

「わたしに恋してなんかいないって」とメアリはいいはった。「それにわたしも彼に恋してない」

「あたしの気持ちなんか考えなくていいの。彼を見るときの表情で、ちゃんとわかってるから」

「だれもだれとも恋愛してないし、スティーヴンとデートする気はないの。彼はあなたの――」

「ううん。彼にとってあたしは小さな妹なの。制服姿を見たら、おとなになったんだと気づいてくれると思ったけど、いつまでたっても、髪をお下げにした六歳のちっちゃなビッツ・アンド・ピーシズ。それはあなたのせいじゃないのよ、メアリ。だから、こんなことで友だちをなくしたくない。あたしには、そっちのほうがすごくだいじな問題。もしこのまま——」

「しいっ」メアリはフェアチャイルドを黙らせようと片手を上げた。もっとも、この闇の中ではなにも見えない。

「ううん、どうしてもいまいわないと——」

「しいっ」メアリは一喝した。「聞いて。これ、V1の音じゃないかと……」

「さあ、急いで、夜が更けてしまいます」

——ウィリアム・シェイクスピア、
『ロミオとジュリエット』（3幕3場）

21　ロンドン　一九四〇年十二月

ポリーがハムステッド・ヒースに行ったあと、マイクは水曜の夜に電話してきて、テンシングに出くわしたといった。ポリーは、ただちにブレッチリーを出るよう指示した。ということは、遅くとも金曜日の朝にはもどってくるはずだったが、もどらなかった。金曜の午後になってもマイクは姿を見せず、電話も手紙もなく、ポリーはパニックを起こしそうになった。マイクはどこ？

ブレッチリーを出る前にテンシングに見つかって、自分の下で働けといわれたんだ。マイクは身元調査をぜったいパスできない。

「一座が『クリスマス・キャロル』をやることになったって、マイクには伝えてないんでしょ」とアイリーンがいった。「たぶん、稽古で留守のあいだに電話してきてるのよ。今夜は、また電話があった場合に備えて、わたしが留守番する」

しかし、金曜の夜にも、週末にも電話はなく、アイリーンが自分に負けないほど心配しているのがわかった。いらいらと神経質になり、楽観的な仮説を口にすることも、もうだめだと思ったときに助けがやってくるという話をくりかえすこともなかった。

ほとんどなにもいわず、睡眠はまったくとっていない。『クリスマス・キャロル』の稽古のため、ふたりは非常階段を離れてディストリクト線のホームに移ったが、ポリーがミスター・ドーミングのいびきで目を覚ますたび、アイリーンはホームの壁にもたれ、ひざを抱えてすわったまま、沈んだ顔で虚空を見つめていた。

それから二晩、ポリー自身もおなじように夜を過ごし、マイクが電話も手紙もよこさないもっともな理由を何時間も考えた。きっと、ジェラルドを見つけたんだ。手がかりがあるといってた。ブレッチリーを離れようとしてジェラルドに出くわし、いっしょにオックスフォードにもどった？

それはありえない。だとしたら、回収チームがもうここに来ている。ずれがあったのでないかぎり。それとも、出くわした相手はジェラルドじゃなくてテンシングで、マイクは逮捕されたとか。

マイクだって、自分がどんなに大きな危険に直面しているかはわかっているはず。それでもブレッチリーに残るほど莫迦《ばか》じゃない。ロンドンにもどってくるのに苦労しているだけ。あしたには帰りつく。

だが、帰りつかなかった。月曜までに連絡がなかったら、ブレッチリーに行って、彼がどうなったのかたしかめなければ。

でも、マイクは無事でいるのに、あたしたちが行って消息をたずねてまわることでマイクの身の安全やウルトラの秘密を危険にさらすことになるとしたら？　もしくは、マイクがすでにウルトラを危険にさらしているんだとしたら？　大きな齟齬はまだ見つかっていないけれど――サウサンプトンと、バーミンガムと、ハマースミスの防空壕は、記録にあるとおりに爆撃された――火曜日の空襲は予定より十分早くはじまったし、金曜日、オードリー・ストリートに落ちた不発弾のため、タウンゼンド・ブラザーズが二時間にわたって立入禁止になった件は、インプラントに入っていなかった。

でもそれは、不発弾が爆発しなかったからよ。撤去作業が終わるのを防空壕で待つあいだ、ポリーは自分にそういい聞かせ、回収チームにコンタクトするメッセージの文案作成に集中しようとした。『迷い犬。ノッティング・ヒル・ゲート駅の近くで行方不明に。コッカー・スパニエル。ポリーと呼ぶと反応。カードル・ストリート14番地のオライリーまで連絡乞う』と、『愛するT、計画どおりオックスフォードに行けなくてすまない。日曜午前十時にピーター・パン像前で待つ』

「でも、マイクが日曜にもどってきたら、すれ違いになるじゃない」とアイリーンが抗議した。「わたしたちがケンジントン・ガーデンに行ってたら」

「わたしたちじゃなくて、あたしひとり。愛するテレンスだかトムだかシオドアだかに会うのはあたしだから。ロマンティックな逢瀬なのよ。もしマイクが帰ってきたら、ふたりで呼びにきて」

アイリーンは反論したそうな顔だったが、それから顔を背け、またアガサ・クリスティーを読み出した。そして、日曜の朝になっても、ポリーといっしょに出かけようとはしなかった。

ケンジントン・ガーデンは、とりたててロマンティックな逢瀬にふさわしい場所には見えなかった。ラウンド池の両側に、高射砲が一基ずつ据えつけられ、半軌装車《ハーフトラック》の列が芝生を埋め、公園の境界線となるヴィクトリア朝様式の手すりは、たぶん金属供出運動のためだろう、すべてとりはらわれていた。

ピーター・パン像の周辺エリアには小さな塹壕が無数に掘られていたため、もしかしたら像自体も安全な場所に保管するため撤去されているのではないかと不安になったが、ブロンズのピーター・パン像は、樹木の茂る小さな空き地の中に、前と変わらずちゃんと立っていた。その足もとには、妖精や森の動物たち。サー・ゴドフリーがここにいたら、きっとJ・M・バリについて鋭いコメントを述べるだろう。

しかし、この場にサー・ゴドフリーはいなかったし、回収チームもいなかった。ポリーは腕時計に目をやった。まだ十時になっていない。像の向かいのベンチに腰を下ろして待つことにした。ここからなら、だれか近づいてくる人間がいればかならず目に留まる。

時計の針が十時を回ったが、だれもあらわれない。子供も、乳母車を押す子守もいない。十時十五分には、アイリーンを連れてこなかったことをもう後悔していた。じっとここにすわっていると、よけいなことばかり考えてしまう。もしマイクがいつまで待ってももどらなかったら？　降下点がいつまでも開かず、やがて——。

そのとき、左のほうの茂みの向こうで、一瞬、なにかが動くのが見えた。鳥？　それともだれかがそこに立って見張っていた？　回収チームではありえない。彼らなら、ポリーの顔を確認したらすぐに近づいてくるはずだ。ひったくり？　それとも、もっと悪い相手？

この場所がどんなに孤立しているかをだしぬけに意識した。とはいえ、時刻は朝十時をまわったところ。叫べば声が届く距離に兵士たちがいる。でも、三行広告に疑わしい点があると英国情報部が勘づいたのだとしたら？　だれと落ち合うのかを見張っているのだとしたら？　広告になにか疑念を招くようなところがあっただろうか。いや、そんなはずはない。

待ち合わせた恋人がなかなかやってこない女性みたいにふるまわなければ。ポリーは腕時計に目をやり、顔をしかめ、立ち上がり、人を捜しているように小道をちょっと歩きながら、希望にあふれた、でもちょっといらいらしているような表情をつくり、それからまた銅像のところにもどってきた。

茂みのうしろに、まちがいなくだれかがいる。「もしもし？」とポリーは呼びかけた。

「だれ？」

だれかが息を殺しているような沈黙。

「いるのはわかってるのよ」すると、茂みのうしろから、アイリーンが姿をあらわした。

「アイリーン？　いったいここでなにしてるの？　マイクが帰ってきたの？」

「いいえ。広告を見てだれかやってくるかどうか、やっぱり自分でたしかめたいと思って。行き先はミセス・リケットに伝えて、マイク宛ての書き置きをミセス・リアリーに預けてきた」

それは、茂みのうしろに隠れていた理由にはならない。アイリーンもそのことに気づいたらしく、

「でも、ピーター・パン像が見つからなくて、迷ってるうちに木立ちの中に入り込んじゃったの」といったが、明らかに嘘だった。ピーター・パン像はこちらと示す看板は、英国全土で唯一、撤去されずに残っている標識だったし、どのみちアイリーンはうしろめたそうな顔をしている。でも、いったいどうしてなのかさっぱりわからない。

「どういうこと？」とポリーはたずねた。「ほんとはどうしてたの？」

「アイリーン！」マイクの声がした。「ポリー！」

こちらに向かって手を振りながら、マイクが小道をやってくる。

マイク。よかった。死んでなかったんだ。

「マイク！」アイリーンが叫び、そちらに駆け寄った。「もどったのね！ よかった。すごく心配してたのよ」

「テンシングに見つかったわけじゃなかったのね」とポリーはいった。

「ああ」

「じゃあ、どこにいたの？」

「オックスフォードだよ」

「オックスフォード？」アイリーンが息を呑んだ。「まあ。じゃあ、ジェラルドを見つけたのね！　よかった！」

「違う違う、こっちのオックスフォード。一九四〇年の。ごめん」アイリーンの落胆の表情を見て、マイクがうろたえた口調でいった。「ぬか喜びさせるつもりはなかったんだけど。ジェラルドは見つかってない。ぼくは――」

ポリーが口をはさみ、「旅の話をくわしくぜんぶ聞きたいわ」と声高にいってから、声をひそめて、「でも、ここじゃだめ。立ち聞きされる心配のない場所で。こっちに来て。ちょうどいい場所を知ってる」

マイクの腕に腕をからめ、小道を歩きながら、明るい口調で、「ほんと、もう帰ってこないかと思ったわ。ねえ、アイリーン」

「ええ。せめてどの列車に乗るのか教えてくれたら」とアイリーンが話を合わせ、「駅まで迎えにいったのに」

「自分でもわからなかったんだよ」といってから、マイクは囁き声で、「どういうこと？　だれかがスパイしてたのか？」

アイリーンがね。「たぶん、それはないと思う。でも、壁に耳ありっていうでしょ。さあ、こっち」

ポリーは塹壕の列を過ぎて、中央に大きなモニュメントのある広々とした芝生の一画へとふたりを導いた。ここからなら、どの方角から近づく人間がいても、すぐにそれとわかる。

「これでよし」ポリーはモニュメントの台座の階段に腰を下ろし、「さあ、話を聞かせて」

「壁に耳ありって、いったい――」といいかけたところで、マイクはモニュメントのまわりの彫像を見つめ、「うわ、なにこれ？」

「アルバート記念碑。たぶん、英国全土でいちばん不細工なモニュメントね」ポリーは楽しげに記念碑をながめた。象と水牛と、そのまわりをとりまく半裸の乙女たち、てっぺんにすわって本を読んでいるプリンス・アルバート。ポリーは安堵のあまり、すっかり浮かれた気分になっていた。マイクはロンドン塔に幽閉されていなかった。死んでもいなかった。

「ひどいな。これ、大空襲で破壊されたりしてない？」マイクが希望を込めてたずねた。

「あいにく、些細な損傷だけ。いつかの時点で、だれかが地面に大きな矢印を書いて、ルフトヴァッフェに爆撃してもらおうとはしたみたいだけど」

「うまくいかなくて残念だったな」マイクがまだぞっとしたように記念碑を見つめながら、「やれやれ。あれ、バッファロー？」

「なんだっていいでしょ」アイリーンがじれったげにいった。「いったいなにがあって、どうしてオックスフォードに行ったのか話して」

「オーケイ。テンシングの件で電話したあと、下宿に荷物をとりにもどったら、ミセス・ジョルサムの話で、ぼくが借りてた部屋はフィップスが借りるはずだったってことが判明したんだ」

「ジェラルドの部屋だったの？」とポリー。

「ああ。二カ月前に来るはずだったのに、ついぞ姿を見せなかった。それで、途中でなにかあったんじゃないかと思って、それを調べるためにオックスフォードへ行ったんだよ」

「で？」

「彼はこっちに来ていない。到着予定の日、オックスフォードのマイター・ホテルに予約が入ってたけど、そこにもあらわれてなかった」

「ずれの増大のせいで、もっと遅い日時に到着して、オックスフォードに泊まらずにまっすぐブレッチリーに行くことにした可能性もあるわ」とアイリーン。

マイクは首を振った。「フィップスは自分宛ての荷物をマイターに送ってる。それも受けとってないんだ」

「その中身がなんなのかわかる？」とポリー。

「ああ。そのせいで、帰ってくるまでこんなに時間がかかったんだよ。盗み出すのがたいへんで」マイクはポケットから紙の束をとりだし、台座の階段に広げた。「彼の身元を証明するための書類だ。推薦状、学校の卒業証書、保安証明——身元調査をパスするために必要な書類一式。プラス、列車の切符と現金。それに、ノーサンバーランドの実家の妹から、母が病気だと伝える手紙。こっちはミセス・ジョルサムの下宿宛てになってる」顔を上げてふたりを見やり、「こっちに来なかったのは明らかだ」

ネットがジェラルドを通さなかったのだとしたら、安全機構はまだ機能していることになる。ただし、かならずしもそうとはかぎらない。彼を送り出すオックスフォードのラボが存在しなかっただけかもしれない。

この知らせをアイリーンがどう受けとめているだろうと、ポリーはそちらに不安な視線を投げたが、動転したようすはなかった。

信じてないからだ。アイリーンはきっと、ダンワージー先生が現地調査のスケジュールを変更しただけだ、ジェラルドの荷物を盗み出したのはまちがいだったというに違いない。

しかし、マイクのほうが先にその件に触れて、「荷物はもとにもどしておくつもりだったんだけど、中身を見たあと、残しておかないほうがいいと思ったんだ。穿鑿《せんさく》好きの従業員が開けてみたらやっかいなことになるから」

「ホテルは、なくなったことに気づくかしら」

「いや。荷物の包装紙を使って、ぼくのウールのベストを包んで――どうでもいいけど、それに死ぬほど時間がかかったよ。どうしても紐を結べなくて――保管棚のもとの場所にもどしておいたから。ポケットに、ノッティング・ヒル・ゲート駅の切符の半券を入れておいたから、もしフィップスがほんとうにネットを抜けてきたら、どこを捜せばいいかはわかる」

「ロンドンに来られたらね」ポリーは階段に置かれた現金を見ながらいった。

「ロンドンまでの切符代もポケットに入れておいたよ」とマイク。「全額残しておこうかと思ったけど、新たな出口が見つかるまでぼくらがここで生き延びていくのに必要になるかもしれないと考え直して。回収チームはまだあらわれてないんだよね」

「ええ」とアイリーン。「ダフニからは連絡あった？」

「さあ。まだミセス・リアリーの下宿には帰ってないから。ミセス・リケットにケンジントン・ガーデンだと聞いて、まっすぐきみたちを捜しにきたんだ。帰ったらたしかめてみる。でも、フィップスの降下点が開かないんだとすると、たぶん回収チームの降下点もおなじことだろう。まだ来てないことにも、それで説明がつく。でも、それが原因だとすると、ラボにも不具合が起きたことがわかるはずだから、ぼくらを助け出す方法を考えはじめるだろう。すぐに帰れるよ。あとは、回収チームが来たとき確実に見つけてもらえるようにするだけでいい。そのために必要なのは――」

「わたしたち、ほんとうにすぐにオックスフォードに帰れるの？」アイリーンが挑むようにいった。「それとも、戦争が終わるときもまだここにいるの、ポリー？」

「戦争が終わるとき？」とマイク。「いったいなんの話だ？　いつまでここにいることになるかなんて、だれにも――」

「ポリーは知ってる。以前、ここに来たことがあるのよ」アイリーンはポリーのほうを向き、「だから、パジェットでわたしを見つけた夜、バックベリーの領主館がわたしの最初の現地調査なのかってたずねたんでしょ。自分みたいに、デッドラインがあるんじゃないかと心配だったから」

「デッドライン？」とマイク。「きみは前にもここに来たことがあるのか、ポリー」

「ええ」アイリーンがまっすぐポリーを見つめたまま、「だから、最初にパール・ハーバーへ行く予定だったのかどうか、あなたに訊いたのよ。あなたにもデッドラインがあるんじゃないかと心配して。それに、ずれの増大のせいで、自分のデッドラインの前に帰れないことを恐れているの」

　アイリーンのミステリ好きを侮るべきじゃなかった。ポリーが彼女を真実から守ろうとしてきたこの数週間、アイリーンは辛抱強く手がかりを拾い集め、パズルのピースを組み合わせてきた。でも、デッドラインがいつなのかまでは――

「わからないな」とマイク。「ブレッチリー・パークに行ったことがあるかと訊いたとき、ポリー、きみはノーといったじゃないか」

「ブレッチリー・パークじゃないの」とアイリーン。「欧州戦勝記念日《ＶＥデイ》よ」

「ＶＥデイ？」

「ええ」アイリーンは無表情にうなずいて、まっすぐポリーのほうを向いた。「だから、最初にオックスフォードで会ったとき、わたしがＶＥデイからもどったのかと訊いたんでしょ。それに、ＶＥデイに行ったのはだれかってわたしたちがたずねたとき、あなたは話をそらした。ＶＥデイでわたしの姿を見た、そうなんでしょ？」

　アイリーンが知っているのがＶＥデイまでなら、問題ない。打ち明けてもだいじょうぶだ。

「アイリーンの話はほんとうなのか？」とマイクがたずねた。「ＶＥデイに行ってたのか、ポリー？」

「ええ」

「なんてこった」

「そしてそこで、わたしの姿を見た」とアイリーン。

ポリーはしぶしぶ認めたと見えるようにちょっと口ごもってから、「ええ」

「どうしていわなかった？」とマイク。

「だって……最初、オックスフォードでは、アイリーンが気を悪くするんじゃないかと思って。ダンワージー先生が彼女をＶＥデイに行かせるつもりがないなんて知らなかったから。彼女の現地調査を横どりしたみたいに思われたくなかった。そのあと、こっちに来てから、降下点が作動しないとわかったときは、もうたいへんなトラブルを抱えていて、ふたりともとり乱していたから、心配を増やしたくなかった」

「でも、もしそうと知っていたら――」とマイクが口を開いた。

「知っていたら、なに？　ふたりとも、どうしようもなかったでしょ」怒っているふりをすれば、それ以上質問されずに済むかもしれないと、けんか腰でいった。「それに、ただでさえ問題はじゅうぶんすぎるほどあるんだから」

「アイリーンを見たっていったよね」とマイク。「ほんとに彼女だった？　話をした？」

「いいえ。遠くから見ただけ。ＶＥデイの前夜、トラファルガー広場の群衆の中で。ライオンの横に立ってた。大空襲で鼻が欠けたライオン像の」

「ＶＥデイのトラファルガー広場にいたんだね」とマイク。「こっちに抜けてきたのはいつ？」

ポリーは急いで考えた。戦勝祝いの二日間だけ滞在したといっても信じてもらえないだろう。「四月八日。最後の一カ月、戦争が段階的に縮小していく過程を観察するために来たの。陸軍省でタイピストをしている婦人部隊の隊員になって」

「タイピスト」とアイリーン。

「ええ」

「四月八日か」とマイク。「ということは、まだ四年以上——」

「四年と五カ月」とアイリーン。

「そうだ」とマイク。「四年半近くある。ずれの増大の話を持ち出したとき、ぼくが考えていたのは、二、三年じゃなくて二、三カ月だ。きみのデッドラインのはるか前にここを離れられるよ、ポリー」

「そのデッドラインはいつ?」とアイリーン。

マイクは驚いたようにアイリーンを見て、「いま聞いたじゃないか。抜けてきた日付は一九四五年四月八日で——」

「嘘よ。それはポリーのデッドラインじゃない」

沈黙が流れ、やがてマイクが口を開いた。「そうなのか、ポリー? いまのは嘘?」

「ええ」アイリーンがかわりに答えた。「恐怖政治とバスティーユ襲撃の降下の順番を入れ替えられた史学生の話をしたら、ポリーは真っ青になった。そのふたつは四年二カ月しか離れてなかった」

そしてあたしは、サー・ゴドフリーの褒め言葉に反して、いい女優じゃなかったわけか。ポリーは四月よりもっと早い日付を口にしなかった自分に心の中で悪態をつきながら、「心配していたのはパール・ハーバーで――」

「待って。ストップ」とマイク。「パール・ハーバー？　バスティーユ襲撃？　なんの話だかさっぱりわからない。説明してくれ」

「ずれの増大が問題かもしれないという話をあなたとしたあとで」とポリーはいった。「ダンワージー先生はすべての史学生の現地調査を時系列順になるように入れ替えてるんじゃないかと思いついたの」

「時系列順？　そうか。たしかにぼくの調査は時系列順に変更されてる。だから、電話してきたとき、ぼくの降下の順番をたずねたのか」

「ええ」ポリーはアイリーンのメモと、ずれの量が二、三カ月単位よりはるかに長いかもしれないと彼女が結論したことを説明した。「それでこわくなった。ロンドン大空襲のうち最悪の空襲のいくつかは、年が明けたあとだから、いつどこが爆撃されるかさえわからない。来年一月以降は、うちの下宿が安全かどうかさえわからないのよ」これには真実だという利点がある。ふたりがそれで納得してくれるといいけど。

「理由はそれだけじゃない」アイリーンがむっつりといった。「陸軍省のタイピストがどうして救急車の運転にそんなにくわしいのか、ポリーに訊いてみるといいわ。マイク、わたしたちがあなたとオックスフォードで話をしたあの日、運転を習わなきゃいけないっていったら、ポリーは教えてあげようかっていったのよ。ダイムラーで。第二次大戦当時のイギリスの救急車はみんなダイムラーだったから」

「ロンドン大空襲の準備で運転を覚えたのよ」とポリー。「民間防衛隊を研究して――」

「それと、ホルボーン駅のホームでFANYの一団と出くわしたとき、どうして彼女が向きを変えて逃げ出したのかも訊いてみて。ポリーは以前の現地調査で、彼女たちのことを知ってたのよ。それが理由。海軍婦人部隊の隊員とすれ違うのを避けたことなんか一回もなかったのに」

アイリーンはてっきりマイクのことを心配してるんだと思っていたのに、じっさいは、クリスティーの小説の登場人物さながら、探偵の役割をはたしていたわけか。アイリーンのことを過小評価していた。でも、すべてをつきとめられたはずはない。

「回収チームとの待ち合わせのためにセント・ポール大聖堂へ行ってたという時間に、ほんとうはどこに行ってたのかもたずねて」アイリーンはポリーのほうを向いた。「ナショナル・ギャラリーに着いたら、すごい大雨だったし、コンサートがはじまるのは一時だったから、セント・ポールに行って合流しようと思ったのよ。でも、あなたはいなかった」

「いいえ、いたわ。中ですれ違ったのよ。大聖堂は大きいし、礼拝堂や柱間がたくさんあって――」

「入ってくるところを見たのよ。ガイドブックを買って、コインを床じゅうに撒き散らすところもね。彼女、ずぶ濡れだった」とマイクに向かっていう。「午前中ずっと雨の中にいたみたいに。囁きの回廊にいたっていうのもだめよ、ポリー。閉鎖されてたんだから。それに、説教は、『たずねよ、さらば見出さん』じゃなくて、『迷える子羊』だった。きっと、以前の礼拝の式次第をまちがって拾ったのね。どこにいたの?」

すくなくともこの質問には答えられる。「ハムステッド・ヒースにいたの。VEデイのとき使った降下点があった場所」マイクのほうを向いて、「あなたがブレッチリーから送ってきた昔の降下点に関するメッセージを見て、ラボがあたしの降下点を緊急脱出口として使ったんじゃないかと思って見にいったの。アイリーン、あんたに隠してたのは、前にこの時代に来たことがあるのを知られたくなかったからよ」

「それが真実?」とアイリーン。

「ええ」おねがい、頼むから、知ってることはそれでぜんぶだといって。

「誓う?」とアイリーン。

「ええ」

「だったらどうして、セント・ポール大聖堂の爆弾のことを知らなかったの? V1とV2のことはなんでも知ってるくせに」アイリーンはマイクに向かって、「ポリーはV1攻撃がはじまった正確な日にちを知ってた。わからない? 飛行爆弾の現地調査をした史学生は彼女なのよ。ポリーはベスナル・グリーンで救急車を運転していた。そうでしょ、ポリー? わたしの新しい身分証明書をとりにベスナル・グリーンへ行かなきゃいけないって話をしたとき、あんなにうろたえたのはそのせい。向こうで知り合いのだれかに出くわすかもしれないから。あなたはあそこの救急支部に所属していた。そうなんでしょ？」

「いいえ」とポリー。「あたしがいたのはダリッジの救急支部よ」

「撤退で勝てる戦争はない」

――ウィンストン・チャーチル、
ダンケルク撤退後に

22 オックスフォード
二〇六〇年四月

きらめきが燃え上がった。「コリンがわたしを追ってくることは許さん」とダンワージーはもう一度いったが、きらめきがまぶしすぎた。バードリにはぜったい聞こえないだろう。それでも、またくりかえした。「コリンを来させるな。彼がどんな理屈をいっても」

遅すぎた。ダンワージーはすでにネットを抜けていた。あたりはなにも見えないが、ここはまちがいなくセント・ポール大聖堂だ。言葉がこだまして、それから高く大きな丸天井の静寂に呑み込まれ、消えていった。目をつぶっていてもわかる。それに、この特徴的な寒さも。セント・ポール大聖堂では、いつも真冬のように感じる。漆黒の闇に目を凝らし、目が慣れるのを待った。午前四時でないことは明らかだ。もし四時だとしたら、空間的なずれがあって、北の袖廊《そでろう》ではなく、地下聖堂に抜けたことになる。

いや、地下聖堂のはずはない。火災監視員が本部を置いていたから、地下聖堂なら明かりがあるはずだ。しかし、階段のどれかだという可能性はある。いや、声のこだまからして、閉ざされた空間ではない。もっとも、リスクをおかす気はなかった。タイムトラベル歴の初期に階段の途中へと抜けた経験があり、あやうく転がり落ちて死ぬところだった。片足を前に滑らせ、それからもう片方の足を前に出し、へりを探った。

平坦な表面の上にいる。石造りの床。ということは、大聖堂の一階で、午前四時よりずっと早い時刻だ。しかし、真夜中だとしても、なにか明かりは見えるはずだ。十日未明の空襲は、ここから一キロ以内の距離だったし、埠頭のいくつかは昨夜と一昨夜の空襲で火事になり、当然、まだ燃えつづけているだろう。それに、サーチライトが見えるはず。

それと騒音。だが、なにも聞こえない――焼夷弾のカタカタも、大聖堂のうめきも。爆弾のくぐもった響きも。頭上の爆撃機のうなりも。どんな音もせず、ただしんと静まり返っている。リナがあわてすぎて座標をまちがえて、いまが一九四〇年じゃないとしたら？　それとも、イシカワ博士が正しかったとしたら？

しかし、片手を前に突き出すと、指先がキャンバス地に触れ、ずっしり重い感触があった。砂嚢としか思えない。そのまわりを手探りしてみた。さらにたくさんの砂嚢。手探りで進んでいくと壁に突き当たり、壁づたいに歩いて、彫刻が施された木の扉にたどりついた。北側の扉だ。ということは、予定どおりの場所に出たわけだ。砂嚢の存在は、時間的にも目標時とそう離れていないことを意味している。

北の扉には、下りの階段が二段あるはずだ。ダンワージーは慎重に階段を降り、扉を開けようとした。鍵がかかっている。鍵？　ジョン・バーソロミューの話では、大聖堂は施錠されていなかったはず。しかし、彼はまだここに来ていない。到着するのは二十日。もしかしたら、セント・ポール大聖堂が施錠されなくなるのはもっとあと、消防ホースを入れる必要性が明らかになってからのことだったかもしれない。

最初から考えておくべきだった。ダンワージーはいらいらとそう思いながら手探りで階段を上がった。こうなったら身廊をはるばる歩いて西の大扉まで行かなければならない。この調子だと一時間かかりそうだ。

どこかに腰を下ろして、夜明けの光を待つほうが得策かもしれない。だが、寒すぎる。すでに歯がガチガチ鳴っている。それに、長く待てば待つほど、火災監視員に出くわしてなにをしているのか説明を求められる可能性が高くなる。サイレンが鳴ったので防空壕を求めてやってきて、うっかり眠りこんでしまったと言い訳することはできるが、ポリーを連れてここにもどってきたときにまた姿を見られたら、厄介なことにもなりかねない。悪くすれば、向こうは大聖堂の中を毎晩巡回する必要があると考えるかもしれない。あるいは、西扉を施錠するとか。

だれにも見られないうちに、いますぐ大聖堂を出なければ。運がよければ、そして、この暗さと空襲がないことが示唆するとおりの早い時刻なら、地下鉄がまだ動いていて、終電の前にノッティング・ヒル・ゲートまでたどり着ける。駅の中を捜索して夜を過ごし、朝、電車が動き出したら、ハイ・ストリート・ケンジントンやリストにあるほかの駅を捜索して、夜になる前にポリーを見つけ出し、朝食前にオックスフォードに連れ帰る。そうすれば、もしイシカワ博士が正しかった場合、ポリーの身になにが起きるかという心配にピリオドが打てる。

用心深く手探りしながら壁づたいに引き返し、砂嚢の向こうにまわった。壁、また砂嚢、柱……。

足先がなにか金属のものにぶつかり、それが倒れて、ガチャンというけたたましい音が大きくこだました。あわててそれに飛びつき、音を止めようとしたが、凍るように冷たい水が入ったバケツに片手を突っ込み、あやうくそれをひっくり返しそうになった。さっき足をぶつけたものを必死に手探りした。

消火用の手押しポンプだ。金属の把手《とって》とゴムホースの感触でそれがわかる。両手でポンプをつかんでもとどおりに立て、闇の中にじっと目を凝らし、走る足音や、「いまのはなんだ?」という叫び声がしないかと耳をそばだてた。

どちらもなかった。ということは、さいわい、火災監視員は全員まだ屋根の上にいる。もし身廊の高窓がある場所までたどりつけば、外の光が入ってもうすこし明るくなり、行く手が見えるようになるはずだ。

光量はまったく増えなかった。手探りで伝っていた壁がなくなり、静けさの種類が変わったことで、もっと広くて天井の高いスペースに出たことがわかったが、あいかわらず漆黒の闇だ。バーソロミューの話では、火災監視員が闇の中で困らないように、夜間は祭壇に小さな明かりを灯していたそうだが、聖歌隊席と祭壇があるはずの方向に目を向けても、暗黒のかたまりしか見えない。

オックスフォードにもどったら、現地調査報告の正確性についてジョン・バーソロミューに説教してやらないと。ダンワージーはそう思いながら、壁の角になっている縦溝彫りの柱を手探りした。壁を離れて身廊の中央に出ていく勇気はなかった。つっかかってしまいそうな木製の折り畳み椅子が山ほどある。北の側廊から離れずに進むのが得策だ。

ダンワージーは通路の冷たい石壁に片手を触れ、もう片方の手を前に突き出して、前方になにがあるのかを思い出しながら進んだ。ロード・レイトン像だ、と思ったそのとき、すぐさまそれにつまずいたが、砂嚢のおかげで倒れる衝撃がやわらいだ。

こんなことをするには年をとりすぎた。そう思いながら立ち上がると、レイトン像を過ぎ、アルコーブを過ぎ、四角い柱を過ぎ、またアルコーブを過ぎた。またバケツ。こっちは砂がいっぱいに入っている——爪先をぶつけて親指を骨折するかと思ったが、ありがたいことにバケツは倒れなかった。

コリンがいったとおり、懐中電灯を持ってくればよかった。そう思いながら、手探りでもう一本の柱をまわりこみ、まちがいなく煉瓦の壁だと思われるものにぶつかった。

セント・ポール大聖堂に煉瓦の壁はない。どこかぜんぜん違う場所にいるのか？　そのとき、これがなんなのか思い当たった。ウェリントン記念碑だ。大きすぎて運び出せず、安全のため、煉瓦の壁で囲われた。その煉瓦を伝って足早に歩き、次の柱にぶつかった。これの

先には、聖ダンスタン礼拝堂、それから万霊礼拝堂があるだけだ。それを過ぎれば、あとは

　背後で扉がばたんと閉まる音と、身廊を急ぎ足でこちらに向かってくる足音がした。ダンワージーは柱の陰に飛び込み、自分の姿が見えないことを祈った。「たしかに音がしたんだ」と男の声。

「焼夷弾?」とべつの声。

　いや、わたしがあちこちにぶつかった音だ、と心の中で答える。きっと、このふたりは火災監視員だ。

　懐中電灯の光が短く閃いた。ダンワージーは柱のうしろでさらに身を縮めた。

「どうかな」と最初の男。「DAかもしれん」

　遅発爆弾《ディレイドアクション・ボム》。

「くそいまいましい。かんべんしてくれ」と第二の男。いやまったく、くそいまいましいにもほどがある。もし遅発爆弾だと思ったら、火災監視員は大聖堂全体を捜索しはじめるだろう。

「身廊のほうみたいだった」と最初の男。ダンワージーは、ここにいる理由をどうでっちあげようかと考えながら身構えた。しかし、また懐中電灯が点灯すると、その光は南の側廊のほうに向けられ、ふたりの足音はしだいに遠ざかっていった。

　じっと動かず、ふたりの会話に聞き耳をたてたが、断片しか聞きとれなかった。「……南

内陣の屋根か？……たぶん消えて……」

やっぱり焼夷弾だと判断したようだ。ふたりは身廊の西の端にいる。「……今夜はこれで……」という言葉と、コヴェントリーとおぼしき単語が聞こえたが、それはありそうにない。コヴェントリーは十一月十四日以前には爆撃されていないはずだ。

「……北の側廊？」と片方がいい、ダンワージーは袖廊のほうをふりかえって、そちらに撤退すべきかどうか思案した。

「いや……先に回廊を調べよう」一瞬、光が閃き、ガチャンという金属音と昇っていく足音が聞こえた。ふたりはレンの螺旋階段を昇っている。その足音がほかの物音をかき消している隙に、ダンワージーは壁を伝って側廊を足早に歩いた。柱、柱、鉄格子。聖ダンスタン礼拝堂だ。聖具室と扉はすぐ先にあるはずだ。

「……なにかあったか？」上のほうから聞こえてくる。物陰に隠れた一瞬後、懐中電灯の光が下を照らした。

「あったぞ！」とひとりが叫んだ。最初の男だったらしく、勝ち誇ったように、「だから音がしたっていっただろ。焼夷弾だ。消火ポンプを持ってこい」

二番めの男が頭上の回廊を移動してゆく足音が聞こえた。

ダンワージーは手探りですばやく西の大扉に歩み寄り、扉を押し開けて、ポーチに滑り出た。

階段の先は大雨だった。こんなに暗かったのはそのせいか。あわててポーチの屋根の下に退却した。大聖堂の中とあまり変わらないほど暗い。柱を擁するポーチと、その先に階段があることを知らなかったら、中庭に出る道が見つからなかったかもしれない。

中庭のほうに目を凝らした。向こう側にある建物の黒々とした輪郭がかろうじて見分けられる。頭上の空にはサーチライトの光も爆撃機のうなりもないが、やはりそれも雨のせいだろう。ルフトヴァッフェは雨が降りはじめた時点で空襲を中止せざるをえなかったにちがいない。火の手が見えないのもそれが理由。雨が火事を消し止めたのだ。唯一の例外が、囁きの回廊の天井を突き破ったあの焼夷弾だ。

ダンワージーは鐘楼を見上げて火災監視員がいるのを確かめてから、水しぶきを散らして階段を降りた。地下鉄駅にたどり着くには、まずパタノスター・ロウ、それからニューゲート・ストリートを見つけなければ。

そして、行く手をしっかり見ていなければ。もっとも、この土砂降りでは、ほとんど不可能だった。雨というよりみぞれのように冷たく叩きつけてくる。その攻撃に頭を低くし、前屈みになって歩いた。

どのみち、こんな天候の中を出歩こうなんていう酔狂な人間はいないだろう。そう思いながら、ツイードのジャケットの襟を立てて首のまわりにぎゅっと引きよせたが、まちがっていた。ふたつの人影がまっすぐこちらに向かって歩いてくる。火災監視員？　それとも地下鉄駅から帰宅する途中の民間人？　それとも巡回中の防空監視員で、おもてでなにをしているのかと叱りつけて、防空壕へと追い立てる？

急ぎ足で道路を横断すると、細い路地を左に入った。幅は二メートルもなく、わずかな光は両側の建物で完全にさえぎられている。大聖堂内部とおなじくらい真っ暗だった。また手探りで進むしかなく、パタノスター・ロウに出るにはおそろしく時間がかかった。

もしこれがパタノスター・ロウだとしたら。そんなふうには見えなかった。さっきの路地とおなじくらいの幅しかないうえに、通りの左右は出版社の社屋や書籍の倉庫ではなく、おんぼろの家々が並んでいる。それに下りの傾斜もパタノスター・ロウより急な気がする。もっともそれは暗闇のせいかもしれない。しかし、路地が中庭に突き当たって途切れてしまったのは、闇のせいではない。闇の中で、パタノスター・ロウを通り過ぎてしまったにちがいない。もときた道をたどって路地を引き返した。

しかし、おなじ路地ではなかった。今度は木造の小屋に突き当たって道が途切れた。くそ、道に迷ってしまった。自分に腹が立つ。闇の中、シティをさまよい歩かないだけの分別があってしかるべきだったのに。

ロンドンで道に迷うのに、これほど悪い場所は——それをいうなら、これほど悪い時代も——ない。セント・ポール大聖堂の周辺は、迷いやすい路地や横丁が迷路のように連なり、その多くが袋小路になっている。いつまでさまよいつづけても出口が見つからないということだってありうる。そして、雨脚はますます激しくなってくる。

「こんなことをするには年をとりすぎた」と声に出してつぶやき、首を伸ばしてセント・ポール大聖堂の屋根を探したが、まわりの建物が高すぎて視界に入らず、方角の見当がつけられない。大聖堂がどっちのほうにあるかさえもうわからなくなっていた。

いや、わかるとも。どこにあるかはわかっているじゃないか。ラドゲート・ヒルのてっぺんだ。必要なのは、丘を登ることだけ。だが、言うは易く行うは難し。登り坂になっている通りはなかった。無情にも、すべての通りが丘を下り、セント・ポール大聖堂を離れ、地下鉄駅を離れてゆく。しかし、ずっと下りつづければ、最後にはブラックフライアーズ駅にたどりつくはずだ。それとも、東にずれていた場合は、キャノン・ストリート駅に出る。どちらの駅にしろ、そこから地下鉄に乗って、ポリーのいる駅へと向かうことができる。ダンワージーは路地を下り、それからまたべつの路地を下った。

さらに二度、角を曲がり、袋小路ひとつを引き返したあと、もっと広い通りに出た。オールド・ベイリー？　だとしたら、ブラックフライアーズ駅はそのすぐ先にある。ようやく空が明るくなってきて、ひさしの張り出した商店が通りに並んでいるのが見てとれた。少しでも雨をよけようと、水しぶきを跳ね上げて通りを渡った。

ほとんどすべての店のショー・ウィンドウが板張りされていた。角から二軒めだけは、まだガラスのままになっている。しかし、近寄ってみると、その店もやはり板張りされているのがわかった。ガラスだと思ったのは、板の上に銀紙を切り抜いて貼ったアルファベット飾りに光が反射しただけだった。銀紙の文字は、〈Happy Christmas〉。

クリスマスのはずがない。もしクリスマスだったら、大聖堂にもクリスマス・ツリーが飾られていたはず。身廊に一本と、外のポーチにもう一本。外のツリーは、何度もくりかえし爆風で倒されたと、ジョン・バーソロミューが話していた。しかし、ほんとうにクリスマスなら、この商店街にもツリーがあって当然だ。暗闇の中では見えなかっただろうけれど。

しかし、もしクリスマスだとしたら、四カ月近くのずれがあったことになる。そんなことはありえない。ずれの増大はわずか二日だったのだから。だが、クリスマスだというのが正しいことは、頭の片隅でちゃんとわかっていた。だからこんなに寒く、だからこんなに暗い。ネットはたしかに午前四時へと送り出したが、十二月ならもちろん真っ暗だ。

「到着後ただちに時間的位置を確認せよ」学生にいつもそう命じているのではなかったか？火災が見当たらなかった時点で、九月十日ではありえないと気がついてしかるべきだった。埠頭の火事は一週間近く鎮火しなかったのだから。しかし、いまのいままで、目の前の手がかりから顔をそむけていた。そのおかげで、雨の中、またはるばる丘を登って大聖堂に引き返さなければならない。ポリーはここにはいないのだから。彼女の現地調査は十月二十二日に終わる。すくなくとも一カ月半前に、ポリーはつつがなくオックスフォードにもどっている。これはまったく無駄なタイムトラベルだった。

唯一の収穫は、探していた証拠、ずれが急増しはじめている証拠が手に入ったこと。すぐにセント・ポール大聖堂にもどり、ネットを抜けてオックスフォードに帰って、すべての史学生を帰還させるよう、バードリに命じなければ。

ダンワージーは坂を登りつつタクシーを探したが、通りに車は一台も見えない。いや、待て。一台いる。闇の中、横丁の突き当たりに。ダンワージーはその横丁に足を踏み入れ、タクシーを呼んだ。

気がついてくれた。動き出し、こちらに向かってくる。コリンが現金を持っていくよう、しつこくがんばってくれてよかった。ポケットから書類をとりだし、ぱらぱらめくって五ポンド札を探し、それから顔を上げた。

タクシーは通り過ぎようとしている。やっぱり、こちらに気がついたわけではなかったのか。「おーい!」ダンワージーは叫び、その声がせまい通りにこだました。手を振りながらタクシーに向かって駆け出した。

今度こそ気がついたらしい。タクシーはこちらに動き出した。思ったより距離が遠いのか、エンジン音がまったく聞こえない。そちらに向かって足を急がせたが、半分も行かないうちに、タクシーではないことがわかった。ボンネットだと思ったのは、巨大な黒い金属容器の、まるくなったへりの部分だった。黒々とした布が街灯にひっかかっている。落下傘だ。

パラシュート爆弾。黒い容器がゆっくり前後に揺れ、街灯の柱を数インチの距離でかすめる。もしちょっとでも風向きがかわるか、落下傘が裂けたら……。

よろけるように二歩あとずさり、それからきびすを返すと、路地の出口に向かって駆け出した。落下傘のシルクが裂ける音、爆弾が街灯の柱をこする音、爆発の耳を聾する轟きがしないかと耳を澄ましながら。

音はしなかった。かすかなため息。次の瞬間、ダンワージーは地面に横たわっていた。両手は舗道に投げ出されている。最初、つまずいてばったり倒れたにちがいないと思ったが、立ち上がってみると、全身が埃とガラスの破片におおわれていた。

店の窓が割れたんだ。そう思ってから、混乱した頭で考えた。爆弾が爆発したのか。

ズボンと上着からガラスと埃を払い落とした。その拍子に破片で手を切ったらしく、てのひらに傷ができ、血に染まっている。耳のうしろにも血が垂れていた。救急車の鐘が聞こえる。

ここで見つかって、病院に運ばれるわけにはいかない。オックスフォードにもどらなければ。史学生全員を帰還させなければ。寄りかかって体を支えられる壁があればいいのにと思いながら、ダンワージーは路地を歩き出した。いちばん端の一軒をのぞいて、すべての建物が倒壊してしまったようだ。その一軒に向かってせいいっぱいの速さで歩いた。鐘の音が大きくなってくる。救急車はいまにも到着する。それに、事象担当官も。この路地を出て道路を横断し、角を曲がらなければ……

なんとか角を曲がり終えたところで、ひざからくずおれた。

コリンのいうとおりだった。やっぱりトラブルに陥ってしまった。コリンをいっしょに来させるべきだった。それから数分間、意識を失っていたらしい。というのも、次に目を開けると、夜はほとんど明けて、雨はやんでいた。重い体を叱咤してよっこらしょと立ち上がり、しばしそこに立ったまま、途方に暮れてあたりを見まわした。いったいこれから——？

オックスフォードだ。オックスフォードにもどらなければ。そして、ダンワージーはブラックフライアーズ駅に向かって坂を下りはじめた。地下鉄でパディントン駅まで行って、そこから列車に乗ろう。

来る日も来る日も雨ばかり。

——ウィリアム・シェイクスピア
『十二夜』（5幕1場）

23

ロンドン
一九四〇年十二月

マイクはアルバート記念碑の階段に腰を下ろし、ポリーをにらみつけて、「あの日、オックスフォードでぼくたちが話題にしていた史学生はきみだったのか？」と、嚙みつくようにたずねた。「ダンワージーがそんなに危険な現地調査を許すなんて信じられないといわれていた当の本人？」

ポリーはうなずいた。

「ということは、きみのデッドラインは一九四五年四月二日じゃない。いつだ？　V1攻撃はいつはじまった？」

「Dデイ（ノルマンディー上陸作戦の決行日。一九四四年六月六日）の一週間後」

「一週間後って——一九四四年の？」

「ええ。六月十三日」

「なんてことだ」ＶＥデイ（一九四五年五月八日）でもじゅうぶん深刻だが、Ｄデイとなると、いまからわずか三年半後。ダンワージーが降下をかたっぱしからキャンセルするほどずれの増大が深刻だとしたら……。「デッドラインがあるなら、どうしてダンワージーに現地調査をキャンセルされなかった？」

「わからない」とポリー。

「でも、キャンセルされなかったってことは、順番を変える理由がべつにあるっていうことかも」とアイリーンがいった。「危険度の低い現地調査を最初にまわしてるとか。恐怖政治は、バスティーユ襲撃より危険なんじゃない？　それにパール・ハーバーはダンケルク撤退より――」

アイリーンははっとしたように口をつぐみ、マイクの足に目をやった。

「最初の予定どおりパール・ハーバーへ行ってたら、もっと危険だっただろうね」とマイク。

「アイリーンのいうとおりだよ、ポリー。現地調査の順番が入れ替わった理由はいくつも考えられる。きみの現地調査がキャンセルされなかったという事実は、いいしるしだ。オックスフォードは、きみが危険だとは思ってない」

「それに、ポリーがＶＥデイでわたしを目撃したのもいいしるしね。オックスフォードにもどったあと、ＶＥデイの現地調査に行けたってことだから。わたしたちがここで島流しになっていたことに対して、ダンワージー先生が埋め合わせをしようと思ったからよ。わたしが前からＶＥデイに行きたがってたのを先生は知ってるから」

きみは望みをかなえるかもしれないけどね、とマイクはむっつり思った。

ポリーに目を向けたが、彼女はなにもいわなかった。用心深く、油断ない表情。まだなにか隠していることがあるような顔だ。「ブレッチリー・パークの現地調査に行ったことがあるかとたずねたわね」というポリーの言葉について考えた。ポリーがまだ嘘をついていて、訊かれたことにしか答えないよう気をつけているという可能性はあるだろうか。

「きみが第二次大戦に行ったのは、そのV1の現地調査だけ？」とマイクはたずねた。アイリーンはぞっとしたような顔でこちらを見やり、それからポリーに目を向けた。

「どうなんだ？」と迫る。「それとも、パール・ハーバーにも行ったのか？　それともロンドン大空襲の最後に？」ポリーがそれらについてなにもかも知っていたことを思い出しながら、マイクはそうたずねた。

「いいえ」とポリー。ほんとうのことをいっているような顔。でも、それをいうなら、マイクはこれまでも、ポリーが真実を告げているとばかり思っていた。

「今回の調査とV1、V2の調査以外で、第二次世界大戦に行ったことはない？」

「ない」

よかった。しかし、V1だけでもじゅうぶん問題だ。デニス・アサートンがこっちにやってくるのは一九四四年三月。おそろしくギリギリのタイミングだ。

もし彼がネットを抜けてこられれば。そして、彼と接触できれば。三人は、これからの三年間とロンドン大空襲の残りの期間をなんとかして生き延びねばならない。あと二、三週間もすれば、爆弾がいつどこに落ちるのかわからなくなる。しかも、ずれの増大は、数年の間隔がある降下まで、ダンワージーが順番を入れ替えさせるほど深刻だった。場合によっては、ここから脱出する手立てがまったく見つからないうちにどんどん時間が過ぎ、ポリーの……。

しかし、ずれがそこまで増大しているかどうかはわからない。それに、もしそうだとしても、増大が見られるのは二、三の降下点だけかもしれないし、フィップスが来なかったのにはべつの理由があるかもしれない。ブレッチリー・パークが分岐点であることにかわりはないし、彼らの知るかぎり、ロンドン大空襲の月日も右におなじ。そしてダンケルクの兵士は、自分たちが敗北したと思っていた。それがどうなったのかは見てのとおり。

「心配ないよ、ポリー」とマイクはいった。「ぼくらがきっと連れ出すから。なにか方法を考え出すのに三年もある。それに、史学生Xも」

「それに、史学生Xも」とアイリーン。「十八日までここにいる史学生」

そのことは忘れてくれていると思ったのに。「あいにくだけど」とマイクはいった。

「どうして？」とアイリーン。

「史学生Xはジェラルド・フィップスなのよ」とポリー。「でしょ、マイク？」

「ああ」マイクはふたりに手紙の日付のことを話した。「それに、十二月十八日のオックスフォード行き列車の切符もあったたし、離職の口実に使う手紙は十六日の消印になってた」

「まあ」とアイリーン。

「でもまだ、セント・ジョンズ・ウッドの降下点がある」とマイク。「それに、ここに来る途中、きみの降下点の前に板囲いが立ってるのを見たよ、ポリー」

「ということは、もし仮に、降下点が開かない理由が時代人に目撃されるからだったとしたら」とアイリーンが勢い込んでいった。「また作動しはじめるかも」

「そのとおり」マイクは立ち上がった。「ぼちぼちここを離れて、ルフトヴァッフェにこの醜悪な代物を直撃するチャンスを与えてやったらどうかな」といいながら、アルバート記念碑を見まわした。「三人でランチに行って、降下点を見つける作戦を練ろう。アイリーン、レイディ・キャロラインから連絡は?」

「あった。でも、領主館の将校からはまだなんにも」

「もう一回、手紙を書いてくれ。それと、例の教区牧師にも手紙を出して、ライフル訓練校がどうなったかつきとめてほしい。もしかしたら、もう移転しているかもしれない。ぼくは例のウェイトレスに手紙を書いて、海岸の防衛設備がまだあのままかどうか確認してみる。ドイツ軍の上陸作戦は中止になったっていわなかったっけ、ポリー?」

「ええ。でも、だからといって防衛態勢が解かれたとはかぎらないけど」

「解かれてるかもしれないでしょ」とアイリーン。「それとも、マイクのウェイトレスから回収チームが来たっていう手紙が届いてて、問題解決っていうことになるかも」

「そのとおりだ。ランチに行く途中にミセス・リアリーの下宿に寄って、手紙をもらってこよう。さあ」といって、ポリーとアイリーンの手をひっぱって立たせ、三人で下宿まで歩いた。

下宿に着くと、アイリーンがいった。「あなたが手紙をもらってるあいだに、こっちにも届いてないか見てくる」

「日曜よ」とポリー。「きょうの配達はお休み」

「でも、回収チームが電話をかけてきてるかも」といって、アイリーンはミセス・リケットの下宿のほうに急ぎ足で歩いていった。

マイクはアイリーンが角を曲がるのを見届けてから、ポリーのほうを向いた。「VEデイにアイリーンを見たっていったよね。見たのは彼女だけ？」

「どういう意味？　あの晩、トラファルガー広場には何千人も――」

「その中にぼくはいた？」もしポリーが彼を目撃していれば、彼らはここから脱出できず、ポリーのデッドラインが過ぎても、まだ残っていたことになる。

「いいえ」とポリー。「あなたの姿は見てない」

「ほかになにか見た？　ぼくらが脱出できなかったせいで、彼女がそこに残っていたと思えるようなものは？」

「いいえ。ただ、降下点が開かなくて、ダンワージー先生がずれの増大を心配して、現地調査の順番を時系列に沿うように入れ替えて――」

「でも、きみのは入れ替えなかった。それに、トラファルガー広場でアイリーンといっしょにいるぼくの姿を見なかったということは、アイリーンの説が正しいことを意味している。アイリーンは、将来の現地調査でVEデイにいったんだ。そうじゃなかったら、ぼくがいっしょにいるはずだからね。どんなふうだった？　興奮してた？　さびしそうだった？」

「さびしそうじゃなかった」ポリーは記憶を呼び起こそうとするように眉間にしわを寄せ、「楽天的だった」とようやくいった。

マイクはまっすぐポリーの目を見つめて、まだなにか隠していないか探ろうとした。「アイリーンだったのはたしか？　他人の空似じゃなくて？」

「ええ、まちがいなくアイリーンだった」

「じゃあ、ぼくがブレッチリー・パークに出発するとき、マージョリーのことをどうしてあんなに心配してたんだい？」

「それはあたしが実際に過去を変えてしまったからよ。それに、彼女が看護婦という仕事に就くとしたら、この先いったい何人の命を救うことになるか——」

「でも、どんな仕事に就くにしろ、そのせいで戦争に負けるわけがないのはわかってる。きみがVEデイに行ったのは、こういう問題が起きる前だったかもしれないけど、アイリーンは違うからね。彼女はまだ行ってない。ぼくがハーディを救い、マージョリーが瓦礫《がれき》の下から掘り出されたあとで、VEデイの現地調査に行ったんだよ」

「それは考えなかった」とポリー。

「とにかく、そういうことだ。ぼくらが過去の出来事を変えなかったか、もしくは、あとに残る影響がなかったか。ぼくがブレッチリー・パークに発つ前にぜんぶ話しておいてほしかったな。チューリングと出くわしたあと、いろいろ心配したから」

「チューリングって、あのアラン・チューリング?」ポリーが叫んだ。「どうやって出くわしたの?」

「チューリングの自転車に轢かれそうになったんだ。最後の瞬間に彼がハンドルを切って、自転車は街灯に衝突した。彼は怪我しなかったし、自転車も無事。でも、それがチューリングだと気づいたときは死ぬほどびびったよ。でも、さいわい、なんの被害もなかったわけだ。すぐもどる」

マイクは下宿に入って、留守のあいだ自分宛ての手紙が届かなかったのかたしかめ、また出てきた。「手紙も伝言もなし。アイリーンは? まだもどってない?」

「ええ。きっとミス・ラバーナムにつかまってるのよ。彼女、芝居の衣裳を担当してるの。救出しにいかないと」

しかし、角を曲がったところで、こちらに向かって封筒を振りながら走ってくるアイリーンの姿が見えた。

「日曜は郵便の配達がないんじゃなかった?」とマイクはポリーにたずねた。

「ダフニからの手紙」アイリーンが興奮した口調でいいながら走ってくる。「きのう届いてたんだけど、あなた宛てになっていたから、ミセス・リケットが住所まちがいだと思って、返送するつもりだったの。その前に気がついてよかった」

アイリーンはそれをマイクに手渡した。マイクは封を切って手紙を開き、眉間にしわを寄せた。

「どうしたの？」とアイリーン。

「一週間も前の日付になってる。投函するのを忘れたんだな、きっと」手紙に目を通しながら、「前に教えたもう片方の住所はなくしたんだって。だからミセス・リケットの下宿に送ったんだ。それと――」

途中で口をつぐみ、つづきを黙読する。「うお！」

「なに？」アイリーンとポリーが声をそろえていった。

「信じられない。いいかい」マイクは興奮した口調で、「『だれかがあなたを訪ねてきたら教えてほしいということでしたね。ゆうべ、王冠と錨亭に男の人が二人やってきて、いろんな質問をしました。あなたの友だちで、連絡をとりたいから居場所を教えてほしいということでした』」マイクは顔を上げてアイリーンを見た。「いやはや。きみがいうとおりだった。回収チームが来てる。もう一週間以上前からこっちにいるんだ」

「いったでしょ、きっと見つけてもらえるって」アイリーンがすましていう。「彼女、あなたの居場所を伝えたの？」

答えがノーなのは明らかだ。伝えていれば、もうとっくにここに来ている。「いや。今夜ドーヴァーに発つよ」

「わたしたちもいっしょに行ったほうがいいと思う」とアイリーン。「すくなくともポリーは。いちばん切実に脱出の必要があるのはポリーだから」

マイクは首を振った。「ダフニから情報を引き出さなきゃいけない。ほかの女を連れていったら、いい顔をしないだろう」

「パブまでいっしょに行く必要はないのよ」とアイリーンが反論する。「ポリーは宿で待ってて――」

「宿とパブはいっしょになってる。そうじゃなかったとしても、ソルトラム・オン・シーは小さな村だ。到着の五分後には、ポリーのことがダフニの耳に入ってるよ。それ以前に、ドーヴァーから先、どうやって行けばいいか見当もつかない」

路線バスの運行が休止になっていること、ガソリンの配給制のせいで車を借りるのがむずかしいことを説明した。「たぶん、ヒッチハイクすることになるから、二日か三日かかるだろうな。プラス、立入制限区域だ。ぼくは記者証があるけど、きみたちにはない」

ポリーはうなずいた。「列車は、クリスマスの旅行客と休暇で帰郷する兵士で超満員ね。現地に行くより、ダフニに手紙を書くほうが早いかも」

「回収チームがソルトラム・オン・シーにいたら話はべつだ。あるいは、ダフニが彼らの居場所を知らない可能性もある。そしたら、話を聞き出したあとで、彼らのあとを追うことになるかもしれない。回収チームを見つけしだい電話するよ」

「でも、もし回収チームがソルトラム・オン・シーにいた場合、わたしたちはどうやって行けばいいの？」とアイリーンが心配そうにたずねた。「立入制限区域なんでしょ」

「それはそのときになったら考えよう」

アイリーンは不安げな表情だった。

「心配ないって。回収チームが来てるなら、いったんオックスフォードにもどって、きみたちに必要な許可証や書類一式をとってこられる。それとも、ロンドンの近くにべつの降下点を設定するほうが早いということになるかもしれない。とにかく、計画が決まったらすぐに電話する」

「お金はどのぐらい必要だと思う？」ポリーはハンドバッグを探りながらいった。「いいわ。これ持っていって」と現金を手渡す。

「きみたちふたりは？」

「地下鉄の切符代はとってあるし、あさって給料日だから」ポリーは手書きのリストをさしだして、「これが来週のロンドンと南東地方の空襲一覧。ルフトヴァッフェは、十二月中旬はもっぱら中部地方と港湾部に攻撃を集中させているから、あんまり多くない。南東地方の空襲については、あいにくこれだけしかわからない。インプラントしてないから。ああ、それと、ドーヴァーへ行ったらとくに気をつけて。戦争中はほとんどずっと砲撃にさらされていたから。あたしの書いたリストは二十日までなの。もし向こうにそれより先まで滞在して――」

マイクは首を振り、紙を畳んでポケットにしまった。「それよりずっと前に三人でオックスフォードに帰るさ」

「そうか！　クリスマスまでに帰れたら最高じゃない？」アイリーンが浮かれた声でいった。

「そうなるさ。でもまずソルトラム・オン・シーに行かなきゃ。そのためには、地下鉄が動いてるうちにヴィクトリア駅まで行かないと。ポリー、今夜は空襲ある？」

「ええ。でも十時四十五分以降」

「その前にロンドンを出るとしたら、もう出発したほうがいいな」

「ヴィクトリア駅まで送っていこうか」とポリー。

「いや、回収チームがぼくを捜すのをあきらめて、きみを捜しにきた場合に備えて、ここにいてくれ。劇団はまだ『あっぱれクライトン』をやってる？」

「ううん、いまは『クリスマス・キャロル』の稽古中」

「出られなくなったといっておいたほうがいいね」

マイクはふたりの頰にキスすると、「なにかわかったらすぐ連絡する」といって出発した。いまからドーヴァー行きの急行に乗れれば、真夜中前にはドーヴァーに着き、夜明けまでにはソルトラム・オン・シーを通過する幹線道路に出て、早朝、沿岸部を北上する農夫の車を見つけてヒッチハイクできるかもしれない。

しかし、ポリーのいったとおりだった。列車は超満員で、窓口で切符を買おうとすると、軍関係者に優先権がありますといわれた。

「通路に立つよ」とマイク。

「優先権というのは、通路に立つ権利ですよ」と係員。「火曜日の十四時十四分発の列車がおとりできますが」

「火曜日？」

「すみません。いちばん早い列車が火曜日なんです。なにせ、クリスマスですから。それに戦争ですからね、もちろん、もちろん」

もちろん。

「火曜日より前の列車はまったくとれない？」

「ええ。ただし、あしたの六時五分のカンタベリー行きなら席があります。そこからドーヴァー行きの列車に乗れるかもしれません」マイクは、九時三十八分のドーヴァー行きに並んでいる客から切符を譲ってもらおうと交渉して失敗したあと、そのカンタベリー行きを選んだが、すぐに後悔した。

朝、地下鉄が動き出す前に出発する列車なので、ノッティング・ヒル・ゲートにもどってひと晩過ごすわけにはいかないし、ヴィクトリア駅には寝る場所がどこにもなく、信じられないほどすわり心地の悪い木のベンチでひと晩じゅうすわって過ごすしかなかった。

列車に乗り込むと、さらに後悔した。各駅停車だったばかりか、ダンケルクからもどるときのレイディ・ジェーン号以上の人口密度だった。しかも、ロンドンを出て十キロも行かないうちに、兵員輸送列車三本と軍用物資を積み込んだ貨物列車を通すために待避線に移動した。

一時間半近くしてやっと動き出したが、一キロ先でまた停車し、今度はまったく理由がわからなかった。「空襲だ」窓際にいた兵士が外を見ながらいった。「きょうのドイツの目的が列車ハンティングじゃなきゃいいけどな。こっちはいいカモだ」それから数分は、車内の全員が天井を見上げ、接近してくるハインケル111群の不吉なうなりに耳をそばだてた。「こんなところにいるくらいなら前線にもどりたいよ」数分後、べつの兵士がいった。「爆弾が落ちてくるのをただ待ってるだけで、こっちは手も足も出せないなんて」

ポリーもそれとおなじ状況に置かれている。降下点が開かないと知ったとき、彼女は地獄に落ちたような気分を味わったはずだ。この数週間、マイクとアイリーンが、うまくいかないとわかっている選択肢について話し合っているあいだ、それを黙っているのはもっとつらい地獄だっただろう。しかし最悪なのは、それについてどうすることもできないことだったにちがいない。マイク自身も、病院のベッドに縛りつけられているあいだ、回収チームはどうしたのか、ハーディを助けたことで歴史をめちゃくちゃにしてしまったんじゃないかと心配していた経験がある。それだけでも、じゅうぶんに悲惨だった。もし自分がパール・ハーバーに行ったことがあったらどんな気持ちになったのか、想像もつかない。たとえそれがいまから一年後だとしても。あるいは、V1がはじまった日のように、三年半後だとしても。いつだろうと関係ない。デッドラインは、こちらに向かって、刻一刻、着実にやってくる。ダンケルクに迫るドイツ軍のように。そして、とり残された兵士は、なすすべもなく海岸にすわりこみ、彼方の砲声に耳を傾け、ドイツ軍がやってくる前に船があらわれてここから助け出してくれますようにと神に祈る。

ダフニの手紙がなかったら、彼ら三人はまさにそれとおなじ立場に置かれていたところだった。あのタイミングで手紙が届いてほんとうに助かった。ただじっと待ちつづけることには、とても耐えられなかっただろう。零戦に機銃をぶっ放したり、弾薬を手渡したりするほうが、じっとすわって標的になるよりはるかに楽だ。浸水するボロ船でダンケルクに向かうほうが、浜辺にすわってドイツ軍の襲来を待つよりはるかに楽だ。

あるいは、日本軍の襲来を待つよりも。ジェラルドがこちらに来ていないとわかったとき、ルームメイトのチャールズもやはりネットを抜けられなかっただろうと考えたが、もし来ていたとしたら？　もしもシンガポールにいて、降下点が開かず、日本軍がいまにもやってくるという情勢なのに、回収チームと入れ違いになるのが怖くてシンガポールを離れられずにいるとしたら？

チャールズがシンガポールにとり残されることはない。マイクは自分にそういい聞かせた。ぼくが回収チームを見つけしだい、彼を回収するように伝えるからだ。必要とあれば、ぼくもいっしょに行って、チャールズを連れ出そう。

しかし、そのために必要な勇気など、チャールズのそれにくらべたら、なにほどのこともない。日本軍の接近を報じるラジオのニュース速報に耳をそばだてながら、ディナー・ジャケット姿でカントリークラブにすわっていることにくらべたら。

病院でミセス・アイヴズに渡された本を読んだときは、ちっぽけなボートで果敢に南極の海へと乗り出し、助けを呼びにいったシャクルトンのことを英雄だと思ったが、いま考えると、荒涼たる島にとどまり、小さくなってゆくボートを見守るほうがよほど勇気が必要だったのではないか。その後も、数週間、数カ月にわたって、助けが来るという保証もないまま待ちつづけ、そのあいだにも足は凍傷を起こし、食糧はつき、天候はどんどん悪くなってゆく……。

航空基地の名前を求めて新聞を調べていたとき、ある記事が目に留まった。瓦礫の山と化した自宅の下から掘り出されて、レスキュー隊から、ご主人はいっしょでしたかと訊ねられた老女が、憤懣やるかたない口調で、「いいえ。あの臆病者ときたら、前線に行ってるのよ！」と答えたという。

それを読んだときは思わず笑ってしまったけれど、いまではまんざら冗談ともいいきれない気がする。いまは英国全土が前線であり、夜ごと地下鉄駅にすわって、木っ端みじんに吹き飛ばされるのを待っているロンドン市民こそが本物の英雄だ。それに、腕を吊られて病院のベッドに横たわっていたフォーダム。それに、この列車がまた動き出すのを辛抱強く待ちながら、パニックも起こさず、いっそヒトラーに降伏してすべてを終わりにしたいという衝動にも負けずにいる乗客全員。オックスフォードにもどったら、英雄という概念を根本から考え直さなければ。もしオックスフォードにもどれたら。この調子だと、カンタベリーまでたどりつけるかどうかも疑わしい。ソルトラム・オン・シーなどとても無理だ。

そう思いつつも、なんとか目的地にたどり着いたが、それにはさらに二日かかった。出発の遅れ、待避線での通過待ち、借りられる車を求めて自動車修理工場をむなしく訪ね歩く時間。最終的には、ヒッチハイクで、ハーフトラックと、サイドカーと、蕪《かぶ》を運ぶトラックとを順に乗り継ぐことになった。

蕪を積んだトラックを運転していたのは、婦人農耕部隊に所属する美人で、チェルシー育ちなのに、いまはソルトラム・オン・シーの数キロ西にある農場で、豚に餌をやり、牛の乳を搾っているという。

「この仕事は手が荒れるのよね」仕事は好きかという質問に、彼女はそう答えた。「夜明け前に起きるのも、肥やしのにおいがするのも大きらい。でも、なにかしていないと、気が狂いそうになるから。旦那が北大西洋で船団を護衛する任務に就いてて、二、三週間、連絡が途絶えることがあるのよ。それに、仕事をしてると、あたしも戦争に貢献してるんだっていう気になるから」にっこり笑って、「女四人で働いてるんだけど、みんなすごく仲がいいから、助かってる。ミスター・パウニーも、ほかの農夫ほど無愛想じゃなかったし」

「待って——ミスター・パウニーの農場で働いてるの？」

「ええ。どうして？」

「信じられない」マイクは笑いながら、「彼、牛飼ってる？」

「ええ。なんで？　噂になってるの？　突き殺された人がいたりしないわよね」

「ぼくの知るかぎりは」

「まあ、いたとしても驚かないけど。イギリスでいちばん気が短い、最低の牛なのよ。どうして知ってるの？」

車に乗せてもらおうと思って、その牛を買ったパウニー氏の帰りをえんえん待つことになったいきさつを説明した。「で、とうとういま、こうしてその車に乗ってるわけ」

「あたしがあなただったら、まだ喜ぶのは早いと思うけど。このトラック、イギリスで最低のタイヤを履いてるから」

誇張ではなかった。ドーヴァーからフォークストンに行くまでのあいだに二度パンクし、スペア・タイヤは積んでいなかったので、二度ともパンクしたタイヤをはずして――二度めは降りしきるみぞれの中で――継ぎをあててから、自転車用の空気入れでまたふくらませなければならなかった。

午後三時半をまわり、日が傾きはじめたころ、ようやくソルトラム・オン・シーが見えてきた。大砲を据えつけた例の台座が見える。いまはその左右に、何列にもわたって、コンクリートの対戦車障害物と、先を尖らせた杭が並んでいる。

崖のへりには有刺鉄線が張り巡らされ、〈この先、地雷あり〉と書かれた標識が出ている。回収チームはこれを見てどう思っただろう。

「十字路で降りてもらってもいい？」ノーラという名の婦人農耕部隊員がたずねた。「暗くなる前に帰りつきたいの」

「いいとも」といったが、降りた瞬間に後悔した。英仏海峡から吹きつけてくる風は冷たく、みぞれは雪に変わりかけていた。

ああくそ、回収チームもどうせならこの季節が終わってから来ればよかったのに。そう思いながら、風に頭を低くし、コートの襟を立てて、とぼとぼと足を引きずりながら村へ向かった。回収チームが抜けてきた降下点も、ここにあればいいのに。

すくなくともダフニはいるだろうと思いながら宿に入ったが、カウンターのうしろにダフニはいなかった。いたのは父親のほうだった。

「ダフニを捜してるんですが」とマイクがいった。

「あんた、例のアメリカ人の新聞記者か」と父親がいった。「コマンダーといっしょにダンケルクへ行った？」マイクがうなずくと、「あいにくだったな、若いの。もう手遅れだ」

「手遅れ？」

「おうとも。娘はもう結婚しちまったよ」

きょう、だれかがわたしを訪ねてきませなんだか？

――ウィリアム・シェイクスピア
『尺には尺を』（4幕1場）

24

ソルトラム・オン・シー
一九四〇年十二月十八日

「ダフニが結婚した？」マイクはカウンターを手でぐっと摑んだ。

「おうよ」父親は落ち着き払ってグラスを拭きながら、「沿岸防衛施設の設置にやってきた若い連中のひとりと」

ダフニにうっかり失恋の痛手を与えてしまい、それがもとで彼女がだれとも結婚しなくなるんじゃないかなどという心配は明らかに無用だったわけか。マイクは心の中でぼやいた。

「沿岸防衛だと」前に栈橋で話をしたパイプ煙草の漁師が鼻を鳴らした。「防衛のことなんざろくに知らんかったな、わしにいわせりゃ。ダフニから自分を防衛することもできやせなんだ」マイクをこづいて、「おまえさんもできないくちだろ、ええ、兄ちゃん」

まわりで笑い声が起き、それを利用してマイクはたずねた。「どこに行けば会えるか教えてください」

ダフニの父親は渋面になった。「それはどんなもんだろうな。いまはもうロブ・ブッチャー夫人だ。おまえさんにはどうしようもない」

「どうにもしたくありませんよ」

父親がじろりとにらむ。

「つまり、面倒を起こす気はないんです。訊きたいことがあるだけで。手紙をもらったんです――ぼくのことを訪ねてきたっていう男たちのことで。どうすれば彼らに連絡がつくか、ダフニさんが知らないかと思って。もしかしたら、お父さんもご存じじゃないですか。ダフニさんの話だと、その男たちは先月――」

父親は首を振った。「そんな連中のことはぜんぜん知らん。ダフニなら、マンチェスターにいる。亭主といっしょにマンチェスターに行った」

マンチェスター？　ソルトラム・オン・シーとは三百キロ以上離れている。列車で行けば、すくなくとも二日かかる。もし列車に乗れたとしても。クリスマス休暇で帰郷する兵士たちを満載しているだろう。

「ダフニさんと連絡がつく電話番号をご存じじゃないですか？」とマイクはたずねた。「あるいは住所でも」

「訪ねていって悪さをしようってんじゃないだろうな」

「もちろんです。手紙を出したいだけですよ」と嘘をつく。連絡先が私書箱じゃなければいいのだが。

私書箱ではなかった。キング・ストリートの住所だった。「もっとも、きのう届いた手紙には、いまの住まいが気に入らないから、もっとましなところを見つけて引っ越したいと書いてあったな」

まだ引っ越してないことを祈ろう。そう思いながら住所を書き留めた。

「もしだれかぼくを訪ねてきたら、ここで連絡がつくと伝えてください」といって、ミセス・リアリーの下宿の住所と電話番号を書いたメモを渡した。最後に、娘の結婚のお祝いをいってから、マンチェスターに出発した。

今度の旅程は二日ではなかった。四日近くかかった。満員で切符のとれない列車、出発の遅れ、乗り継ぎの失敗。コンパートメントは、兵士のみならず、大荷物とプラム・プディングを抱えた民間人でぎゅうぎゅう詰めだった。ある列車には、まだ羽根をむしっていないクリスマス用の巨大なガチョウを抱えた帰省客まで乗っていた。政府があらゆる駅に貼り出しているポスターの『無用の旅行は避けてください』という指示に、英国人はどうやらだれひとりしたがっていないらしい。

マンチェスターに到着したのは、十二月二十二日の午後遅い時間だった。そのときにはもう、ダフニと新婚の夫は、〝もっとましなところ〟を見つけていた。おかげで、キング・ストリートまではるばる足を引きずって歩いたあげく、街の反対側にあるウィットワース・ストリートへと引き返すことになった。そして、ミセス・リケットそっくりの女主人から、ダフニがいるかどうかわからないと宣告された。「ちょっと見てくるよ」といって女主人は階段を上がり、マイクは玄関に残された。

　どうか、家にいてくれますように。そう思いながら、痛む足をすこしでも楽にしようと、玄関の側柱によりかかって体重を預けた。

　ダフニは家にいた。二階から降りてくると、マイクがはじめてソルトラム・オン・シーに着いた日とおなじように、階段の中ほどで足を止めた。「まあ、マイク」と目をまるくして、「マンチェスターであなたに会うなんて思いもしなかった。いったいなにをしてるの？」

「きみを捜しにきたんだ。おねがいが――」

「でも、パパに聞かなかったの？　ああ、どうしよう。なんてひどい話。こんなかたちであなたが知ることになるなんて！　あなたは素敵な人だし、はるばるこんな遠くまで来てくれた。でもね、ほんというと、あたし、先週結婚したの」

「知ってるよ。お父さんに聞いたから」マイクは、失恋の痛みとあきらめの念を適切な配分でミックスさせた口調を心がけながら、「じつは、きみの手紙のことで来たんだ」

「手紙？」ダフニは当惑した顔で、「でも、手紙なんて……ロブのことを手紙で知らせようと思ったけど、あなたがいまどこにいて、なにをしているかもわからなくて。それに、もし戦争の取材に出かけているなら、こんなことを知らせるのは酷だと――」

「いや、じゃなくて、ぼくのことを訪ねてきたっていう男たちの話」コートのポケットから手紙をとりだして、「郵便の行き違いで、ついこのあいだ受けとったんだ」

「あら」ダフニがどことなくがっかりした口調でいった。

「話を聞こうと思ってソルトラム・オン・シーに行ったら、お父さんから、結婚してマンチェスターへ行ったと聞いて。おめでとう。旦那さんはとてもラッキーな男だね」

「まあ。でも、ラッキーなのはあたしよ」と頰を赤らめ、「ロブはすばらしい人なの。すごくやさしくて、勇敢で。いまはドックで修理の仕事をしてるけど、前線の任務にも志願してる。英国のために力をつくす覚悟なの。あたしはこういったのよ。『あなたは自分の力をつくしてるじゃない。英国が飢えないように働いてる。ドイツ兵を撃ったりUボートを沈めたりするのとくらべたら、そりゃそんなに華々しく英雄的には見えないかもしれないけど、でも──』」

口をはさまないと、朝までここにいることになりそうだ。「ひとつふたつ訊きたいことがあるだけなんだ」

「ああ、もちろんそうよね。まったく、失礼にもほどがあるわ、お客さまを戸口に立たせっぱなしにして。客間にどうぞ。お茶はいかが？」

お茶を飲みたいのは山々だし──朝食のあと、なにも口にしていない──痛む足を休めたかったが、これ以上ダフニに長々と無駄話をさせるチャンスを与えたくなかった。「ありがとう。でも、列車の時間があるから。ふたりの男がぼくのことを訊きにパブにやってきたって書いてあったけど」

ダフニはうなずいた。「二回。一回めは、マイク・デイヴィスっていう戦争特派員を知らないかって、パブのみんなに訊いてまわってた。あたしが知ってるってトンプキンズさんが教えたら、こっちにやってきて、あなたと連絡をとる方法を知らないかって」

「で、教えた？」

「ううん。もしだれかあなたのことを訊きにきたら、すぐに知らせてくれっていってたのを思い出して。だから、その人たちに住所を教えるかわりに、あなたに手紙を書いたの」

マイクは腹の底でうめき声をあげた。「どうしてぼくと連絡をとりたがってるか聞いた？」

「いいえ。戦争と関係がある、とても重要なことで連絡したいといってたけど、それがなんなのかは教えてくれなかった」

「名前は名乗った？」

「ええ。ミスター・ワトソンとミスター……」眉間にしわを寄せ、唇を噛んだ。「思い出せない。Hではじまる名前だった。ホーズだか……」

「ミスター・ホームズ？」

「そうそう、それ。ミスター・ワトソンとミスター・ホームズ」

これで決まり。回収チームだ。

「ダンケルクであなたの身に起きたことも病院でのこともみんな知ってた。そこの看護婦から、ソルトラム・オン・シーに行ったかもしれないって聞いたんだって」

ということは、オーピントンまでは足どりをつかんでいたわけだ。しかし、明らかにシスター・カーモディとは話をしていない。あるいは、マイクがロンドンにいることを彼女が伝えなかったのか。「どんなふうだった？　軍服姿？」

「ううん。民間人の服装。とっても上品で、アクセントも上品。ふたりともすごくハンサムだった」浮気っぽく小首をかしげて、「あなたほどじゃなかったけどね、公平にいうと。ほら、あたし人妻だから」

ああ、そうだね。

「二回来たっていったけど」と話をもどして、「おなじ日？」

「ううん。はじめて来たのは、ええっと、いつだっけ？　十二月の最初の土曜だったと思う、たぶん」

オックスフォードに行って、ジェラルド・フィップスがこちらに来ているかどうかつきとめようとしていたころだ。

「それから、次の日の夜にまたやってきて、そのときロブが焼き餅を焼いて、あいつらといちゃつくのはやめろっていったから、それで、『いちゃついてなんかないし、もしそうだとしても、あなたにやめろっていう権利なんかないでしょ、ロブ・ブッチャー。あたしはあなたの奥さんでもなんでもないんだから』といったら、『奥さんになってほしいんだよ』っていわれて、次に気がついたら、彼、ドーヴァーに行って特別許可証をもらってきてたの。牧師さんの前ですぐに結婚式ができるように。パパはもっと時間をかけたほうがいいっていったんだけど、ロブが首を振って、あしたなにが起きるかわからないし、あたしたちがいっしょにいられる時間がどれだけあるかもわからないんだからって。そしたらロブはここに送られることになって、それで――」
「そのふたりが二度めに来たときだけど」とマイクはようやく口をはさむ隙を見つけて、
「なんていってた？」
「あなたから連絡があったら、すぐに知らせてほしいって。自分たちの住所を書いたメモを
もらった。それを送るつもりだったんだけど、結婚式やなんかの大騒ぎですっかり忘れてて。
もう、ほんとに素敵な結婚式だったのよ。軍服姿のロブはすっごくハンサムだし、教会はヒ
イラギやツタで飾られて――」
「その住所、覚えてる？」
「いいえ」
もちろん。
「でも、メモは持ってる。受けとってから、ちゃんと――」記憶を探るように眉根にしわを
寄せた。「えぇっと、どこにしまったんだっけ」
頼むから、パブのカウンターのうしろに貼りつけたとかいわないでくれ。はるばるソルト
ラム・オン・シーまで引き返す羽目になるのだけはかんべんしてほしい。
「受けとって、それから……あ、わかった。忘れていかないように、化粧ポーチにしまった
んだった。二階にある。ちょっと待ってて」階段を上がりかけたところで、手すり越しにこ
ちらをふりかえって、「トラブルとかじゃないわよね」
もう違うよ。

「つまり、当局に追われてたりするわけじゃないんでしょ」と心配そうにたずねる。

「もちろん。そのふたりはたぶん知り合いだと思う。ダンケルクからもどってくる船でいっしょだったふたりだよ。新聞記者」

「まあ。ダンケルクに行ってた人たちだって知ってたら、コマンダー・ハロルドとジョナサンのことを訊いたのに。ふたりがどうなったのか知ってたかも」

「会ったときに訊いてみるよ」と嘘をついた。「住所をとりにいくんじゃなかった？」

「ああ、そうだった」といってぱたぱた階段を駆け上がり、最後にもう一度マイクをふりかえって、肩越しに笑みを閃《ひらめ》かせた。新しい夫もこの笑みで籠絡したにちがいない。「すぐもどるから」

その言葉どおり、ダフニはほとんど時間をおかずに姿をあらわした。マイクが持っているのとおなじような螺旋綴じのノートからちぎりとった罫線入りの紙を一枚ひらひらさせながら階段を降りてくると、「これよ」とさしだした。

住所に目をやった。ケント州エッジボーン。きっとこれが彼らの降下点の場所だ。

「ホークハーストの近くね」とダフニ。

ホークハースト。まあ、はるばるソルトラム・オン・シーまでもどらずには済んだものの、似たようなものだ。またあの満員列車に乗って、長くつらい旅に耐えなければならない。沿岸部じゃないのがせめてものなぐさめだ。警備兵や検問には対処せずに済む。鉄道の駅があるくらい大きな町ならいいのだが。しかし、そんなことはどうでもいい。どんな問題があってもかまわない。この六カ月の、パニック一歩手前の緊張がいっぺんに溶けてゆくのを感じた。回収チームはここに来ている。ぼくらはオックスフォードに帰れる。

「ありがとう」マイクは衝動的にダフニの頬にキスした。「きみは最高だよ」

「わあ、もう」ダフニは頬を赤らめた。「こんなことしちゃいけないのよ。あたしは人妻で、ロブは――」

「――とてもラッキーな男だ」それにぼくも。きみが命を救ってくれた。ぼくら三人の命を。

「気をつけて。サイレンが鳴ったら、勇敢なところを見せたりしなくていいから、すぐに防空壕に入って。きみの身になにも起きてほしくない」

「まあ。そんなに想ってくれてたなんて」ダフニは思いやりをこめた笑みを浮かべ、「心配ないわよ。きっと新しい出会いがあって、ロブとあたしぐらいしあわせになれる。待ってれば、最後はきっとなにもかもうまくいくのよ。ロブは――」

サイレンが鳴り出した。マイクはそれを辞去の口実にして、「さっきいったこと、忘れないで。防空壕へ行くんだよ」といって、ダフニがロブの言葉と結婚式のドレスのすばらしさとマイクが見つける素敵な彼女についてしゃべりだす暇を与えず、足をひきずって歩き出した。

素敵な彼女ならもういるからね、とマイクは心の中でつぶやいた。しかも、ふたりも。

駅に着きしだい、そのふたりに電話して、吉報を伝えなければ。ダフニが見つからなかったり、回収チームの連絡先をつきとめられなかったりすることになるのがこわくて、まだ一度もふたりに電話していなかった。でも、こうなったら、ふたりとも仕事を辞めて、出発の準備を整える必要がある。それに、二十二日にマンチェスターが爆撃されたかどうか、されたとすればどの程度の被害だったのかをポリーに確認しなければ。

サイレンが鳴ってから十五分近く経つのに、まだ飛行機の音が聞こえない。マンチェスターは、ロンドンより北西の方角に距離があるから、警告時間を長くとっているのだろう。高射砲の音も聞こえない。サーチライトだけが、埠頭のほうの空を照らしている。しかし、そのおかげで道がわかるくらい明るかった。

自由に動かない足を呪いながら、駅に向かって歩いた。でもそれも、あと二、三日の辛抱だ。そしたらぼくは新品の足をもらい、ポリーはデッドラインの恐怖に怯える必要がなくなり、アイリーンはもう空襲に苦しまずに済む。

ヒイラギの小枝を持った男が急ぎ足で追い抜いていった。

そうか、クリスマスに帰れるんだ。マイクは駅のドアを押し開け、ポリーとアイリーンに電話するため、突き当たりの壁に沿って並んでいる公衆電話ボックスをめざした。ロンドンにもどって、ふたりと合流してから、いっしょにエッジボーンへ行くほうがいいだろうか。それとも現地で落ち合うほうがいいだろうか。時間的には後者のほうが早いし、アイリーンとポリーが危険なロンドンを早く離れられる。しかし、なにかまずいことがあって、離ればなれになったら……。

やっぱりふたりを迎えにいったほうがいい。そうすれば三人いっしょに——

なにを考えてる？ エッジボーンに行って、回収チームにポリーとアイリーンの居場所を伝えるだけでいいじゃないか。そうすれば、べつのチームを送ってふたりを回収できる。なんなら今夜にでも。それとも、ぼくがソルトラム・オン・シーに出発した夜にでも。これはタイムトラベルだ。アイリーンとポリーはたぶんもうオックスフォードにいる。その場合、必要なのは、ケントに行ってから、出発した日にふたりがいた場所を回収チームに伝えることだけだ。

マイクは出発時刻表示板を見上げた。六分後にレディング行きの急行がある。切符売り場の窓口に足をひきずって歩いていった。「六時五分のレディング行きを片道で」

窓口の係員は首を振った。

「でなきゃ、切符がとれる東行きのいちばん早い列車を」

「空襲のあいだは発車しませんよ」といって、係員は高い天井を指さした。とつぜん聞こえてきた爆撃のうなりが鈍い咆哮に変わりつつある。「今夜はどこにも行けませんね。わたしだったら防空壕を見つけますよ」

ハッピー・ブリッツマス！

——クリスマス・カード、一九四〇年

25

ロンドン

一九四〇年十二月

マイクがソルトラム・オン・シーに出発して三日めの夜、アイリーンが心配そうにいった。

「もうマイクから連絡があっていいころじゃない？」

ええ、とポリーは思った。ふたりはミセス・リケットの下宿にいた。空襲警報は鳴らず、『クリスマス・キャロル』の稽古がはじまるのは八時。アイリーンは、マイクから電話がかかってくることを期待して、ノッティング・ヒル・ゲートに出かけるのをギリギリまで待とうと言い張ったが、電話はなかった。

「電話は来週までかかってこないんじゃないかな」ポリーは安心させるようにいった。

「来週？」

「うん。まだ向こうに着いてもいないかもしれない。戦争でしじゅう列車が遅れることや、ドーヴァーから先のバスの便がないことを考えるとね。それに、回収チームがソルトラム・オン・シーにいなくて、フォークストンかラムズゲートにいるかもしれないし、ダフニと話をしたあと、マイクを捜しにどこかへ行ってしまった可能性も——」

「だとしたら、マイクが回収チームを見つけるのに何日もかかるかもしれない」アイリーンがほっとしたような口調でいった。

「そのとおり」これはタイムトラベルなんだから、マイクが回収チームに接触するのにどんなに時間がかかろうと関係ないのだという事実には言及しなかった。もしほんとうにマイクが回収チームを捜しあてたら、必要なのはポリーとアイリーンの居場所を伝えることだけ。そうすればあとは、マイクがヴィクトリア駅に発った直後に、第二のチームがミセス・リケットの下宿にやってくる。ということは、マイクがまだ回収チームを見つけていないか、それとも彼の身になにかが起きたか。しかし、アイリーンにそれをいうつもりはなかった。そんなことをしても不安にさせるだけだし、ポリーはすでにふたりを——訂正、三人全員を——じゅうぶん不安にさせている。

ダフニの手紙と、戦争の終わりをポリーが目撃したと聞かされたこととが相まって、マイクもやっと、自分たちが未来を変えてしまったわけじゃないと納得したようだ。アラン・チューリングと衝突したこともあっさり無視している。でもマイクは、アイリーンがアルフとビニーの母親に渡すはずだった手紙——子供たちをシティ・オブ・ベナレス号に乗せることになるかもしれなかった、学童海外疎開プログラムからの通知——を渡さずじまいだったことを知らない。ビニーがはしかにかかったとき、アイリーンがアスピリンを服ませて命を救ったことも知らない。

自転車の衝突でチューリングが怪我をすることはなかったというけれど、なにも怪我である必要はない。なにしろ相手はアラン・チューリング、ブレッチリー・パークの成功の鍵を握っていた男だ。現時点では、彼はまだドイツ海軍のエニグマ暗号を破っていない。もしマイクと衝突したことで、決定的に重要な瞬間に、思考の糸がぷつんと途切れ、そのために暗号を解読できなかったら？　それとも、ブレッチリーにいるあいだにマイクがしたなにかべつのことが——ハーディの救出や、ポリーとアイリーンの行動との相乗効果で——この先、戦争の天秤をどちらか一方に傾けてしまうとしたら？　あるいは、ソルトラム・オン・シーでマイクがいまなにか決定的なことをしているのだとしたら？　警告しておけばよかった。シティ・オブ・ベナレス号のことや、齟齬《そご》かもしれないもののことを話しておくべきだった。でも、齟齬かどうかはよくわからない。それに、デッドラインのことを打ち明けたとき、マイクはあんなにとり乱していた。そのあと、ダフニからの手紙を受けとり、回収チームが来たと確信して、あんなに喜んでいた。

もし回収チームが来ているのだとしたら、こんなことを話して彼を心配させる理由はどこにもない。一日の苦労は一日にて足れり。

でも、もし来ていなかったら？

「やっぱり心配なのね」アイリーンが気遣わしげな表情でたずねた。「マイクの電話がないから」

「ううん」ポリーはきっぱりといった。「ほら、王冠と錨亭の電話だと、だれに聞かれるかわからないっていってたじゃない。プライバシーが保てる電話が見つからなくて、ドーヴァーにもどるまで待たなきゃいけないのかも。それとも、電話回線がダウンしてるか」

砲撃なら、ドーヴァーは毎晩受けてるけど、とポリーは心の中でつけ加えた。なんとか方法を見つけてマイクが電話してきてくれたら、砲撃や今後の空襲の予定を教えられるのに。これから二、三日は心配ない。空襲はすべてイングランド中部地方か西部だ——二十日はリヴァプール、二十一日はプリマス、二十二日の夜はマンチェスター。しかし、二十四日にはドーヴァーが大々的な砲撃を受ける。ケントでは二本の列車が空から機銃掃射される。

ふたりは、マイクの電話をさらに十五分待った。「二十分前」とポリーはついにいった。「ほんとにもう出ないと、稽古に遅刻しちゃう」

「わかった」アイリーンが不承不承いった。「待って、電話鳴ってない？　マイクよ。やっぱり！」といって、電話をとりに階段を駆け下りた。

電話はミセス・リケットの妹からで、姉妹がしばらく話し込むつもりでいることは明らかだった。「この三日間で二回め。マイクが電話してきても、話し中で通じなかった可能性もあるわね」ノッティング・ヒル・ゲートへ歩きながら、アイリーンがいった。ちょっと間を置いて、「ねえ、レイディ・キャロラインと知り合いだったのよね？　ダリッジにいたとき」ポリーが驚いてアイリーンの顔を見ると、「ミセス・バスコームから、レイディ・キャロラインのご主人が亡くなったことを知らせる手紙が来たとき、『レイディ・デネウェルの屋敷で働いてたの？』って訊いたじゃない」

アイリーンはほかにどんな事実をつきとめたんだろうと思いながら、「ええ」と答えた。

「直属の部隊長だった」

　アイリーンはやっぱりというようにうなずいて、「それで山ほど仕事を押しつけられたのね」

「ううん。すばらしい部隊長だった。骨身を惜しまず、いつも部下の女の子たちのことを考えて、必要な物資はかならず調達する決意だった。だから、すごくびっくりしたのよ。あんたの話だと、まるで――」

「きっと、夫と息子をたてつづけに亡くしたせいね。戦争は人間を変える。平時にはそんなことができるなんて夢にも思わなかったようなことを、戦時にはするようになるのね」アイリーンは考え込むようにいった。「ミセス・バスコームのこの前の手紙には、ユーナが婦人《A》国防軍《TS》で優秀な運転手になったって書いてあった。でもまあ、戦争のせいでアルフとビニーが向上するってことはないか」

「それは疑わしいね」

「わたしもそう思う」アイリーンはそういいながら、角を曲がって、ケンジントン・チャーチ・ストリートに入った。「一座にはもう話したの？『クリスマス・キャロル』の舞台に立てないかもしれないから、代役を手配してほしいって」

「まだよ」マイクからの連絡が遅れているだけで、地下鉄駅に着いたら回収チームが待っているんだと信じられたらいいのに。それとも、ミセス・リケットが遅れてやってきて、妹との電話を切ったあと、マイクから電話があったと伝えてくれるか。

ミセス・リケットはなにもいわなかったし、地下鉄駅にも、翌朝のタウンゼンド・ブラザーズにも、だれもあらわれなかった。「きょう電話がかかってくる。わかるのよ」アイリーンは自信たっぷりにいって、書籍売り場に上がっていった。「じゃあ、ランチのときに」

しかし、ランチの時間はなかった。クリスマスの飾りつけに追われた。ときわ木の枝とセロハンの花輪と紙製の鐘（アルミホイル製の鐘はすべてビーヴァーブルック卿のスピットファイア運動に供出された）、『この先もいつだってクリスマスはある』と書かれた横断幕。それに、応対しなければならない買い物客の大群。

「唯一の利点は」と、ポリーは閉店後に落ち合ったアイリーンにいった。「商品が売れすぎて、とうとう包装紙が完全に切れちゃったことね」

しかし、翌朝タウンゼンド・ブラザーズに出勤すると、カウンターの上に、クリスマス包装紙の大きな山が置かれていた。「商品保管室の奥からミス・スネルグローヴが発掘したの」とドリーンがいった。「二年前のクリスマスの残り。ラッキーじゃない？」

ポリーは絶望の目でヒイラギの小枝模様の包装紙を見つめた。「戦争協力のために陸軍省に供出する義務があるんじゃないですか。薬莢かなにかを箱に入れたときの緩衝材とかにするために」

ミス・スネルグローヴがじろりとにらみ、「お客様にこの困難なクリスマスをできるかぎり楽しく過ごしていただくのがわたくしたちの義務です」といった。

あたしのクリスマスは？ポリーは、買い物を包装せずに持ち帰るのが愛国的義務だとお客に納得させようとしたが、無駄だった。当分のあいだ、手に入る可能性がある包装紙といえばこれだけだったから、みすみすそのチャンスを逃す客はいなかった。それどころか、包装紙を手に入れるためだけに買い物する客もいるくらいだった。その証拠に、不気味なラベンダーピンク色のストッキングまで二、三日でぜんぶ売れてしまい、ポリーは勤務時間のほぼすべてを紐の結び目や包装紙のへりと格闘して過ごし、残りの時間は『クリスマス・キャロル』の台詞《せりふ》を覚えることに費やした。

「女性の役は小さいのばっかりだから好都合ね」というアイリーンの見解はまちがっていた。たしかに女性の役はどれも小さいが、登場人物の数はやたらに多く、気がつけばポリーは、スクルージのかつての恋人のベル役だけでなく、クラチットのいちばん上の娘、スクルージに慈善の寄付を求めるビジネスマンのひとり（つけひげともみあげの扮装）、七面鳥を買いにいかされる少年（帽子と半ズボン）、それに未来のクリスマスの霊を演じることになっていた。

なんてぴったりのキャスティング。この芝居がタイムトラベルを扱っているとは、いままで知らなかった。スクルージはいわば一種の時間旅行者で、最初は過去へ、それから未来へと旅をする。

そして、歴史上の出来事を変えてしまう。ボブ・クラチットの給料を上げ、多くの貧乏人を助け、タイニー・ティムの命を救う。しかし、『クリスマス・キャロル』では、スクルージのやったことが悪い結果をもたらす可能性はない。ディケンズの世界では、善行はつねにいい結果をもたらす。そして、ディケンズの登場人物はだれもデッドラインを持っていない。

彼らはおなじ時間的位置に同時に存在することができる。おなじひとつの場面で、主任牧師が若きスクルージを、サー・ゴドフリーが老いたスクルージを演じるのを見ながら、ポリーはそのことをうらやましく思った。

舞台に立っていないとき、サー・ゴドフリーは、クリスマスの朝のシーンで使う七面鳥を調達し損ねたことでミス・ラバーナムをきびしく叱責した。

「買いたくても、一羽も出まわってないんですよ、サー・ゴドフリー」とミス・ラバーナムはいった。「ほら、戦争ですから」

あるいは、台詞を覚えられないといって、ヴィヴ（スクルージの甥の妻）とミスター・シムズ（マーリーの亡霊）を怒鳴りつける。

「きみも、墓場の場面の台詞を知らないんだろうな、ヴァイオラ」と、きっかけをしくじったポリーを叱った。

「台詞はないんです」とポリーはいった。「わたしの役は、スクルージの墓を指さすだけですから」

「ふん！　笑止千万！」といって、サー・ゴドフリーはタイニー・ティム（トロット）に邪魔な松葉杖をどかすよう命じ、スクルージがみずからの死と直面する場面をさらいはじめた。

「『あなたが指しているその石のそばに近づく前に』」サー・ゴドフリーは、ボール紙製の墓石の前でたじろぐ演技をしつつ、『どうかひとつ質問に答えてください。これらはいずれそうなる未来での影でしょうか、それとも、もしかしたらそうなるかもしれない可能性の影にすぎないのでしょうか』」

それがわからないのよ、とポリーは心の中でいった。

戦争は歴史どおりに進んでいるように見えた。リヴァプール、プリマス、マンチェスターで空襲があり、ヴィクトリア駅が爆撃され、英国軍は北アフリカでイタリア軍に反撃した。すべてスケジュールどおり。

でも、戦争はこの先もずっとそのままだろうか。あるいは、マージョリーは？　彼女は――いま訓練を受けているノリッジから『反ドイツクリスマス《ジエリー》！』と書いたクリスマス・カードを送ってきた――いずれだれかの命を救い、そのだれかがエルアラメインか重巡洋艦ドーセットシャーで歴史を変える決定的な役割を果たすかもしれない。

「霊！」とサー・ゴドフリーが怒鳴った。「レイディ・メアリ！　ヴァイオラ！　自分がホリデー・シーズンの楽しい芝居で〈未来のクリスマスの霊〉を演じているのであって、〈陰気で頑固な破滅の霊〉ではないということをどうか思い出していただけませんかね。ピカデリー・サーカス駅で演じるのが不愉快なのはわかるが、芝居のあいだそんな顔をしていたら、子供たちが怯えてしまう。これは悲劇ではなく喜劇なのだよ」

まだその証拠は見せてもらってないけど。ポリーはそう思いながらも、クリスマス・シーズンにふさわしい表情を――舞台にいるときもそうでないときも――繕《つくろ》うよう努力した。自分とおなじくらい不確かな未来に直面しているほかの全員がそうしているように。民間人の死者は日ごとに増えていた。時代人はクリスマス精神に全霊を傾け、遮光カーテンに飾りを留めたり、陽気に「ハッピー・クリスマス！」と声をかけあったりしている。

そして、たがいのためにプレゼントを用意している。「いまさっき、ミス・ラバーナムの部屋にアイロンを借りにいったら」とアイリーンが報告した。「机の上のものをあわてて隠したのよ。クリスマス・プレゼントをつくってるんじゃないかしら」

「それとも、ドイツのスパイで」とポリー。「暗号メッセージを書いている現場を目撃したのか」

アイリーンはそれを無視して、「わたしたちがクリスマスになってもまだここにいて、ミス・ラバーナムからプレゼントをもらったのに、こっちは用意してなかったら？　なにか買っておかないと。ミス・ラバーナムと、ミス・ヒバードと、ミスター・ドーミングと……うわ、どうしよう、ミセス・リケットもプレゼントを期待してると思う？」

「クリスマスは留守よ。休み中はサリーの妹の家に行くって、ミス・ヒバードに話してるのを聞いたから」戦争協力のため〝質素なクリスマス〟を心がけようと政府がさんざん勧告している事実に鑑みて、プレゼントを期待している人なんかいないだろうといいかけたが、思い直した。プレゼントの計画を練っているあいだは、アイリーンもマイクのことでやきもきせずに済むかもしれない。

「シオドアは？」とかわりにいった。

「ああ、そうね。シオドアとお母さんには、ぜったいなにかプレゼントしなきゃ」といって、アイリーンはリストをつくりはじめた。「降下点までの切符代を残しておかなきゃいけないから、そんなにお金を使えないのはわかってるけど、アルフとビニーにもプレゼントを送らないと。そういえば、クリスマス・プレゼントを包装する紙を店からすこしガメてこられる?」

「喜んで。それですこしでも早く包装紙の在庫が尽きてくれるならね。買い物するなら急いだほうがいいよ。でないと店はどこも売り切れになっちゃうから」

嘘ではなかった。タウンゼンド・ブラザーズの棚はどんどん商品が減っていき、ポリーは勤務時間の半分を費やして、商品保管室の奥から埃まみれの古い在庫——古風なガーターや寝室着《ベッド・ジャケット》、ヴィクトリア朝風のナイトガウン——を掘り出し、品切れになったストッキングや手袋の場所にそれを陳列した。お客は、並べる端から買っていった。

タウンゼンド・ブラザーズもオックスフォード・ストリートも買い物客でごった返していた。子供にサンタクロースを見せようとやってきた親たち、空襲被害者基金や地雷除去基金や疎開児童基金に寄付を募る老婦人たち。爆撃されたジョン・ルイスの前では、トラックの荷台で戦勝国債が売られていた。政府系のビルには『メリー・クリスマスではなくハッピー・クリスマスを——国民の義務を果たそう』と書かれた横断幕が掲げられ、防空壕の中にもクリスマス・ツリーが立てられた。地下通路のアーチ天井からはヤドリギが下がり、駅の食堂はもみの木の枝が飾られ、婦人義勇隊《WVS》の隊員がお菓子やおもちゃやクリスマス児童劇《パントマイム》の切符を配っていた。

そのひとりに、「お芝居がお好きのようですから」と『ラプンツェル』のチケットを二枚渡されて激怒したサー・ゴドフリーは、そくざにそれをポリーに押しつけた。ポリーは、シオドアと母親にあげてといってアイリーンに託した。

「でもこれ、二十九日の日曜日でしょ。シオドアのお母さんは日曜出勤なのよ」とアイリーンがいった。「もうここにはいない時期だから、わたしが連れていくわけにもいかないし。どうすればいいと思う？　だれかべつの人にあげる？」

だめ。二十九日になってもマイクがまだもどってなかったら、まちがいなくなにか気晴しになるものが必要なんだから。

「しばらくようすを見よう」とポリーはアイリーンにいった。「クリスマス前で、身動きがとれずにいるのかもしれないし。列車もバスも、帰郷する兵隊でいっぱい。ミス・ヒバードのプレゼントは買った？」

「ええ。包装紙はガメてこられた？」

「うん。状況は改善されなかったけどね。まだいくらでもあるみたい。おまけに、ラッピングに使う紐の長さを減らすようにっていうミス・スネルグローヴのお達しがあって。長さ三センチの紐で結び目をつくったことある？」

「包装紙貸して」とアイリーンがいった。数分間バスルームに姿を消したあと、きれいにラッピングされた小さな包みを持って出てくると、

「クリスマス・プレゼントの先渡し」といって、ポリーにさしだした。

「でも、あたしはまだなにも用意が――」

アイリーンが手を振って、「あなたにはいまこれが必要なの。それに、もしマイクが今夜もどってきたら、使うチャンスがないかもしれないし。開けて」

ポリーは包みを開けた。中身は、セロハンテープ二巻きだった。

「それだけしか見つからなかったの。クリスマス用にそれで足りるといいけど」とアイリーンは心配そうにポリーを見やった。ポリーはまじまじとテープを見つめていた。「気に入ったでしょ？」

「いままでにもらったクリスマス・プレゼントの中でこれが最高」とポリーはいい、われしらず、わっと泣き出した。

「オックスフォードに帰る切符をべつにしたらね。それもすぐ手に入る。泣かないでよ。紙が濡れちゃうじゃない。それ、シオドアのプレゼントを包むのにまた使うつもりなんだから」

「そんなの一瞬よ」ポリーはそういって、アイリーンが紙をきれいにのばしてから、シオドア用のスピットファイアのおもちゃを机の引き出しからとってくるのをじりじりしながら待った。

テープはすばらしかった。包装紙のへりが美しく留まる。さて、アイリーンにはなにをプレゼントしよう。それにいつ？　クリスマスはもうすぐ。タウンゼンド・ブラザーズは動物園も同然。そして、他の駅でも上演する見込みになってパニックを起こしかけているミス・ラバーナムに——「レスター・スクエア駅はウェスト・エンドの中心でしょ。観客の中にどんな有名人がいることか」——衣裳や小道具の調達を手伝うと約束した。けれど、ベルの台詞はまだ覚えていない。あしたはドーヴァーが砲撃されるのに、マイクはまだ電話してこない。手紙もない。クロスワード・パズルも届かない。死んでしまったからだ、と心の中でつぶやく。

いいえ、そんなことわかるわけないでしょ。彼がブレッチリーに行っているあいだ、長く連絡が途絶えると、彼の身になにかあったにちがいないと思い込んだけれど、マイクは無事に帰ってきたじゃないの。それに、まだ連絡がない理由はいくらでも考えられる。回収チームの降下点がノーサンバーランドとかヨークシャーとかにあって、マイクはそこまでたどりつくのに苦労しているのかもしれない。それとも、ダフニがクリスマス休暇で親戚を訪ねていて、マイクは彼女の帰りを待っているのかもしれない。あるいは海岸部の砲撃で電話回線が止まり、クリスマスの郵便ラッシュで手紙の配達が遅れているのかもしれない。

あしたには連絡がある、とポリーは思った。だが、なかった。

クリスマスは、人に親切を。

——雑誌のアドバイス、一九四〇年十二月

26

ロンドン 一九四〇年十二月

クリスマス・イヴになっても、マイクはまだもどらなかった。

「今夜、来ると思う?」アイリーンは、ピカデリー・サーカス駅の下りエスカレーターに乗り、『クリスマス・キャロル』の上演に向かう途中、ポリーにたずねた。うしろに立っていた男が笑いながら、

「お嬢さんたち、サンタクロースを信じるにはちょっと大きすぎるんじゃないかい?」

「莫迦《ばか》、サンタクロースの話じゃねえよ」と連れの男がいった。アイリーンに向かってうなずき、「ヒトラーの話だろ。おれなら、六対一のオッズで今夜来るほうに賭けるね。楽しいクリスマスを台なしにしようとするってのは、いかにもあいつらしいじゃないか。あのチビのクソ野郎めが」

ふたりとも、クリスマスのちょっとした景気づけ以上にきこしめしているのは明らかだった。「ご婦人方の前でその言いぐさはないだろう、このすっとこどっこい」と最初の男がけ

んか腰でいった。エスカレーターの上で殴り合いにならなきゃいいけど。

しかし、相手の男は帽子に手をやって、「失礼いたしました、お嬢さんがた。ヒトラーをチビのクソ野郎なんぞといっちゃいけなかったね。やつぁ史上最大のクソ野郎だ。やつがなにか企んでることに五ペンス賭けるね。クリスマスの汚いサプライズ。見てな。いまにも空襲警報が鳴るから」

サイレンは鳴らなかったが、おなじことを考えているのが彼ひとりじゃないことは明白だった。駅に集まった人の数はこの二週間でいちばん多く、みんな、寝袋やピクニック・バスケットを携えている。エスカレーターですぐ下に立つ女性は、クリスマス・プレゼントを詰めこんだハロッズの紙袋を持ち、連れのふたりの幼児はそれぞれ茶色の長い靴下を持っていた。

酒を飲んでいるのも、ふたりの男だけではなかった。ホームでは、大きすぎる笑い声と、「世の人忘るな」の不揃いな合唱が定期的に湧き起こる。そして『クリスマス・キャロル』上演の最中も、スクルージ役のサー・ゴドフリーが「ふん！　笑止千万！」にはじまる長台詞にかかったとたん、観客のだれかが叫んだ。「あんたに必要なのはラム一杯だよ、くそじじい！」

一座は二回公演した。最初はメイン・ホールで。二度めは終電が出たあと、ピカデリー線の西行きホームの線路上にしつらえたステージで。舞台がべつになっていても、ホームは観客全員を収容するにはせますぎた。「煖炉《だんろ》のそばに親切に置いてあるあの松葉杖が見えるかね」サー・ゴドフリーがポリーに囁いた。「あれはタイニー・ティムのだよ。群がるファンに押されて線路に落ち、電車に轢かれたんだ」

「でも、すくなくとも、死んだとき、児童劇はやってませんでしたよ」と囁き返す。

「ピーター・パンもな」サー・ゴドフリーはそういって、舞台に登場した。

スクルージは「ふん！　笑止千万！」の決め台詞を発し、マーリーの亡霊（ミスター・シムズ）に会い、過去へ赴き、未来へ行き、自分のやりかたがまちがっていたことを学んで、行いを改め、熱狂する大観衆の前で、タイニー・ティムの死を食い止めた。ポリーとアイリーンは客の中にマイクの姿を捜した。

だが、マイクは来なかった。ノッティング・ヒル・ゲート駅の外でも、ミセス・リアリーの下宿でも待っていなかった。ふたりの下宿で待っていたのは、ミセス・リケットがクリスマスのガチョウとプラム・プディング——下宿人の配給ポイントを使って買ったもの——を持って妹の家へと行ってしまったおかげで、下宿人のクリスマス・ディナーには蕪のスープしか残っていないというニュースだった。

「かまうもんですか。カナダに住んでいる甥がクリスマス・ボックスを送ってくれて、護送船団がちゃんと届けてくれたのよ」ミス・ラバーナムがそういって、ビスケットの缶とお茶の包みとクルミの袋を持ってきてくれた。アイリーンとポリーは、コンビーフ、マーマレード、チョコレートの非常用備蓄を供出し、ミスター・ドーミングは缶入りのコンデンス・ミルク一個と桃の缶詰一個を持ってきた。

「桃のシロップ漬け」ミス・ラバーナムは神肴《アンブロシア》を目の前にしたような口調でつぶやき、ミセス・リケットの上等のシェリー・グラスに一杯ずつシロップを注いで出すと言い張った。

それ以外のすべては、テーブルの中央に集められた。

「まるでピクニックみたい」とミス・ヒバードがいった。

「ミセス・リケットがいたら、こんなすばらしいディナーにはありつけなかったわ」とミス・ラバーナム。「ガチョウがあろうとなかろうと」

「ミセス・リケットの悪口をいう必要はないよ」とミスター・ドーミングがいい、みんないっせいに吹き出した。

ディナーのあと、下宿人たちはラジオで英国王のスピーチに耳を傾けた。「わたしたちはいま、みんないっしょに前線に立ち、危険に直面しています」と吃音《きつおん》まじりの声でいう。「未来は困難でしょうが、わたしたちの足は、勝利への道をしっかり踏みしめています」

ほんとにそうだといいんだけど。

スピーチのあと、国王の健康を祈って――桃のシロップはなくなっていたので、お茶で――乾杯し、それからプレゼントを交換した。ミス・ラバーナムは、ポリーとアイリーンに手製のラベンダーの匂い袋をプレゼントし、ミス・ヒバードは手編みのマフラーをくれた。

「前線の兵士用につくったんだけど、できあがってみたら、色が鮮やかすぎて、危険かもしれないと心配になってしまって」そのとおりだった。鮮やかなオレンジのかぼちゃ色で、敵の前ではまるでターゲットのように目立つだろう。

ポリーはアイリーンに、ぼろぼろの古ペーパーバックの『牧師館の殺人』と『三幕の殺人』と『アクロイド殺し』をプレゼントし、アイリーンは大喜びでそれを胸に抱きしめた。アイリーンとポリーはミスター・ドーミングに煙草の包み、ミス・ヒバードには国王夫妻の写真がついた箱入りの石鹸、ミス・ラバーナムには古本の『テンペスト』。どれもタウンゼンド・ブラザーズのクリスマス包装紙できれいに包んであった。

「本の扉を開いてみて」とポリーはミス・ラバーナムにいった。「サー・ゴドフリーがサインしてくださったの」

『わが共演者にして、並はずれた衣裳係に』」と、ミス・ラバーナムは声に出して読み上げた。「『よいクリスマスを。貴女の共演者より。サー・ゴドフリー・キングズマン』」といって、わっと泣き出した。「最高のクリスマスよ。あなたたちみんながいなかったら、どうしてこの戦争を乗り切れるかわからない」

あなたがいなかったら、あたしたちがどうして今日を――これまでの数カ月を――乗り切れたかわからない。ポリーは心の中でそうつぶやき、タウンゼンド・ブラザーズが十二月二十六日《ボクシング・デイ》にも営業していることに感謝した。

しかし、クリスマス明けのプレゼント交換やデコレーションの撤去、新春セールの準備の忙しさにもかかわらず、ポリーの心はマイクの心配から離れず、きょうこそ電話がかかってくるんじゃないかと、アイリーンといっしょに大急ぎで帰宅した。

電話はなく、二十七日になっても二十八日になっても、マイクは帰ってこなかった。もし死んでいたら？　紙製の鐘をはずしながら思った。ドーヴァーが砲撃されたとき、被害に遭っていたら？　それとも、ソルトラム・オン・シーに出発した日に命を落としたのだとしたら？　ダンワージー先生みたいに、コリンみたいに、ずっと前に死んでるんだとしたら？　それとも、回収チームがプリマスかリヴァプールにいて、マイクが捜しにいったのだとしたら？　どちらの町も爆撃されている。

　デイリー・ミラー紙に、廃墟と化したマンチェスター駅の写真が載っていた。出発する前にマンチェスターのことを話しておけばよかった。今夜の空襲のことを伝えておけばよかった。それに、日曜の夜の空襲のことも。

　日曜の朝、アイリーンがいった。「きょうの午後はシオドアを例の児童劇《パントマイム》に連れていく予定なんだけど、やめたほうがいいかも。もしマイクが帰ってきたら――」

「そしたらあたしが居場所を教えるから」パントマイムに行ってくれたら、ここで一分ごとに時計を見て、あたしをいらいらさせずに済むから、と心の中でつけ加える。

　ポリーはもういいかげん、マイクとアイリーンの双方にいらいらしていた。今夜は、シティとセント・ポール大聖堂が爆撃される。ドイツ軍は一万一千発の焼夷弾を落とし、ロンドンに入る鉄道路線の半分が被害に遭った。もしマイクが今夜ロンドンに向かっているとしたら……。

「パントマイムが終わるのは何時？」とアイリーンにたずねた。

「さあ。はじまるのが二時半だから、四時か、四時半ぐらいかな」

「そのあとシオドアをステップニーに送っていく？」

アイリーンはうなずいた。

「もし列車が遅れて、まだステップニーにいるうちにサイレンが鳴ったら、向こうに泊まって。今夜は空襲が激しいから」

「でも、イースト・エンドがいちばんひどいんじゃないの？」

「今夜は違う。今夜はシティがターゲットで、地下鉄の駅もいくつか爆撃される。ステップニーのほうが安全よ」

アイリーンはうなずいた。「あなたをひとりにしたくないけど」

「ぜんぜんだいじょうぶ。洗濯があるし」それに、もしマイクが電話してきたら、今夜のことを警告しなければならない。そのためにも下宿にいないと。「退屈したら、あなたにあげたクリスティーを読んで、犯人をあてられるかどうか試してみる」

「無理よ。クリスティーはすごく巧妙だから。犯人がわかった！　っていつも思うんだけど、毎回、真犯人は思いがけない人物なの。手がかりは目の前にあるのに気づかない。事件に関する仮説が土台からすべてまちがっていて、じっさいにはぜんぜんべつのことが起きてたんだって気がつくの」

ホルボーン駅の赤い髪をした図書係がほとんどおなじことをいっていた。いままでものごとを反対に見ていたことに結末で気づかされる、と。

アイリーンはコートを着込み、「劇場は、シャフツベリー・アベニューのフェニックス座」と言い置いて、ステップニーにシオドアを迎えにいった。ポリーはブラウスとストッキングを洗濯して干し、「軍服を着て戦う兵士たちのために」ウェストミンスター寺院の祈禱式に参列しましょうというミス・ラバーナムの誘いを断り、スカートにアイロンをかけ、そのあいだじゅう電話に耳をすましていた。

ようやく電話が鳴ったのは十一時半だった。

マイクだった。

「マイク！　ああ、よかった！　どこにいるの？」

「ロチェスターだよ。話せる時間が二分しかない。もうすぐ列車が出るんだ。無事だってことだけ伝えたくて。二時間でそっちに着く」

「回収――」といいかけて口をつぐみ、台所と談話室に目をやった。下宿人の姿は見えないが、それでも声を潜めて、「探していたものは見つかった？」

「いや。病院で知り合った男だった。となりのベッドの。フォーダムって男。やっと退院して、ぼくを捜そうと思ったんだって」

回収チームじゃないことは何日も前からわかっていたけれど、それでもじっさいにそう聞かされると、パニックのうずきを感じた。もう残された選択肢はほとんどない。あと二日すると、いつどこで空襲があるのかわからなくなる。そしてそのあとは――

「もっと早く電話できなくてごめん。でも、ダフニを捜しあてるのにすごく時間がかかって。結婚してマンチェスターに引っ越してたんだ」

「マンチェスター？　まさか、爆撃の最中にあっちにいたんじゃないでしょうね」

「じつのところ、いたんだよ。駅が爆撃されたもんだから、マンチェスターを出られなくなって。電話回線が断線して、電話もできなかった。ヒッチハイクでストーク・オン・トレントまで行って、そこから列車に乗ったんだ」

「あたしのせいね」思わず叫んだ。「警告しておけばよかった。でも、中部地方に行くことになるなんて思いもしなくて。ごめんなさい。ねえ、聞いて——」また声を潜め、受話器の送話口に手をあてて、「今夜は大きな空襲があるの。この戦争でも最悪の空襲のひとつ。シティ一帯の広い地域が火事になり、セント・ポール大聖堂もあやうく炎上しそうになる。鉄道の線路と駅もいくつか爆撃される——ウォータールーと——」

「なんだって？」

「だから、ウォータールー駅と——」

「じゃなくて、セント・ポールのこと。炎上しそうになったって？」

「ええ」ポリーは囁き声で、「焼夷弾が二十八発落ちて、まわりはぜんぶ燃えた。パタノスター・ロウと——」

「セント・ポールの焼夷弾は来年の五月十日だと思ってた」

「ううん、それは下院。そっちは——」

「でも、ロンドン大空襲は、五月十日がいちばんひどかったっていってたじゃないか」

「そうよ」いったいどうしてそんなことを気にするんだろうと思いながら答えた。「死者数がいちばん多くて、被害の規模がいちばん大きかったのはその日。でも火災が最悪だったのは十二月二十九日」

「じゃあ、火災監視員で有名なのは二十九日？　火災監視員がセント・ポールを救ったのは？」

「ええ」

「大聖堂は一九四一年の五月十日に爆撃された？」

「いいえ。どういうこと？」

「聞いてくれ」とマイクが早口でいった。「脱出できる場所が――ああくそ、列車が動き出した。走らなきゃ間に合わない。でも、きみたちに――」

「どこかで落ち合う？」

「いや、きみとアイリーンは部屋にいて、ぼくが着いたときに出発できる準備をしておいてくれ。脱出する方法がわかったんだ。じゃあ」

「アイリーンは出かけてるのよ」といったが、すでに電話は切れていた。

ポリーは受話器を置いた。

とにかく、今夜のことは警告できた。もっとも、マイクがちゃんと聞いていたかどうかは心許《こころもと》ない。しかし、いまロチェスターにいて、列車が遅れなければ、空襲がはじまるずっと前にロンドンに着ける。もし遅れるようなら、すぐまた電話してくるだろうから、あらためて警告できる。

そこに立って、電話を見下ろしたまま、アイリーンを呼びにいくべきかどうか考えていた。ここにいて、自分が着いたときに出発できる準備をしておくようにとマイクはいった。しかし、アイリーンはまだ劇場に着いていないし——時刻は正午にもなっていない——ステップニーに向かったら、きっとすれ違いになってしまう。

フェニックス座に電話してみたが、だれも出なかった。十二時半にかけても、一時にかけても、だれも出ない。マイクからの電話はなく、ということはもうこちらに向かっている。マイクがいまこっちに来ている史学生に思い当たったのは明らかだ。その史学生は、セント・ポール大聖堂と関係している。バーソロミューさん以外にだれかもうひとり、火災監視員を観察する現地調査に派遣された史学生がいたとは考えにくい。だとすれば、問題の彼または彼女は、そのエリアでなにかべつのものを観察していることになる。ロンドン市庁舎の火事か、焼失したクリストファー・レンの八つの教会のひとつか。でも、どうしてマイクは、その彼または彼女のことをいままで思いつかなかったんだろう。それに、問題の史学生がいる場所がどうしてわかったんだろう。

一時半にもう一度劇場にかけてみたが、やはりだれも出ない。アイリーンのあとを追って、自分でフェニックス座に行くしかない。でも、マイクとすれ違うのが心配だった。いま、下宿には伝言を頼める相手がだれもいない。ミス・ヒバードは伯母さんの家を訪ねているし、ミスター・ドーミングはルートンでサッカーの観戦中。ミス・ラバーナムはウェストミンスター寺院からまだもどっていない。マイク宛てにメモを残しても、気づかれないままになるか、どこかにまぎれてしまう可能性が高い。

ポリーは劇場に電話をかけながらもう十五分待つことにして、ミス・ラバーナムが帰宅してくれることを祈った。

ミス・ラバーナムが帰ってきた。

ポリーは彼女に祈禱式の話をする時間も与えず、「午後は家にいます？」とたずね、イエスという返事を聞くなり、コートと帽子をとりに三階へ駆け上がった。

コートを着て、帽子をかぶり、机からバッグをとってきびすを返したそのとき、マイクが息を弾ませて戸口から飛び込んできた。

「ああ、よかった。こんなに早いとは思わなかった」

「アイリーンは？」とマイクがたずねた。

「シオドア・ウィレットを連れてパントマイムを見にいったの」

「ふたりで待っててくれっていったのに」

「電話のときはもう出かけたあとだったのよ。いま迎えにいこうとしてたところ」

「どこの劇場？　電話して、どこかで落ち合えないかな」

「かけてみたんだけど、だれも出ないの」

「じゃあ、連れにいくしかないな。さあ」

「マイク、いったいどういうこと？　ここにいる史学生を思いついたの？」

「ああ。道々、話すよ。どこの劇場？」

「フェニックス座。でも、芝居がはじまったら、入れてくれるかどうかわからない」

「いつはじまる？」

「二時半」

「じゃあ、はじまる前に行かないと。さあ」マイクはポリーを急《せ》きたてて階段を降りはじめた。

階段の下でミス・ラバーナムが待っていた。「わたしに頼みってなにかしら、ミス・セバスチャン」

「いえ、もういいんです。いってきます」といって、ポリーはマイクに追いつこうと、大急ぎで外に出た。マイクは片足が不自由だというのに、もう数メートル先を歩いている。

「フェニックス座までのいちばん早い交通手段は？」追いついたポリーにマイクがたずねた。

「タクシーね。見つかればだけど。でなきゃ地下鉄」

「タクシーをいちばんつかまえやすいのは？」

「ベイズウォーター・ロード。さあ、アイリーンと合流したあとどこへ行くのか教えて」

「セント・ポール大聖堂だ」マイクが歩調をゆるめずにいった。「ジョン・バーソロミューを捜しに」

「ジョン・バーソロミュー！」ポリーは思わず足を止めた。「でも、彼はもうオックスフォードにもどってる。十月に」

マイクも足を止めて、ポリーに向き直った。「だれに聞いた？」

「アイリーン。バーソロミューは十月十日の爆撃で怪我をしたあと、すぐにもどったって」

「アイリーンはバーソロミューのことを知ってたのか？」マイクはポリーの両腕をつかんだ。

「いったいどうして黙ってた？」

「こっちに来ている過去の史学生のことで話をしたとき、アイリーンはその場にいなかったし、あたしが彼のことを知ったのは、あなたがブレッチリー・パークに出かけたあと。それに、彼はもうオックスフォードに帰ってるんだから――」

マイクは首を振った。「まだ帰ってない。アイリーンは日付を勘違いしてるんだ。それに、彼は怪我をしてない――べつの火災監視員が怪我をして、バーソロミューがその命を救ったんだ。その事件が起きたのは十月じゃない。今夜だ」

ふたりはベイズウォーター・ロードにたどりついた。

「あくそ」マイクはがらんとした通りの左右を見渡して、「タクシーはいったいどこへ行ったんだ？」

「地下鉄にするしかなさそうね」

ノッティング・ヒル・ゲート駅へ急ぎ、階段を降りてセントラル線のホームに向かった。ちょうど電車が入ってくるところで、ふたりが乗り込んだ車両はさいわい無人だったから、気兼ねなく話をつづけることができた。

「バーソロミューが二十九日にここにいるっていうのはたしか？」

「ああ。彼の特別講義を聴いたんだ。一部始終をくわしく話してくれた。焼夷弾のこと、干潮で火事を消す水がなかったこと、レンの教会が炎上し、火災監視員がセント・ポールを救ったこと。バーソロミューは火災監視員といっしょに大聖堂の屋根の上にいた。ああくそ、彼はいままでずっとここにいたんだ！　知ってさえいたら——」口をつぐみ、「まあ、過ぎたことはしょうがない。とにかく、彼を捕まえるのが間に合うことを祈ろう」

「間に合う？　でも、セント・ポールにいることがわかっているなら——」

「今夜はいる。でも、今夜が最後だ。アイリーンの話もそこだけは合ってる。空襲の直後にオックスフォードにもどったんだ。ということは、ネットを抜けるのはあしたの朝。あと数時間しかない。今夜、空襲がはじまるのは何時？」

「六時十七分。でも、セント・ポールへの爆撃がその時間にはじまるって意味じゃない。そっちはもっと遅いかもしれない」

「サイレンが鳴るのはいつ？」

「さあ。でも、今月の空襲警報はすべて、爆撃機が飛来するすくなくとも二十分前に鳴ってる」

「ということは、遅くとも五時四十五分までにはセント・ポールに着いてないと」腕時計に目をやって、「いま、二時十五分前。四時間ある。バーソロミューを見つけるにはじゅうぶん以上だ」

「でもわからない。もし彼がここにいるって知っていたんなら——」

「知らなかったんだ。バーソロミューは、セント・ポールが焼失しかけたのはロンドン大空襲最悪の夜のことだといってたし、ロンドン大空襲が最悪だったのは一九四一年の五月十日だってきみに聞いたから、てっきりその夜のことだと思い込んでいた。バーソロミューの現地調査期間は三カ月だったと特別講義でいってたから、彼がこっちに来るのは来年の二月だと思ってたんだ」

マイクがブレッチリーから帰ってきたときにバーソロミューの話をしていたら、何週間も前に彼と接触できていたのに。ポリーはそう考えてうしろめたい気分になった。なにもかもが、このおれにそむきやがる（『ハムレット』4幕4場）。

「心配ないよ。まだ時間はたっぷりある」とマイクがいった。列車はレスター・スクエア駅に着いた。ホームに降りると、「いま何時？」とマイクがたずねた。

「二時五分前。ぜったい間に合わない」

「間に合うさ。きょうはぼくらのラッキー・デイだ」そして驚いたことに、フェニックス座に着いてみると、ロビーにはまだ親子連れがいて、切符売り場の前には列が残っていた。ポリーは入り口の案内係のところまで階段を駆け上がり、マイクが足を引きずってあとにつづいた。

「チケットを拝見します」と案内係がいった。

「芝居を見にきたんじゃないんだ」とマイク。「お客に用があって」

「あいにくですが、幕間《まくあい》まで待っていただくことになります」

「待てないんだ」

「とってもだいじな用件なの」とポリーが訴えた。「緊急の」

「そのかたに伝言を届けることはできますよ」と案内係が譲歩した。「どちらの席でしょうか」

「わからない。名前はアイリーン・オライリー。赤毛で、小さな男の子を連れて――」

「なあ」とマイク。「こんな子供向けのくだらない芝居をタダ見しようってわけじゃないんだよ」

案内係の表情がにわかに険しくなった。

「とにかく中に――」

「この舞台のチケットはまだ買える？」マイクがこれ以上話をややこしくしないうちに、ポリーが口をはさんだ。

「ええ、おそらく」案内係がそっけなくいった。

「ありがとう。来て」とマイクに命令し、切符売り場に向かって階段を駆け下りた。

「そんな暇はないよ」とマイク。

「劇場から放り出されたら、芝居が終わるまでアイリーンと話ができなくなるのよ」チケット売り場の窓口に身を乗り出し、「この舞台のチケットは残ってます？」

「あいにく、いま残っているのは、一階特等席の八列と六列の各二席だけです。Fの十九番と――」

「それをもらう」マイクは半クラウン銀貨二枚を叩きつけ、チケットをひったくった。

ふたりは階段を駆け上がり、まだ渋い顔をしている案内係にチケットを渡し、場内に導かれた。案内係は、列の中央あたりにあるふたりの座席を指さすと、半券を渡して歩み去った。通路側の席にすわっていた男が立ち上がり、ふたりを通そうとしたが、「先に知り合いを見つけなきゃいけないので」とマイクがいった。「見つかったかい、ポリー？　アイリーンは何色の帽子？」

「黒」と答えて客席を見渡したが、おとなは全員、黒い帽子をかぶっている。場内は子供たちの海だった。座席の上で跳んだりはねたり、しゃべったり笑ったりしている。フラシ天の座席に逆向きに立って、うしろの席と話している子供。そして、連れの母親や乳母や女家庭教師はみんな子供のほうを向き、席にすわらせようとしていた。「この人混みじゃとても見つからない」

「ああ。いや、待って。あそこだ」とマイクがバルコニー席を指さした。「ほら、そこの一列め。アイリーン！」と手を振るが、アイリーンはシオドアに話しかけていてこちらに気がつかない。シオドアは、劇場全体の中でただひとり席にじっとすわっている子供だった。両足をまっすぐ前に伸ばし、両手はしっかり座席の肘かけに載せている。「アイリーン！」

「ここからじゃ聞こえない」とポリー。

化粧室を目指しているような顔で脇の通路に出ると、階段を駆け上がり、いちばん上に立っていた案内係に向かってチケットとプログラムを振って見せ、バルコニー席に飛び込んだ。マイクも足を引きずってついてくる。

アイリーンは、列の端から五つめの席だった。手前には女家庭教師に連れられた三人の幼い女の子。そのうちふたりは、バルコニーのへりから身を乗り出し、プログラムをちぎっては、一階席の客の頭めがけて紙吹雪を散らしている。女家庭教師はむなしく子供たちを叱りつけていた。

「あなたたち！　やめなさい！　落ちますよ！　ふたりとも、なんて行儀が悪いの」

アイリーンはまだポリーとマイクに気づいていない。「アイリーン！」ポリーは、少女たちと視界をふさいでいる女家庭教師の向こうにいるアイリーンに呼びかけた。

「ポーリーン！　だめだめ、席に立ってはいけません！　布が破れますよ。ヴァイオレット！」紙吹雪を散らしていた子の片方がバルコニーのへりから落ちそうになり、女家庭教師が悲鳴をあげた。

アイリーンがヴァイオレットのドレスをつかみ、安全な座席にぐいとひきもどした。

「まあ、ありがとうございます」と女家庭教師がいった。

「どういたしま――」といいかけたところで、ようやくアイリーンが通路に立っているふたりに気づいた。「マイク！　ポリー！　なにしてるの？　無事でよかったわ、マイク。すごく心配してたのよ！　いったい――」とつぜん、顔から血の気が引いた。「回収チームを見つけたのね」と息を呑む。

「いや」とマイク。「でも、出口を見つけたんだ」

ポリーは、女家庭教師はいったいどう思っているだろうと、そちらに神経質な視線を投げた。しかし、彼女はまだ、女の子たちを席にすわらせるのに大わらわだった。「ああ、ヘンリエッタ、おねがいだからいい子にしてちょうだい」と、もうお手上げという口調でいう。

「急がないと」とマイク。

「でも……」とアイリーン。「シオドアに約束を――」

「しかたないよ。もうあと二、三時間しかないんだ」

アイリーンは立ち上がり、コートに袖を通してから、シオドアのコートに手を伸ばした。

「残念だけど、パントマイムは見られなくなっちゃったの、シオドア」といいながらコートをさしだした。「もう帰らなきゃいけないの」とシオドアの片腕をコートの袖に入れた。

「やだ！」シオドアは、劇場全体に響き渡る、サイレンのような叫び声でいった。「帰りたくない！」

……戦時には、時間が肝要だ。

——サー・ウォルター・トマス・レイトン、軍需省、一九四〇年

27

ロンドン

一九四〇年十二月二十九日

「帰りたくない！」シオドアが金切り声をあげた。「パントマイムが見たい！」

「無理なの」アイリーンは、ばたばた激しく振りまわすシオドアの腕にコートの袖を通そうと奮闘しながらいった。「行かなきゃ」

「なんで？」シオドアが泣き叫ぶ。

「よし、ぼくが引き受けよう」マイクが三人の少女と女家庭教師の前を無理やりすり抜け、シオドアを抱き上げようとした。

「ああ、だめ——」とアイリーンがいったときには、シオドアがもうマイクを蹴り飛ばしていた。マイクがうめき声をあげて手を離した。

「ごめんなさい。先にいっとけばよかった」アイリーンは厳しい顔をシオドアに向け、「蹴るのは禁止。さあ、コートを着て。いい子だから——」

「やだ! 行きたくない!」とシオドアが絶叫し、バルコニー席のすべての子供と大人がむっとした顔でこちらを見た。

「いったいどうしたんです?」バルコニー席の案内係が近づいてきた。そのうしろには――うわ、かんべんして――さっき劇場の正面玄関でひと悶着あったあの案内係。

「こういう騒ぎは困ります。まもなく舞台がはじまりますので」

「こちらのふたりがなにかご迷惑を?」と正面玄関の案内係がアイリーンにたずねた。

「いいえ。静かにして、シオドア」とアイリーン。「このふたりは――」

「さっき入場料を払わずに入ろうとしたふたりだ」と正面玄関の案内係がバルコニー席の案内係にいった。

「そんなことするもんか」とマイク。

「チケットならあります」ポリーはあわてて口をはさみ、半券をさしだした。「あなたもチケットを見せて、マイク。あたしたちは友人に用があっただけで。家のほうで急な出来事が――」

「家に帰りたくない!」シオドアが叫び、わあわあと号泣しはじめた。

女家庭教師がポリーの袖を引いて、「急な出来事っておっしゃいましたね。空襲ですか? その子の家族が――」

「いいえ」と答えて、たちまち後悔した。シオドアを劇場から連れ出す口実としては完璧だったのに。しかし、正面玄関の案内係はその機を逃さず、「では、およそ緊急の用件ではありませんね」といって、バルコニー席の案内係から半券をひったくり、「この座席は一階席の八列めです。バルコニー席ではありませんよ」

「わかってる」マイクはけんか腰でいった。「こちらの若い女性に話があっただけで――」

照明が消え、また点灯した。

「もう幕が上がります」とバルコニー席の案内係がいった。「恐れ入りますが、座席におもどりください。まだお話があるようでしたら幕間に」

「でも――」

「パントマイムがみたい！」とシオドアが絶叫した。

「見られるとも」と案内係がいって、マイクとポリーをにらみ、「おふたりともご自分の席にお着きください。さもないと、劇場の外へお連れすることになりますよ」

「席にすわってて」とアイリーンがいって、少女たちの体ごしに身を乗り出して、マイクの手に手を重ねた。「だいじょうぶだから」

「でも、もう時間が――」

「わかってる。だいじょうぶ。約束するから」

でもどうやって？　座席へと連行されてゆく屈辱に耐えながら、ポリーは思った。

「だいじょうぶって、どういう意味だろう」とマイクがたずねた。

「さあ。たぶん、なんとかシオドアにいい聞かせて――」

「いい聞かせる？　ありえないね」マイクはシオドアに蹴られた脚をさすりながら、「もしやっぱり無理だとなったら――」

「そしたら、幕間まで待つしかないわね」ポリーは、案内係がこれ見よがしに腕組みして見張りに立っている中央通路のほうをふりかえった。「もしかしたら、あなたがひとりで先にセント・ポールへ行って、あたしがあとからアイリーンを連れていくほうが正解かも」

マイクは首を振った。「三人いっしょに行くか、だれも行かないかだ」ふたりは席に着いた。「幕間まで何幕？」

ポリーはプログラムを開いてたしかめた。舞台のタイトルは『ラプンツェル　戦時クリスマス・パントマイム』で、二幕しかない。しかし、第一幕の演目には一ダース以上の歌が並び、そのほかにダンスナンバーもあれば手品もあり、ジャグリングや犬の芸まで載っている。うわ、勘弁して。これじゃ、いつまでもここから動けない。サー・ゴドフリーがパントマイムをあんなに嫌っていたのも無理はない。これでは、劇というよりボードビル・ショーだ。

「早くはじまってほしいよ」とポリーのとなりにすわっていた男の子がいった。

「あたしもよ」とポリーはいった。

石綿の防火カーテンが上がり、赤いベルベットの緞帳《どんちょう》があらわれると、観客が熱狂的に拍手した。よかった。と思ったが、それきりなにも起こらない。

「シオドアがトイレに行きたくなるかもな」マイクがバルコニー席を見上げていった。アイリーンがシオドアになにかいっしょうけんめい話している。「そしたら頭の上からコートをかぶせて運び出すとか」

「しいっ」男の子がポリーの向こうから、きびしく注意した。「もうはじまる」

やっと。

オーケストラがファンファーレを奏で、タイツに胴衣《ダブレット》姿の美女が大きな白いプラカードを持って舞台に出てくると、「空襲の際には、このお知らせが掲示されます」といって、プラカードをひっくり返した。〈ただいま空襲中〉という文字があらわれる。プラカードをまた裏返して白にもどすと、それを舞台袖のイーゼルの上に置いた。「ありがとうございました」

さらに騒々しい拍手。カーテンが左右に分かれて、ボール紙の木々が立つ森と、ボール紙の高い塔があらわれた。塔のてっぺん近くには小さな窓がひとつあり、ブロンドの娘が窓べに腰かけて長い髪を櫛で梳かしている。「おお、悲しいかな」と娘はいった。「わたしはこうして、この塔に囚われた身！　だれが助けにきてくれるの？」窓の外に身を乗り出し、「ああ、どうしましょう！　わたしをここに閉じ込めた、邪悪な魔法使いがやってくる！」

オーケストラ・ピットから不吉な音楽が流れ、ナチの将校の軍服を着た男がドイツ式の直立歩調で舞台に出てくると、塔の下で足を止めた。

「ジーク・ハイル、ラプンツェル。その髪を下ろせ」とドイツ訛りで吠える。「これは命令だ！」

ラプンツェルは黄色いより糸でできた髪の毛の巨大なかたまりを落とし、将校をぺちゃんこにのしてしまうと、ぱんぱんと手をはたいた。観客席は、歓声と笑い声に包まれた。その耳を聾する喧騒をつんざいて、シオドアのかん高い声がはっきりと響き渡った。「パントマイムなんかきらいだ。うちに帰りたい！」

「いまのが合図よ」とポリーは囁き、マイクの手をつかむと、彼を急きたてて通路に出て、ロビーへの階段を駆け下りた。

アイリーンはもうロビーにいた。じれったげなシオドアの手を引いている。「だいじょうぶだっていったでしょ」

「帰りたい！」とシオドアが宣言した。

「あたしたちもよ」とポリーがいって、シオドアの反対の手をつかみ、四人は大急ぎで劇場を出た。あの案内係が腹に据えかねた顔でドアを開けてくれた。

「なにがあったの？」外に出るなりアイリーンがたずねた。「回収チームを見つけたわけじゃないんでしょ。ほかの史学生が見つかったの？」

「ああ」とマイク。「ジョン・バーソロミューだ」

「バーソロミューさん？」アイリーンはマイクからポリーに視線を移し、「でも、彼はもう帰ってる。マイクに教えなかったの？」

「帰ってないんだ」とマイク。「きみの勘違いだよ。バーソロミューはセント・ポール大聖堂が爆撃された夜、ここにいた。それは今夜なんだ」

シオドアが興味津々の顔で話を聞いている。

「シオドアを送っていってから話し合うほうがよくない？」とポリー。

「ああ、タクシーが要《い》るな」マイクは通りを見渡してタクシーを探した。「シオドアの住所は知ってるだろ、アイリーン。運転手に前払いして、自宅まで送り届け――」

「ひとりで帰すわけにはいかないわ」とアイリーン。「母親は留守なの。きょうは仕事だから。それでわたしがパントマイムに連れていくことになったのよ」

「よし、じゃあ、親戚とかご近所が――」

「おとなりのミセス・オーウェンスがいるけど、きょうは留守かもしれないし、向こうにだれかいるかどうかもわからないままタクシーに乗せるのは無理。六歳なのよ」

「そんなことといっても、バーソロミューを見つけるのはきょうが最後のチャンスなんだ。あすには帰ってしまう」

「でも、わたしたちもいっしょに帰るわけじゃないでしょ」とアイリーン。「オックスフォードに居場所を伝えるメッセージを託すだけ。あなたたちふたりで行って。わたしはシオドアを家まで送るから、あしたミセス・リケットの下宿に迎えにくるよう、回収チームに伝えて。ほら、シャクルトンみたいに。そうすれば、ポリーをちゃんと送り返せるし。デッドラインがあるのは彼女なんだから」

「ポリーはバーソロミューの顔を知らない。きみは知ってる」とマイク。「それに今夜は――」シオドアに目をやって、声を潜め、「この戦争で最大規模の空襲がある。バーソロミューはそのど真ん中にいることになる。ということは、空襲がはじまる前にここを出なきゃいけない。バーソロミューを見つけて、降下点まで連れていってもらって、きょうの午後ぼくらをピックアップしてくれというメッセージを送る」

「それはわかるけど、でもシオドアの面倒をみるのはわたしの責任。放ってはおけない」

「だれかに頼んで送っていってもらえるかも」とポリーが提案した。「バックベリーから送り返したときは、兵隊に頼んで面倒みてもらったといってなかった？」

「ええ。でもあのときは、駅で母親が待ってるってわかってたから。見知らぬ他人にシオドアを預けるわけにはいかないでしょ」

「見知らぬ他人じゃない」とポリー。「ミセス・リケットの下宿にもどって、ミス・ラバーナムが――」

「家にいるのは確実？」

「いいえ」

マイクはしばらくむずかしい顔で考え込んでいたが、やがて、「ぼくらでシオドアを送っていったほうが早そうだ。そしたら、近所でだれか、シオドアを預けられる人が見つかると思う？」

「ええ、それはだいじょうぶ」

「じゃあ行こう。いちばんタクシーがつかまりやすい場所は？」

「地下鉄のほうが早いわ」とアイリーン。「ステップニーまでの道路は迂回路が多すぎるから」

あとはステップニー行きの鉄道が動いていることを祈ろう。それと、シオドアが列車に乗りたくないと突然いいださないことを。

しかしシオドアはみずから進んで車両に乗り込み、窓の遮光紙の隅を剝がしてガラスに鼻を押しつけ、楽しげに外を観察した。もっとも、この列車が地上に出るのは五、六駅先なので、見るものはまだなにもない。

三人は、話ができるようにシオドアの反対側の席に並んですわった。「空襲がはじまるまでに彼のところにたどりつけなかったら？」とアイリーンがたずねた。

「その場合は、なんとかして連絡をとって降下点の場所を教えてもらって、空襲が終わったあと、三人でそこへ行って、彼がやってくるのを待つ。二十九日の空襲の翌朝にネットを開くことができたんだから、彼の降下点はロンドンの外にあるんじゃないかと思う」

「ほんとに開くと思う？」とアイリーン。

「すでに開いてるんだよ」とマイク。「六年前に」

「ああ、そうね。ごめんなさい。それに、彼が十月に帰ったと勘違いしてたことも。彼の講義をもっとちゃんと聴いておくんだった」

「ぼくのほうは、バーソロミューのことを思い出した時点で、きみたちに話しておくべきだった」

それにあたしは、以前この時代に来たことのある史学生を思い出す件についてマイクがいったことをアイリーンに話しておくべきだったのに、自分の前回の降下や現地調査についてあれこれ訊かれたくなくて黙っていた。その結果がこれだ。六年前のオックスフォードからこの時代に来ていた史学生を見つけるため、三人がタイムリミットぎりぎりで右往左往している。

もしうまく接触できれば、バーソロミューさんは、ダンワージー先生のもとにメッセージを届け、先生はそれから六年待ってあたしたちを送り出すことになる。六年のあいだ嘘をつき通し、それから、マイクが片足の機能を半分失うことやアイリーンが空襲に死ぬほど怯えることを重々承知のうえで、ダンケルクと伝染病とロンドン大空襲にあたしたちを送り出す……。

そんなことは信じられない。先生が余分の現金を持たせたことや、住む場所にきびしい制限を加えたことを考慮に入れても、やっぱりありえない。そんな嘘をつくような先生じゃない。

嘘をつかないってどうしてわかる？　ポリーは自問した。そういう自分は、アイリーンやマイクに何週間もずっと嘘をついてたじゃないの。

あたしの場合とおなじく、ダンワージー先生にも嘘をつくもっともな理由があったとしたら？　先生もあたしたちを守ろうとしているんだとしたら？　嘘をつくことがあたしたちを救う唯一の方法だったんだとしたら？

でも、救うって、なにから？　それに、嘘が唯一の手段だと先生が信じていたとしても、コリンに真実を隠すことなんかできるはずがないし、コリンが先生に調子を合わせることなんかぜったいない。あたしに警告したはずだ。

じっさい、警告してくれていたのかもしれない。「万一のときはぼくが助けにいく」とコリンはいった。でも、少年らしい熱意がそういわせただけで、あたしが現実の危険に直面するかもしれないと心配しているようには見えなかった。

そう思っていたら、行くなと止めたはず。あるいは、どんなことがあっても迎えにきたはず。ずれの増大などという些細な障害でコリンを止められるはずはない。

ということは、あたしたちはバーソロミューさんを見つけることができず、メッセージを託すこともできない。あたしたちは間に合わない。マイクがまちがっていて、バーソロミューさんは十月にもう帰ってしまっているか、来年の五月までこっちに来ないか。あるいは、シオドアを預ける人間が見つからないか。それともセント・ポールにもどる列車が遅れるか。列車がガクンと止まって、トンネルの中で何時間も待たされた挙げ句、大聖堂にたどりつけないのか。

それとも、遅れはすでに生じているのかもしれない。あの案内係との口論で費やした致命的な数分間。シオドアをどうやって家に帰すか議論した時間。すでに遅れている。

でも、バーソロミューさんを見つけなければ。デッドラインの前にここから脱出する唯一のチャンスなのだから。

ポリーひとりのチャンスではない。全員にとってのチャンスだ。マイクとアイリーンは、Dデイのために集結している数十万の兵士の中からデニス・アサートンを見つけ出すことなどけっしてできないだろう。タウンゼンド・ブラザーズのポリーを見つけることもできなかったのだから。

アイリーンがVEデイにいたのは、三人がこの時代を出られなかったからだ。ポリーのデッドラインが来たときも、彼ら三人はまだここにいた。そしてマイクは……。

バーソロミューさんを見つけなければ。ポリーは心の中でつぶやき、シオドアを預ける相手がいなかったときにどうするかを考えはじめた。

しかし、ミセス・オーウェンスは家にいた。「やっぱりね。芝居が終わるまで保《も》たないんじゃないかと思ったのよ」玄関で彼らを出迎えたミセス・オーウェンスはいった。「でも、よかった。今夜は空襲があるような気が、朝からずっとしてたから」

「もし空襲があったら」とアイリーン。「シオドアを防空壕に連れていってくださいね。階段の下のあの押し入れは安全じゃないから」

「わかったわ」とミセス・オーウェンスは約束した。「あなたたち三人は家に帰ったほうがいいわね」

「そうします」とアイリーン。

「シオドア、アイリーンにさよならをいって、送ってくれたお礼をいいなさい」

「やだ」といって、シオドアはアイリーンに飛びついた。「帰ってほしくない」

これが遅れだ、とポリーは思った。アイリーンの脚からシオドアをひきはがすのにこれから二時間を費やすことになる。

しかし、アイリーンには備えがあった。「帰らなきゃいけないの。でも、あなたにクリスマス・プレゼントがあるのよ」タウンゼンド・ブラザーズのクリスマス包装紙で包んだ箱をバッグからとりだし、シオドアに手渡した。

シオドアはすぐさま玄関にすわりこんで箱を開け、三人はその隙にそそくさと辞去して、四時半には帰りの列車に乗っていた。さいわい、車両は無人だった。「これなら、空襲がはじまる前に、じゅうぶん余裕を持ってセント・ポールに着ける」とマイクはいった。

「でも、だめだったときのために」とポリー。「それと、三人が離ればなれになったときのために、バーソロミューさんがどんな外見だか教えて」

「背が高くて」とアイリーン。「黒髪で、三十代のはじめ――いえ、待って、ここにいるのが六年前の彼だってことをすぐ忘れちゃう。二十代後半ね」

「火災監視本部があるのは地下聖堂」とポリー。「地下に降りる階段は――」

「知ってる」とマイク。「セント・ポール大聖堂には行ったことがあるから」

「バーソロミューさんを捜しに？」とポリー。

「いや。いっただろ、彼が来たのは来年の春だと思ってたって。きみを捜してたんだよ。パジェットできみとアイリーンに出会う前。ダンワージーがいつも大聖堂の話をしてたから、もしかしたらそこに行ってるかもしれないと思って。そしたらあの老人が――」

「ハンフリーズさんね」とポリーはいった。

「そう。ぼくを捕まえて、大聖堂のガイドつきツアーをしてくれた。二隻の船を接触させて急場を救ったフォークナー大佐っていう人物のことをくわしく教えてくれたよ。すべての階段に案内して――」

「でも、アイリーンは案内されてない」とポリー。「それとも案内された？　あたしを捜しにきた日に？」

「ええ。でも、そのときはずっとほかのことを考えてたから。地下聖堂へ降りる階段はどこにあるって？」

「ここよ」ポリーは座席の革張りの背もたれに指先で大聖堂の輪郭を描き、地下への階段がある場所を指さした。

「屋根に上がる階段は？」とアイリーン。

「さあ。それに屋根といってもひとつじゃなくて、いくつもいくつも層になってる。だから、焼夷弾を消すのがすごくたいへんだったのよ。でも、祭室には、バーソロミューさんにメッセージを届けてくれる人がだれかいるはず」といって、アイリーンに今夜の空襲のことを教えた。「セント・ポールが焼失しなかったのは――」

「火災監視員のおかげだ」とマイク。

「ええ。でも、大聖堂のまわり一帯は焼失した。フリート・ストリートとロンドン市庁舎と中央電話交換局――交換手は全員、退去することになった――それに地上防空壕がすくなくともひとつ。どれだか知らないけど」

「ということは、そのすべてを避ける必要がある」とマイク。「地下鉄駅もいくつか爆撃されたといってたね。どこ？」

「ウォータールーだと思う」ポリーは記憶を探りながら、「それと、キャノン・ストリート。あと、チャリング・クロスの鉄道駅も、パラシュート爆弾のせいで退去になった」

「セント・ポール駅は無事だった？」

「さあ」

「高性能爆弾はたくさん落ちたの？」アイリーンが神経質にたずねた。

「いや」とマイク。「ほとんどぜんぶ焼夷弾だった。でも、干潮時だったうえに、いちばん大きな水道本管が直撃を食らったんだ。それに、すごく風が強くて」

ポリーはうなずいた。「火災はもうちょっとでドレスデン空襲のときみたいなファイアストームを引き起こすところだったのよ」

「ということは、ますますオックスフォードに帰ったほうがいいわけだ」とマイクがいった。

「セント・ポールまではあと何駅？」

「次のモニュメント駅で降りて、そこからセントラル線のバンク駅に行ったら、セント・ポールまでひと駅」とポリー。

しかし、セントラル線のホームに向かうと、入り口に告知板が出ていた。〈新しいお知らせがあるまで、セントラル線の運転を休止します。他の路線をご利用ください〉

「セント・ポール駅を通る他の路線って？」マイクはそうたずね、地下鉄マップのほうに歩き出した。

「ひとつもない。べつの駅を使うしか」といって、ポリーは必死に考えをめぐらした。いちばん近いのはキャノン・ストリート駅だが、爆撃されている。何時だったかはわからない。

「ブラックフライアーズに行かなきゃ。こっち」といってポリーはふたりを先導してホームに向かった。

「ブラックフライアーズは焼けた駅じゃないよね？」

「違うわ」と答えたが、実際は知らなかった。だが、まだ五時ちょっと過ぎ。いま燃えているわけはない。

「ブラックフライアーズからセント・ポール大聖堂までは？」とマイク。

「歩いて十分」

「ここからブラックフライアーズまでは？　十分ぐらい？」

ポリーはうなずいた。

「よし。じゃあ、時間はまだたっぷりある」といってホームへ歩き出す。

しかし、タッチの差で電車を逃し、次の電車まで十五分待たなければならず、ブラックフライアーズ駅で降りたあとは、毛布を敷いたりピクニック・バスケットから食器をとりだしたりしている数十人の避難者たちのあいだを抜けて歩くのに時間がかかった。

ああ、どうしよう。空襲警報のサイレンがもう鳴ったんだ。群衆を眺めてそう思った。警備員が外に出してくれないだろう。

みすぼらしい服を着た子供たちの一団が走り過ぎていく。ポリーは最後の子供を捕まえてたずねた。「サイレンはもう鳴った？」

「まだだよ」男の子はポリーの手を振りほどき、他の子たちを追って駆け出した。

「急がなきゃ」ポリーはどんどん流れ込んでくる人の波を押し分けて進んだ。今夜空襲があるという〝気がした〟のはミセス・オーウェンスひとりではなかったらしい。

ポリーはマイクとアイリーンを連れ、不安な思いでエントランスに急いだ。いまにもサイレンが鳴り出すかもしれない。外に出られたとしても、暗すぎてなにも見えないだろう。セント・ポール大聖堂のまわりに迷路のように広がる袋小路だらけの細い路地は昼間でもわかりにくいが、灯火管制下の日没後となればなおさらだ。

しかし、階段を上がっておもてに出ると、セント・ポール大聖堂のドームは夜空を背景にくっきり見えた。三人はそれを目指して丘を登りはじめた。

ほんとに間に合いそうだ。ということは、やっぱりほんとうなんだ。ダンワージー先生とバーソロミューさん——それにコリン——は、これだけの年月、真実をずっと隠してきた。その秘密を守るために、喜んであたしたちを犠牲にした。

ウルトラのように。ウルトラの秘密は大勢の関係者によって何年にもわたって厳重に守られていた——なぜなら、戦争に勝つためにそれがぜったいに必要だったからだ。あたしたち三人がこの時代に囚われていたのを秘密にすることが、タイムトラベルにとって——あるいは歴史にとって——なんらかの理由で、それとおなじくらい決定的に重要だとしたら？　だから真実を明かすことはできず、あたしたちを犠牲にするしかなかった……。

「いま何時？」とマイクがたずねた。

ポリーは腕時計に目を凝らした。「六時」

「よし。まだ時間はたっぷり――」といいかけたところで、サイレンがマイクの言葉を断ち切った。

やっぱり。そう思いながら、ポリーは駆け足になった。マイクとアイリーンがあとにつづく。

「まだサイレンだ」とマイクがあえぎ声で、「飛行機が来るまであと二十分ある。そうだろ？」

わからない。そう思いながら坂を駆け上がる。二十分の余裕があってくれますように。それだけあればじゅうぶん。

どうやら祈りは聞き届けられたようだ。サーチライトが点灯する前に、ラドゲート・ヒルのてっぺん近くまでたどりつき、高射砲の砲撃がまだはじまらないうちに大聖堂を囲む鉄柵にたどりついた。ロンドンじゅうのあらゆる鉄柵が撤去されて金属供出運動に寄付されているなか、よりにもよって、どうしてこの柵だけが残されているのか？　柵さえなければ、目の前にある北の袖廊の扉から入れるのに。これでは西玄関にまわるしかない。

ポリーはフェンス沿いに歩き出した。「くそっ」と背後でマイクが罵《ののし》る。

「なに？」とたずねたとき、マイクがひと呼吸早く聞いたものが聞こえてきた。上空の飛行機のうなり。

「まだ時間はある。来て」といって角を曲がり、西玄関の前に出ると、幅の広い階段を上がりはじめた。西の大扉の前にはクリスマス・ツリーが立っている。

「ちょっと、あんたら！」背後から男の声がした。「どこへ行くつもりだ？」覆いをつけた懐中電灯の細い光がポリーを照らし、それからマイクとアイリーンを照らした。ＡＲＰのヘルメットをかぶった男が闇の中から階段の下にあらわれた。「外でなにをやってる？　防空壕に入れ。サイレンが聞こえなかったのか？」

「ええ」とマイク。「ぼくらは——」

「防空壕に案内する」ポリーのほうに向かって階段を上がってくる。「ついてきなさい」

まただ。こんな近くまで来ているのに。

ポリーは階段を見上げた。捕まらないうちにポーチまで駆け上がって、扉を抜けられるだろうか。とても無理そうだ。「防空壕のために来たんじゃないんです。友だちを捜していて。セント・ポール大聖堂の火災監視員なんです」

「彼に話があるんだ」とマイク。「緊急の用件で」

「こっちも緊急だ」と防空監視員が親指で空を指した。「飛行機が聞こえるだろ？」聞かずにいるのは不可能だ。ほとんど真上まで来ている。火災監視員はすでに屋根に向かい、準備を整えているだろう。

「すぐに爆撃がはじまる。火災監視員はその対応で手いっぱいだ。おしゃべりにつきあう時間などあるもんか」ポリーに片手を伸ばし、「さあ、こっちだ。三人とも。近くに防空壕がある。連れていこう」

「お願いします。伝言を渡すだけでもいいんです」とアイリーンがいった。

「一分で済むから」とマイクがつけ加え、階段を降りてくると、脇のほうに立って、防空監視員にそちらを向かせた。

相手の注意をそらすつもりだ。ポリーは足音を忍ばせて、幅の広い石造りの階段をうしろ向きに一歩、それからまた一歩と上がった。ありがたいことに、どんどん大きくなる爆撃機の咆哮が足音をかき消してくれる。「どこにいるかはわかってる！」マイクが防空監視員に向かって声を張り上げる。「一瞬で用を済ませてもどってこられるんだ」

ポリーはもう一歩、うしろ向きに階段を上がった。

ポリーの背後で高射砲が鳴りはじめ、そちらを向いた防空監視員がポリーに気づいた。「そこのあんた。どこへ行くつもりだ？」と階段をこちらに駆け上がってくる。「おまえら三人、なにを企んでる？」

頭上で、シューッと風を切るような妙な音がした。顔を上げてから、もし爆弾だったら、顔を上げたりしちゃいけなかったのにと後悔した瞬間、ガタガタガタガタと音がした。台所じゅうのやかんや鍋が床に落ちたような音。

ポリーと防空監視員とのあいだの階段になにかが落ち、シューシューとうなりをあげる火花を猛烈に噴き出した。まばゆい青白色の光が目に入らないように片手でさえぎりながら、ポリーはあとずさった。防空監視員もとびのいた。焼夷弾はパチパチ音を立てながら回転し、ぎらぎら光る星を撒き散らしている。

クリスマス・ツリーに火が燃え移ってしまう。大聖堂に駆け込んで消火用手押しポンプをとってこようと向きを変えたそのとき、いまがチャンスだと気がついた。ポリーは扉の把手をつかんだ。

「おい、そこのおまえ!」と防空監視員が怒鳴る。「もどってこい!」

ポリーは重い扉をぐいと引いた。びくともしない。もう一度。今度は細い隙間ができた。マイクとアイリーンのほうをふりかえったが、焼夷弾が激しくでたらめに跳ねまわり、炎を吐き出しているため、ふたりともそれを迂回して階段を上がってくることができずにいる。それに、防空監視員がポリーのすぐそばまで来ていた。

「行け!」とマイクが叫び、手を振った。「あとから追いかける!」

ポリーは向きを変え、大聖堂の闇の中に逃げ込んだ。

今夜、ドイツ帝国の爆撃機がロンドンを攻撃しています。いちばん被害が大きい――その中心では……こうして実況しているあいだにも、セント・ポール大聖堂は炎上し、燃え落ちようとしています。

――エドワード・R・マロウ、ラジオ放送、
一九四〇年十二月二十九日

28

セント・ポール大聖堂
一九四〇年十二月二十九日

ポリーの背後で扉ががちゃんと閉まった。大聖堂の内部は真っ暗だった。ドーム屋根の下には、火災監視員が方角を見失わないための目印に明かりが残してあるはずだが、どこにもない。なにも見えず、なにも聞こえない。背後で扉が閉じた音の残響だけ。飛行機のうなりも、パチパチ火花を散らす焼夷弾の音も、サイレンさえも聞こえない。

でも、あの防空監視員は階段のすぐうしろまで来ていた。いまにも扉を開けて入ってくるだろう。隠れなければ。

目を慣らそうと数秒の間を置くあいだに、大聖堂のこちら側がどういう配置になっていたか、記憶を探った。レンの階段はだめ――封鎖されている。『世の光』の複製画はうしろに

身を隠すには小さすぎる。ハンフリーズさんが案内してくれたとき、もっと身を入れて見ておけばよかった。

まだなにも見えない。輪郭さえわからない。目隠し遊びをする子供のように両腕をまっすぐ前に伸ばして壁を手探りした。石、なにもない空間、細い鉄の棒。礼拝堂の鉄格子だ。礼拝堂を早く通過しようと急いで片手を格子に沿って横に滑らせると、その力で門扉が押し開かれた。

ポリーはそくざに門をくぐり、手探りで礼拝堂の中に入った。礼拝堂には祭壇があり、そのうしろには彫刻を施した背の高い衝立が立っている。その背後に隠れられる。

なにか木製のものに突き当たり、ひざをぶつけた。祈禱席だ。手を伸ばし、腰までの高さの台に触れた。礼拝堂の左右に列をつくっている。ということは祭壇は——。

どこかで扉が開いた。ポリーは祈禱席の陰にとびこみ、息を殺してうずくまると耳をすました。

くぐもった声。音がひずんで言葉は聞きとれない。それに答えるべつの声。それから足音。さっきの防空監視員？　それとも火災監視員の巡回？

火災監視員だ。さらに足音が聞こえた。今度はさっきより早足で、遠ざかってゆく。それから扉が閉まる音——ポリーがさっき通ってきた西の大扉にしては静かすぎる。

ポリーはもうすこし待った。マイクかアイリーンが——あるいはその両方が——防空監視員を逃れてもどってきてくれたらいいんだけど。ふたりとも、ジョン・バーソロミューの顔を知っている。それにマイクなら、火災監視のボランティアのふりができる。火災監視員に女性はひとりもいなかったし、女が人捜しのために屋根に出ることを彼らが許してくれるとは思えない。もし仮に屋根の上に出る道がわかったとしても。

しかし、地下聖堂へ行く道はわかっている。そこの責任者に、バーソロミューさんへの伝言を頼めばいい。

祈禱席のうしろから用心深く出ると、側廊やその先の身廊を照らす懐中電灯の光がないことを確認してから、門扉のほうに手探りで進んだ。

とつぜん、閃光が顔を照らし、目が眩《くら》んだ。あわてて祈禱席にとびこみ、またひざをぶつけたが、そのときやっと気がついた。照明弾だ。ひと握りの小石をばらまいたようなパラパラという音が頭上から響き、ポリーは目を上げた。屋根に焼夷弾。ドームのほうから複数の声。いくつもの扉が開閉する音と階段を駆け上がる足音。

まだ目が眩んだまま、ポリーは音をたてないように注意して、門扉を手探りで開けた。身廊に出て、しばし立ち止まり、目を閉じて視力がもどるのを待つ。目を開くと、黒々としたアーチの輪郭と、身廊の向こう側にある煉瓦《れんが》で囲われたウェリントン記念碑、聖歌隊席が見分けられるようになった。やっと暗闇に目が慣れたのかと思ったが、うしろをふりかえると、窓が黄色く照らされていた。

火事だ。うしろめたい気持ちで、光に感謝した。これだけ明るければ、大きな柱の足もとに置かれたブリキの水桶や、柱に立てかけてある消火用手押しポンプにぶつからずに歩ける。

今夜は水桶やポンプが大活躍だろう。そう思いながらポリーは急ぎ足で南の側廊を歩き、『世の光』の前を過ぎた。絵のランタンだけが暗がりに浮かび上がり、ぼんやりと金色に輝いている。もっとも、窓からの光は、明るさと赤い輝きを着実に増しているようだ。北の袖廊のほうからもべつの光が射し込んでいる。

この側廊にいても、爆撃のうなりと、高射砲のドーンドーンという重い響きが聞こえてくる。何列も並ぶ木の椅子の前を歩いているとき、また焼夷弾の一群が屋根に落下し、カタカタと大きな音がした。目の前の大理石の床に落ちてきたのかと思って顔を上げたが、もう駆けていく足音は聞こえなかった。火災監視員はすでに全員屋根に上がっているのだろう。

さっきポリーが通ってきた大聖堂の西端のほうで、扉が開く音がした。今度はまちがいなく、外に通じる西の大扉だ。ポリーは必死に隠れ場所を探し、最寄りの柱のうしろにとびこむと背中をぺったり張りつけた。だれだかわからないが、身廊の中央をまっすぐこちらに走ってくる。その靴が大理石の床を鳴らしている。

ポリーはじりじりと動いて柱の陰から顔を出して男の姿を覗こうとした。もし火災監視員なら、バーソロミューさんのところへ連れていってほしいと頼むことができる。暗すぎてはっきりとは見えないが、コートを着ているのはわかった。走る脚のまわりで裾がはためいている。マイクだ。

いや、違う。足を引きずっていない。避難しにきた人？ 地下聖堂は避難所として使われていたんじゃなかったっけ？ しかし、正体はともかく、その人物は自分の行き先をちゃんと知っている。夕べの祈りのために並べられた木製折り畳み椅子のあいだを抜けて、ドームのほうに走ってゆく。

火災監視員にちがいない。ポリーは柱の陰からとびだしたが、男はすでにドーム屋根の下の広々とした床の上にさしかかっている。「待って！」ポリーは叫んだ。「おねがい！」あとを追って駆け出したが、男の姿は闇の中に消えていた。

扉がバタンと閉まる。どこだろう？　南の聖歌隊席の通路に入ったのか、それとも袖廊？

ポリーは袖廊の手前側と奥側を急ぎ足で歩き、扉を探した。囁きの回廊に通じる階段がこのへんにあるはずだが、その階段で屋根に出られるかどうかは知らない。

地下聖堂へ降りる階段はあったが、扉ではなくゲートでふさがれていた。さっき聞いた音はまちがいなく扉だ。聖歌隊席のほうだろう。ポリーはそちらに歩き出した。

そして、黒いローブを着た若者にぶつかり、思わずとびあがった。相手のほうも驚いたようだが、すぐに平静をとりもどし、「避難所をお探しですか？　こちらです」とポリーの腕をとって、地下聖堂への階段のほうに向かう。

「いいえ、人を捜してるんです」とポリー。「火災監視員の人を」

「いまは全員、仕事中ですよ」アポイントメントを求められたような口調で、「明日また来ていただければ――」

ポリーは首を振った。「いますぐ話をしなきゃいけないんです。名前はジョン・バーソロミュー」

「あいにく火災監視員の名前はほとんど知らなくて」ゲートの掛けがねを上げて、「今夜だけ呼ばれた、臨時の補充要員なんです」

「ハンフリーズさんは？」

「今夜の当直かどうかはわかりません。さっきもいったように、ぼくは――」

「じゃあ、だれか責任者の人と話せませんか」

「いいえ、あいにくマシューズ首席牧師もアレンさんも、屋根の上です。今夜の空襲は最悪で。避難所はその階段の下です」と、先に行けというように身振りをした。

「でもわたしは……」といいかけて思い直した。身廊に連れていかれて、あの防空監視員に引き渡されることになっては元も子もない。

ふたりは石の階段を降りていった。「足もとに気をつけてください。この階段はかなり暗いので。ほら、灯火管制のせいで」

〝かなり暗い〟というのは婉曲表現もいいところだ。最初の踊り場から先はまったく光がなく、冷たい石壁に片手を触れながら手探りで進むしかなかった。

「ぼくはただの聖歌隊員なんです。ボランティアのひとりが病気になって、マシューズ首席牧師から力を貸してくれと頼まれて。もうすぐです」と、いわずもがなのことをいって、黒い遮光カーテンをポリーのために引いてくれた。

その隙間をすり抜け、地下聖堂に入った。丸天井と霊廟にもかかわらず、聖堂のようには見えなかった。防空監視団《ARP》支部のように見える。木のテーブルの上に石油ランプが置かれ、横のガスこんろにはやかんがかけてある。テーブルの先にはきれいに整えられた寝棚が一列に並び、そのうしろの壁には作業服とヘルメットがかかっていた。しかし、火災監視員はひとりもいない。

「火災監視員は、夜のあいだ、休憩やお茶にここにもどってくる？」

「今夜はまず無理でしょうね」と聖歌隊員はいって、低い天井を見上げた。その向こうから、爆撃機の低いうなりがかすかに聞こえてくる。「避難所はこっちです」

聖歌隊員は、ウェリントンの墓とおぼしきもの――黒と金の巨大な石棺――の前を通って、西の端へとポリーを導いた。「これだけの爆撃だと、ひと晩じゅう屋根の上でしょう」

「だったら、あなたが上に行って、どうしても話したいことがあると、ジョン・バーソロミューに伝言を届けてもらえないかしら」

「上に？　屋根ってことですか？」聖歌隊員は首を振った。「どうやって屋根に上がるのかも知りませんよ。だからマシューズ首席牧師に、ここを担当しろっていわれたんです。避難所はすぐそこです」とつけ加えて、教会の端の、砂嚢を積み上げたアーチの奥へと案内した。女性が六人と男の子がひとり、片方の壁ぎわに置かれた折り畳み椅子にかたまってすわっていた。

聖歌隊員が彼らに向かって、「みなさんの一団に新メンバーです」と紹介してから、「こちらのご婦人たちは、ウォトリング・ストリートの防空壕から退去してこられたんです」とポリーに説明した。

していた。出ていかなければならなくなったことにがっかりしているような口調だった。

「ここなら安全ですよ」聖歌隊員が全員に向かっていい、火災監視本部に向かって足早にもどっていった。しかし、上の階にはもどらなかったし、もどるようすもない。こんろに火をつけている。

ポリーは地下聖堂のこちら側に階段はないかときょろきょろ見まわしたが、見当たらない。さあ、どうしよう。ここに降りてきた火災監視員を捕まえて、ジョン・バーソロミューに伝言を届けてくれと説得するというわずかなチャンスに賭ける？

物音から判断するかぎり、そうなる可能性はまずなさそうだ。焼夷弾は頭上からどんどん降ってくるし、飛行機のうなりはこの地下にいてさえ、どんどん大きくなってくる。「セント・ポールも燃えちゃうの？」と男の子が母親にたずねた。

「燃えないわ」と母親。「石でできてるのよ」

しかし、それは正しくない。大聖堂には、木造の内屋根、木の支柱、木の梁《はり》、木の聖歌隊席、木の衝立《ついたて》、木の椅子がある。そして、屋根と屋根にはさまれた、人間が入り込みにくいスペースは、屋根の外殻を貫いて落ちてきた焼夷弾が居を定めるために設計されたかのようだ。そこに焼夷弾が落ちることは、火災監視員が必死になって防ごうとしている事態だった。そのために、ひと晩じゅう必死で働きつづけるだろう。あの聖歌隊員のいうとおりだ。朝まで降りてこない。

朝まで待つわけにはいかない。けれど、屋根に出るためには、聖歌隊員を突破しなければならない。それに、避難者たちのそばから離れなければ。それも簡単ではない。男の子が地下聖堂の反対のほうにぶらぶら歩いていったら、母親がもどってきなさいと命令し、「さっきの人がこっち側にいるようにっていってたでしょ」と叱りつけた。

「お墓を見たかっただけだよ」と男の子がいうのを聞いて、ひとつアイデアが浮かんだ。

『世の光』を描いた画家のお墓もここじゃなかったかしら」とだれにともなくいい、北側の壁に歩み寄って、並んでいる銘板に目を走らせつつ、ゆっくり歩いてチャンスを待った。

聖歌隊員が腕時計に目をやり、ガスこんろからやかんを下ろすと、柱間のひとつに姿を消した。次の焼夷弾の一群が降ってきて、避難者たちが反射的に天井を見上げた隙に、ポリーはとなりの柱間にぱっととびこんで、壁ぎわを離れないようにして地下聖堂を進みながら、一階もしくはさらに上の階へと上がるべつのルートを探した。

ふたつの柱間では、なにか——オルガンのパイプ？　屍衣に包まれたジョン・ダン？——を囲うようにして砂嚢が積み上げられていた。次の柱間は、鉄格子に守られ、門扉に南京錠がついている。その次の柱間には、シャベル数本と巻いたロープと大きな水桶ひとつ、それに階段があった。さっき降りてきた階段と対になっている。ということは一階までしか上がれないが、とにかく地下聖堂を脱出して、聖歌隊員から逃れることができる。ポリーはさっきのとくらべたらはるかに明るい階段を急ぎ足で昇り、北の袖廊に出た。

そして、聖歌隊員につかまった。「そっちじゃありませんよ」両手で彼女をつかまえて、

「この下です」というと、有無をいわさず階段を降りていく。

「わたしはただ――」

「急いで」怒っているようすはないが、すごく急いでいる。早く早くとポリーを急きたてて地下聖堂を歩き、避難者たちがいるところへ向かった。「みなさん、聞いてください。この建物から出る必要があります。持ちものを持って移動する用意をしてください」

女たちは持ちものを集めはじめた。「今夜二度めの引っ越し」と、ひとりがうんざりしたようにいう。

「セント・ポールが燃えるの?」と男の子がたずねた。

聖歌隊員はそれには答えず、「こちらです」といって、北西の隅にある奥まったせまい扉へと一行を案内した。「みなさん全員でべつの避難所に移動していただきます」

「でも、そうはいかないの」とポリー。「バーソロミューさんに話をしないと」

「外で話せますよ」聖歌隊員は、女性たちに戸口をくぐらせながら、「火災監視員も退去しますから」

火災監視員も? どうして退去するんだろう。焼夷弾を消しているはずなのに。まあいい。ともかく、それならバーソロミューさんと話ができる。

「火災監視員もここから出てくる?」

「いいえ。身廊から退去するでしょう。そのほうが早いので」聖歌隊員に背中を押されてポリーは戸口を抜け、短い階段を上がって一階に出ると、外に出る扉をくぐった。一行が出た先は教会の境内だった。たちまち不協和音に包まれる——爆撃機のうなり、消防車の鐘、耳を聾する高射砲の砲声、風の音。教会墓地のすぐ向こうにあるヴィクトリア朝様式の屋敷を包む炎が、強風にあおられて燃え広がってゆく。その炎が赤っぽい不気味な光で墓地を照らした。避難者たちは墓石のあいだに肩を寄せ合うようにして立ち、聖歌隊員が次の避難所に案内するのを待っている。

ポリーは彼らの前を走り抜けて大聖堂の角を曲がり、西玄関にまわった。火災監視員たちはすでに外に出て、教会の中庭に立っている。しかし、よく見ると民間人の服装だし、火災監視員にしては数が多すぎる。群衆だ。彼らの向こうでは、パタノスター・ロウの炎上する建物数棟に消防士たちが放水している。中庭に立つ人々は、それらの建物から避難してきたにちがいない。しかし、大聖堂に入ろうとはしていない。正面階段からずいぶん離れた中庭の中央に佇《たたず》み、背後の火事のことも、頭上の爆撃機の轟音のことも忘れてしまったように、大聖堂のドームをじっと見上げている。

ポリーは彼らの視線の先に目をやった。ドームの中ほどに青白色の炎の小さな染みが見える。「焼夷弾だ!」爆撃機の咆哮をつんざいて、背後から男の叫び声がした。「場所が高すぎて、火災監視員がたどりつけない」

「ドームに火がついたら」とポリーの反対側にいる女性がいった。「大聖堂全体がたいまつみたいに燃えてしまう」

いいえ、そうはならない。セント・ポール大聖堂は焼け落ちない。火災監視員が二十八発の焼夷弾を消して、大聖堂を救うのよ。

火災監視員。ポリーはポーチのほうに目をやった。だが、ポーチにも階段にもだれもいない。両側面の扉から出てくる人間もいない。聖歌隊員は、身廊を通って出てくるほうが早いといっていた。ということは、火災監視員たちはすでに外に出て、この人混みのどこかにいる。ポリーは、作業服にヘルメット姿の男たちを捜して、人混みの中を歩き出した。

「バーソロミューさん！」だれかがこっちを向いてくれることを期待してそう叫びながら、人混みをかき分けて進む。「ジョン・バーソロミュー！」しかし、高射砲と爆撃機と消防車の鐘の音が大きすぎる。自分の声が届かない。それに、ヘルメットはひとつも見えない。

「まあ、見て！」ポリーが押しのけた女性が叫んだ。「もうおしまいよ！」

ショックを受けてふりかえり、ドームを見上げた。さっき小さな火が覗いていた場所から、大きな黄色い炎が風にあおられて噴き出している。ポリーが見ているうちにも、炎は大きくまばゆくなるように見えた。

「もうだめだ」と、だれかがいった。

「なんとかできないの？」すがるような女性の声。

群衆の中央から、男の声が重みのある口調で、「祈りを捧げましょう」といい、群衆が静まった。「祈りましょう」

きっとマシューズ首席牧師だ。首席牧師は屋根に上がっていると聖歌隊員はいっていた。ということは、火災監視員といっしょにいるはずだ。

ポリーは首席牧師の声がする方向に歩き出した。しかし、群衆はドーム屋根でくり広げられるドラマに魅入られて動かず、通してくれない。人混みを押しのけるようにして大聖堂のほうに走り、階段を駆け上がって周囲を見渡した。マシューズ首席牧師と火災監視員たちはどこに立っているのだろう。アイリーンから聞いた特徴でバーソロミューさんを見分け、手を振って合図することができれば……。

階段の端に立つ灯柱の横によじのぼり、司祭服を探した。マシューズ首席牧師も火災監視員たちもまだ見つからない。集まった人々をパタノスター・ロウの火事がオレンジ色の光で照らし出す。上を向く彼らの顔がもっとよく見える場所を求めて、ポリーはちょっと右に移動した。火災監視員ではありえない人物を端からはじいてゆく。女、女、子供、年寄り……。うわっ。急に膝の力が抜けて、ポリーは灯柱にしがみついた。

あれは、ダンワージー先生だ。

なにもかもが、このおれにそむきやがる。

——ウィリアム・シェイクスピア
『ハムレット』（4幕4場）

29 セント・ポール大聖堂

一九四〇年十二月二十九日

アイリーンは、ポリーのあとを追う防空監視員の背中を見送った。焼夷弾を迂回して階段を上がっていく。「そこのおまえ！ 止まれ！」と叫ぶが、ポリーはもう大聖堂の中に入り、背後で扉が閉じた。

一瞬、防空監視員もポリーを追って中に入るんじゃないかと思ったが、焼夷弾がとつぜんぐるぐる回転しはじめた。激しい火花と溶けたマグネシウムのしずくをあたりに撒き散らす。防空監視員はその場に足を止め、自分のコートや腕を必死にはたきはじめた。

焼夷弾は回転しながらひとりでに階段のへりへと近づいている。

「気をつけて！」アイリーンは叫んだ。焼夷弾が階段に転がり落ち、まだ回転しながら二段落ちて、火花のシャワーを散らした。反射的にあとずさった拍子によろけて倒れそうになり、アイリーンは両腕をふりまわしてバランスをとりもどした。

またかん高いシューッという音がした。「くそっ!」とマイクが叫び、こちらに走ってくる。「もっと落ちてくる。ここを離れよう」

マイクに手をつかまれ、焼夷弾を迂回して階段を駆け上がったが、時すでに遅し。べつの焼夷弾がポーチに落ちてきて、扉の前でシューシュー火を噴いている。

ふたりはあとずさり、防空監視員につかまった。

「こっちだ! 急げ!」防空監視員はそう怒鳴ると、ふたりの腕をつかんで階段を降り、大聖堂の横手をまわりこんだ。焼夷弾がさらに降ってくる。境内の木々や灌木のあいだ、防空監視員にひったてられるようにしてふたりが下ってゆく小道のあちこちでギラギラ光っている。

「どこへ行くんだ?」とマイクが叫んだ。

「防空壕!」爆撃機のうなりのなか、防空監視員が声を張り上げる。「建物のそばを離れるな!」

通り何本か先でまたバラバラバラという音がした。つづいて、もっと重い、ズシーンという音。高性能爆弾だ。でもポリーは、今夜の空襲は焼夷弾ばかりだといってたのに。

三人は角を曲がった。建物の玄関口に子供ふたりを連れた女性がしゃがみこんでいた。

「来なさい」防空監視員がマイクの腕を放し、母子を手招きする。「早くここを離れないと」

そのとおりだった。四方八方から火の手が上がり、焼夷弾のぎらつく白い光がオレンジ色に変わりつつある。一行は頭を低くして歩調を速め、建ち並ぶ木造倉庫のなるべく近くを進んだ。年配の男ふたりが合流した。

マイクは走りながらアイリーンの耳に口を近づけ、「もし離ればなれになったら、彼とブラックフライアーズへ行って、ぼくが合流するのを待ってくれ」

「どうして？　どうするつもり？」

「セント・ポールの中に入らないと」

「でも――」アイリーンは恐怖の目でラドゲート・ヒルをふりかえった。頂上付近は一面の炎におおわれている。

「バーソロミューを見つけるには今夜しかないんだ」とマイク。「ポリーは彼の顔も知らない」

「でも、さっきは離ればなれになっちゃいけない、って」

「そうだよ。でも、もし離ればなれになった場合、たがいを捜して時間を無駄にする余裕はない。降下点に行くまで、時間の猶予は、あとたった二時間かもしれない」

防空監視員がこちらをふりかえり、マイクは口をつぐんだ。

「もうすぐだ」と防空監視員が横道を指さした。「その角を入ったところに地上防空壕がある」

地上防空壕。ポリーの話だと、そのどれかが爆撃されたはず。「ブラックフライアーズ駅に行くんじゃなかったの？」アイリーンは高射砲の轟音の中で声を張り上げた。

「こっちのほうが近い!」と防空監視員が怒鳴り返した。

一行は角を曲がり、そこで立ち止まった。次の角にある建物が炎上し、上のほうの階から炎と煙が噴き上がっている。その前では、せまい通りを占領するように消防車が陣どり、消防士たちの一団がホースを伸ばして炎に放水している。アイリーンはわれ知らずあとずさり、べつの消防士にぶつかった。

「この路地は立入禁止だ!」と消防士はアイリーンに怒鳴り、それから防空監視員に向かって、「この連中はここでなにやってる?」

「ピルグリム・ストリートの避難所に連れていくところだったんだ」と防空監視員が弁解するようにいう。

「このあたり一帯が立入禁止だ」と消防士。「ブラックフライアーズに連れていくしかない」

「待った」消防車のそばからこちらにやってきたべつの消防士がいった。赤ん坊を抱いている。それをアイリーンの腕に押しつけて、「さあ。あとは頼んだ」と荷物でも預けるようにいう。

赤ん坊はたちまち大声で泣き出した。「でも、わたしはとても——」とアイリーンは抗議し、助けを求めてマイクのほうを向いた。

どこにもいない。この騒ぎを利用してこっそり離脱し、ポリーの応援に行ってしまったにちがいない。残されたのはわたしひとり。プラス赤ん坊。

消防士はすでに歩き出している。「待って、この子のお母さんは――」赤ん坊の耳をつんざく泣き声に負けじと声を張り上げた。「どうすればこの子の居場所がわかるんですか」

消防士はこちらをふりかえり、それから炎上する建物に視線をもどし、むっつりと首を振った。

「来なさい」と防空監視員がいって、アイリーンたちをさっきの角まで連れもどし、いたるところにのたくっている消防車のホースをまたいで坂を下っていった。

赤ん坊の泣き声がうるさすぎて、高射砲の音さえ聞こえない。

「よしよし、だいじょうぶだから」と囁きかけた。「防空壕へ行くのよ」

赤ん坊の泣き声が倍の音量になった。そうね、気持ちはわかるわ。

カップルと十代の少女が前方を急ぎ足で歩いてゆく。防空監視員がいらだたしげにふりかえり、「その子を静かにさせられないのか？」と、灯火管制の規則に違反したとでもいいたげな口調でいった。

すくなくとも、いま向かっている目的地はブラックフライアーズ駅だ。それに、前方の火災とサーチライトのあいだ、坂の下のほうに、通りと地下鉄駅の標識が見えてきた。「よしよし、もう着くからね。いい子いい子。安全な場所に行くのよ」そういいながら地下鉄の入り口に急ぎ、階段を降りて構内に入った。

赤ん坊は唐突に泣きやみ、目をこすりながら、せわしない駅のようすを見まわしている。たぶん一歳くらいだ。煤に汚れている。もしかしたら火傷《やけど》して、それで泣いているのかもしれない。そう思って、ぽっちゃりした腕や脚を調べてみた。

傷は見当たらなかった。頬は真っ赤になっているが、たぶん泣いていたせいだろう。また、いまにも泣き出しそうな顔になっている。

「名前はなんていうの、赤ちゃん？」と、気をそらすために声をかけた。「ねえ、お名前は？ それに、あなたをどうしたらいいかしら」

だれか公的な立場の人間を捜して、この赤ん坊を託さなければ。アイリーンは切符売り場に向かった。「ちょっとうかがいますが――」と切り出したところで、赤ん坊がまた泣き出した。「この子は母親とはぐれてしまって」と声を張り上げ、「消防士から、当局に連れていってほしいと預かったんですけど」

「当局？」切符係がぽかんとした顔で訊き返した。

悪いしるしだ。「この駅に診療所はありますか？」

「救護所ならありますけど……」と切符係が懐疑的な口調でいう。

「場所は？」

「東行きのホームです」

しかし、東行きのホームを端から端まで歩いてみても救護所は見当たらず、赤ん坊はそのあいだじゅう火がついたように泣き通しだった。

「見た覚えないけどなあ」避難者のひとりがアイリーンの質問に答えていった。「ここに救護所なんてあったかい、モード？」

男は、髪の毛をピンで巻いている最中の妻に向かってたずねた。

「ううん」モードはボビー・ピンを口にくわえて開きながら、「食堂だったら、ディストリクト線のホールにあるけど」

「ありがとう」といって、アイリーンは通路を歩き出した。驚いたことに、通路は無人だった。

それとも、そんなに驚くことじゃないかもしれない。水たまりをひとつ、またひとつと突っ切って歩きながら思った。天井からは水が滴り、明らかに水とは違う、いやなにおいも漂っている。アイリーンは突き当たりの階段に向かって足を急がせた。

半分まで来たところで、とつぜん、わあわあとうるさい子供たちの話し声に囲まれた。年齢は六歳から十二歳ぐらい。みんな信じられないほど汚い。『オリバー・ツイスト』に出てくるフェイギンの掏摸《すり》の一団だ。そう思って、ハンドバッグと赤ん坊を抱える手に力をこめた。

「二ペンスちょうだい！」ひとりが片手を突き出してねだる。

「悪いけど」とアイリーン。

「赤ちゃん、なんで泣いてんの？」いちばん年上の子が挑むようにたずねる。

「病気？」

「なんて名前？」

「疳《かん》の虫？」

ほかの子たちがまわりをとりまき、跳んだりはねたりしながら質問を浴びせる。

「あなたたちがこわくて泣いてるのよ」とアイリーン。「早く向こうへ行って」

「さっき切符売り場で、自分の子じゃないっていってたじゃんか」と女の子。「泣いてんのはきっとそのせいだよ」

「さらってきたんだろ」といちばん年上の男の子。

女の子がこっそりアイリーンのうしろにまわろうとしている。

「だから名前がいえないんだ」と、いちばん小さい子が女の子から不自然に目をそらしながらいった。女の子はアイリーンのハンドバッグにすこしずつ接近している。

「知らないからだ。自分の赤ん坊なら、なんて名前なのさ」

「マイクルよ」といって、アイリーンは足早に歩き出した。

子供たちが走って追いかけてきた。「あんたの名前は？」

「アイリーン」といって、歩調をゆるめず角を曲がり、人混みでごった返す階段に向かった。

途中にすわったり寝転んだりしている人が多すぎて、階段を上がるのはほとんど不可能だが、べつだんそれはかまわない。子供たちはあっという間に散り散りになった。きっと、階段の上に警備員がいたんだろう。アイリーンは目を皿のようにして群衆を見まわしたが、コートや寝間着姿の避難者ばかりで、制服姿は見当たらなかった。赤ん坊をしっかり抱き直すと、人混みを縫って階段を上がり、ディストリクト線のホールに出た。

食堂も救護所もなかった。「ああ、まいった」とつぶやき、とたんに後悔した。悪ガキとの遭遇に興味をひかれてか、赤ん坊はしばらく泣きやんでいたのに、また大泣きしはじめたのだ。

「よしよし」とあやしながら、壁がひっこんだところに立っているふたりの女性のほうに歩み寄った。「この赤ちゃんをだれか当局の人に届けなきゃいけないんです」と前置きなしに切り出した。「火事で母親とはぐれてしまって。でも、どこに行けば――」

「婦人義勇隊《WVS》の最寄り支部に連れていくのよ」と女性の片方が即答した。「事象被害者の面倒をみてるから」

「場所は？」とホールを見まわしながらたずねた。

「エンバンクメント」

「エンバンクメント？　まあ。でも――」

「西行きのホームからね」と女性はいって、連れといっしょに足早に歩み去った。

赤ん坊を押しつけられないうちに、とアイリーンは心の中でつぶやいた。

さあ、どうしよう。エンバンクメントまで連れていくわけにはいかない。マイクには、ここで帰りを待てといわれている。もしマイクがジョン・バーソロミューを見つけたら……。

でも、赤ん坊を抱いたまま、マイクといっしょに行くわけにはいかない。それにエンバンクメントまではたったの二駅だ。とはいえ、ポリーの話では爆撃の被害に遭った路線もあるという。行ったはいいが、もどってこられなくなったら？　そんな危険はおかせない。だれか、赤ん坊を預けられる人を見つけないと。ホームに視線を走らせて、母親風の女性を捜した。

ひとりいた。洗い桶を使って赤ん坊を湯浴みさせている。「よしよし、いい子ね、泣かないで」とあやしながら、アイリーンは避難者たちの靴や長く伸ばした靴下だけの足を慎重によけて、そちらに歩いていった。

「すみません。ちょっとお力を貸してもらえないかと思ってるんですが」と、湯に浸した布を搾《しぼ》っている女性に向かって切り出した。「この赤ん坊の母親を捜してるんです」

「あたしじゃないよ」と答えて、女性は自分の赤ん坊の顔を布で拭きはじめた。赤ん坊はそれが気に入らず、ぎゃあぎゃあ泣きわめく。アイリーンの腕の中の赤ん坊もそれにつられて泣き出した。「ええ、わかってます」アイリーンは必死に声を張り上げた。「ちょっとこの子を見ていてもらえないかと思って。もうひとり見てらっしゃるから」

「こっちは六人いるんだよ」と女はいって、石鹸をつかみ、赤ん坊の髪の毛をごしごしこすりはじめた。赤ん坊の泣き声がさらに大きくなる。「あとひとりは無理。だれかべつの人間を捜しな」

しかし、アイリーンが頼んだ全員が、手を貸すことを拒否した。だれも見ていない隙を狙って、避難者たちの真ん中に赤ん坊を置き、こっそり歩み去るのが正解かもしれない。自分たちの子供じゃないことにも気づかないだろう。もし気づいたとしても、だれの子でもないことがわかったら、面倒をみてくれるにちがいない。でも、もしだれも面倒をみてくれなくて、ホームを這っていった赤ん坊が線路に落ちたら？

やっぱりエンバンクメントまで連れていくしかない。アイリーンはあきらめて、西行きホームに向かった。

ほかのホーム以上の大混雑だった。アイリーンは、ピクニック・バスケットや双六盤《パーチージ》を用心深くまたぎ越した。「ちょっと！　気をつけろ！」とだれかが叫んだが、アイリーンが注意されたわけではなかった。さっきまとわりついてきた悪ガキのうちふたり。双六盤をかろうじてよけて、こっちに走ってくる。アイリーンは思わずハンドバッグを握りしめた。「名前、アイリーンだっていったよね？」と男の子。「アイリーンなに？」

「どうして？」とアイリーンは勢い込んでたずねた。「だれかが捜してた？　足の悪い、背が高い人？」

男の子は首を振った。

「この赤ちゃんのお母さん？」とたずねたが、そんなはずはない。消防士は、身振りで母親が死んだと伝えていた。

「やっぱりさらってきたんだよ」と女の子が男の子にいった。

「アイリーンだれ？」と男の子がしつこくたずねた。

「オライリー。だれがわたしの名前をたずねたの？」しかし、ふたりはすでに、ホームをものすごい速さで走り出していた。すわりこんだ避難者たちを飛び越え、いま入ってきた電車から降りてきた乗客のあいだをすり抜けてゆく。

「電車とホームのあいだの隙間にご注意ください」と電車のドアの内側に立つ車掌がいった。

車掌。そうだ、エンバンクメントまで連れていく必要はない。車掌に引き渡せば、最寄りの婦人義勇隊《WVS》支部まで運んでくれるだろう。車掌のところまでたどりつければ。

しかしホームは大混雑で、すでに電車のドアは閉じかけている。

「待って！」と叫んだが、遅かった。次の電車を待つしかない。そう思いながら、今度はドアが開いたらすぐさま赤ん坊を車掌に渡せるように、ホームの端に立った。

赤ん坊は鼻をくんくん鳴らしていたが、アイリーンがじっと動かなくなったとたん、また泣き出した。「よしよし。楽しい電車旅行に行くのよ。乗りものは好き？」

赤ん坊の泣き声が大きくなる。

「素敵な電車に乗って、それから素敵なミルクとビスケット」

「電車が来たらな」と、となりに立っていた老人がいった。「電車の運行に乱れがあったといってる」

「乱れ？」アイリーンはトンネルの奥の線路に目をやり、闇の中に電車のライトが見えないかたしかめた。なにも見えない。

これがわたしの人生ね。ホームに立って、電車に乗りたくない子供といっしょに、来ない電車を待ちつづける。

「赤ん坊はベッドで寝かせる時間だ」と老人が非難がましくいった。

「まったくそのとおりです」アイリーンは老人に値踏みする視線を投げた。しかし、体力がなさそうだ。それに、機嫌も悪そう。「ヒトラーにいっておきます」とつけ加えたとき、電車を待つ人々がみんな顔を上げて線路のほうを見ているのに気がついた。まだライトは見えないが、かすかにゴロゴロという振動音がする。一陣の風がコートの裾をはためかせ、脚に吹き寄せた。

「見えますか？」とふりかえって老人にたずねた。とつぜん、赤ん坊が耳をつんざく金切声を発し、身をよじってアイリーンの腕から抜け出そうとする。

「だめ――」と息を呑み、あわてて抱き直した。

「マアアア！」赤ん坊が叫び、小さな両腕をいっぱいに伸ばす。アイリーンはホームの向こうを見た。

こちらに向かって、やはり両腕を伸ばした女性が、壁にもたれてすわっている避難者たちをまたいで走ってくる。顔も腕も煤だらけで、頬には痛そうな傷があるが、その表情は喜びに輝いていた。

「ああ、よかった！」女性はすすり泣きながら、となりの老人を突き倒しそうな勢いでアイリーンの前にやってきた。

アイリーンの腕から赤ん坊をひったくり、胸に抱きしめる。「もう会えないかと思った。そしたら！　だいじょうぶ？」赤ん坊を抱き上げて、体を点検しながら、「怪我してないわよね？」

「だいじょうぶですよ」とアイリーン。「ちょっとおびえてるだけです」

「爆弾で腕の中から飛ばされて、いくら捜しても見つからなくて、そしたら火事になって…

…ママはほんとに……」

「この電車に乗らにゃ」と老人がいい、アイリーンはホームに電車が停車していることにはじめて気づいてびっくりした。

老人はアイリーンを押しのけ、開きはじめたドアに向かった。

「隙間に気をつけてください」と、アイリーンが赤ん坊を預けるつもりだった車掌がいい、降りてきた乗客が母親と赤ん坊を突き飛ばしたが、母子はそれに気づいてもいなかった。

赤ん坊はうれしげにのどを鳴らし、母親はあやすような声で、「ママはほうぼう捜しまわったのよ」

乗客のひとりがアイリーンにぶつかり、「失礼」とつぶやいて急ぎ足で歩いていった。あっという間にホームの端まで半分ほどのところまで到達する。そのときようやく、アイリーンはそれがだれなのか思い当たった。ジョン・バーソロミューだ。

火災監視員の制服を着ていなかったが――コートにウールのマフラーだった――彼にまちがいない。アイリーンの知っているバーソロミューより若く見えるし、彼はこのブラックフライアーズ駅じゃなくてセント・ポール大聖堂にいるはずだが、それでも確信があった。どこかべつの場所にいて、空襲がはじまってすぐもどってきたにちがいない。だからあんなふうに必死に人混みを押し分けて、しゃにむに突き進んでいる。大聖堂にもどるために。

「バーソロミューさん！」アイリーンは叫び、彼のあとを追ってホームを走り出した。

彼はふりかえらず、群衆を突っ切り、出口を目指して地下通路を歩きつづける。

そうか、ここでは違う名前なんだ。火災監視員はなんて呼ばれてるんだろう。「オフィサー！」階段に向かって通路を走りながら叫んだ。「火災監視員さん！　待って！」

バーソロミューは階段の中ほどに達している。「オフィサー・バーソロミュー！」と叫び、双六盤をまともに踏んづけた。盤がひっくりかえりサイコロと駒が四方八方に飛び散る。

「ちょっと――」と双六で遊んでいた男の子が声をあげた。

「ごめんなさい！」アイリーンは立ち止まらずに叫び、ティーポットや靴をサイドステップでよけながら階段を駆け上がった。

「気をつけろ！」通路を走ってエスカレーターに向かうアイリーンにだれかが叫んだ。「競技場じゃないんだぞ」

ジョン・バーソロミューはすでにほとんど無人のエスカレーターのてっぺん近くにいて、降りようとしている。「バーソロミューさん！」と昇りエスカレーターを一段飛ばしで駆け上がりながら、必死に叫んだ。

エスカレーターを昇りきると、駅は大勢の人々でごった返していた。子供連れ、寝袋を携えた人、驚いたことに高い本の山を抱えた人までいる。一瞬、バーソロミューの姿を見失ったが、そのとき彼の黒い頭が見えた。改札口のほうに向かっている。

アイリーンは駅に入ってくる人の波に逆らって、「バーソロミューさん！　待って！」と叫びながらあとを追った。しかしこの喧騒では、とても声が届かない。

ローブやナイトガウン姿の女たちの一団を押し分け、バーソロミューめざして走る。「バーソロ――」ともう一度叫んだとき、ふたりの浮浪児が目の前に飛び出した。

「ほら、やっぱりアイリーンじゃんか」とビニーがいった。

「アルフ！　ビニー！」アイリーンは、ふたりの肩越しにジョン・バーソロミューに絶望的な視線を送った。すでに改札を抜け、出口に向かっている。「いまは時間が――」と、ふたりのあいだをすり抜けようとする。

しかし、ふたりはがっちり足を踏ん張ってアイリーンの行く手をふさぎ、ビニーが腕をつかんだ。「ほうぼう捜しまわったんだよ」

「ああ」アルフがけんか腰で両腕を突き出した。「おれの地図はどこ？」

今夜はあったかい夜になりそうだ。

――消防士、一九四〇年十二月二十九日

30

ラドゲート・ヒル

一九四〇年十二月二十九日

マイクは角を曲がると、通りかかった最初の玄関口にぴったり背中を張りつけて立ち、ARPの防空監視員がすぐうしろに迫っていないことを祈った。さっき、消防士が防空監視員を怒鳴りはじめたときにはもう、建物の壁ぎわを伝って一団からすこしずつあとずさりはじめていた。角まで来ると、いま歩いてきたばかりの路地に飛び込んで、次の横丁まで走った。道は細く、火災の光に慣れた目には真っ暗闇も同然。だから玄関口に身を潜めて闇に目が慣れるのを待ちながら、追われているかどうかたしかめようとしたのだった。

追われていなかった。この通りにも、通りの入り口にもだれもいない。もっとも、アイリーンが防空監視員の目を逃れて追ってくることに半分期待していた。アイリーンを置き去りにしたくはなかったが、この機を逃せば、二度と脱出のチャンスがないかもしれないと思ったのだ。いったん防空壕に入ってしまったら、また外に出るまでにずいぶん時間がかかるだろう。どうしてもセント・ポール大聖堂に行く必要がある。ポリーはジョン・バーソロミューの顔を知らない。それに、女の身では、バーソロミューがいるはずの屋根に上がらせてもらえない。焼夷弾を搭載した爆撃機の新たな一群がすでにこちらに向かっている。ブーンというなりが刻一刻大きくなる。

セント・ポールにもどるいちばんの早道は、防空監視員に連れられてきた道を引き返すことだが、危険はおかせない。あの防空監視員はえらく頑固そうだった。マイクがいないことに気づいたら、捜しにくる可能性が高い。ひとつ先の路地を通るほうが安全だ。玄関口から通りに出ると、すばやく左右を見渡してから走り出した。すくなくとも、足音を聞かれる心配はない。上空の飛行機の爆音が他のすべての音を呑み込んでしまう。

百メートルも行かないうちに、この路地を選んだことを後悔した。道は鋭くカーブしていて、そこから枝分かれした路地も、次の通りでなかった。道幅はせまく、ほかにもいくつか真っ暗な路地が口を開けている。

マイクは、暗くてなにも見えないことに悩まされつつも、この迷路からの脱出路になりそうな路地を選んだ。

その路地は、どこにも通じていない袋小路だった。突き当たりは煉瓦の壁。マイクは悪態をついて、もと来た道を引き返した。ジョン・バーソロミューがセント・ポールにいることが、どうして二週間前に、いや二カ月前にわからなかったんだろう。それなら、大聖堂にのんびり歩いていって、「バーソロミューさんをお願いします」というだけでよかったのに。バーソロミューの居場所はわかっていた。セント・ポール大聖堂があやうく焼失しかけたのが一九四一年五月のことだと思い込むんじゃなくて、いつだったのかとポリーにたずねるべきだった。だが、ぼくらは航空基地のこと、そのあとはブレッチリー・パークのことばかりにかまけていた。おかげでいまは、セント・ポール大聖堂を訪ねて、ポリーの知り合いのハンフリーズ氏にバーソロミューさんを呼んでくださいと礼儀正しく頼むかわりに、暗闇の中、時間と競争しながら、空襲下の夜道をひた走る羽目になってしまった。

曲がり角を通り過ぎてしまったらしい。いま走っている道は下り坂になっている。向きを変えて反対方向に進むと、道がぐるっとカーブして、また下り坂になってしまった。上空のうなりは耳を聾するほど大きくなり、四方八方に焼夷弾が落ちてくる音もほとんど聞き分けられない。実際に落ちたのは通り何本か先だが、ぎらぎらした白い光があたり一帯を明るく照らし出した。

よかった。すくなくともこれで、いまどこにいるかわかる。そう思ったが、周囲を見渡しても、見覚えがあるものはなにひとつなかった。空を見上げ、大聖堂のドーム屋根を探して方角の見当をつけようとしたが、せまい道の左右に立つ建物が高すぎてなにも見えない。

角まで走っていったが、そこからもやはり見えない。見えたものといえば、波打つ濃い煙と、その上のぶあつい雲だけ。煙は火事の光を浴びてピンクがかったオレンジ色に染まっている。それと炎。いたるところが燃えている。消火のための水が干潮のために足りないのが問題だったはずだが、どんなにたくさん水があっても、これだけの火事が相手では、それこそ焼け石に水だろう。

また新たな焼夷弾の群れがバラバラと降ってきて、マイクは手近の玄関口に遮蔽を求めて飛び込んだ。〈ヘドスン&ポルドリー書店はパタノスター・ロウ22番地に移転しました〉というお知らせがドアに貼ってあり、矢印が次の通りを示している。パタノスター・ロウは、大聖堂のすぐ横の通りだ。

しかし、パタノスター・ロウの入り口は、通り全体を埋めつくす火炎にふさがれていた。マイクは引き返して次の路地を進んだが、行き止まりになっていた。さらにその次の路地を試す。

するとそこにも、さっきの火災の火の手がまわっていた。セント・ポールはすぐそばのはずなのに、まだ見えない。今夜、大聖堂のドームは、煙と炎の上に、灯台のごとくそそり立っていたという話なのに、いったいどこなんだ？　見えるのは煙だけ。それと、さらに炎。通りの向こうのほうがまるごと炎に包まれ、通りに建ち並ぶ倉庫群の窓から赤い火が噴き出している。しかし、引き返している余裕はない。セント・ポールに行かなければ。

前方の激しい熱を避けるために頭を低くして通りを走り出した。

斧を持った男がマイクの袖をつかみ、「どこへ行くつもりだ？」と、燃えさかる炎の咆哮のなか、大声で叫んだ。

「セント・ポール！」

「そっちを突っ切るのは無理だ！」男は叫んだ。「このドアを破るのを手伝ってくれ！」

マイクは首を振り、「ぼくは消防士じゃない！」と叫び返した。

「おれもだ！」男は怒鳴り、ドアに斧を叩きつけた。「おれは新聞記者だ。この火事と戦うんじゃなくて、その取材をするはずだった。でも、ほかにだれもいないんだ」

こんなことをしている暇はない。

「消防士を呼んでくる！」記者から逃げるためにいった。

「無駄だ！　あれが消防署だ！」記者は通りの先の燃えさかる建物を斧で指してから、もう一度ドアに叩きつけたが、むなしくはねかえされた。「ここの屋根にいまさっき焼夷弾が落ちるのを見たんだ！」

焼夷弾が屋根を燃やして下のフロアまで落ちてきたら、この建物と通りのこちら側全体が炎上し、通り抜けるのは不可能になる。マイクは記者の手から斧をつかみとり、ドアに叩きつけた。硬い木の破片が飛び散る。そのあいだに記者は、角の街灯の前に積み上げられた砂嚢の山のところに向かった。

「空襲があるのはわかってるのに、どうしてどの建物も鍵をかけたままにしておくのか、さっぱり理解できないね」砂嚢を持ってもどってきた記者がいった。「それに、ドアの外にバケツ一杯の水と手押しポンプなんか置いて、なんの役に立つと思ってるんだろう」

マイクはドアを破った。記者はマイクの腕に砂嚢を投げ渡してから、手押しポンプとバケツをつかんで、がたがたの階段を駆け上がった。マイクもそのあとにつづいたが、砂嚢を持って着いたときには、記者がすでに焼夷弾を消し止めていた。マイクは念のため、その上に砂をかけた。

「これで今夜取材する火事が一個減った」と新聞記者。しかし、また下に降りたときには、となりの倉庫の炎がこちらの建物の側面を舐めていた。また新たな爆撃機の編隊が頭上に近づいてくる。

「聞こえるか？」と記者がいわずもがなの質問を口にした。が、そのときようやく、記者がジャンジャンという鐘の音のことをいっているのだと気がついた。消防団だ。

一台の消防車が通りに入ってきた。男たちがわらわらと降りてきて、消火栓にホースをつなぎはじめた。ホースの先から水がごぼりと噴き出し、そのあとはちょろちょろした細い流れになった。

「本管に水がない！」消防士のひとりが叫ぶ。

「ポンプにつながないと！」リーダーが叫び、部下たちがホースを移動式ポンプにつなぎ直し、炎に放水しはじめた。

よかった。これでプロに任せられる。記者もおなじことを考えていたらしく、玄関ステップに置いてあったカメラをとって、消防署に放水する消防士たちの写真を撮りはじめた。

マイクはじりじりと記者から離れながら、パタノスター・ロウを通れるか、迂回するしかないかを見極めようとした。火事は大きくなっていないようだが、強くなってきた風に炎があおられている。

「さあ」と消防士がマイクの手にホースを押しつけた。「このホースをハンターとディックスのところに持っていってくれ」

「ぼくは消防士じゃない」二度とつかまるもんかという覚悟でマイクはいった。ホースを突き返し、記者にいうべきだったことをいった。「大聖堂に行かなきゃならない。ぼくはセント・ポールの火災監視員なんだ」

消防士は重いノズルを叩いてホースをマイクの手に返し、「じゃあ、ここがあんたの居場所だ」

「でも――」

「ここで火を食いとめなかったら、大聖堂を救うために向こうでできることはなにもない。ホースを伸ばして、あそこのハンターとディックスがいるところまで持っていけ」とふたりの消防士のほうを指さした。通りの五十メートルほど先で、倉庫に放水しているのが煙をすかしてかろうじて見える。

セント・ポール大聖堂にも五十メートル近い。

「主を讃え、砲弾をまわせ」とマイクはつぶやき、ホースを肩にかつぐと、足を引きずりながら濡れた通りを歩き出した。ホース二本をまたぎ、燃える破片の山を迂回して進む。このホースをハンターとディックスに渡したら大聖堂に出発しよう。うまくいけば、煙に隠れて、あの消防士に姿を見られずに済むかもしれない。あるいは、すくなくともスタートでリードがとれる。

彼らが消そうとしている火災の現場を通過できれば。炎上しているのは本屋で――ドアの上に出ている鋳鉄製の看板に〈T・R・ハバード書店〉とあった――店内は地獄絵だった。

建物の上から下まですべての窓から炎が噴き出し、せまい通りの中央にまで炎が達している。

ハンターとディックスは、勢いの弱い水流を火にかけながら——水はたちまち蒸気に変わる——目の前の炎がとつぜん襲ってくることを恐れているみたいにずるずると後退した。通りの向かいの倉庫——そこからも火の手が上がっている——に背中がつきそうだ。ふたりとも、ヘルメットをかぶった頭を低く下げて、正面の火から顔を守っている。

それと熱。空気はおそろしく熱く、燃える灰に満ちている。ひとひらが耳に落ちてきてシューシュー音をたて、マイクはスズメバチに襲われたかのように激しく頭を振って灰を払い落とした。

ホースがなにかにひっかかってぐいとひきもどされ、マイクはあやうく倒れそうになった。よたよた引き返して、なにがひっかかったのか調べた。笠石だ。どれかの建物のてっぺんから落ちてきたにちがいない。足で蹴って横にどかすと、またホースを運びはじめた。ハンターとディックスは倉庫のほうにさらに後退し、まるでふたりの上に倉庫がのしかかっているように見えた。

ほんとうにのしかかっている。「壁が倒れる！」マイクは叫んだが、燃えさかる火と風の咆哮で、自分の声さえ聞こえない。「そこを離れろ！」

ホースを放り出して大きく両腕を振ったが、ふたりともこっちを見ていない。低く下げたふたりの頭の上で、壁のてっぺんが砕け波のように弧を描いている。

「気をつけろ！」と叫んで突進し、半分突き飛ばすようにして、ふたりの体を通りの真ん中へと押し出した。

壁が地響きをたてて倒れ、煉瓦と火花を散らした。ハンターとディックスはよろよろと立ち上がり、制服の埃をはたいた。ふたりが持っていたホースは巨大な蛇のように激しくのたうち、冷たい水を三人の全身に浴びせかける。

マイクはホースに飛びついたが、ひとりで支えるには勢いが強すぎる。「手を貸してくれ！」ハンターとディックスに叫んだが、ふたりは倉庫の壁だった煉瓦の山の横にただ茫然と突っ立っている。

ふたりがマイクに向かってなにか叫んでいる。「命の恩人だ！」というふうに聞こえた。

ああ、しまった。のたうつホースと格闘しながら心の中でぼやいた。ハーディの次はこのふたりか。

でも、そんなことは問題じゃない。ぼくらは戦争に勝つ。ポリーはVEデイにいたんだから。

しかし、ふたりが叫んでいるのはそのことではなかった——なにか、本屋に関係したこと。

「なに？」と訊き返し、うしろをふりかえった。T・R・ハバード書店の看板やなにかが、マイクの上にまるごと崩れ落ちてこようとしていた。

「ええ、舞踏会に行ってもいいんだよ、シンデレラ」と妖精のおばあさんがいいました。「でも、かならず真夜中までに帰ってくること。でないと、馬車はかぼちゃに、ドレスはぼろ布にもどってしまうからね」

——『シンデレラ』より

31

ロンドン地下鉄ブラックフライアーズ駅
一九四〇年十二月二十九日

アイリーンはアルフとビニーのあいだをすり抜けようとしたが、ふたりは改札の手前でがっちり足を踏ん張って行く手をふさいだ。ジョン・バーソロミューはすでに改札を抜けようとしている。

「駅の中、ほうぼう捜しまわったんだよ」とビニーがいった。

ふたりとも汚い格好だった。ビニーは、地図を借りにいった日に着ていたのとおなじ、サイズの小さすぎるワンピースを着ている。「会えてうれしくないの？」

うれしいもんですか。人混みをかき分けて出口に向かうジョン・バーソロミューのうしろ姿を見ながら心の中でいった。

「ここでなにやってんの？」とビニー。

「地図送り返すっつったくせに、なんで送ってこねえの?」とアルフ。

こんな話をしている暇はない。バーソロミューはもう出口の近くまで行っている。「いまは話せないの」といって子供たちを突き飛ばし、あとを追って走り出した。

腕が伸びてきて行く手をふさいだ。「どこへ行くんです?」と駅員がいった。

「いまさっき出ていった人——彼に用があって」

「あいにくですが、空襲警報解除《オール・クリア》までどなたも外に出られません」

「でも、彼は出ていったじゃない」と駅員の腕の力に抵抗した。

「彼はセント・ポール大聖堂の火災監視員です」

「ええ。追いかけないと」アイリーンはそういって、飛び出そうとした。

駅員はアイリーンの腰に腕をまわした。「いや、だめだ」といってから、もっとやさしい口調で、「外は危険なんですよ」

「危険?」怒りのあまり涙が出そうだった。「危険ですって? とんでもない。もし彼にメッセージを伝えられなかったら——」

「火災監視員はいまはメッセージを受けとるどころじゃない。だからいい子にして、安全な下にもどってください。どんな用件だとしても、朝まで待てるはずだ」

駅員はアイリーンにうしろを向かせて、改札のほうへと押しやった。

そして、アルフとビニーのほうへと。

「会えたら喜んでくれると思ったのに」ビニーが責めるようにいう。「アイリーンって女の人に会ったってトムがいうから、『アイリーンだれ？』と訊いたら、『さあ』っていわれて、『じゃあ訊いてきて』っていったんだ」

アイリーンはビニーの肩を両手でつかんだ。「聞いて。あの警備員を突破しなきゃいけないの。うまくやれる？」

「あったりめえだろ」アルフが鼻で笑うようにいった。

「待ってな」ビニーがアイリーンに命じ、姉弟は警備員が立っているほうへすっ飛んでいった。

なにをしているのかは見えなかったが、しばらくすると警備員が「おい、そこのふたり！もどってこい！」と怒鳴り、ホドビン姉弟を追って走り出した。

その行き先も見定めず、アイリーンはゲートの隙間から外に飛び出し、階段を上がり――そして、悪夢の中に飛び込んだ。いたるところに煙がたちこめ、坂を登ったすぐ先では、建物の屋根からオレンジ色の炎が噴き上がっている。五、六人の消防士がそちらにホースを向け、さらに大勢が通りの真ん中にとまったポンプ車や救急車の周囲で忙しく立ち働き、ホースを消火栓につないだり、救急車の後部に担架を運び込んだりしている。

しかし、バーソロミューの姿はどこにも見えない。ホドビン姉弟と駅員のせいで無駄にした二、三分が彼に決定的なリードを与えてしまった。まあ、すくなくとも行き先はわかっている。だが、大聖堂の姿もまるで見えなかった。見えるのは煙また煙。もくもくと湧き起こるグレイとピンクと薔薇色の巨大な雲。

見えなくてもだいじょうぶ。丘のてっぺんにあるんだから。アイリーンはポンプ車の前を過ぎ、坂を登りはじめた。急ごうとしたが、スピードを出すどころではない。舗道の上は、蛇の巣のように何本ものホースがのたくり、水と泥にまみれている。アイリーンは泥水をはねあげて火災現場の前を歩き、二台めの担架を運び込んでいる救急車の前を過ぎた。

「こっちは重体だ」担架を支えている消防士のひとりがだれにともなく大声でいった。「かなり失血してる」

アイリーンの腕を手がつかんだ。

うわ、警備員が追ってきたのか。そう思ったが、相手はブラックフライアーズ駅にアイリーンを連行してきたあの防空監視員だった。

「運転できるか？」

「運転？」ぽかんとして訊き返した。「なにを？」

「あの救急車を病院まで運転していく人間が必要だ。ドライバーが意識不明なんだ。脳震盪《のうしんとう》を起こして。それに、出血のひどい陸軍中尉がひとり。運転できるか？」

「できるよ」アルフとともにどこからともなくあらわれたビニーがアイリーンのかわりに答えた。

「教区牧師に習ったからな」とアルフ。

「あたしも習った」とビニー。「救急車、あたしが運転してやるよ」

「だめ」とアイリーン。防空監視員に向かって、「この子たちはなんの関係も――」

「応急手当はできるか」防空監視員がビニーにたずねた。

「もちろん」

ビニーは救急車のうしろに飛び乗った。

「その子にやりかたを教えてやってくれ」防空監視員が担架を運んでいる救急隊員に叫んだ。アイリーンのほうに向き直り、「ほかにだれも運転できる人間がいないんだ」

「無理よ。セント・ポールに行かなきゃいけないの。生きるか死ぬかの問題で」

「こっちもそうだ。おーい、運転手が見つかったぞ！」防空監視員は男たちに叫び、救急車のドアを開け、アイリーンを中に押し込んだ。「エンジンはかかってる。セント・バート病院へ搬送してくれ。いちばん近い」

「道を知らない」

「おれが知ってる」といってアルフが助手席に乗ってきた。「ロンドンのこっちっかわはぜんぶ知ってるよ。マップを返してもらえなくてもね」

「急いだほうがいいよ」うしろのビニーがいった。「すんごく血が出てる」

ビニーは応急手当のことなんか、動物園の猿ほどにも知らないだろう。アイリーンは運転席を乗り越えて救急車の後部に移動した。ビニーが二台のストレッチャーのあいだにしゃがみこみ、折り畳んだガーゼのパッドを中尉の血まみれの足にあてがっていた。「できるだけ強く押しつけて。ぎゅっと」レイディ・キャロラインの命令で応急手当の講習を受けていてよかった。

「ひどいのか？」中尉が弱々しい声でたずねた。意識があるとは知らなかった。「そんなにひどくない」

「これがひどくないって？」ビニーが叫んだ。「こんなに血が出てんのに」

「心配しないで」と中尉に声をかけ、ビニーをにらみつけた。「病院に運ぶから」

救急車の後部に目を走らせ、傷口にあてたパッドをもっとしっかり固定するために包帯か絆創膏がないかと探したが、救急キットは見当たらない。もう片方のストレッチャーに乗せられた女性ドライバーは、質問に答えられる状態になかった。意識を失い、その顔は、炎のオレンジ色の光のもとでさえ灰色に見える。

ふたりともいますぐ病院に連れていく必要がある。もし病院が見つかれば。そしてこの混沌から脱出できれば。もう一台のポンプ車が鐘を鳴らして到着し、道をふさいでいた。その横を通過するためには、教区牧師のオースティンのゆうに三倍のサイズがある救急車をバックさせて方向転換する切り返しが二回必要だった。ようやく抜け出してから、「どっちの方角？」とアルフにたずねた。

「あっち」とアルフが指さし、救急車は燃える道を走り出した。

すべての通りで一カ所は火災が発生しているように見えた。まだ炎上していない数少ない通りでも、焼夷弾がぎらぎら輝き、白い火花を散らしている。

「次の角を曲がって」とアルフ。

「どっちに？」

「右。いや、左」

「セント・バートへ行く道、ほんとわかるの？」

「もちろん。前に行ったときは――」といいかけて急に口をつぐむ。

「そのときはどうしたって？」と横目でアルフを見やる。

アルフはそれに答えず、「マップがあったら、はっきりわかるんだけどなあ」とぼやく。

「なんで送ってくんなかったの？」

「返しにいったんだけど、ふたりとも留守だったの。だからドアの下に差し込んでおいたんだけど」

「ああ。それでか。おれたちが――」

「ブラックフライアーズ駅でなにやってたのかまだ聞いてない」ビニーがうしろから口をはさんだ。

「セント・ポールに行くところだったのよ。あんたたちはなにやってたの？」見当はついていたが、とにかくそうたずねた。

「いわれたとおり、空襲のあいだは駅のシェルターに行くようにしてるんだよ」ビニーがいい子ぶって答えた。

アルフがうなずき、「バンク駅がベストだけど、リヴァプール・ストリート駅に行くときもある。それか、今晩みたいにブラックフライアーズ駅か。食堂があるからさ」

「もっと速く走れないの？」ビニーがうしろからたずねた。

無理。心の中で答えて、ハンドルをぎゅっと握りしめる。煙と障害物が多すぎる。アルフが指示する通りの半分は消火設備でふさがれていた。もしくは炎で。救急車のボンネットに燃える木切れが落ちてくる。オールド・ベイリーの中ほどでは、両側の黒焦げになった建物がいきなり燃えるたいまつとなって火を噴き、アイリーンは救急車をバックさせて、車体が通れるかどうかもわからないほど細い路地に乗り入れた。道の両側にひしめく背の高い木造建築がほかの建物のように炎上したら、生きて抜け出すことはできない。

「スリル満点だね」とアルフ。「死んじゃったりする？」

「いいえ」アイリーンはむっつり答えた。あんたたちふたりの末路は縛り首と決まってるのよ。「今度はどっち？」

「そっち」とアルフが東のほうを指す。

「病院は北だと思ったけど」

「そうだよ。でもそっちには行けないんだ。火事で」

「ビニー！」アイリーンは後部に呼びかけた。「運転手の意識はまだもどらない？」

「ぜんぜん」とビニー。「中尉は眠ってる」

うわ、危ない。

「まだ息してる？」

「うん」と答えたものの、あいまいな口調だった。「このガーゼ、いつまで押さえてなきゃなんないの？」

「病院に着くまで。一瞬たりとも離しちゃだめよ、ビニー」

「わかってる」

「そこを下って」テムズ川に向かって下り坂になっている通りの先をアルフが指さした。

「ほんとにこれがいちばんの近道なの、アルフ？」ハンドルを切って、通りの真ん中に落ちた焼夷弾をよけながらたずねた。

「うん。火事を迂回しなきゃいけないから」

言うは易く行うは難し。頭上には数分ごとに新しい爆撃機の編隊が出現し、屋根屋根の十カ所以上に白い炎が噴き出し、やがて黄色に変わる。これだけの火事をぜんぶ避けようと思ったら、ドーヴァーまでドライブするしかない。

「今度はそっち」とアルフ。

「ガーゼに血が染み通った」とビニー。

「押しつづけて。手を離さないで」

「血がどんどん染みて、こっちの手にまで垂れてくる。そこらじゅう血だらけ！」とビニーの悲鳴。

「見てきていい？」アルフが興味津々の口調でいう。

「だめ」アイリーンは片手でアルフを助手席にひきもどし、「道案内が必要なの。ビニー、強く押して！」

「押してる」

「いい子ね。すぐに着くから」といったが、自分でも信じていなかった。アルフに指示されるまま、ひとつまたひとつと角を曲がっていつまでも永遠に通りを走りつづけ、そのあいだに周囲ではロンドンが灰燼《かいじん》に帰してゆく――そんな気がした。

「そこらじゅう血だらけ」とビニーがくりかえし、その声にはまったく彼女らしくない絶望の響きがあった。

アイリーンは縁石に寄せて救急車をとめると、座席を乗り越えてうしろへようすを見にいった。

ビニーのいうとおりだった。そこらじゅう血だらけになっている。ビニーは満身の力を込めて押しているが、出血を止めるには腕の力が足りない。

「いいわ、かわって」アイリーンがいうと、ビニーはすぐさま手を離し、さっと脇にどいた。血が噴出する。

「うひゃあ！」アルフが叫んだ。「すげえ！」

アイリーンはあらんかぎりの力でガーゼを押さえつけた。出血は弱まったが、止まりはしなかった。床に両ひざをつき、前かがみになって、全体重が中尉にかかるようにして押した。

「止まりかけてる」とビニー。

しかし、それがなんの役に立つだろう。手を離したとたん、傷口からまた血が噴き出してくる。しかし、いつまでもここにとどまっているわけにはいかない。大尉の命が助かる一縷《いちる》の希望は、一刻も早く病院へ搬送することだ。「ビニー？　ほんとに運転できる？」

「もちろん」とビニーは答え、たちまち背もたれをよじのぼって運転席に潜り込んだ。

「ローがどの位置だか覚えてる？」

答えるかわりにビニーはクラッチを踏んでギアを一速に入れると、猛スピードで救急車を発進させた。

全員そろってあの世行きだ。そう思ったが、速度を落とせとはいわなかった。中尉にとってもドライバーにとっても、スピードが唯一の希望だ。運転手のほうはもう死んでいるように見える。かがみこんでも、呼吸音が聞こえない。

「右に曲がって」とアルフ。「そこをまっすぐ。今度は左に曲がって」

ビニーは指示どおりに走らせているらしく、アルフは姉のことを能なしと罵《ののし》ってはいない。アルフが道をちゃんとわかっていて、でたらめに方向を指示しているわけじゃないことを祈った。しかし、アルフがためらったのは一度だけだった。

「次の角だと思う。それか、次の次。違う、もどって、やっぱり最初の角だった」ビニーはギアをバックに叩き込み、車を後退させると、指示された道に乗り入れた。

近づいているのかどうかたずねる暇さえなかった。意識をとりもどした中尉は自由になろうともがくが、アイリーンは傷口のガーゼを固定しておくため、両手で必死に押さえつけているしかなかった。

「今度はその路地を右に入って」とアルフ。「突き当たりまでまっすぐ」

短い沈黙。それからビニーがとがめるように、「ウソばっか。出口ないじゃん。建物だけ」

「うん」とアルフ。「着いたよ」

アイリーンは身を乗り出してフロントガラスの向こうを見やった。ほんとだ。セント・バーソロミュー《バート》病院の美しい石造りの建物が前方にそびえている。

「どのドアから入ればいい？」とビニーがアルフにたずねた。

「知るかよ」とアルフ。「アイリーン、どっちに行くの？」

「ビニー、こっちに来て、かわってちょうだい」ビニーが座席を乗り越えてアイリーンと場所を交替し、アイリーンは運転席にどうにか潜り込んだが、闇の中、どの戸口に救急車をつけるべきなのか、アイリーンにもわからなかった。ドアは十以上もあり、どれひとつとして文字もマークも照明もない。

「見てくる」アルフが救急車を降り、止めるまもなく姿を消した。

急いで。両手でハンドルを握り、アルフがもどりしだい車を動かせる準備をして待った。

「なんでもどってこねえんだよ」ビニーがパニック寸前の口調でいった。「また血が浸みてきた」

アルフの気配はどこにもない。アイリーンは警笛を鳴らしたが、だれも来ない。

「運転手の人、息が止まったみたい」とビニー。

病院のすぐ外まで来たのに、ふたりともここで死んでしまうんだ。アイリーンは絶望的な気分になった。

アイリーンは、「助けを呼んでくる」といって、救急車から飛び出し、車回しを渡って最寄りのドアに駆け寄った。

施錠されている。永遠にも思える時間、そのドアを叩きつづけ、それから次のドアへ、その次のドアへと移動した。最後のドアが開いた。ドアの先は、照明の薄暗い、細い通路だった。片側にカウンターがあり、〈調剤室〉と案内板が出ていた。

アイリーンはだれかいることを祈りながらカウンターに駆け寄った。いた——ぽっちゃりした、やさしそうな顔の女性。袖口と襟が白いグレイのワンピース、襟元にはカメオ。お茶会の主宰者かと思うようなそのいでたちは、およそ場違いだ。

この人ではとても役に立ちそうにない。だが、ほかにはだれもいなかった。

「外に怪我人がふたり。でもどこへ行けばいいかわからなくて。ドアはぜんぶ閉まってるし救急車の運転手は意識不明だしもうひとりは出血がひどくて」といいながらも、これじゃ支離滅裂すぎてとても理解してもらえないと思ったが、驚いたことに、カウンターの女性は完璧に理解してくれた。

「救急車はどこに?」とたずねながら受話器をとり、「このドアの外?」

「ええ。いいえ、つまりその——ドアをかたっぱしから試したのにぜんぶロックされてて、それで——」

「救急車をこのドアの前にまわして」と女性は命令し、受話器に向かって、「調剤室前に急患。ストレッチャー・クルーをすぐによこして。輸血が必要だと伝えて」

「ありがとうございます」アイリーンはかすれた声でいうと、救急車に駆けもどり、運転席に飛び込んで、「助けが見つかった」とビニーにいって車を出した。調剤室の戸口の前にバックで救急車をつけると、看護助手の一団がすでに待ち受けていて、後部扉を開き、運転手と中尉の担架を効率よく運び出すと、キャスター付きのストレッチャーに患者を移し、白いシーツでくるんだ。

「その人、出血してる」あとについて救急車を降りてきたビニーがいった。「直接押さえないと」

看護助手がうなずき、「彼女といっしょに行って報告を」とアイリーンに向かっていうと、ストレッチャーの横に立っている看護婦を指さした。

「わたしは――」とアイリーンは口を開いた。

看護婦がアイリーンとビニーを連れて戸口を抜け、中に入るなりたずねた。「怪我の場所は？」

「してないよ」とビニー。「怪我してるのはあっちのふたり」と運び込まれてきたストレッチャーを指さした。

「いっしょに来てください」看護婦は、看護助手がものすごいスピードで押してゆくストレッチャーのあとについて廊下を歩き出した。看護婦もほとんどそれとおなじくらいの速さでずんずん歩いてゆく。

「わたしは救急車の運転手じゃないの」アイリーンはなんとか看護婦に追いつこうとしながらいった。「負傷した女性がドライバーです。わたしは車の運転ができるからと代役を頼まれただけで——」

看護婦は聞いていなかった。顔を上げ、どんどん大きくなる爆撃機のうなりに耳を傾けている。

うわ、やめて。セント・バート病院は二十九日に爆撃されただろうか？

三人は廊下を曲がり、それからまたべつの廊下に入った。その突き当たりにある二枚扉の向こうにストレッチャーは消えた。「ここで待ってて」と看護婦がいって、やはり扉をくぐった。

「報告書を書かされたりとかしないよね」とビニーがたずねた。

「報告書？」

「救急車に乗ってきたこと。名前書かされたりとかする？」

「どこ行ってたのさ」アルフがどこからともなく姿をあらわした。

「どこ行ってたのかって？」ビニーが憤然といった。「消えたのはそっちだろ」

「消えてねえよ。いわれたとおり、どこへ行けばいいか調べに——」

「しいっ」とアイリーン。「病院の中よ」

アルフはあたりを見まわした。「なんでこんなとこに立ってんの？　セント・ポールに行かなきゃっていったくせに」

「ええ、そうよ。でもさっきの看護婦さんが――」

「じゃあ、その看護婦がもどる前に行こうぜ。救急車はこっち」とアルフ。

「救急車でセント・ポールへ行くわけにはいかない」とアイリーン。「病院が使うんだから」

「でも、運転する人間がだれもいないんなら、クソの役にも立たねえだろ。おれらが乗ってってもいっしょだよ」アルフがいつもながら実際的な意見を述べた。

「それに、救急車じゃなかったらどうやって行くつもり？」とビニー。「何キロもあるし、電車はもう動いてないよ」

「動いてない――いま何時？」アイリーンは腕時計に目をやった。もう十一時近い。マイクはとっくにブラックフライアーズ駅にもどって、わたしを捜しているはず。どこに行ったのか見当もつかないだろう。もどらなければ。

でもどうやって？　飛行機のうなりは着実に大きくなっている。火災はすでにブラックフライアーズへもどるほとんどすべての通りをふさいでいるだろう。わたしたちがここに来るまでのあいだにも、火事はさらに燃え広がっているはずだ。まもなく、セント・ポール大聖堂のまわりにはだれも近づけなくなる。ロンドン全体が炎上し、マイクともポリーともめぐりあうすべはない。あるいはジョン・バーソロミューとも。いまごろはもう、ふたりは彼を見つけているだろう。三人とも、ほかのだれかを残して帰ることはないと約束した。でも、降下点が短時間しか開かないとしたら？　わたしを置いていくしか選択肢がなかったとしたら？

「救急車はどこにあるって？」とアイリーンはたずねた。

「こっちだよ」アルフが廊下を走り出した。

「待って」とアイリーン。「まだあるってどうしてわかるの？　だれかほかの人が乗っていったかも」

アルフはポケットからキーをとりだし、かざしてみせた。「ふたりを捜しにいくとき、抜いてきたんだ。だれにもとられねえように」

「アルフ！」

「空襲中は火事場泥棒が多いからね」とアルフは無邪気にいった。

「あの看護婦がもどってきて名前を訊かれる前に行こうよ」とビニー。

「こっちだ。早く」アルフはふたりを先導して廊下の迷路を引き返し、調剤室につづく廊下に出た。

「こっちには行かないほうがいいと思う」ビニーは立ち止まった。「さっきのおばちゃんがいたら？」

「いたら？」とアルフ。「なんでもないさ。ただ歩いてけばいいだろ。こっちがいちばん近い」

「わかった」ビニーが不承不承うなずき、声をひそめて、「でも、忍び足で」

「忍び足だとよけい怪しいわ」とアイリーンが囁き返した。「ふつうに歩いていくのよ。気づきもしないわ」

ビニーは信じていない顔だった。「ぺてんは見逃さないタイプに見えたけど」

アルフはうなずいた。「バンク駅の改札係みたいな」

「うしろめたいことがあるからそんな気がするのよ。そんな人じゃなかったわ」アイリーンは自信たっぷりに廊下を歩き出した。

調剤室のドアは半分開いていた。中では、さっき助けてくれた中年女性が、トレイにかがみこんで、金属棒を使って白い錠剤の数を数えていた。顔をあげないで。そう念じながらドアの前を通過した。だいじょうぶだった。アイリーンが外に出るドアを開け、三人はすばやく病院を抜け出した。

外に出れば暗闇に身を隠せると思っていたのに、車回しは廊下とおなじくらい明るかった。頭上の曇り空はオレンジとピンクに染まり、車寄せに停められた救急車に、病院の建物が奇妙に歪んだ赤黒い影を落としている。アイリーンはアルフとビニーに救急車のうしろに乗るよう指示した。

「病院から離れるまで、だれにも姿を見られないように伏せてて」といって、イグニションにキーをさしこみ、エンジンがかかってくれることを祈った。救助隊のクルーからこの救急車を引き渡されたときは、エンジンがかけっぱなしだった。

チョークを引き、クラッチをつなぐ。

エンジンはかかった。だが、すぐに止まってしまった。「頼むよ」アルフが後部スペースからいった。「急いで」

もう一度やってみた。ゆっくりチョークを引き、教区牧師に習ったとおり、クラッチ・ペダルをなめらかにゆるめる。今度は止まらなかった。バックミラーに目をやり、調剤室のドアから救急車をバックさせた。

助手席側のドアをだれかのこぶしが叩いた。

アイリーンはびくっと跳び上がり、エンジンが止まった。白衣の男が立って、ノックしている。

「かまうなよ」とアルフ。

「アクセル踏んで！」とビニーが身を乗り出す。「行け！」

「かからない！」アイリーンは必死にイグニションをまわしながらいった。エンジンがかからない。白衣の男は六十代ぐらいだった。助手席のドアを開けて車内に首をつっこみ、「救急車の運転手を運んできた人？」とたずねた。

アイリーンはうなずいた。

「よかった」といって男は乗り込んできた。黒い革の鞄を携えている。「ここにいるとミセス・マローワンに教わってね。まだいてくれてよかった。ドクター・クロスだ。ムーアゲートまで行ってくれ」

子供たちふたりは頭を低くして視界から消えている。「ムーアゲート？」とアイリーンは訊き返した。

医師はうなずいて、「地下鉄駅に、重傷を負った若い女性がいる。状態が悪すぎて動かせない」救急車のドアを閉め、「現場で処置しないと」

「でも、無理です——本物の救急車ドライバーでは——」

「ミセス・マローワンの話では、負傷した運転手と中尉を搬送するためにスカウトされたとか」

「無理だよ」アルフがぴょこんと頭を出していった。

「おやおや、密航者か」とクロス医師がいい、アルフの横にビニーが姿をあらわすと、「それもふたりとは」

「助手なんだ」とビニー。「ムーアゲートに連れてくのは無理だよ。セント・ポールに行く用があるから」

「患者の搬送に？」

「うん」とアルフ。

「火災監視員のひとりが負傷して」とアイリーン。

「そちらにはべつの救急車を出してもらおう」医師は手を伸ばして警笛を鳴らした。看護助手が戸口にあらわれた。そちらに向かって、「ドーキンスがもどったら、セント・ポールへ行かせてくれ！」と怒鳴る。

アイリーンのほうを向いて、「これでいい。さあ、行こう」

「エンジン、かかるかなあ」とアルフ。

「さっきはどうしてもかかんなくて」とビニー。

もしエンジンがかからなかったら、クロス医師はべつの足を探すことになる。そう思いながら、はじめての運転教習のときのように、乱暴にチョークを引いた。

たちまちエンジンが始動した。ギアを入れ、車体ががくんと揺れるほど強引にクラッチをつないだが、それも効果はなかった。エンジンは機嫌よくゴロゴロ鳴っている。

「通りに出て左だ」と医師が指示した。「それからスミスフィールドを左折」

アイリーンは車をバックさせた。一台の救急車が入ってくる。どうしてあと五分早く来られなかったんだろう。

アイリーンは速度を落とし、救急車を乗り換えるよう医師を説得する理屈を必死に考えた。

ヘルメットに作業服姿の男ふたりが救急車の後部から降りてきた。男性患者が乗ったストレッチャーを下ろしはじめる。看護助手が集まってくる。

「早く」と医師がアイリーンにいった。「あまり時間がない」

逆説じみた話だが、その夜のもっとも重要な出来事は、起こらなかった出来事だというべきかもしれない。

——W・R・マシューズ、セント・ポール大聖堂首席牧師
一九四〇年十二月二十九日の夜に関する文章より

32 セント・ポール大聖堂

一九四〇年十二月二十九日

「ダンワージー先生」ポリーは囁くようにいった。とつぜんひざに力が入らなくなり、支えを求めて、セント・ポール大聖堂の階段の端にある灯柱をつかんだ。アイリーンは先生が助けにきてくれるといった。そのとおり、先生は来てくれた。だからジョン・バーソロミューにメッセージを伝えることができなかったんだ。その必要がなかったから。こっちが先生を見つけるより先に、先生があたしたちを見つけたから。やっぱり、ずれが一時的に増大しただけだった。おそろしい災厄が起きてオックスフォードの全員が死んでしまったわけでも、あたしたちが戦争の結果を変えてしまったわけでもなかった。

それにダンワージー先生が——そしてコリンが——嘘をついたわけでもなかった。コリン。もしダンワージー先生が来てるなら、コリンも来てるかもしれない。胸が弾み、ダンワージ

ー先生の両側にいる人々の顔を見やったが、コリンの姿はなかった。ダンワージー先生は、ドーム屋根を夢中で見つめるふたりの老婦人にはさまれている。

「ダンワージー先生！」ポリーは、頭上の爆撃機と高射砲の砲撃音に負けじと声を張り上げた。

ダンワージー先生が振り向き、どこから声がしたのかたしかめるように、なんとなくこちらのほうに目を向けた。

「こっちです、ダンワージー先生！」と叫ぶと、先生がまっすぐこちらを見た。

やっぱり先生じゃなかった。たとえ先生にそっくりの顔――先生とおなじ眼鏡、おなじごま塩頭、おなじ心配そうな表情――をしていても。こちらを向いた顔には、ポリーに気づいた気配も、彼女を見つけた安堵の気持ちもあらわれていない。麻痺したような表情、それから恐怖の色。ポリーは、パタノスター・ロウの火災が大聖堂に達したのではないかと、反射的にうしろをふりかえった。

まだ延焼はしていないが、パタノスター・ロウの建物の半数は炎に包まれている。先生そっくりの男に視線をもどしたが、彼はすでに向きを変え、群衆の後尾のほうへと歩き出していた。ポリーから、セント・ポール大聖堂から離れてゆく。

「ダンワージー先生！」彼が先生じゃないことをまだ信じられず、あとを追って前庭を走りながら叫んだ。「ダンワージー先生！」

しかし、追いかけてゆくうちに、やはりまちがいだったという思いがどんどん強くなってきた。ダンワージー先生は、あんなふうに、まるでうちひしがれた老人のように肩を落としたりしない。顔立ちがそっくりに見えたのは、ちらつく赤い光のいたずらだったにちがいない。それと、コリンを見たと思ったときのような、願望のなせるわざ。

それでも、ちゃんとたしかめなければ。「ダンワージー先生！」とまた呼んで、人混みの中に必死に潜り込んだ。

「見ろ！」男の声が叫んだ。何人かの手が上がり、ドームを指さした。「落ちるぞ！」

ポリーは目を上げた。焼夷弾の燃え立つ黄色い星が揺らめき、ドームを滑り落ちはじめ、それから転がって、その下に広がる屋根の迷路に消えた。群衆がどよめいた。

ポリーはダンワージー先生に視線をもどしたが、焼夷弾を見ていた数秒のあいだに、その姿が消えていた。ポリーは群衆をかき分けていちばんうしろまでたどりついたが、そのときはもう野次馬は散りはじめていた。火事がどんなに近いか、自分たちがどんなに危険な場所にいるかにとつぜん気がついたように、そそくさと大聖堂から離れてゆく。

「ダンワージー先生！　止まって！　あたしです、ポリー・セバスチャンです！」と叫ぶ。その一瞬、高射砲も爆撃機も、風の音さえもやんで、ポリーの声は沈黙の中にはっきりと響いた。だが、だれもふりかえらず、だれも歩調をゆるめない。

先生じゃなかった。ジョン・バーソロミューを捜すことに使うべき貴重な数分間を無駄にしてしまった。いまにも彼は大聖堂にもどってしまうだろう。

ふりかえってセント・ポールを見たが、まだ階段を上がる人影はなく、一群の人々がなおもドームを見上げている。

「消した？」と男の子が叫び、ポリーはドームのほうを見上げた。屋根の上で、焼夷弾にシャベルで砂をかけているヘルメットの男ふたりのシルエットが見えた。シャベルと毛布を持った男たちが急ぎ足でさらにやってくる。

火災監視員は退去していなかった。もちろんそうだ。落ちてきた焼夷弾を消し止めるために、彼らはそこにいなければならない。ジョン・バーソロミューは空襲のあいだじゅうずっと屋根にいた。あそこに上がらなければ。あの聖歌隊員はどこにいるだろうと、あたりを見まわした。階段の足もとに立って――女たちと男の子をまわりに集めて、防空壕への道順を教えているらしい――身廊への道をブロックしている。

ポリーは、散ってゆく群衆の陰に隠れるようにして中庭を横切ると、急ぎ足で教会墓地に向かい、地下聖堂へ通じるドアを抜けた。階段を駆け下り、ゲートを通過し、地下聖堂の端から端まで、砂嚢やウェリントンの墓や火災監視員の寝棚の前を過ぎ、全速力で走った。その足音が石の床にうつろにこだまする。

階段の下まできて立ち止まると、息をあえがせながら、危険を覚悟でうしろをふりかえったが、聖歌隊員の気配はなかった。さきほど聖歌隊員に連れ下ろされた階段を駆け上がり、大聖堂の一階に出た。

身廊は昼間のように明るかった。ドームとアーチの金色が窓からのオレンジ色の光を浴びて輝き、袖廊と柱、身廊中央に並べられた椅子は、日中以上にまばゆく照らされている。

よかった。屋根に通じる扉を見つけるのがこれで楽になる。北の側廊を走っていく足音が聞こえた。聖歌隊員だ。あわてて南の側廊に飛び込み、柱の陰に隠れた。あたしが入ってくるところを目撃して、屋根に出る前に捕まえようというつもりにちがいない。だとしたら、屋根に上がる扉にまっすぐ向かうだろうから、聖歌隊員が行く先を見届けるだけでいい。それと、捕まらないようにすること。身廊がこんなに明るいと、そっちのほうがむずかしそうだ。柱にぴったり背中をつけ、じっと耳をすましながら待った。聖歌隊員の足音がこだまし、止まり、またこだました。

うわ。一本一本の柱のうしろと、すべての柱間をチェックしている。ここにはいられない。どこにも隠れる場所がない。柱にもたれて靴を脱ぎ、コートのポケットに靴をつっこんで、足音が止まるのを待った。聖歌隊員が柱間のどれかを調べているしるし。

足音が止まった瞬間、アイリーンは南の側廊を静かに走り出て、前に隠れた礼拝堂へと向かった。音を立てないようにそろそろと掛けがねを上げて門扉を開き、静かにすり抜ける。門扉を開けたままにしておこうか思案したが、動かぬ証拠になると判断して、そっと閉じた。カチャッと音はしたが、そう大きくはなく、聖歌隊員の足音のリズムがそれで変わることはなかった。

聖歌隊員は身廊の反対の端にいる。扉のほうへ行け、と念じたが、身廊をこちら側に横断すると、早足でこっちにやってくる。いったん止まり、また足音。

ポリーは礼拝堂のさらに奥へと撤退し、隠れ場所を探した。祈禱席はだめ——陰に隠れるにはまわりが明るすぎる。祭壇布の下？　ストッキングだけの素足でチャペルの通路を走り、聖歌隊席の最後列と壁とのあいだの暗くせまいスペースに入り込んだ。

どこからも見えないその場所にしゃがみこんで、考えた。こんなのばかげてる。もう二時間以上ここにいるのに、ちっとも屋根に近づいてない。それに、ここは最低の隠れ場所だ。ここからだと聖歌隊員の足音が聞こえない。聞こえるのは、また空に飛来しつつある爆撃機の音だけ。この場所を離れようとしたそのとき、門扉のところにいる聖歌隊員の音が聞こえた。掛けがねをガタガタ鳴らして、ちゃんと閉まっていることを確認してから、また歩き出す。

きっと、西玄関に行くつもりだ。そのあと扉をチェックするだろう。しかしそのかわり、べつの門扉がガタガタ鳴る音がした。つづいてガチャンという音。それから階段を昇っていく足音。レンの螺旋階段だ。

でも、板でふさがれてるのに。そう思ってから、螺旋階段をまた開放すべきかどうか議論になっているとハンフリーズさんが話していたのを思い出した。レンの螺旋階段は脆弱《ぜいじゃく》だが、屋根に通じているから。

大聖堂に飛び込んだとき、闇の中でまっすぐ通り過ぎてしまったにちがいない。そう思い当たって、ポリーは自分を呪った。そのことを思い出していたら、いまごろはジョン・バーソロミューを見つけられていたのに。

聖歌隊員はさらに二、三段昇ってから、また降りてきた。門扉に掛けがねを下ろし、南の側廊を、ドームのほうへ歩いていく。

礼拝堂を飛び出して螺旋階段へ向かう衝動を抑えつけるにはありったけの自制心が必要だった。聖歌隊員の足音が聞こえなくなるまで待ち、心の中でさらに十数えてから、隠れ場所を慎重に抜け出し、忍び足で門扉のところへ行った。南の側廊とその先の身廊には煙が充満していた。目がひりひりして、咳き込みそうになる。息を止め、無理やり咳を抑えつけ、目を上げて身廊の先、ドームのほうを見やり——炎を見た。

ああ、やっぱり屋根に火がついてしまった。一瞬そう思ったが、燃えているのは屋根ではなく、ドーム屋根の下で宙を舞う、火のついた紙切れや木切れだった。

パタノスター・ロウの火災現場から、風にあおられ、割れたステンドグラス窓の隙間から舞い込んできたにちがいない。そこらじゅうを炎のかけらが飛んでいる。火のついた礼拝の式次第がひらひらしながら身廊の石の床に舞い落ちてきた。まだ燃えていて、クリスマス・ツリーに危険なほど近い。ツリーの横には、前にガイドブックを買った案内デスク。いまいる南の側廊でも、灰や輝く火花があちこちに飛んでいる。そのひとつがコートに落ち、ポリーはそれをはたき落としながら、螺旋階段へと走った。門扉を開き、カーブした階段を上がりはじめる。

そしてぱちぱちと炎が爆《は》ぜる音がした。ツリーだ。そう思って階段を駆け下り、身廊に出たが、燃えているのはクリスマス・ツリーではなかった。案内デスクだ。カウンターから炎と煙が渦を巻いて立ち昇っている。たぶん、ガイドブックが燃えているだけだろう。しかし、ポリーの目の前で木製のラックに火がつき、ハンフリーズさんが見せてくれたウェリントン記念碑や囁く回廊の絵葉書が、マッチを擦ったように燃え上がる。

火災監視員はどこ？　これは火災監視員の仕事。あたしはジョン・バーソロミューを捜さなきゃ。

しかし、火災監視員が見つけたときには、どうしようもないほど火が燃え広がっているかもしれない。焼け焦げた絵葉書がなおも燃えながら宙を舞い、身廊に並ぶ木製の座席や木製の説教壇のほうへと漂っていく。

もしこれが齟齬《そご》だったら？　マイクがハーディを救い、あたしに影響されたマージョリーが飛行機乗りに会いにいった結果だったら？　もしもあたしたちのせいでセント・ポール大聖堂が燃え落ちるんだとしたら？

『世の光』の六ペンスの複製プリントに火がつき、へりが丸まって、絵の中の閉ざされた扉が黒焦げになり、灰に変わった。ポリーは側廊を走って最寄りの柱のところまで行くと、水が入ったバケツをひっつかみ、中身をデスクと燃えるプリントにぶちまけ、ブリキの水桶のところに駆けもどってまた水を汲んだ。

しかし、最初の一杯で火は消えていた。念のため、二杯めの水をカウンターと絵葉書ラックにたっぷりかけ、まだ火が完全に消えていなかった場合に備えて、絵葉書をラックから引き抜くと、デスクから一、二メートル離れた床の上に投げ捨てた。その場にバケツを置くと、階段に駆けもどり、螺旋をぐるぐる駆け上がった。

囁きの回廊は、煙と灰と燃えがらが下よりもさらに濃密だった。昇れば昇るほど状況はひどくなる。そう思いながら、宙を舞う燃えさしから顔を守るため、頭を低くして回廊を走り、ドアを試し、さらに上へと通じる階段を探した。図書室。聖歌隊員のローブがぎっしり詰まったクローゼット。階段はきっと袖廊にある。そう思って、ドームのほうに急いだ。

階段は、やはり袖廊にあった。回廊の角のすぐ先。階段を昇った先は、息苦しいほど暑く暗い廊下だった。低い木製の梁《はり》が天井になっているため、身をかがめなければならず、床に大きなでっぱりがある場所ではその脇をすり抜けたり、乗り越えたりしなければならなかった。丸天井のてっぺん？

しかし、正しいルートを進んでいるのはまちがいない。とぐろを巻いたホースや、砂や水を満たした桶が二、三メートルおきに壁ぎわに置かれている。水桶のひとつは廊下の真ん中にあり、でっぱりを乗り越えたポリーは、その桶の中に踏み込んでしまった。そのときようやく、まだストッキングのままだったことに気がついた。水桶の横にすわって、コートのポケットからとりだした靴を履き、さらに上へとつづく階段を探してまた歩き出した。

ようやくひとつ見つかった。その階段を昇った先は、さらに天井が低く、さらに幅がせまく、さらに煙が濃い通路の織りなす迷路だった。きっと、屋根のすぐ下だ。天井の向こうから飛行機と高射砲の音が聞こえる。それと声。通路のもっと先、どこか上のほうからだ。

「そうっとそうっと」とひとりの声。そのすこし下から第二の声が、「曲がり角に気をつけろ」

ふたりは階段を降りてくるところだ。一メートルも離れていない。ということは、この通路が階段につながっているはずだ。薄暗がりのなか、半分しか見えない天井の梁に頭をぶつけないように注意しながら、通路を早足で進み、階段に通じる戸口を探した。

「だめだめ、それじゃあ——」と第一の声。「こっちにもどれ」

それからもうひとりが、「待ってくれ。ちゃんと持ち直すから」

ふたりでなにかを運んでいるようだ。もうほとんどおなじ高さにいる。急がないと、置いていかれてしまう。ポリーは声のするほうに急いだ。

そして、まっすぐ壁に突き当たった。階段は壁の向こう側だが——ふたりの男の声はほんの数センチ向こうから聞こえる——ドアも連絡路もなかった。いまいる通路は袋小路だ。そして男たちは「そうっと」「気をつけて」をくりかえしながら、荷物をかついでポリーの下を通過し、離れていく。これで、この迷路をはるばるスタート地点まで這いもどらなければならない羽目になった。道をちゃんと覚えていて、出口を見つけられればいいのだけれど。

もと来た道を引き返すのに集中しすぎていたせいで、あやうく扉を見逃すところだった。斜めになった梁のうしろ。ものすごく幅がせまい扉を開けて、やっとのことで戸口をすり抜け、行きどまりでないことを祈りながら、その先につづく急な石の階段を昇った。階段の突き当たりは、はね上げ戸になっていた。最初はびくともしなかったが、渾身の力をこめて両手で思いきり押し上げると、なんとか開いた。そのとたん、耳を聾する飛行機の爆音と熱波がいっぺんに押し寄せ、突風に帽子を飛ばされた。あわてて手を伸ばしたが、帽子は上昇気流にさらわれて、すでに手の届かないところへ行ってしまった。

でも、そんなことはどうでもいい。はね上げ戸をくぐり、ポリーはついに、ついに屋根に上がった。

いいえ、正確には、屋根のひとつに上がった、というべきね。心の中でそう訂正しながら、目にかかった髪を払いのけ、長く平坦な屋根と、石の壁と、急な傾斜を見上げた。

昇ってきた距離にもかかわらず、ここはまだ、大聖堂の側廊部分を覆う低い屋根にすぎない。中央の屋根とドームは、まだまるまる一階分上にあり、そこまで昇るすべはない。

また下までもどって、べつの昇りルートを見つけなければ。ポリーは気が遠くなった。

でも、もしここに焼夷弾が落ちたら、火災監視員はすばやくここに到達するルートが必要だ。それを可能にする手段がなにかあるはずだ——ロープか、はしごか。

はしごだった。上にある袖廊の屋根の陰に隠れて、壁に立てかけてあった。ポリーはそれを昇りはじめた。側廊の屋根は、吹きさらしとはいえ、まわりの壁が風の直撃から——それに寒さから——守ってくれていたが、はしごを昇るにつれ、凍えるような突風が容赦なく襲いかかってきた。コートの裾をばたばたさせ、髪を乱す。身を乗り出して、鉛で葺《ふ》いた雨樋《あまどい》をつかみ、手すり壁に手をかけた。屋根のへりを越えて体を引き上げようとした拍子に、はしごの横に足がぶつかり、はしごが倒れて、くぐもったガチャンという音をたてた。

ポリーは両手で手すり壁をつかみ、吹きつける風に目をすがめながら、どうにか屋根に這い上がった。風はさらに冷たい。もっとも、空気には大量の火の粉や灰が含まれていた。ポリーはそれを避けるために目を細くして、石のでっぱりをつかみ、屋根の上に二本の足で立ち上がると、屋根のへりの向こうを見晴らした。

そして、息を呑んだ。眼下は見渡すかぎりどこまでも、建物という建物、屋根また屋根が炎に包まれている。

ああ、なんてこと。マイクとアイリーンはあの火の海のどこかにいるんだ。

右手のほうでは、どこかの教会の尖塔がたいまつのように燃えていた。レンの教会のどれか？　その向こうでは、投下されたばかりの焼夷弾の群れが星々のようにきらめいている。こう思うのは不謹慎だろうが、美しかった。

深紅とオレンジと金色の煙のうねりを貫く白いサーチライト、テムズ川の輝くピンク色のカーブ、何列にも並んだ提灯《ちょうちん》のように輝く燃える窓。もっと手前では、さらにまばゆい炎の輪がじりじりと容赦なくせばまり、セント・ポール大聖堂に近づいている。

「無事で済むわけない」ポリーは火の海を見下ろしてつぶやいた。水のバケツと砂嚢と消火用手押しポンプと数十人の火災監視員でこれを止めることはできない。

「どこだ？」背後で男の声がして、ポリーはくるっとふり向いた。火災監視員のひとりがそこに立っていた。暗すぎて、顔は見分けられない。「焼夷弾はどこに落ちた？」こちらに向かって風に負けまいと声を張り上げる。「下か？」男は、屋根のへりから、さっきまでポリーがいた屋根を見下ろした。

「あなた、ジョン・バーソロミュー？」とポリーは男に叫んだ。

「なんだって？」男は背すじを伸ばしてこちらを向くと、仰天した顔になった。「女の子じゃないか。ここでなにをやってる？」

「バーソロミューさんに――」

「どうやって上がってきた？　部外者は立入禁止だ！」男はポリーの腕をつかんで、「ピーターズ！」と叫んだ。

男に背中を押されながら、ポリーは急勾配の屋根を半分這うようにして歩き、ドーム屋根のふもとの部分に向かった。そこでは五、六人の男が濡らした麻袋を屋根に叩きつけていた。濡れた袋をかぶせられた火花が燻《くすぶ》り、シューシュー音をたてる。

火災監視員が手前にいた男に向かってポリーを押し出した。「ピーターズ！　袋屋根の上でなにを見つけたと思う？」

「どうやって上がってきた？」ピーターズは、だれか責める相手を捜すようにあたりを見まわし、「いったいだれがこの女をここに上げた？」

「だれも」ポリーはいった。「この中にジョン・バーソロミューさんていう人はいますか？」と他の男たちに向かって大声でたずねた。しかし、その声は風が運び去り、同時に、新たな飛行機の一群のうなりが東のほうから響いてきた。男たちはさっと空を見上げた。

「ここにいさせるわけにはいかん！」とピーターズが怒鳴る。「危険だ」

「ジョン・バーソロミューと話をするまで動きません！」

ピーターズはそれを無視して、「ニクルビー、下へ連れていって、そこから動かないように気をつけてろ」

ニクルビーがポリーの腕をひっぱった。

ポリーはその手をもぎ離し、「おねがい」とピーターズに訴えた。「緊急の用件なの」

「緊急ね」ピーターズは、炎に蚕食《さんしょく》されるロンドンを見下ろしてくりかえした。「バーソロミューはいないよ。出ていった」

「出ていった？　まだ出ていったはずない。彼は――いつ発ったんです？」

「十五分前。怪我した火災監視員を病院に連れていった」

さっきすれ違ったのは、怪我人を運び下ろすバーソロミューだったんだ。そう思ってポリーはがっくりした。壁のすぐ向こう側に彼がいたのに。

「じゃあ、ハンフリーズさんと話をさせてください」

せめて、ジョン・バーソロミューがもどってきたときに伝言を渡してもらうよう、ハンフリーズさんに頼むことはできる。もしもどってきたら。バーソロミューは怪我をしたあとすぐに帰還したとアイリーンは話していた。それは誤解だったが――怪我をしたのはバーソロミューじゃなかった――帰還したタイミングについては正しかったかもしれない。病院に付き添っていったあと、この火事のせいでセント・ポールにもどれずにいるのかもしれない。

「ハンフリーズもいっしょに行った」

「どこの病院？」

「さあ」

「セント・バートだよ」とニクルビー。

「場所は？」とポリー。

「あっちだ」最初の火災監視員が、屋根の北のへりの向こう、煙と炎の海を指さした。「しかし、いまのあんたには関係ない。あんたに必要なのは防空壕だ」

すぐ下で高射砲が砲撃をはじめた。「ニクルビー、彼女を地下聖堂に連れていけ」と叫び、

「それからもどってこい！」

煙の充満する空を見上げ、もう頭上近くまでさしかかった飛行機の音に耳を傾ける。

「また来るぞ」

ポリーはニクルビーに先導されるまま、ドームのふもとの戸口まで行ってから、その手をもぎ離し、石造りの螺旋階段を囁きの回廊まで駆け下り――なんだ、この階段、ずっと上まで通じてたんじゃない！　さっき、この階段さえ使っていたら――そのすぐ下にある火災監視員用電話室へ行った。

電話中の火災監視ボランティアが驚いたように顔を上げる前を通り過ぎて、身廊へ通じる階段を降りた。そして、燃える灰や式次第が空中で渦を巻くなかを突っ切り、案内デスクの前を過ぎ、床に落ちている『世の光』の焼け焦げた六ペンスのプリントの前を過ぎ、西の大扉から飛び出すと、炎の海へ向かって階段を駆け下りた。

ぜったい無理だね。どうしたって抜けられない。

——バスの運転手、病院に出勤しようとする看護婦に向かって。一九四〇年十二月二十九日

33 シティ

一九四〇年十二月二十九日

それから二、三時間のあいだに、アイリーンと子供たちは、クロス医師とともにセント・バート病院と現場とを五往復した。逃げ出すチャンスはまったくなかった。セント・バートにもどったときも、医師は救急車を降りようともしない。バックでエントランスにつけるようアイリーンに命じ、看護助手が患者を下ろすあいだ、窓越しにインターンに指示を出し、次の現場を聞く。

「クリップルゲートのセント・ジャイルズだ。場所はわかるか？」とクロス医師がアルフに向かってたずね、救急車はまた出発した。

三度めの出動のとき、アイリーンは「もう燃料が切れそうなんです」と医師に告げた。セント・バートにもどったあと、ガソリンを入れてくるという口実で脱出できるかもしれないと期待していたが、クロス医師は事象担当官にガソリンを持ってくるように頼み、炎から一メートル半もない距離で平然とタンクに注いだ。

今度セント・バートへもどったらダッシュで逃げ出すしかない。

しかし、病院にはもどらなかった。もう出発するというとき、事象担当官が窓から首をつっこみ、「ウッド・ストリートで防空監視員一名が負傷。帰りにピックアップできないかとセント・バートから問い合わせが来てます」

「イエスと返事してくれ」とクロス医師。

「でも、うしろに乗せている患者は？」

「いまは容態が安定している」と医師がいい、救急車はウッド・ストリートに向けて出発した。路面に落ちている煉瓦《れんが》の破片やバチバチ火花を散らす焼夷弾を迂回しつつ、赤く染まった煙が充満する、オレンジの炎にはさまれた通りを走ってゆく。

「高性能爆弾だ」巨大なクレーターを避けてアイリーンがハンドルを切ると、クロス医師がいった。

アルフがうなずいて、「五百ポンド弾だね」

今夜、高性能爆弾の爆撃はなかったとマイクはいってたのに。それに、空襲は真夜中までに終わるはずだと。

しかし、ウッド・ストリートからもどる途中で空襲警報解除《オール・クリア》のサイレンが鳴ったにもかかわらず、飛行機の低いうなりがまだ聞こえる。ビニーの耳にもそれが聞こえているらしく、

「爆撃機がまだ来てるのになんで警報解除になったの？」とたずねた。

「あの音は爆撃機じゃねえよ、とんま」とアルフ。「火事の音だ。だよね？」とクロス医師

にたずねる。

「ああ」クロス医師がうわのそらでうなずきながら、フロントガラスの曇りを片手で拭ったが、ガラスが曇っているのではなかった。煙だ。火災の件数が増えるにつれて、刻一刻と煙が濃くなっている。数分後、雨が降り出したときには、よかった、消火の役に立つと思ったけれど、雨は燻る雲をつくりだしただけで、それが遮光カーテンのように通りをおおった。

その中では、さしものアルフさえ、方向がわからなくなった。道に迷うこと二度、ちゃんと道がわかった場合でも、瓦礫《がれき》やポンプ車やとぐろを巻く長いホースで通りが遮断されている場合が多かった。

アイリーンは、倒壊した石造建築や、割れたガス管がジェットのように炎を噴射している場所を迂回した。ガラスの破片がいたるところに散乱し、すべて避けるのは不可能だった。マイクの言葉に反して、ルフトヴァッフェが高性能爆弾を落としていった証拠。

タイヤがパンクしませんようにと祈りながら、アイリーンは速度を落としてガラスの破片の上を通過した。そんなことになったら、火の海の中で身動きがとれなくなる。アイリーンは車をバックさせ、アルフの指示どおりに左折し、それから右折して、負傷した防空監視員の待つ現場に赴き、そのあとはセント・バートに引き返すという、闇と炎と煙から成る悪夢のような果てしない出動をこなした。

ときおり、風が煙を吹き散らし、夜空に浮かぶセント・ポール大聖堂のドームが垣間《かいま》見《み》えた。いつまで経っても近づけず、つねにぎりぎり手の届かない場所にある。クロス医師と後部の患者たちからなんとか自由になれたとしても、きっとたどりつけない。

クリード・レーンに入ろうとしたとき、煤で真っ黒になった防空監視員に制止された。

「この道は通れない。ビショップスゲート経由でクラーケンウェルまで迂回するしかない」

「ビショップスゲート？」とアルフ。「何キロもあるよ。ニューゲートは通れないの？」

防空監視員は首を振った。「ラドゲート・ヒル全体が燃えてる」

「セント・ポールも？」とクロス医師が心配そうにたずねた。

「まだだ。でも、そう長くは保つまい。残念ながら」

「消防隊は？　なんとかできないのか？」

防空監視員はまた首を振り、「たどり着けない。もし行けたとしても、水がない。大聖堂に望みはないよ」といってから、ビショップスゲートまで引き返す道順を教えた。

「そこまで大回りしなくても、クリード・レーンへ行くルートがあるはずだよ」防空監視員が行ってしまうと、アルフがいった。「グレシャムを試して。二つめの角を左」

しかし、グレシャム・ストリートは炎の壁にふさがれ、バービカン・ストリートも同様。結局は、はるばるビショップスゲートまでもどることになり、ようやくクリード・レーンに到着したときには、火傷の患者は息をひきとっていた。

「二十代の若い女性だった」と事象担当官が首を振りながらいった。「火事が通りをまたいで燃え移ったんだ」灰色の毛布に包まれて通りに横たわる遺体を指さした。

「おれが道案内してなかったら、アイリーンがああなってたかも」とアルフがアイリーンに向かっていった。

「防空壕に入っているべきだったんだ」と事象担当官。「こんなときにおもてをうろうろしているのがまちがいだ」

「アルフと死体を見てきていい？」とビニー。

「だめ」とアイリーンはいった。このふたりがおもてをうろうろしているのもまちがいだ。

「この近くに防空壕はありますか？」と担当官にたずねた。「この子たちを――」

「置いてかせないよ」とアルフ。「助手なんだから」

「でも、お母さんが心配を――」

「おれらは――」

ビニーが弟の言葉をさえぎり、「ママはまだ帰ってない。仕事だから」

「それに、おれらが防空壕へ行ったら、セント・バートにもどる道はだれが教えんの？」

そのとおりだ。アルフの助けなしにこの救急車で病院に帰りつける見込みはない。煙のベールの中ではまるで道がわからないし、クロス医師はもっとあてにならない。「あいにく、もともと昼間でも方向感覚がなくてね」と最初の出動のときに告白した。「だから、ついぞ車の運転を覚えなかったんだ」

「防空壕に放り出してくことはできても」とビニー。「ずっとそこにいると思ったら大まちがいだからね」

これまたそのとおり。わたしがいっしょじゃなかったら、このふたりがどこでなにをするのか神のみぞ知る。「救急車に乗って」アイリーンはそういって、クロス医師と事象担当官のところへ行った。

医師は野戦電話で話をしている。近づいてきたアイリーンを見て、「負傷したんですか」と事象担当官がたずねた。クロス医師のほうを向き、「先生、こちらのお嬢さんが――」

「負傷なんかしてません。わたしはクロス先生の運転手です」

クロス医師は受話器を耳から離して、「ウッド・ストリート消防署と連絡をとった。オルウェル・レーンで消防士一名が火傷と脚の骨折。ガイ病院が救急車を出すはずだったが、不可能になった。病院が火事になり、患者を退去させるので手いっぱいだ」野戦電話を事象担当官に返し、アイリーンのほうを向いた。「その消防士の搬送に向かう」

医師は救急車のほうに歩き出した。

「待って」とアイリーン。もしセント・ポール大聖堂の火災監視員に電話をかけて、ジョン・バーソロミュー宛ての伝言を残せれば、自分たちがそちらに行こうとしていることと、着くまで待ってほしいこととを伝えられる。

「その電話でセント・ポールと話ができますか」と事象担当官にたずねた。「夫が火災監視員なんです。夫のところへ夕食を届けに行く途中で運転手を頼まれて。夫はきっと死ぬほど心配しているでしょう。わたしが――わたしと子供たちが――どこに行ってしまったのかと。もし夫に電話して無事だと伝えることさえできたら――」

事象担当官は困惑した表情になり、「この電話は公用に限られているので」

「公用だとも」とクロス医師。「火災監視員にはよけいな心配をかけず、大聖堂を救うことに専念してもらいたいからな」

事象担当官はうなずき、野戦電話のクランクを回してから、受話器を耳にあて、「セント・ポールの火災監視につないでくれ」といって、受話器をアイリーンにさしだした。「通じるまでしばらく時間がかかります」

アイリーンはうなずき、ハム音に耳をすましながら、なんと伝言するかを考えた。事象担当官の前で、降下点やタイムトラベルに言及するわけにはいかない。それに、バーソロミューさんはわたしと会ったことがない。なんと名乗ればいいだろう。

ミセス・ダンワージーだ。いっしょに故郷に帰るためにセント・ポールへ行こうとしているのだといえばいい。それに――

パチパチという鋭い音につづいて、男の声がいった。「セント・ポール火災監視」

「もしもし、そちらにいる――」

雑音がひとしきり響き、それから静かになった。

「もしもし？　もしもし？」

事象担当官がアイリーンの手から受話器を受けとった。「もしもし？」スイッチを前後に動かす。「もしもし？　聞こえますか？」しばし耳を傾ける。受話器から洩れる女の声がアイリーンの耳にも届いた。

「市庁舎の電話交換局がいましがた回線障害を起こして」と事象担当官。「復旧作業中だそうです」

でも、復旧は無理。市庁舎は火事になり、電話交換手は退去させられる。「臨時回線でつながるかどうかやってみます」

しかし、それもうまくいかなかった。「交換の話だと、ロンドン全市で回線が途絶しています。つながったら、なんと伝えますか」

アイリーンはすばやく考えをめぐらした。「アイリーンからの伝言で、わたしたち三人はまだ着けずにいるけれど、できるだけ早くそちらに行こうとしているから、着くまでセント・ポールで待っていてほしい、と。とにかく、オックスフォードのダンワージーさんのところへひとりで発つのはやめてください、と」アイリーンはそういってから、事象担当官のけげんそうな表情を見て、「新年にオックスフォードの友人を訪ねる予定だったんです」と説明した。

担当官はうなずき、アイリーンたちは救急車に乗り込んだ。車を出そうとしていると、担当官が走ってきて、

「ご主人の名前を聞いてませんでした」

「ご主人?」アルフが信じられないという口調で、「アイリーンは結婚――」

「バーソロミュー。ジョン・バーソロミューです」とアイリーンは口早にいって、アルフがそれ以上やっかいなことをいわないうちに車を出した。

「バーソロミューか」クロス医師が考え深げにいった。「きみと子供たちにはぴったりの苗

字だな。セント・バート病院の手助けにあらわれた天使たちがバーソロミュー《バーソロミュー》の名を持つとは」

「あたしたちは――」とビニーが口を開く。

「天使なんかじゃありません」とアイリーンがすばやくひきとった。

「いや、天使だとも」とクロス医師。「きみたちがいなかったらどうなっていたことか。うちの運転手の半数は火事の向こう側にいて、病院に来ることができなかった。きみと、きみのお子さんたちが――」

「あたしたちは――」

「どっちに曲がればいいの？」アイリーンが口をはさんだ。

「左」とアルフ。「でも――」

「きみたちが出ていくのを見たとミセス・マローワンが教えてくれたのはじつに幸運だった」とクロス医師。彼が前もその名前を口にしたことをアイリーンは思い出した。最初の出動でセント・バートを出るときだ。しかし、きっとべつのミセス・マローワンだろう。

「ミセス・マローワン？」たしかめようと思ってたずねた。

医師はうなずいて、「うちの調剤師だ。もっとも、じっさいはうちの人間じゃないがね。常勤の調剤師が来られなくて、ミセス・マローワンが親切に――」

「もしかして、ファーストネームはアガサですか？」

「ああ、たしかそうだったな」

「アガサ・クリスティー・マローワン？」

「たぶん。ホランド・パークに住んでいる」

ビニーは、「あのおばさん、ぺてん《トリック》は見逃さないタイプに見えた」といっていたが、まさにそのとおりだった。

とうとうアガサ・クリスティーその人と巡り会えたんだ、と後悔まじりに思った。そして、巡り会えたそのとき、病院を脱出してセント・ポールへ行くチャンスを彼女に奪われてしまった。

「ミセス・マローワンを知ってるのかね」とクロス医師がたずねている。

「ええ。いえ、噂に聞いているだけで」

「ああ、なるほど。彼女、なにか小説を書いてるんだったね。おもしろい？」

「いまから百年たっても読まれる小説ですよ」と答えて、アイリーンは救急車をオルウェル・レーンに乗り入れた。

そこは混沌の渦だった。細い通りの両側に建ち並ぶほとんどすべての建物が炎上している。鮮やかな黄色い炎が窓から噴き出し、屋根から激しく沸き立って、せまい通りをいまにも呑み込もうとしている。三人の消防士がホースの先を燃える建物に向けているが、どれひとつとして建物を救えるとは思えない。ホースからはちょろちょろと細い水流が出ているだけ。それでも彼らは、頭上でアーチを描く炎の危険もかえりみず、放水をつづけている。クロス医師は消防士に向かって大声で二度呼びかけて、ようやく負傷した消防士の居場所を聞き出した。その結果、ほかにも三人の負傷者がいることがわかった——煙を吸って意識を失っている消防士二名と、両手をひどく火傷している少年が一名。救急車の後部に四人をなんとか詰め込み、ビニーは医師のひざの上にすわって、セント・バートまでもどることになった。

帰りの道のりは、これまでよりさらに長かった。通ろうとするどの道も、倒壊した建物か、咆哮する炎か、その両方でふさがれていた。空全体を埋めつくす煙の沸き立つ塊に呑み込まれて、もはやセント・ポール大聖堂はちらとも見えない。ようやく病院に帰りついたとき、煙は、巨大な赤い壁となって地平線の端から端までつづいていた。

病院のエントランス前には患者を運び込んでくれる人間がだれもいなかった。ビニーはクロス医師のひざの上で眠り込んでいた。アイリーンは彼女をそっと揺り起こしてひざからどかし、医師は救急車を降りて手伝いを呼びにいった。

「起きてるってば」ビニーは怒ったようにつぶやくと、うたた寝しているアルフの横でまるくなった。

「出発だ！」といって、アルフは体を起こし、眠そうに目をこすった。「いまがチャンスじゃん。なんでセント・ポールに行かねえの？」

「うしろに患者が四人乗ってるからよ」

そのとき、クロス医師がストレッチャーを押してドアから出てきた。

「だれも見つからない。自分たちで運び込むしかない」

彼らは四人の患者全員を——アルフとビニーの手を借りて——どうにかキャスター付きの

ストレッチャーに乗せて病院内に運び込み、通路のはてしない迷路を抜けて、スタッフに引き渡すことのできる場所まで押していった。

エントランスにだれもいなかったのも不思議はない。すべての病室、すべての診察室が患者で満杯だった。走りまわる看護婦たち、煤だらけの救助隊員、指示を怒鳴る医師たち、疲れはてた顔の看護助手——そのうちのひとり、防空監視員に包帯を巻いていた男が、クロス医師に指示されて患者のもとを離れると、ストレッチャーの移送を引き継ぐため、こちら側にやってきた。アイリーンの姿をひとめ見るなり、「どうしたんです？　負傷してるじゃないですか。さあ、すわって。ドクターを呼んできます」

どうしてみんなおなじことをいうんだろう？　「わたしはクロス先生の運転手なんです」

「なにをしてる？」クロス医師が看護助手に向かってじれったげにいった。「ストレッチャーをしっかり持て」それから、アイリーンに向かって、「ここで待っていてくれ」

アイリーンがうなずくと、クロスと看護助手はストレッチャーを押して、二枚扉の向こうに姿を消した。アイリーンはとつぜん放置された。これでもう、自由にここを出てセント・ポール大聖堂に行ける。出口でほかの医師に待ち伏せされないかぎり。

それに、もし大聖堂にたどりつければ。赤い煙の壁を思い出して、心の中でつぶやいた。それに、あの防空監視員の話では、ラドゲート・ヒルは炎に包まれているという。アイリーンはぐったりしているアルフとビニーに目をやった。あの火の海の中に、ふたりをまた連れ出すわけにはいかない。とはいえ、ひとりでセント・ポールまでの道がわかるかどうか、まるきり自信がなかった。やるしかない。今夜はもうじゅうぶん以上にふたりを危険にさらしているんだから。

　ということは、なんとかしてホドビン姉弟を振り切らなければ。不可能に近い芸当だということは、経験からよくわかっている。でも、もし腰を下ろしてひと休みするよう説得できたら、ふたりともまた眠りこんでくれるかもしれない。

　しかし、そう提案すると、ビニーがいった。「ひと休みする？　あの医者がいつもどってくるかわかんないのに？」

「行こうよ」とアルフがアイリーンの手をつかむ。

「ちょっと待って」とアイリーンはいった。「外の待合室にいるって婦長に伝えてくる。そうすれば、クロス先生に行き先がバレないから」こんな計略にひっかかってくれるとは思いがたいが、ともかく、「ここにいて」とふたりに命じ、廊下を足早に歩き出した。セント・ポール大聖堂はおろか、救急車が駐めてある場所までの道がわかるかどうかも心もとない。ストレッチャーを運び込んだときは、病院内の道順をまったく気にしていなかった。しかも、早く救急車に乗らないと、アルフとビニーが企みに気づいて、外に出たらふたりが待ち受けていたということになりかねない。

　道をたずねる相手を求めて、むなしくあたりを見まわした。いた——横の廊下を歩いてくる。若い女性だが、看護婦じゃない。帽子をかぶらず、濃紺のコートを着ている。防空監視員だ。きっと、患者を運んできたところだろう。

「すみません！」アイリーンは彼女に呼びかけた。「救急病棟がどっちかわかりますか？」

女性がふりかえった。髪の毛は風でぼさぼさに乱れ、頬とひたいは煤で黒く汚れている。防空監視員じゃない。負傷者だ。

「アイリーン！　ああ、よかった！」若い女性が叫び、こちらに向かって駆けてきた。

「ポ、ポリー？」

ポリーが抱きついてきた。「もう間に合わないんじゃないかと、すごく心配だった」と、ほとんど嗚咽《おえつ》するようにいう。「どこもかしこも火事で、道が通れなくて……もうぜったいこの病院にはたどりつけないんじゃないかって……でも、ここで会えた。ほんとによかった！」

ふたりとも同時にしゃべっていた。「どうしてここにいるってわかったの？」とアイリーンがたずねた。「セント・ポール大聖堂にいるんだと思ってた。これから捜しにいくところだったのよ。マイクはどこ？」

ポリーがアイリーンの体を離した。「いっしょじゃなかったの？」

「ええ。わたし……離ればなれになったの。マイクは大聖堂に行ったんだと思ってた。いっしょじゃないの？」

「ええ。いつ別れたの？」ポリーは口をつぐみ、ぞっとしたような顔でアイリーンを見つめた。「どうしたの？　怪我？」

「ううん。それで病院に来たのかってこと？　そうじゃなくて、無理やり救急車の運転手にリクルートされて――」

「でも、出血が――」

「してないって」と答えてから、アイリーンは自分の体を見下ろした。コートの前が全面、乾いた血におおわれている。両手も血だらけだった。曲がりくねった血のすじが手の甲から手首を伝い、袖の奥にまで延びている。怪我をしてるのかとしじゅう訊かれるのも無理はない。

「わたしの血じゃない。出血してる陸軍将校を搬送して、傷口をずっと手で押さえてたから」

「そのあいだ、あたしが運転したんだよ」いきなり出現したビニーがいった。

「おれが道を教えたんだろ、このかぼちゃ頭」とアルフ。「おれがいなかったらとっくに燃えて灰になってるよ」

「なってねえよ」とビニー。

「なってるよ」アルフはこちらを向いて、アイリーンの血まみれの袖をひっぱった。「なにやってんの？　救急車はあっちだよ」と廊下のうしろのほうを指さす。「これだれ？」

「友だちのポリー。マイクが大聖堂に来なかったのはたしか？」とポリーにたずねた。「行くっていってたけど」

「マイクってだれ？」とビニー。

「しいっ」とアイリーン。「もしかしてすれ違いになったとか？」

「かもしれない……わからない。屋根に上がってるときにマイクが来た可能性も――」

「それとも、わたしを捜しにブラックフライアーズ駅にもどったか」とアイリーン。「地下鉄駅のほうで待ってろっていわれたの。こっちに来て。足があるから。まずセント・ポールへ行こう。もしかしたらマイクがバーソロミューさんに――」

「バーソロミューさんって?」とアルフ。

「しいっ」とアイリーン。「マイクが彼に行き先を伝えてるかもしれない。そうじゃなかったら、大聖堂とピルグリム・ストリート――そこでマイクと別れたの――のあいだを捜すように彼に伝えてから、ブラックフライアーズへ行って――」

「違うの」とポリー。「バーソロミューさんはここにいるのよ」

「ここに?」

「ええ、この病院に」

「まあ。だったら簡単ね。バーソロミューさんに頼んで、セント・ポールにもどってマイクを捜してもらって、わたしたちはブラック――」

「そうじゃないの」とポリー。「あたしはこの病院にジョン・バーソロミューを捜しにきたんだけど、まだ居場所がわからないの。スタッフに訊いてまわってるけど、だれも知らなくて。この病院のどこかにいるのはわかってるんだけど――」

アイリーンはぽかんとしてポリーを見つめた。「まだ見つけてない?」

「ええ。タッチの差ですれ違いになって。火災監視員から、病院に行ったと聞いて――負傷した同僚をここに運んだんだって――捜しにきたんだけど、病院にたどり着くまでに何時間もかかって――」

「負傷者を運んできたの？　いつ？」

「たしかじゃないけど。十一時ちょっと前」

　ジョン・バーソロミューは、わたしが救急車で負傷者を搬送しているあいだじゅう、ずっとここにいたんだ。それを知ってさえいたら。「負傷した火災監視員の名前は？」とアイリーンはたずねた。

　ポリーはびくっとした顔で、「知らない。訊いておけばよかったけど、まだ追いつけるかもしれないと思って、あわてて飛び出したから――」

「いいのよ。バーソロミューさんの顔も服装もわかってるから。何時間か前に、ばったり出くわしたの。私服にコート、マフラー姿だった。病棟をチェックして――」

「出くわした？」とポリー。「どこで？」

「ブラックフライアーズ駅で」

「彼と話をしたんなら、早くいってくれればよかったのに」ポリーが勢い込んで、「降下点《ドロップ》がどこなのか聞いた？」

「ドロップ？」ビニーがはっとしたように訊き返す。

「だれかの首を吊すみたいな？」とアルフが口をはさんだ（絞首台もdropと呼ばれる）。

「なんにもいうチャンスはなかった」とアイリーン。「駅のホームにいるとき、彼が前を走っていくのが見えたの。あわてて追いかけたんだけど――」

「アルフが邪魔したんだ」とビニー。

「してねえよ」アルフが憤然といった。「邪魔したのはあの警備員だろ」

「しいっ、ふたりとも」とアイリーン。「追いかけようとしたんだけど、爆撃の被害者ふたりを病院に搬送する救急車を運転する羽目になって――」

「ひと晩じゅう、人の命を救ってたんだ」とアルフ。

「死んだひとりをべつにしてね」とビニーが口をはさむ。「着いたときは手遅れだった」

「手遅れ」とポリーはつぶやいた。

「心配ないって」とアイリーンがいった。「きっと見つかる。彼が運び込んだ火災監視員はどんな怪我だった？　火傷？　骨折？　内部損傷？」

もし内部損傷なら、手術室にいる。だが、ポリーは知らなかった。「知ってるのは、担架に乗せてふたりがかりで屋根から運び下ろさなきゃいけなかったことだけ」

「ふたりがかり？　ほかにもいっしょに来た火災監視員がいるの？」

「ええ。もうひとりはハンフリーズさんよ。年配で、禿げ頭」

「よかった」とアイリーン。「あなたはハンフリーズさんの顔を知ってるし、わたしはバーソロミューさんの顔を知ってる」

「おれが見つけるよ」とアルフがいって、早速飛び出そうとした。アイリーンはアルフのうしろ襟とビニーのサッシュをつかんでひきとめた。

「なにすんのさ」アルフは憤然といった。「賭けてもいいけど、おれのほうが早く見つけられる。標的発見は得意なんだ」

「それは知ってる」とアイリーン。「でも、ちゃんと計画を練るまで、ふたりともどこへも行っちゃだめ。バーソロミューさんは長身で黒髪。ポリー、ハンフリーズさんの背丈は？」

「あたしより小柄」とポリー。「ふたりとも、ブルーの作業服にヘルメット姿。ただし、バーソロミューさんに着替える暇がなかった場合は――」

「その場合は、私服にコートね」とアイリーン。「あなたとビニーは待合室を調べて。わたしはクロス先生に訊いて――」

「また救急車を運転しろっていわれたら？」とビニーがいった。たしかにそうだ。

「じゃあ、婦長に訊いてみる。ポリー、あなたは受付担当の看護婦に、それらしき怪我人が運ばれてこなかったかたずねてみて。みんな、またここに集合すること。アルフ、ビニー、もしハンフリーズさんを見つけたら、バーソロミューさんはどこにいるのかたずねてから、こう伝えて――」

「アイリーンが捜してる、って」とアルフ。

ポリーがアイリーンにすばやく目配せした。

「いいえ」とアイリーン。「彼はわたしたちのことを知らないのよ。オックスフォードの人が話をしたがってるといって、連れてきて」

「オックスフォードの人じゃないじゃん」とアルフ。「バックベリーだろ」

「知らないなんてことがなんであるわけ？」とビニー。

「あとで説明する。もしいっしょに来てくれなかったら、その場所で待つように頼んで、わたしたちを呼びにきて」

「もし病院から追い出されたら？」

ホドビン姉弟の場合、その可能性はつねにある。「救急車入り口のところまでまわって、そこで待ってて」とアイリーン。

「もし彼が意識不明で、話ができなかったら？」とアルフ。

「怪我した人を捜すんじゃねえよ、とんま」とビニー。「運んできた男のほうを捜すんだって。ねえ、アイリーン？」

「ええ」とアイリーンが答えると、アルフはうなずき、無人の廊下をすっ飛んでいった。

ビニーもそのあとを追って歩き出したが、途中で立ち止まり、「あたしたちを撒《ま》こうってつもりじゃないよね、婦長に待合室にいると伝えてくるっていったときみたいに？」

このふたりをだしぬくのは無理だということくらいわかっていたはずなのに。「もちろん」

「誓う？」

「誓う」

ビニーは廊下を突進していった。

「あれが伝説のホドビン姉弟ね」そのうしろ姿を見送りながら、ポリーがいった。

「ええ。バーソロミューさんを見つけられる人間がもしだれかいるとしたら、あのふたりね」

アイリーンは、クロス医師にここで待っていろといわれた場所までポリーを連れていくと、「受付デスクの場所は、中のだれかに訊けばわかるから。それに、救急車入り口も」といって、急ぎ足で上の階に上がった。

てんてこ舞いの忙しさと大混乱で、だれにも気づかれずに病棟に忍び込めるんじゃないかと思っていたが、看護婦に止められた。

「このフロアは病院関係者以外立入禁止――怪我してるのね。看護助手！」と看護婦が呼んだ。アイリーンの腕をつかみ、椅子のほうへ連れていこうとする。「どこから出血してるの？」

「わたしの血じゃないんです」コートを脱いでこなかった自分を呪った。「わたしはクロス先生の運転手なんです。今夜入院した患者のことで訊いてこいといわれて。セント・ポール大聖堂の火災監視員で」

「男性患者の病棟は、三階と四階」

「ありがとう」アイリーンは階段を駆け上がり、踊り場で立ち止まってコートを脱ぐと、それを手すりに掛け、ハンカチに唾をつけて、手首と手の甲の乾いた血をできるかぎりこすり落としてから、また階段を上がった。

三階の病棟入り口に看護婦はいなかったが、中に入ろうとすると、最初の病室から看護婦が出てきた。アイリーンはおなじ話をくりかえした。

「患者の負傷箇所は？」と看護婦がたずねた。

「クロス先生はなにもいってなかったので」とアイリーン。「火災監視員ふたりが運んできたんです。ミスター・バーソロミューとミスター・ハンフリーズ」といってふたりの特徴を説明した。

看護婦は首を振った。「この病棟にはいないでしょう。このフロアは患者以外立入禁止なので」

それでもアイリーンは、だれかバーソロミューさんの居場所を知っている可能性を信じて、各病室の外で担当看護婦におなじ話をくりかえし、それから四階に上がった。はてしなく時間がかかり、アイリーンはしだいにまだ救急車を運転して、はてしない迂回とふさがれた路地に立ち向かっている気がしてきた。

バーソロミューさんもハンフリーズさんも、影もかたちもない。それに、アルフとビニーも。たぶんもうとっくに病院から放り出されたんだろう。そう思ったが、入院受付デスクに向かって階段を駆け下りているとき、角を走って曲がるふたりの姿を見たような気がした。

ポリーのほうも、成果はなかった。「受付担当の看護婦さんが、だれかなにか知っている人がいないか救急病棟に訊きにいってくれてるんだけど」とポリー。「でもぜんぜんもどってこないのよ。もしかしたら、患者の処置にスカウトされたのかも」

わたしが救急車の運転手にスカウトされたみたいに、とアイリーンは思った。「火災監視員は患者名簿に載ってなかった？」

「ええ」

「ここに運ばれてきたのはたしか？」

「ええ」と答えたあと、ポリーは自信のなさそうな顔になった。「つまり、話を聞いた火災監視員が、この病院だと思うといってたの。でも、道路が封鎖されていたりしたら、ガイ病院に行ったかもしれない」

「いいえ、ガイは火事になって、患者は全員退去してる」

「その患者はどこへ？」

「さあ」もし彼がどこかよその病院に行ってしまったら、すれ違いになるかもしれない。わたしがタウンゼンド・ブラザーズへ行ったあの日の、ポリーとわたしみたいに。「まだここに到着していない可能性だってある。歩いたほうが早く来られたかもしれない。封鎖されてる道路が山ほどあるから。救急車入り口をたしかめてくる」

もし見つかればだけど、とアイリーンは心の中でつけ加えながら、救急車入り口を探しに出かけた。しかし、廊下を半分も行かないうちにポリーに呼びもどされた。

受付担当の看護婦がもどってきていた。「お捜しの患者が見つかりましたよ。ミスター・ラングビーです」

「いまどこに？」とポリー。

「ついさっき、手術のために階上《うえ》に運ばれたところです」

だ。アイリーンとポリーは階段のほうに歩き出したが、その看護婦がすばやく行く手をふさい
「あいにく、回復室は立入禁止です。必要なら、待合室でお待ちください」

「その患者を運び込んだ、火災監視員ふたりですが」とポリー。「どこにいるかわかりますか」

看護婦がためらっているのを見て、アイリーンが口をはさんだ。「クロス先生から捜してこいといわれたんです。わたしは先生の運転手です」

「ああ」と看護婦。「はい。見てきます」

「ひとりは初老、もうひとりは長身で黒髪」アイリーンは看護婦の背中に声をかけ、ふたりの服装を説明した。

「彼女が途中でクロス先生と出くわさなきゃいいけど」と、アイリーンはポリーにいった。

ビニーががっくりした顔でもどってきた。「ぜんぶの病室をまわったけど、いなかった。どっかほかの場所見てくる？」

「ううん。さっきの看護婦さんがもどってくるまで待ってて」とアイリーン。もしそっちが空振りだったら、ビニーを外科病棟に派遣しよう。「アルフはどこ？」

「さあね」とビニー。「二手に分かれたんだ。捜してくる？」

「いいえ」念のため、アイリーンはビニーを捕まえて、手を離さないようにした。

看護婦がもどってきた。「ラングビーさんを搬送してきた救急車の運転手と話しました。患者に同行していた火災監視員はひとりだけで――バーソロミューさんという人です――ラ

ングビーさんが病院に収容されると、すぐに帰ったそうです」

「帰った？」ポリーは腹を蹴られたような顔をした。

「どこへ？」ビニーがたずね、看護婦はそのときはじめて彼女の存在に気づいたようだった。

「この病棟に子供の立ち入りは――」と口を開く。

「どこへ行ったの？」とアイリーンが割って入った。「クロス先生はバーソロミューさんといますぐ話をしなきゃいけないんです。帰ったのはいつ？」

「一時間以上前ですね」と看護婦。「お子さんは待合室に連れていっていただかないと」

「この子はクロス先生の姪なの」とアイリーン。「先生に伝えてきます」

ビニーの腕を放し、ポリーの腕をつかむと、いっしょに廊下を歩いていった。「心配しないで。まだ間に合う。車でセント・ポールに行こう。ビニー？」しかし、ビニーは姿を消していた。

看護助手が憤然とした顔でこちらに向かってくる――ビニーが消えたのはそのせいだろう。彼が行ってしまえば、すぐまた出てくる。

しかし、ビニーは消えたままだった。

よかった。ポリーを急きたてて廊下の迷路を歩きながら思った。正しい方角に向かっていることを示す、見覚えのある目印を探す。どう考えてもアルフとビニーを連れていくわけにはいかないし、これなら、病院に残れと説得するのに時間を費やさずに済む。

しかし、しばらくすると、アルフのほうが姿をあらわした。「救急車を探してるなら、道が違うよ」

「姉さんはどこ？」とアイリーン。

アルフは肩をすくめ、「さあね。二手に分かれたんだ。コートはどうしたの？」

「脱いだの。案内して」

「こっち」アルフはアイリーンとポリーを連れて、迅速かつ自信たっぷりに調剤室へと導いた。

カウンターにアガサ・クリスティーの姿はなかった。前回のことを考えればそのほうが好都合だが、だれなのかがわかったいま、もう一度クリスティーに会いたかった。で、どうするの？　あなたの小説の大ファンですと告白する？　ロンドンは火の海だし、その中を突っ切ってセント・ポールへ行かなきゃいけないのよ。アイリーンは救急ドアを押し開けて外に出た。

救急車は見当たらなかった。

もちろんだ。負傷者は何百人もいて、ガイ病院の救急車はこちらに来られない。アルフを見習ってキーを抜いておくんだった。救急車を駐めていたスペースを見ながら、うつろな気分で思った。

ポリーは空を見上げている。煙の壁はまだ残っているが、赤かった色は薄れて、ピンクがかったチャコール・グレイになり、とばりの上では曇った空に明るい灰色の兆しが混じりはじめている。「もうすぐ朝」とポリーはいった。「もうぜったい間に合わない」

「ううん、だいじょうぶ」アイリーンはきっぱりいった。

「あれは火事の光が上空の雲に反射してるだけ」

ポリーは首を振って、「『あれは雲雀』（『ロミオとジュリエット』3幕5場）」

「ううん。まだ時刻は――」アイリーンは腕時計をかざして時刻をたしかめようとしたが、暗すぎて時計の針が見えない。「とにかく、時間はまだある。バーソロミューさんが出発するまでに、大聖堂へ行ける」といったものの、どうやって行けばいいのかわからない。

地下鉄は六時半まで動かないし、たとえブラックフライアーズ駅まで行けたとしても、ラドゲート・ヒルを登らなければならない。

ポリーはまだ茫然と空を見上げている。「きっと見つからない」ひとりごとのようにつぶやく。「きっと間に合わない」

「アルフ」とアイリーンはいった。「タクシー見つかると思う？」

「タクシー？」とアルフ。「なんでタクシーなんかいるのさ」

このクソガキ。「いますぐセント・ポール大聖堂に行かなきゃいけないの。緊急事態よ」

「救急車で行けばいいじゃん」とアルフがいったそのとき、ビニーが運転する救急車が病院の角を曲がってあらわれた。

ビニーは窓から顔を出して、「だれにも盗まれないように隠しといたほうがいいと思って」

アルフが助手席のドアを開けて救急車に乗り込み、窓を下ろして、「で？ 行くの、行かねえの？」

あしたの朝には焼け落ちているだろう。

——消防士。炎に囲まれたセント・ポール大聖堂を見て。一九四〇年十二月二十九日

34 セント・バーソロミュー病院
一九四〇年十二月三十日

マイクは割れるような頭痛で目を覚ました。ひたいに手をやろうとしたとたん、腕に激痛が走る。

目を開けた。薄暗い病室の、鉄製の白いベッドに横たわっている。腕には包帯。そろそろと頭を動かして横を見ると、となりのベッドで眠っている患者の姿が見えた。フォーダムだった。あいかわらず腕を吊っている。

「なんてことだ」マイクはつぶやき、体を起こそうとした。「ぼくはなんでここに?」

「はいはい」ベールをかぶった美人の看護婦が——シスター・カーモディじゃない——マイクをもとどおりベッドに寝かせて、毛布をひっぱりあげた。「じっと横になって。怪我をして、病院にいるんですよ。休まないと」

「どうしてオーピントンに?」とたずねた。

「オーピントン? 頭を打った衝撃がよほど強かったみたいね。ここはセント・バーソロミ

ュー病院ですよ」

セント・バーソロミュー病院。助かった。まだロンドンだ。きっとあのとき……でも、だったらどうしてフォーダムがここに？　そう思ってもう一度横を見ると、フォーダムじゃなかった。十代の少年だった。

「いま何時？」とたずね、窓に目をやったが、積み上げた砂嚢で完全に隠れていた。

「そんなことは気にしないでいいから。朝食は食べられそう？」

朝食？　まいった。ひと晩じゅう意識をなくしていたのか。

「ゆっくり休まないと」看護婦が話している。「脳震盪を起こしたのよ」

「脳震盪？」頭に手をやった。左側にひりひりするこぶがある。

「ええ、燃える壁が倒れてきたの」といって看護婦が体温計をとりだし、「ものすごく運がよかったわ。腕を火傷しているけど、ずっと深刻なことになる可能性もあったんだから」

どんなふうに？　ジョン・バーソロミューを捜すはずだったのに、ひと晩じゅうその任務を離れていた。

「フリート・ストリートでは、壁の倒壊で八人の消防士が亡くなったのよ」

マイクはまた体を起こそうとした。「行かないと——」

看護婦がまた押しもどし、「どこにも行きませんよ」と、シスター・カーモディそっくりの口調でいう。

ぞっとするような考えが頭に浮かんだ。オーピントンのときみたいに、もしあれから何週間も経っていたら？　「きょうは何日？」

「何日？」看護婦は心配そうな顔で、「先生を呼んできます」といって、ポケットに体温計をしまうと、急ぎ足で去っていった。

ああ、神さま。何週間も経ってしまった。降下点はもう閉じてしまった……。いや、アイリーンとポリーがぼくを置いていくはずはない。ふたりがジョン・バーソロミューを待たせている。でなければ、ぼくのために回収チームを送り出した。

しかし、どこにいるのか見当もつかないだろう。病院を捜すことを思いついたとしても、看護婦は明らかにぼくのことを消防士だと思っている……。

「さっきの話が聞こえたけど」となりのベッドの少年がいった。「きょうは月曜だよ」

「そうじゃなくて、日付」とマイク。

少年は、看護婦とおなじ表情になり、「十二月三十日」

安堵の波が押し寄せた。「何時？」

「わかんない。でも、早いよ。まだ朝食が来てないから」

オーピントンの病院とおなじなら、入院患者の朝食は夜明けとともに運ばれてくる。だとすれば、まだ時間はある。でも、猶予はない。看護婦がいつ医者を連れてもどってくるかもしれない。

マイクは慎重に体を起こし、眩暈《めまい》がしないかたしかめた。頭はガンガン痛むが、まっすぐ立てないほどではない。それに、痛みが薄れるまで待っている暇はない。両脚をまわして、ベッドから下ろした。

「なにしてるの？」少年がとがめるようにいった。「どこへ行くの？」

「セント・ポール」

「セント・ポール？ そばにも行けないよ。うちの消防団が行こうとしたんだ。クリード・レーンより近くにはどうしても行けなかった」

「消防士なのか？」マイクは驚いてたずねた。十五歳にも見えないのに。

「うん。レッドクロス・ストリート消防団」と誇らしげにいった。「たどり着けないよ。ぼくをここに運んできた救急車だって、はるばるビショップスゲートまで大回りしなきゃいけなかったんだから」

「どうしても行かなきゃいけないんだ」マイクは立ち上がった。頭がくらくらする。「看護婦がぼくの服をどうしたか知らないか？」

「でも、ただ服を着て出ていくってわけにはいかないよ」と少年が抗議した。「まだ退院になってないし」

「自分で退院するんだよ」といって、マイクは、ベッドとベッドのあいだにあるナイトスタンドの引き出しを開けた。

服は入っていなかった。「さっきも訊いたけど、看護婦が服をどうしたか知らないか？」

少年は首を振り、「ぼくが来たときは、あんたはもうそこに寝てたから。ねえ、さっきの看護婦の話を聞いただろ。脳震盪を起こしたんだよ。もどってくるのを待って、看護婦さんに――」
どうしてもらう？　心配ないといってもらう？　退院できるかどうか婦長に訊いてくると
いって、何時間も姿を消される？　ここから出してもらうのに何日もかかるかもしれない。
「それとも、せめて診察を受けるまで待ったほうがいいよ」と少年がいった。その目がナイ
トスタンドの上の呼び鈴のほうに向く。
マイクは呼び鈴をひっつかんで、自分の枕の下に突っ込んだ。「じゃあ、自分の服は？
看護婦がどこにしまったか見なかった？」
「そこの戸棚」と少年は金属製の白いキャビネットを指さした。「でも、やっぱりまだ―
―」
「だいじょうぶ」マイクは戸棚のほうに歩いていった。いちばん上の棚に、マイクの靴が置
かれ、着ていた服がきれいに畳んでその上に置いてある。病棟の戸口を見張りながら、マイ
クはズボンをはきはじめた。あの看護婦がいつ医者を連れてきてもおかしくない。
包帯が巻かれた腕にシャツの袖を通すとき、思わず顔をしかめたくなるのをこらえた。「最
寄りの地下鉄駅は？」
「キャノン・ストリート」と少年。「でも、動いてないんじゃないかな。ウォータールーと
ロンドン橋、両方ともゆうべ爆撃されたから」
「ブラックフライアーズは？」とシャツのボタンを留めながらたずねた。裾をズボンの中に
たくしこむ。

「さあ。でも、シティのあの一画は相当ひどく破壊されたから」

破壊された。マイクははだしの足を靴につっこみ、靴下とネクタイをズボンのポケットに入れた。「ぼくのコートをどうしたか知らない？」

「知らない。ねえ、まだ頭がちゃんと働いてないんじゃ……」

コートを探している暇はない。看護婦はすでに、マイクのいちばん虫のいい予想以上に長く留守にしている。マイクは苦痛にうめきながらジャケットに袖を通し、足をひきずって戸口に急ぐと、細めにドアを開けた。廊下の突き当たりに看護婦がふたりいて、立ち話をしている。だが、デスクにはだれもいない。廊下を三分の一ほど行ったところに、T字に交わる廊下が一本。

患者みたいに見えないようにしないと。袖に目をやり、包帯が見えていないのを確認してから、髪を撫でつけた。

足をひきずるな。自分にそういい聞かせ、左手のドアを押し開けた。看護婦がちらっとこっちを見たが、すぐまたおしゃべりにもどった。急ぎ足で――ただし、急ぎすぎず――廊下を歩き、痛むほうの足に体重がかかっても顔を歪めないように努力した。

「ゆうべはほんとに修羅場だった」看護婦のひとりの話し声が聞こえる。「ガイ病院から来た患者やら消防士やらでもうたいへん。やっと全員を収容したと思ったら、おそろしい子供ふたりが病棟を走りまわって……」

T字に交差する廊下までたどりつき、だれもいないことを祈りながら角を曲がった。期待したとおり、病院の外へ通じる廊下だったが、出てみると雨が降っていた。冷たい霧雨。レインコートを探しに中へもどろうかと考えた。どうやらこの場所は、病院の裏手にある、中庭のようなスペースらしい。はたしてここから街路に出られるだろうか。

「いいえ、先生」と背後でだれかの声がした。

マイクは庭を横切り、植え込みのあいだを抜けて、病院の正面にまわった。ここからなら大聖堂のドームが見えるかもしれない。そうすれば、どっちへ行けばいいかわかる。そう思っていたが、どちらを見渡しても、低い煙のすじとピンクがかった灰色の雲が垂れ込めて、テムズ川を含め、目印になりそうなものすべてをおおい隠している。火災も役に立たない。どちらを見ても火の手が上がっている。

道を訊こうにも、歩行者はひとりもいなかった。目に入る唯一の人間は、白い手袋をした手を背中で組み、病院の玄関前に立っている赤いコートの看護助手だった。運がいいと思うべきだろう。すくなくとも、医師や看護婦の一団に囲まれて、逃げ出した患者を見なかったかと質問されずに済むのだから。とはいえ、近づいていって、「セント・ポールはどっちですか？」とたずねたら、看護助手は必然的におなじ結論に到達する。かといって、大聖堂のドームが見つかるまでひとりでそのへんをうろうろしている暇はない。

「乗るかい、旦那？」とうしろで声がした。驚いてふりかえると、縁石に一台のタクシーがとまり、運転手が窓から顔を突き出していた。「どちらまで？」

マイクは逡巡した。タクシーでまずブラックフライアーズ駅まで行って、アイリーンと合流したほうがいいだろうか。まだそこにいればだが。地下鉄のブラックフライアーズ駅で待つようにいったが、もし空襲警報が解除されたのなら、ひとりで大聖堂に行ったかもしれない。「空襲警報解除《オール・クリア》のサイレンは鳴った？」

「何時間も前に」と運転手。「ありがたいこって。ドイツ野郎どもがひと晩じゅう爆撃をつづけてたら、この病院がいまも建ってたかどうか。さあて、旦那、どちらへ？」

セント・ポールだ、とマイクは腹を決めた。もしアイリーンが大聖堂にいなかったら、バーソロミューから降下点の場所を聞いたあとでブラックフライアーズへ迎えにいけばいい。しかし、タクシーに乗り込むまで行き先はいわないほうがいいだろう。「悪いね、旦那。あの修羅場には入れないんでさ」といって、運転手がそのまま走り去ってしまうかもしれない。それに、質問のかたちにはしないほうがいい。

マイクは後部座席に乗り込み、ドアを閉め、タクシーが縁石を離れるのを待ってから、前に身を乗り出し、「セント・ポールに行ってくれ」

「旦那、アメリカ人？」と運転手。

「ああ」

アメリカは参戦するのかと訊かれるぞ。いまは疲れすぎていて、一九四〇年十二月の情勢ではどう答えるのが正しいのか考えられない。しかし、運転手はいった。「だったら、どこへだろうと、旦那の好きなところへ行きやすぜ」

ほんとにそれができたらね。

「セント・ポールだっけ？　ちょいと厄介かもなあ。けさはほとんどの通りが封鎖されてっから。まあしかし、まかしてくんな。ちゃんと送り届けるよ。彼女《セント・ポール》の正面玄関前に、きっちり」

「ありがとう」といって大きく深呼吸した。遅く見積もっても、いまはまだ六時半。火災監視員の当直が終わるのは七時。ポリーはバーソロミューの顔を知らないが、とはいえ捜しあてるのにまるまるひと晩、時間があった。それに、必要なのは彼に話をすることだけ。そうすれば、バーソロミューはアイリーンとぼくの到着を待ってくれるはず。

シートにもたれ、ずきずき痛む腕を反対の手で支えた。頭もずきずきする。だが、そんなことはどうでもいい。どっちもオックスフォードにもどればたちまち治してもらえる。

「ばあさん《オールド・ガール》を自分の目で見たいのかい、旦那？」運転手がたずねた。「まだちゃんと建ってるのをたしかめたい？　無理もないやね。おれだってゆうべはもうダメだと思ったもんな。ロンドン全体がもうダメだと思ったね」

タクシーは煙が立ちこめる通りを次から次へと進んでゆく。「お客を乗せてガイ病院へ行ったんだけどね――怪我人の手当をしにいくっていう医者だった――エンバンクメントまで来たら、空全体が燃えてるみたいで、新聞が読めるくらい明るかった。なんとも妙ちきりんな赤い色だったね。『ガイは消えてなくなるよ』とお客にいった。着いてみると、病院はやっぱり燃えてた。ロンドン橋を引き返して、セント・バートへ連れていくことになった。送り届けてよかったよ。あんなに大勢の負傷者を見たのははじめてだ」

交差点で車を止めて、通りに目をやった。「ニューゲートは封鎖されてるが、オールダーズゲートは通れるかもしらん」

通れなかった。木挽《こび》き台が通りをふさいでいる。

「チープサイドは？」バリケードの脇に立つ係員に運転手がたずねた。

「いや。このセクターはロンドン塔までずっと封鎖されてる。目的地は？」

運転手は、それには答えず、「ファリンドンは？」

係員は首を振った。「まだ火災が消えてない。シティ全域が通行不能だ」

運転手はうなずき、車をUターンさせた。「心配しなさんな」とマイクにいう。「ひとつの道が通れないからといって、べつの道も通れないわけじゃない。ちゃんと連れていくとも」

そのとおりだといいのだが。どの道も、ロープを張られるか、倒壊した建物でふさがれるかしていた。ある路地の真ん中には巨大なクレーターが口を開け、その次の通りでは、移動式消火ポンプ二基と救急車一台が遺棄されていた。どう考えても、歩いていくしかない。ということは、靴下をはいたほうがいい。マイクはポケットから靴下をとりだし、靴を脱いで、靴下をはきはじめた。

「彼女を見たかったんだろ」と運転手がいった。「ほら、そこだよ」

目を上げると、そこにセント・ポール大聖堂があった。タクシーがいま坂を登っている路地の出口にドーム屋根がそそり立ち、ダークグレイの空をバックに、ドームのてっぺんの黄金の球と十字がくっきり浮かんでいる。

「かすり傷ひとつついてない」運転手が感に堪えたようにいった。「ヒトラーがベストを尽くさなかったってわけじゃないのに。きれいだ。でしょ、旦那？」

たしかにきれいだ。しかし、ゆうに三キロは離れている。セント・バートにいるときのほうがまだ近かった。これ以上離れる前にタクシーを降りたほうがいい。そう思ったが、曲がりくねった路地の迷路に車がまた飛び込むと、大聖堂は見えなくなった。タクシーは何度も角を曲がり、バックし、また引き返すので、セント・ポールがどちらの方向にあるのか、たちまちわからなくなってしまった。

それに、自分がどこにいるのかもわからない。靴紐を結び、ジャケットのボタンを留める。このタクシーはでたらめに走りまわっているだけだ。こうしているあいだにもどんどん残り時間が減っていく。

「止めて」と声に出していい、ドアハンドルに手を伸ばした。「あとは歩くから」

運転手は首を振った。「雨ですぜ、旦那。コートもないんでしょ。セント・ポール大聖堂の玄関前につけると請け合ったからね。まかしてくんな」

「いや、ほんとにぼくは――」

しかしタクシーはすでに角を曲がって細い路地に入っていた。左右の黒ずんだ建物にあごをしゃくって、「もう近くまで来てるよ、ほら」とにかく、火災のあった現場の近くではある。通り全体が焼きつくされ、雨にもかかわらずまだ燃えている。ピンポイント爆弾テロ後のロンドンの映像そっくりだった。焼け焦げた木材の向こうに、次の通りの残骸や、その次の通りの残骸も見える。だが、セント・ポール大聖堂は影もかたちもない。

きっとここはバービカン・ストリートだ。それともムーアゲートか。

「着きやしたぜ」まだ燻っている倉庫の前の縁石に車をとめて、運転手がいった。すぐ先に、セント・ポール大聖堂の中庭があった。その向こうは、柱にはさまれた、大聖堂の西玄関。マイクは財布を求めてあたふたとジャケットを探った。

「ちゃんと連れてくるっていったでしょ」と運転手が得意げにいう。

あの看護婦が財布を抜いたにちがいない。ズボンのポケットをまさぐり、一シリング貨一枚と二ペンス貨をとりだした。まいった、あと二、三百メートルまで来てこれか。

「ゆうべ、空襲のときに財布をなくしたみたいだ」もう一度ポケットをさらいながら、おぼつかない口調でいった。身分証も見つからない。配給手帳も。看護婦が安全に保管するためにどこかへ持ち去ったんだろう。「いまあるのは——」

「いいってことよ、旦那」運転手が手を振って硬貨をしりぞけ、「それだけのことをしてくれたんだから」

「それだけのこと？」

「アメリカさんがね」と新聞をかざした。大見出しにいわく、『ローズヴェルト、英国に支援を約束』。

「この戦争に勝つのはこれで決まったようなもんだ」と運転手。

ありがとう、ローズヴェルト大統領。間一髪のところで間に合ってくれた。

「それにともかく、彼女がいまもこうしてぴんぴんしてるところを自分の目で見られただけで、料金分の値うちはある。涙が出るほどすばらしい姿じゃないかね、旦那」と運転手は大聖堂を指さした。「ばあさんの無事な姿をひとめ見ようと思ったのは、あっしらだけじゃないらしい」

運転手が指さす先では、一団の人々が中庭に集まり、セント・ポール大聖堂を見上げていた。距離が遠すぎて、バーソロミューとポリーがその中にいるかどうかはまだわからない。

マイクはタクシーを降りた。「ありがとう——なにもかも」

「そりゃこっちの台詞だ」と運転手がいって、タクシーは走り去った。

マイクはセント・ポール大聖堂に向かって通りを歩きながら、ポリーとバーソロミューを捜したが、中庭にいる人々の中にふたりの顔は見当たらなかった。入れ違いに、ぼくを捜しにいってしまったのでなければいいのだが。

いや、どこを捜せばいいかもわからないはずだ。それに、ふたりはぼくがここに来るのを知っている。待っているとしたらここだ。ポーチに目をやり、それから幅の広い階段に目をやった。人々は思い思いに階段に腰を下ろしたり、その場に佇《たたず》んだりしている。ポリーとバーソロミューは、アイリーンを捜しにブラックフライアーズ駅に行ってしまったのかもしれない。

いや、ポリーは、ぼくがアイリーンにブラックフライアーズ駅で待つようにいったことを知らない……。

服の袖をだれかがつかんだ。ポリーかと思ってふりかえったが、相手は茫然とした表情の、細い男だった。「ここに勤めてるんですよ」男は、マイクのうしろの残骸にまだ直立しているドアを指さしていった。黒ずんだ二本の柱に支えられた枠の中にドアが残されている。倉庫の他の部分は完全に焼け落ちていた。「わたしはどうすればいいんでしょう」

「わかりません。お気の毒ですが」マイクは袖をもぎ離そうとした。

「もう始業時刻を過ぎてるのに」男は腕時計をマイクのほうに突き出した。九時だった。

九時。病院を抜け出してここに来るまでに三時間もかかったのか。火災監視員はとっくに当直を終えて、地下聖堂にもどっている。

ポリーとバーソロミューがいるのはそこだ。そう思って男の手を振りほどくと、中庭を歩き出した。消防車のホースをまたぎ、灰の浮く水たまりを迂回して進む。

さっきの男が、「消えてしまった。どうすればいい？」と口の中でつぶやきながら、ふらふらとあとをついてくる。

マイクは階段の下にたどりついた。二十人ほどの人々が、ダンケルクでレイディ・ジェーン号の甲板に上がってきた兵士たちのように、階段にぐったりすわりこんでいる。煤だらけで、疲れ果てた顔をして、その目はなにも見ていない。そして、思ったとおり、ポリーがそこで待っていた。階段の中ほど、ぼろぼろの服を着たふたりの子供のとなりにすわっている。それに、アイリーンもいっしょだった。彼女の横の階段には、歪んだ星のような、黒い焼け焦げのあとがあった。焼夷弾だ。

アイリーンがマイクの姿を見て立ち上がり、階段を降りてきた。なにがあったのか、どうしてジョン・バーソロミューがいないのかを説明するために。しかし、答えはもうわかっていた。ポリーの顔に浮かぶ表情がすべてを物語っている。

「ぼくは間に合わなかったんだな」とマイクはいった。

アイリーンがうなずいた。「首席牧師の話では、一時間前に発ったって。彼は――」

「ドアはロックされてる」さっきの男がマイクの袖を引いていった。「わたしはどうすればいいんでしょう?」

「わかりません」マイクはいって、アイリーンのほうに歩み寄った。「わからない」

神は世の人に安らぎを与う。何があるとも、希望を忘るな。
――オール・ハローズ・バーキング教会の残骸の外に貼り出されたクリスマスの言葉
（賛美歌第二編一二八番「世の人忘るな」より）。〝何が〟の下に煤でアンダーラインが引かれている

35 セント・ポール大聖堂
一九四〇年十二月三十日

ポリーはセント・ポール大聖堂の幅の広い階段にすわって、下に立っているマイクを見下ろしていた。ポリー自身とおなじく、マイクも憔悴したようすだった。着ているのはジャケットだけ。腕には包帯が巻かれている。コートはどうしたんだろう。

「バーソロミューが行ってしまった？」マイクは茫然とくりかえし、ポリーからアイリーンへと視線を移した。「まだ捕まえられるかもしれない。この混乱状態の中だ、そう遠くまで行けたはずはない。どこへ向かったかわかれば――」

ポリーは首を振った。「地下鉄に乗ったの」

「ブラックフライアーズから？　まだ駅に着いてないかもしれない。急げば――」

「セント・ポールから」

「セント・ポール？　降下点が大聖堂にあるってこと？」

「じゃなくて、セント・ポール駅から地下鉄で発ったの」

「でも、ゆうべは――」

「けさは動いている」とアイリーン。

「きっと追いつけるよ」とアルフがいい、ビニーがうなずいた。

「足が速いからね」といって、いまにも飛び出そうとするように立ち上がった。

マイクはふたりに目をやり、それからポリーに視線をもどした。「追いつけると――？」

ポリーは首を振った。「着いたときはもう、彼が出発してから一時間近く経ってた」

「バーソロミューから行き先を聞いてないか、火災監視員に確認した？」とマイク。「つまり、ほんとうの行き先じゃなくて。でも、もしかしたら彼の――」

「ええ」ポリーはマイクがまた〝降下点〟という前にすばやく口をはさみ、聞き耳をたてているアルフとビニーのほうを意味ありげに見やった。「ウェールズの伯父さんに呼ばれたといってたそうよ」

「ほかになにかいってなかったか聞いてない？　ほんとうの行き先のヒントになるようなことを？」

ほんとうの行き先はオックスフォードだ。「マイク――」

「どの列車に乗るといってたかは聞いた？　すくなくとも、それで方角の見当はつけられる」

いいえ。セント・ポール駅からほんの二駅で、地下鉄のあらゆる路線に乗り換えられる。

「マイク、無駄よ。彼は行ってしまった」といったけれど、マイクはすでに階段を昇り、セント・ポール大聖堂へと向かっていた。

ポリーはあわてて立ち上がり、マイクのあとを追って大聖堂の中に入った。彼はもう、袖廊までの中間地点にさしかかっている。人けのない身廊にその足音がこだまする。背中に呼びかけた。

「火災監視員の半数は帰宅して、残りの半数は地下聖堂で寝てるのよ。マイク！」走って追いかけた。

また最初からゆうべのくりかえし——いつまで経っても追いつけない相手をはてしなく追いつづける。ポリーは急にぐったりした気分になって立ち止まり、湿気と煙のこもる身廊を引き返した。いたるところに焼け焦げた紙片が散らばっている。ゆうべ、空中を舞っていた燃える式次第のなれの果て。いまはあちこちに黒い枯れ葉のような姿をさらしている。

燃える絵葉書にポリーがバケツの水をぶっかけたデスクの前は、まだ床に水たまりが残っていた。その横には、半分焼け焦げた『世の光』のプリントが落ちていた。ポリーはかがんでそれを拾った。絵の左側、扉があるはずの場所は黒く焦げて丸まり、ポリーの指先が触れると粉々になって欠け落ちてしまった。キリストの右手は、虚無をノックしようとしているように見える。

ポリーは長いあいだプリントを見つめていたが、それをそっとデスクの上に置いて外に出ると、階段のアイリーンと子供たちの横に腰を下ろした。まもなくマイクも外に出てきて、彼らのあいだにすわった。「バーソロミューはだれにもなにも言い残していなかった。ただ行ってしまった。ほんとにごめん、ポリー」

「あなたのせいじゃない」とポリーはいった。「あなたはベストを――」

「失礼ですが」しばらく前、タクシーから降りたマイクに話しかけてきた男が、階段の下に立ち、懇願するようにマイクを見上げていった。「帰ったほうがいいと思いますか。それともここで待つべきでしょうか」

「ゆうべの空襲で職場をなくしたんだ」とマイクが説明する。

「わたしはどうすればいいんでしょう?」と男はたずねた。

見当もつかない。

「ここにいるといいですよ」マイクがきっぱりいった。「遅かれ早かれ、オーナーがやってくるから」

でも、手遅れになるまでやってこなかったら?

「ありがとう」と男は礼をいった。「とても役に立ちました」

彼らは、男が階段を離れて、水たまりだらけの中庭を横切って歩いていくのを見送った。

「あれで役に立ったのか」マイクが皮肉っぽい口調でいった。「バーソロミューが見つからなかったのはぼくのせいだ。彼がロンドン大空襲の最後にやってきたと勝手に思い込んでいたのが悪かった。バーソロミューのことと、大聖堂があやうく焼失しかけたときのことをぼくがたずねてさえいたら。それとも、あのいまいましい壁が倒れてくるところをぼくがちゃ

ん と見ていたら──」

「壁ってなんの？」とアイリーンがたずねた。

マイクは、頭を打って意識を失い、セント・バーソロミュー病院で目を覚ましたいきさつを説明した。

「あそこにいたの？」アイリーンが信じられないという口調で訊き返した。「セント・バート病院に？」

あたしたちは三人とも、ゆうベセント・バートにいたんだ、とポリーは思った。

負傷した大聖堂の火災監視員は、意識を失ったマイクのとなりのベッドに寝ていたかもしれない。ジョン・バーソロミューとほんの数センチの距離にいた可能性もある。セント・ポールの屋根裏にいたあたしが、壁一枚へだてて彼とすれ違ったように。すぐ近く、手の届く距離にいたのに。

しかし、すべてのことが、あたしたちにとって不利に働いた。シオドアが劇場を出たくないとぐずったことから、通りが封鎖されていたことまで。その結果、彼がけさ出発してしまう前に、ここにたどり着くことができなかった。まるで時空連続体が、彼らをジョン・バーソロミューと会わせないための緻密な作戦を実行しているかのように。この秋、あたしとアイリーンがたがいにめぐりあえなかったのとおなじように。なにもかもが、このあたしたちにそむきやがる。ポリーは心の中でそうつぶやいた。

「あなたのせいじゃない。わたしのせいよ」とアイリーンが話している。「バーソロミューさんの講義をわたしがちゃんと聴いていたら、彼がまだこっちにいることが最初からわかってて、何週間も前に見つけられたはずだから。いまはもう手遅れに——」

「なんでウェールズまで追いかけていかねえの?」とアルフ。

「ウェールズのどこにいるのかわかんないからだよ。それに、こいつがいってただろ」とビニーはマイクを指さして、「ほんとにウェールズに行ったわけじゃなくて、行くっていってただけなんだよ」

ポリーは、マイクにあれ以上よけいなことをいわせなくてよかったと内心ほっとしていた。ホドビン姉弟はまちがいなく、三人の会話を一言一句漏らさず聞いている。それに、あの夜、ホルボーン駅でピクニック・バスケットを盗むところを目撃した不良の少年少女はこのふたりだったにちがいないと、ポリーはほぼ確信していた。もっとも、まだアイリーンにはそのことを話していない。

「ふうん。ウェールズじゃないなら、どこ行ったんだよ」アルフがアイリーンにたずねた。

「わからないのよ」とポリー。「教えてくれなかったから」

「おれならきっと見つけてみせるよ」

「どうやって?」とビニー。「顔も知らないくせに。このあんぽんたん」

「あんぽんたんじゃねえよ。とりけせ」アルフがビニーに飛びかかった。ビニーは階段を駆け下り、前庭を突っ切って逃げてゆく。そのすぐうしろをアルフが追う。

アイリーンはまだ自分を責めていた。「防空監視員に、救急車をセント・バートまで運転していくのは無理だって、きっぱり断ればよかった」

あたしは、負傷した火災監視員の名前やセント・バート病院まで付き添った人間の名前も聞かずに大あわてで大聖堂を飛び出すべきじゃなかった。ちゃんと聞いていたら、数分前にハンフリーズ氏から聞いたばかりのこと——バーソロミューが怪我人を救急車に運び込むのに手を貸してから、また屋根にもどっていた——があの時点でわかって、あたしたちが着くまで出発を待つようにというバーソロミューさん宛ての伝言を頼めたのに。

「だれのせいでもない」とポリーはいった。

どんなことをしても彼を見つけ出すことはできなかった。なぜなら、すべてはもう起きてしまったことだから。オックスフォードにもどったジョン・バーソロミューは、彼らからのメッセージを携えてはいなかった。最初から、成功する見込みのない企てだった。なにもかもすべて、望みはなかった——マイクの回収チームに接触しようという試みも、ジェラルドの捜索も。

背後の扉が開き、ハンフリーズ氏がティーポットとカップをのせたトレイを持って出てきた。「お友だちのデイヴィスさんから、まだここにいると聞いて」とポリーに向かっていうと、受け皿にのせたカップを三人に手渡しながら、「お茶がほしいんじゃないかと思って。けさはとても冷えますから」

ハンフリーズ氏はポットのお茶をそれぞれのカップに注いでから、階段を降りて、どうすればいいんでしょうとマイクにたずねた男にもお茶をふるまい、それから、まだ燻っている残骸の中で遊んでいるアルフとビニーのところに行って、ビスケットを渡し、またもどってきた。

「お友だちに会えなくて残念でしたね、ミス・セバスチャン。ミスター・バーソロミューの連絡先を知らないか、マシューズ首席牧師に訊いておきます。みなさんは、家に帰るのに助けが必要ですか」

ええ、とポリーは心の中でいった。でも、あなたには助けられないの。

ポリーは首を振った。

「もしバス代が――」

「いいえ」とポリー。「車がありますから」

「よかった。さあ、お茶を飲んで。気分がよくなりますよ」

なにを飲んでも、気分がよくなったりしない。そう思いながらも、お茶を飲んだ。熱く、甘かった。ハンフリーズ氏は、砂糖の配給まるまる一カ月分をポットに入れたにちがいない。

ポリーはカップの紅茶を飲み干し、急に自分が恥ずかしくなった。ひどい夜を過ごしたのはあたしひとりじゃない。もしくは、おそろしい未来に直面しているのも。それに、将来の展望は真っ暗闇というわけじゃない。バーソロミューを見つけられなかったという事実は、ダンワージー先生があたしたちを裏切っていたわけじゃないこと、コリンが嘘をついていたわけじゃないことを意味している。

それに、ポリーの行動は――マイクやアイリーンの行動も――歴史の流れに影響を与えていないらしい。ゆうべの出来事は、あるべきとおりだった。セント・ポールはまだちゃんと建っているし、そのまわりのシティは壊滅した。歴史はいまも本来のコースを進んでいる。

この二カ月、自分たちが戦争の流れを変えてしまった証拠がいつか見つかるのではないかとおびえていた。しかしいまは、史学生が歴史上の出来事を変えられるならどんなにいいだろうと思うくらいだった。もしもこの出来事――市庁舎とチャプターハウスとクリストファー・レンが設計した美しい教会群の破壊――を止められるのならどんなにいいだろう。そして、この先にはまだ、おそろしい出来事が待っている――ドレスデンとアウシュヴィッツと広島。エルサレムとパンデミック。セント・ポール大聖堂を消滅させるピンポイント爆弾。こうした大惨事を修復できるのなら。

でも、どんな力がそれを可能にするだろう。彼ら三人は、ゆうべひと晩かけて、たったひとりの男を見つけ出し、たったひとつのメッセージを伝えようと試みて、失敗に終わった。自分たちが歴史を修復できるなんてどうして思ったんだろう。たとえやりかたがわかっていたとしても、とても無理。そして、どうすればいいかなんて知る由《よし》もない。時空連続体はあまりに複雑で、あまりにカオス的だから、ひとつの惨事を避けようとする試みがさらにひどい惨事を招かない保証はどこにもない。それに、第二次世界大戦がどんなにおそろしい戦争だったとしても、すくなくとも勝ったのは連合軍だ。ヒトラーを止められたことは、議論の余地なく、いいことだった。

しかし、その代償はとてつもなく大きかった――数百万の死者、廃墟と化した都市群、破壊された生活。あたしの生活もそのひとつ。それに、アイリーンとマイクの生活も。

ポリーは、背中をまるめて階段にすわるふたりに目をやった。半分凍りついて、いまにも泣き出しそうなアイリーン。片腕に包帯を巻き、片足を半分吹き飛ばされたマイク。ふたりとも、精も根も尽き果てたように見える。ポリーは、ふたりに対する愛情の波が押し寄せるのを感じた。ふたりは、文字どおり生命と身体《ライフ・アンド・リム》を危険にさらして、ポリーのデッドラインのために、これだけのことをしてくれた。そしてふたりは、ポリーを安全に帰還させるために必要なら、自分たちの生活を犠牲にしてくれただろう。ということは、せめてあたしがしっかり自分を保たなければ。

ハンフリーズ氏はそうしているし、ロンドン市民も右におなじだった。街の半分が炎上するのを目撃した翌日、ロンドン市民は自分を哀れんですわりこんだりしていなかった。まだ燃えている火を消し、瓦礫の下に閉じ込められた人々を掘り出す仕事をはじめた。水道管と線路と電話線を復旧させ、たとえ職場がなくなっていても出勤し、ガラスの破片をかたづけた。生活をつづけた。

彼らにできたのなら、あたしにだってできるはず。「もう一度、突破口へ」（『ヘンリー五世』３幕１場）とポリーは心の中でひとりごち、立ち上がってコートの煤を払った。

「もう行かないと」ポリーはみんなのカップと受け皿を集めて大聖堂の中へ持っていくと、デスクの上に載せた。その横には、半分焼けた『世の光』のプリント。戸口へと歩き出したところで立ち止まり、もどって『世の光』を眺めた——四方を闇に包まれたなか、ランタンが虚無を照らしている。焼け焦げた紙の煤でキリストの衣服が黒く汚れていた。

その顔も、アイリーンやマイクの顔のように、うちひしがれ、あきらめきった表情を浮かべているだろうと思ったが、そうではなかった。キリストの顔は、ハンフリーズ氏の顔とおなじく、やさしさと気づかいに満ちていた。

ポリーはバッグから六ペンス貨をとりだしてデスクに置くと、プリントを四つに折り畳んでポケットにしまい、外に出た。

「行かなきゃ」マイクとアイリーンに向かっていった。「仕事に遅刻しちゃう。それに、救急車をセント・バートに返さないと」

「それに、コートをとってこなきゃ」とマイク。「アイリーンのも」

「まず子供たちを家に連れて帰らなきゃ」とアイリーン。「アルフ！ ビニー！」と呼びかけた。

ふたりは、あいかわらず焼け跡で遊んでいる。燻る材木の山を棒でつついたり、山が崩れて赤く輝く燃えさしが覗くとあわてて跳びのいたり。

「行くわよ。うちまで送ってくから」

「うち？」とビニー。子供たちは顔を見合わせ、それからアイリーンのほうを見上げた。

「送らなくていいよ」とアルフ。「ふたりで帰れるから」

「でも、ホワイトチャペルに行く列車が動いてないかもしれないし、お母さんはきっと死ぬほど心配してる。あんたたちがひと晩じゅうどこでなにをしていたか、どんなに役に立ったかを説明しなきゃ」そういって、アイリーンはふたりに向かって階段を降りていった。

アルフとビニーはまた目を見交わすと、棒を放り出し、全力疾走で通りを駆け出した。

「アルフ！　ビニー！　待ちなさい！」アイリーンは叫んであとを追った。ポリーとマイクもそれにつづく。しかし、ふたりはすでに、パタノスター・ロウの先の、煙を上げる混沌のあいだに姿を消していた。

「あの迷路の中じゃ、ぜったい捕まえられない」とマイクがいい、アイリーンもしぶしぶうなずいた。

「あのふたり、だいじょうぶだと思う？」とポリー。

「ええ。自分で自分の面倒をみることにかけてはエキスパートだから」アイリーンはふたりが消えたほうを見ながらいった。眉間にしわを寄せ、「でもいったいどうして――」

「たぶん、家に連れ帰られたら、学校に行かされると思ったんじゃないか」とマイクがいった。三人で救急車のところにたどり着くと、燃料計に目をやり、「どっちみち、ふたりを家まで送るのは無理だったな。ホワイトチャペルまで行く燃料はない。セント・バートにたどり着けたらラッキーだよ」

「セント・バートが見つかったらね」といいながら、アイリーンがエンジンをかけた。「アルフがわたしの道案内だったのよ」

ポリーは、ふさがれた通りとバリケード群を思い出してうなずいた。

「たぶん、ぼくが案内できるよ」とマイクがいった。

そのとおりだった。

アイリーンの血まみれのコートは、手すりの上にかかったままだったが、マイクのコートはどこにも見当たらず、マイクは病院スタッフにたずねることを拒否した。「退院手続きなしで抜け出したんだ。見つかったら、また入院させられるかもしれない」

「腕の火傷なんか、火傷のうちにも入らない程度だっていったじゃない」とポリー。

「いったよ。ほんとになんでもないんだ。でも、だからってすんなり出してくれるとはかぎらないし、オーピントンで何週間も無駄にしたみたいに、病院に閉じ込められて無為に過ごすわけにはいかないんだ。コートなんかいらない」

「でも、真冬なのよ」とアイリーン。「風邪引いて死んじゃう――」

「あたしが探してくる」とポリーがイニシアチブをとった。「アイリーン、救急車を返してきて。マイクは玄関前で待ってて」

マイクはうなずき、足をひきずって戸口へと向かった。

「救急車を盗んだことで逮捕されたりしないわよね」とアイリーン。

「その血まみれのコートを見れば、だれもそんなこと考えないって。でも、もし逮捕されたら、脱獄を手伝ってあげる」といって、ポリーはマイクのコートのことを訊きに病棟へ上がった。

担当看護婦は、マイクが運び込まれた時点で、救急治療のためにコートをはさみで切り裂いた可能性が高いといった。「救急病棟を当たってみたらどうかしら」

コートは救急病棟にも、婦長のところにもなかった。ポリーは玄関にもどってそれをマイクに伝えた。アイリーンもすでに玄関にもどっていた。「逮捕されなかった?」とポリーはたずねた。

「ええ。それどころか、すごく親切だった。マイクのコートは見つからなかったの?」

「残念ながら。ミセス・ワイヴァーンにまた頼むしかなさそうね。ほら」ポリーは、ミス・ヒバードにもらったかぼちゃ色のマフラーをはずして、「コートが手に入るまで、せめてこれを巻いてて」といって、子供にするようにマイクの首にマフラーを巻いてやり、それから三人で地下鉄駅へと出発した。

駅は営業していたが、ハマースミス線とジュビリー線はどちらも運休。ディストリクト線はキャノン・ストリートとテンプル間が運休だった。

「ということは、まだバーソロミューを捕まえるチャンスがあるかもしれない」とマイク。

「乗る必要がある路線が破壊されるとか運休になるとかして、まだもどっていないかもしれない。まだロンドンにいるかも」

「マイク」ポリーがたしなめるような口調で、「彼は二時間も前に――」

「きみたちは出勤すればいい。もし捕まえたら、タウンゼンド・ブラザーズに迎えにいくから」といって、止める暇を与えず、マイクは出発した。

「チャンスあると思う?」とアイリーンがたずねた。

「いいえ」とポリー。もっとも、ふたりがタウンゼンド・ブラザーズにたどり着くだけで一時間半を要した。

「あなたたちが出勤してくれて助かったわ」とミス・スネルグローヴ。「ドリーンもサラも来られなくて。あさってから新春セールがはじまるし——まあ、どうしましょう、怪我してるじゃないの！」とアイリーンに向かって叫び、救急車を呼ぶようポリーに命じた。

「わたしの血じゃないんです」アイリーンは自分のコートを見下ろしながら説明した。「血のしみを落とすのになにがいいか、ごぞんじじゃないですよね」

「ベンジンね」とミス・スネルグローヴが即答し、「でもその様子だと、完全に染み通っているみたいだけれど」

ミス・スネルグローヴに指示されて、アイリーンは家庭用品売り場に瓶入りの洗浄液を買いにいき、ポリーは新春セールの宣伝用貼り紙のレタリングを担当した。ミス・スネルグローヴ自身は、サラの穴を埋めにいった。

ポリーはその日一日を、ひたすら〈新春大特価〉と書くことと、マイクはどうしてもどってこないのか、腕の火傷はだいじょうぶなのか、あしたから三人どうやって過ごせばいいのかと心配することとに費やした。

一月一日以降、いつどこで空襲があるのか、タウンゼンド・ブラザーズ百貨店とノッティング・ヒル・ゲート駅以外にどこが安全なのかわからない。ミセス・リケットの下宿とマイクの下宿も安全なはずだ。もっとも、許可リストにある住所がロンドン大空襲のあいだじゅうずっと安全なのか、それともポリーの現地調査の期間中にかぎってのことなのか、バードリは口にしていなかった。とはいえ、一度も爆撃されたことのない地下鉄駅にダンワージー先生があれだけこだわっていたことを考えると、一度でも空襲の被害にあった下宿に住むことを認めることはまずありえない。

しかし、まずありえないというのは絶対ではない。ということは、なるべくノッティング・ヒル・ゲートで夜を過ごすようにしたほうがいい。ということは、空襲がはじまる前に駅に着けることを祈るほうがいい。

冬の日がこれだけ短くなってくると、それは不可能だった。空襲警報のサイレンは、毎日のように午後五時前に鳴りはじめる。マイクは仕事でロンドンのあちこちに行くし、昼間の空襲も心配しなければならない。それに地面に潜り込んだ不発弾と、木の枝にひっかかってぶら下がるパラシュート爆弾。そして、閉店時間になってもまだマイクがあらわれないという事実。

どこにいるんだろう。腕の火傷がもとで敗血症になったら？　それとも肺炎とか。もっとも、すくなくともそれについては対処するすべがある。閉店後、ポリーは新しいコートのことをミセス・ワイヴァーンに相談すべく、アイリーンといっしょにまっすぐノッティング・ヒル・ゲート駅へ向かった。

ミセス・ワイヴァーンは不在だった。「主任牧師といっしょに、爆撃で家をなくした家族のための基金調達パーティを手伝ってるのよ」とミス・ヒバードがいった。

「場所はごぞんじですか」とポリーはたずねた。今夜は空襲がないから捜しにいける。しかし、ミス・ヒバードはパーティの場所を聞いていなかった。

ミス・ラバーナムに訊いてみよう。「ミス・ラバーナムはいつ来るっていってました?」

「ひどい風邪をひいてるから、家にいたほうがいいっていったの」とミス・ヒバード。「駅は隙間風がひどくて寒いから」

そのとおりだ。非常階段はそれに輪をかけて寒かった。マイクがようやくやってくると、ポリーとアイリーンはコートを脱ぎ、三人で頭からそれをかぶって肩を寄せ合い、マイクの報告を聞いた。どうやらマイクはロンドンじゅうのすべての駅をくまなくまわったようだが、成果はなかった。「大聖堂に着きしだい、セント・ポール駅へ行くべきだった」とマイクはいった。「もしそうしていたら――」

「それでもやっぱり捕まえられなかった」とポリー。

「デッドラインが来る前に、きみをここから脱出させる方法をかならず見つけ出すよ、ポリー」とマイクは力強くいった。

「回収チームは?　まだ見つかるかもしれないじゃない」とアイリーンがいうのを聞いて、ポリーは遅ればせながら、昨夜の大騒動にまぎれて、アイリーンに顛末を話していなかったことを思い出した。

「見つけることは見つけたんだよ」とマイクが説明した。「でも、回収チームじゃなかった。オーピントンで入院してたときの知り合いだったんだ」

アイリーンはがっかりした顔になった。「でも、回収チームが来ないときまったわけじゃない。グッドさんにまた手紙を書いてもいいし。それと、領主館にも。もう一度ポリーの降下点を試してみることもできる。もしかしたら、もう復旧してるかもしれない」

「そのとおりだ」とマイク。「やれることはぜんぶやってみよう。そしてぼくが、きみたちふたりをオックスフォードに帰す方法を見つける。でも、それまでのあいだは、この時代で生き延びることに集中しないと。あしたの空襲の場所は？」

「あしたも空襲はないわ。でも、もっと悪いニュースがあるの」ポリーは、一月一日以降の空襲について情報がないことを打ち明けた。

「でも、ノッティング・ヒル・ゲート駅は安全なんだろ？」とマイク。「それにタウンゼンド・ブラザーズも。だから、ふたりとも昼間は安全だ」

「ううん。クリスマス・シーズン用に雇った臨時スタッフに働いてもらうのは新春セールが終わるまでの予定だって、上司に釘を刺されてる」

「それと、もうひとつべつの問題もある」とポリー。「いつか——いつになるかわからないけど——アイリーンとあたしは徴用される」

「徴用？」とマイク。「軍隊に？」

「軍とはかぎらないけど、なんらかの兵役。婦人国防軍か、婦人農耕部隊か、軍需工場勤務か。国民徴兵法よ。二十歳から三十歳までの英国人市民は全員、兵役に就く義務がある」

「タウンゼンド・ブラザーズから徴兵猶予書類をもらうとかできないのか？」

「だめ。徴兵法が施行される前に志願しておかないと、ロンドン外の任務に割り当てられる危険がある」

「ということは、早くここを出る方法を見つけ出したほうがいいわけだ」とマイクが渋い顔でいった。

「いつあるか知ってる空襲はないの、ポリー？」アイリーンが不安そうにたずねた。

「いくつかはね」とポリー。「それに、ルフトヴァッフェがロンドン以外の街を爆撃した夜も」

「それに、天候が悪いと攻撃できない。これから二カ月は、それが助けになる。ロンドン大空襲は五月に終わるんだよね」

「ええ。五月十一日」とポリー。でも、きょうからその日までのあいだに、二万人近くの死者が出る。

「ということは、これから四カ月半をなんとかやり過ごせばいいわけだ」とマイク。「それからは、デニス・アサートンがここに来るまで、安全に暮らせる」

安全。

「しかも、それは最悪のシナリオだ。ぼくらはきっと、それより早く帰る方法を見つけ出して――」マイクが口をつぐみ、「どうしたんだ、ポリー？　なんでそんな浮かない顔をしてる？」

「なんでもない。このひどいにおいはなに？」

「わたしのコート」とアイリーンが打ち明けた。「血を落とすのにベンジンをちょっと使いすぎたみたい」

「ちょっと？」マイクは笑ったが、揮発油のにおいが濃密にたちこめて耐えられなくなり、三人は非常階段をあとにして駅の寝場所にもどったが、寒さは変わらなかった。

「マイクのコートを調達しなきゃね」翌朝、仕事に行く途中でアイリーンがいった。「もしかしたら、わたしたちでも手が出る特売品があるかも」

しかし、新春セールの準備とそれにつづく大売り出しに忙殺されて、よその売り場を見にいく暇はまったくなかった。悪天候にもかかわらず、セールには客が押し寄せた。つづく数日は骨まで凍えるような霧に包まれ、ほとんどたえまなくみぞれが降っていた。

「でも、いいことよね」仕事を終えて、オックスフォード・サーカス駅へと急ぎながら、アイリーンがいった。「空襲がないって意味だから」

同時にそれは、マイクのコートの調達が急を要することと、アイリーンのコートのベンジンが水に濡れるとますます圧倒的なにおいを発することを意味していた。

「においはすぐに消えるってミス・スネルグローヴはいったけど」とアイリーン。「ぜんぜん消えないよね」

「ええ」とポリー。シェルターが禁煙でよかった。消し損ねたマッチが一本飛んできただけでいっぺんに炎上しそうだ。

「ずっと考えてたんだけど、志願しなきゃいけないって話のこと」とアイリーンが電車の中でいった。「わたし、セント・バート病院の救急車運転手に志願できるんじゃないかって。

救急車を返したとき、クロス先生にいわれたの。あのときわたしが患者を搬送しなかったら、ふたりとも死んでいただろうって」

「患者って？」

意識不明だった救急車運転手と陸軍中尉のことをアイリーンが説明した。マイクがいないときでよかったと、ポリーは思った。また最初から、自分たちが戦争の流れを変えてしまったんじゃないかとマイクが心配しはじめるのは願い下げだ。そんなことはありえないんだから。あたしたちは戦争に勝ったのよ。それに二十九日は、歴史に記されたとおりになった。

それでもポリーは、マイクとアイリーンが眠りについたあと、捨ててあった新聞を拾って事実をたしかめた。市庁舎は記録のとおりに焼け落ちていた。セント・ブライド教会とセント・メアリ・ル・ボウ教会も同様。しかし、一部が破壊されただけだと思っていたオール・ハローズ・バーキング教会も全焼している。それに、イヴニング・スタンダード紙によれば、ドイツ軍が落とした焼夷弾の数は一万一千ではなく、一万五千だ。

でも、こういう記事には往々にしてまちがいがある。刺激臭を放つアイリーンのコートの下に潜り込みながら、ポリーは思った。あたしたちは戦争に勝った。アイリーンとあたしは、ふたりともVEデイにいた。

それでも、翌日は一日じゅう齟齬《そご》のことが頭を離れず、昼休みにはヘラルド紙とデイリー・メイル紙を買ってたしかめ、そのあと書籍売り場に上がって、セント・バート病院で救急車を運転する任務に就くかもしれないことをマイクに黙っているよう、ポリーに念を押した。

から」

「それに、クロス先生がいったこともね。救急車の運転は危険すぎるとマイクは思うだろうから」

「そうね」とアイリーンは心ここにあらずという顔で答えた。マイクのコートを手に入れることで頭がいっぱいらしい。

「今夜の予報は雪よ」とアイリーンはいい、一時間後に降りてくると、売り場主任に交渉して定時より一時間早く帰れることになったから、援助委員会に行ってくると宣言した。マイクが着ていたコートのサイズをたずね、「あなた用の帽子も探してみるね、ポリー。ミセス・リケットに、今夜の夕食は要らないっていっといて。それと、わたしのことは待たなくていいから。ノッティング・ヒル・ゲート駅で落ち合いましょう。今夜は稽古ある？」

「どうかな」とポリー。「次になにをやるか、まだ話がまとまってないのよ」

一座と合流してみると、次の芝居をやるかどうかで議論していた。空襲が間遠になったことと冬の寒さのせいで、シェルターに来ずに自宅で夜を過ごす人が増えている。一座のメンバーも例外ではなかった。ミス・ラバーナムはまだ風邪が治りかけで寝ているし、サー・ゴドフリーもミスター・シムズも来ていない。

「役者がいないんじゃ、芝居は無理だよ」とミスター・ドーミングが文句をいった。「それに、観客もいない」

「でも、芝居をかけたら、みんながノッティング・ヒル・ゲート駅に来ようという気になるかもしれない」と主任牧師。「われわれの努力が、少しは人々の安全を守る役に立つ」

「お芝居のかわりに、舞台劇の朗読をやったらどうかしら」とミス・ヒバードがいった。

「それなら、全員揃わなくてもできるから」

朗読するとしたらなにがいいかの議論がはじまった隙に、ポリーはこっそり抜け出して、アイリーンが来ていないかたしかめようと非常階段に向かったが、その途中でばったりマイクに出くわした。着いたばかりらしく、髪の毛とかぼちゃ色のマフラーはぐっしょり濡れて、半分凍りついているように見えた。アイリーンがコートの調達に行ってくれてよかった。

マイクに、アイリーンの行き先を説明した。「ここで落ち合うっていってたけど、もう来てるかどうかは知らない。非常階段へ見にいくところだったから」

「そっちはぼくが見てくるよ。きみは食堂を見てきて。エスカレーターのところで落ち合おう」

アイリーンは食堂の列には並んでいなかった。ポリーはディストリクト線まで引き返すと、アイリーンとマイクが通りかかったらすぐわかるように、南行きのアーチ通路に立って待った。もし一座のだれかがエスカレーターを降りてきたら、すぐに通路の奥に飛び込める。ホームにつれもどされて、朗読する戯曲は『小牧師』がいいか『真面目が肝心』がいいかの議論に参加させられるのはごめんだった。

しかし、降りてくるところを見かけたのは、木製のエスカレーターをこわがる愛犬のネルソンを腕に抱いたミスター・シムズだけだった。

ふだんにくらべると駅にいる人間の数はずいぶんすくなくて、しかもそのほとんどが寝袋やピクニック・バスケットではなく、傘を持っている。残りの避難者たちは、ミスター・ドーミングがいったとおり、このひどい天候では空襲はないだろうという読みに賭けたのだろう。ポリーはそれが正しいことを祈った。

それに、アイリーンが早く来てくれることを祈った。いつどこに爆弾が落ちるかわからないこの状態がいやだった。

マイクがもどってきた。「アイリーンはまだ来てない？」

「まだよ。駅に来る途中、飛行機の音は聞こえた？」

「いや」マイクはエスカレーターを見上げて、「アイリーンはどこへ行くって……あ、来た」

マイクはエスカレーターのてっぺんを指さした。いまエスカレーターに乗った男がふたりいて、そのすぐうしろに赤毛だけ見えているのがアイリーンだ。マイクはそちらに手を振った。「うまくいったみたいだ」

アイリーンが片腕にグレイのツイードのコートをかけ、反対の手に濃紺の婦人帽を持っているのがちらっと見えた。マイクがまた手を振る。

アイリーンがこちらに気づいて、紺の帽子を振った。

ポリーは片手を口に当てた。

「新しいコートも調達できたみたいだ」とマイク。

ええ。ポリーはぞっとする思いで、アイリーンを見つめていた。ふたりの男のあいだをかき分け、下りのエスカレーターをこちらに向かって急ぎ足で降りてくる。アイリーンは、鮮やかな緑色のコートを着ていた。まちがいようがない。
それは、VEデイのトラファルガー広場でアイリーンが着ていたコートだった。

本書は、二〇一三年四月に早川書房より新☆ハヤカワ・SF・シリーズとして刊行された作品を文庫化したものです。

訳者略歴　1961年生，京都大学文学部卒，翻訳家・書評家　訳書『ザップ・ガン』ディック，『ブラックアウト』『混沌（カオス）ホテル』ウィリス　編訳書『人間以前』ディック　著書『21世紀SF1000』（以上早川書房刊）他多数

HM=Hayakawa Mystery
SF=Science Fiction
JA=Japanese Author
NV=Novel
NF=Nonfiction
FT=Fantasy

オール・クリア
〔上〕

〈SF2038〉

二〇一五年十一月十日　印刷
二〇一五年十一月十五日　発行
（定価はカバーに表示してあります）

著者　コニー・ウィリス
訳者　大《おお》森《もり》望《のぞみ》
発行者　早川浩
発行所　株式会社早川書房

郵便番号　一〇一‐〇〇四六
東京都千代田区神田多町二ノ二
電話　〇三‐三二五二‐三一一一（大代表）
振替　〇〇一六〇‐三‐四七七九九
http://www.hayakawa-online.co.jp

乱丁・落丁本は小社制作部宛お送り下さい。
送料小社負担にてお取りかえいたします。

印刷・三松堂株式会社　製本・株式会社川島製本所
Printed and bound in Japan
ISBN978-4-15-012038-2 C0197

本書は活字が大きく読みやすい〈トールサイズ〉です。